本丛书由山东省一流学科中国语言文学建设经费资助

中国现代文学研究丛书

贾振勇·主编

历史『深描』中的观念与诗

姜涛◎著

人民出版社

目 录

第二编 重审新诗的发生

第三编 现代诗的形式与历史

第四编 学科史的视野

前　言

年龄大致相仿的一些学界同行，早有相互切磋、相互砥砺、共话人文理想之志愿。所以，本丛书的构想与策划，其实已持续数年。

1970 年前后出生的一批中国现代文学研究者，大多受过严格的学术训练，成长于改革开放年代，有启蒙创新之情怀；在知识结构、学术视野、文学理念、价值理想、人文诉求等各方面，也呈现出相似的代际特征。经过长期的积累与历练，不少学者取得了各自的标志性成果，有的甚至做出了对学科发展具有突破性价值的成果。从总体上看，这批学者在即将知天命之年，开始步入富有创造力的学术黄金期。本丛书的策划与编选，正是基于对中国现代文学学科发展态势之判断，对这批学者的学术探索进行主动的呼应与支持。

经过通盘考虑、反复协商并征求多方意见，本丛书编委会决定邀请在中国现代文学研究领域实力深厚、影响较大、1970 年前后出生的高校学者作为本丛书的作者。目前，已有段从学（西南交通大学）、符杰祥（上海交通大学）、贾振勇（山东师范大学）、姜涛（北京大学）、李永东（西南大学）、刘春勇（中国传媒大学）、孟庆澍（首都师范大学）、文贵良（华东师范大学）、袁盛勇（陕西师范大学）、张洁宇（中国人民大学）十位学者加盟。编委会认为，这十位学者，学养深厚、功底扎实、思路新颖、视野开阔、研有专长、优势突出、特色明显，其成果具有探索性、多元性、前沿性和引领性，在某种程度上能代表中国现代文学研究的发展趋势。本丛书的出版，对中国现代文学研究的整体拓展、深入、提升与创新，将大有裨益。

本丛书的主要学术目的或曰学术理想在于：第一，整体展示，集体发声，形成学术代际与集束效应，追索“学术乃天下公器”之人文理想；第二，凝练各自特色，展示自家成果，接受学界检验；第三，拒绝自我满足意识，砥砺前行、奋发有为。是故，经丛书各位作者协商、讨论，一致同意丛书名定为“奔流”，取义为：致敬前贤，赓续传统；奔流不息，创造不止。

需要特别说明的是，理想虽然丰满，现实往往骨感。丛书的构想、策划之所以延宕数年，实乃种种因素之限制，尤其出版经费一时之难以筹措。有幸的是，恰逢山东师范大学文学院中国语言文学学科获批山东省“双一流”立项学科。在山东师范大学文学院院长杨存昌教授、党委书记贾海宁教授、一流学科带头人魏建教授以及院高层次著作编委会的鼎力支持与推动下，山东师范大学文学院决定予以积极支持。

正是由于山东师范大学文学院的慷慨资助，本丛书才有机会得以问世。为此，各位丛书作者对山东师范大学文学院深远的学术眼光、襄助学术发展的魄力，表示深深的敬意与由衷的感谢。同时，感谢人民出版社的大力支持，尤其感谢责任编辑陈晓燕女士的努力与付出。

丛书即将问世之际，感慨颇多。春温秋肃，月光如水。愿学术同好：行行重行行，努力加餐饭；月光穿过一百年，拨开云雾见青天。

第一编

文学史与社会史

第一章　“菜园”体验与五四时期文学“志业”观念的发生：叶圣陶的小说《苦菜》及其他

1921年2月6日，刚刚加入文学研究会的叶圣陶，写下了短篇小说《苦菜》，小说情节大致如下：“我家屋后有一亩多空地”，废弃了未免可惜，于是雇来一名农人福堂，在空地上种菜，而“我”也主动做了他的副手。在“种菜”这件事上，“我”寄予了很多的期待，认为通过直接的劳动，“从此可得精神的真实的愉快；那片空地便是我新生活的源泉”。小说也在“我”欣喜的劳动体验中展开。但农人福堂心中的“滋味”却完全相反，由于生活的艰辛，他将“种菜”视为一项乏味的苦役，消极怠工，以至菜秧被虫侵害，结果收成微薄，“煮熟了尝新，味道是苦的”。① 在与福堂的一次交谈中，“我”也理解了他“怠业”的原因，领悟到自己高调的劳动感受原本虚幻，一连串的内心思辨由此引发。

和五四时期一般“问题小说”相仿，这篇小说也是“有所为”而发，其中不乏观念牵扯的痕迹，但在特定的阐释视野中，仍被看作作家第一本小说集《隔膜》中“内涵最丰富的作品”，因为它讲述了一个有关“幻灭”的故事（“在他的小说中，人物常常将时间经验作为一种幻灭的过程”）。② 其实，所谓的“幻灭”是叶圣陶小说中常见的

---

① 《苦菜》连载于1921年3月22、23、24日《晨报·副刊》，署名圣陶；引自短篇集《隔膜》，商务印书馆1922年版，第79—80、91页。

② 安敏成：《现实主义的限制：革命时代的中国小说》，姜涛译，江苏人民出版社2001年版，第99页。

叙述机制：在作品的开端，主人公往往会服膺于某种观念，而事件的展开却包含了解构的力量，主人公或是暴露了内心的软弱，或是发现了观念的局限，小说结尾于暧昧不定的怀疑之中。[①]《苦菜》可以说是此类作品的代表：在前半部分，作家以有别于自己习性的直露方式，大段地宣泄内心的浪漫感受，“源泉”“精神”“赞颂”“燃烧”，乃至“Pantheism”一类虚浮的辞藻充斥其间。不断强化的堂皇独白，导致了一种内在的不稳定感，结果的“幻灭”其实就包含在作者“佯装”的文体风格之中。

一、何为理想的“志业”

上述技巧的使用，带来了小说“微讽”的效果，也使叙事的推进包含了道德内省的深度。然而，在修辞的婉曲之外，这篇作品最值得关注的地方，还是它最终触及的问题：不是人道主义的“悯农”情怀，不是智识分子与劳动阶级的差异，而是一个似乎更为个人化也更少意识形态色彩的问题：理想的“职业”究竟如何可能。作为农人，福堂厌恶种菜，作为知识分子，“我”则厌恶教书，两人身份相异，但都被“怠业”的情绪所困扰，“我”因而得出了下面的结论：“凡从事X的厌恶X，便致怠业。……X决无可以厌恶的地方，可厌恶的乃是纠缠X的附生物。去掉这附生物，才是制病除根的法子。”[②] 这段文字常为后人所引用，以说明作家批判社会的态度。其中的“X”，是一个可以不断替换的虚位，并没有确定的所指，无论是教书、种菜、写小说，还是其他，对于以之为“业”的人来说，没有根本差别，更无高下之分，如果纠缠了“附生物”，结果都是

① 在叶圣陶的《两封回信》《云翳》《脆弱的心》等早期作品中，也都有类似的叙述机制。

② 叶圣陶：《苦菜》，载《隔膜》，商务印书馆1922年版，第91页。

一样。

对于职业问题，叶圣陶的确有着特别的关注：中学毕业后，他最初是在苏州城里任初等小学教师，因文艺上的才具不能发展，教育上的意见又不能实行，厌教情绪严重，“精神上苦痛极了”[①]；被人排挤失掉教职后，他一度又写小说敷衍生计，但“略有写作，以济穷竭，亦只强而为之，非所欣也”[②]。1917年春，他来到甪直，与友人们一道实践新的教育理念，这种职业苦闷才得到了某种化解，滋味由“苦”转“甜”。[③] 可以说，对于一份理想职业的向往，构成了他早期传记中不可或缺的部分，他的思考和写作也一度以此为焦点。1920年4月，在《职业与生计》一文中，他曾明确在“职业”与“生计”之间做出区分，认为所谓的“职业”，不是日常的“生计”手段，而“是有益于人类的，自己所能胜任的，全体为兴趣所涵濡的，实现我们理想的一种活动”[④]。在《苦菜》之中，关于“X”的探讨无疑延续了上述思考，“我”最初的“种菜”体验，由于包含了“精神的真实愉快”，也恰好吻合于他对理想“职业”的想象。

在个体存在意义、内在精神涵养的层面，关注“职业”的选择，叶圣陶的发明具有相当的个人色彩，站在历史场景之外看，似没有更多讨论的必要。但考虑到它是发生在一个文化秩序剧烈转型与重建的时期，与一代知识分子对新的社会身份、位置及价值感的寻求相关，有关“X”的个体焦虑，也就隐含了更宽广的社会维度。换句话说，在叶圣陶的笔下，与“生计”相区分的“职业”，换用马克斯·韦伯（Max Webber）的表述，即是一种“志业”，它超越于日常功利之上，需要不及其余的全身心投入，并与

① 顾颉刚:《〈隔膜〉序》，载《隔膜》，商务印书馆1922年版，第5页。

② 叶圣陶1914年12月27日日记，引自商金林:《叶圣陶年谱长编》第1卷，人民教育出版社2004年版，第186页。

③ 叶圣陶:《好友宾若君》，载《叶圣陶集》第5卷，江苏教育出版社2004年版，第271页。

④ 叶绍钧（叶圣陶）:《职业与生计》，《新潮》第2卷第3号，1920年4月1日。

更高的价值和认同相关。[①] 无论是教育、文学，还是种菜，如果能摆脱生计等附生物的羁绊，带给人超越性的快感，那么这个“X”都有可能成为一种“志业”。当这个问题被置于“菜园”这一特定空间中去展开，并融入了细腻的劳动感受时，作为“X”之一种，文学的“志业”想象与“菜园”的体验又有何关联，也就是一个顺势而出的话题了。

在韦伯那里，所谓“志业”问题的凸显，与现代社会“分工”的加剧有关。在一个“空前专业化”时代、一个“祛魅”之后诸神冲突的时代，“以 ×× 为志业”的选择，必然涉及“价值如何可能”的思考。[②] 当然，韦伯的问题框架，基于对新教禁欲伦理及西方理性化进程的历史考察，不能随意挪用，与五四时代的中国情境有着根本的不同。[③] 但对于那一代中国知识分子而言，“分工”并不是某种“后设”的虚构。一方面，伴随着“四部之学”向“七科之学”的转化，以“分工”为前提的现代知识体系，已逐渐深入人心；另一方面，当空谈“主义”成为一种风尚，出于对新文化运动自我空洞化的担心，从

---

① “志业”一词，借用自韦伯 1918—1919 年在慕尼黑大学所做的两次演讲《学术作为一种志业》与《政治作为一种志业》的标题。在韦伯那里，德语“Beruf”以及英语“Calling”，可译作“志业”“职业”“天职”“神召”等，“至少含有一个宗教的概念：上帝安排的任务”。在宗教改革运动中，马丁 · 路德 · 金（Martin Luther King）为其赋予了这种内涵：“上帝应许的唯一生存方式，不是要人们以苦修的禁欲主义超越世俗道德，而是要人完成个人在现世里所处地位赋予他的责任和义务。这是他的天职。”这样的“志业”（或“职业”）理念，构成了新教教派的核心教理。参见［德］马克斯 · 韦伯：《新教伦理与资本主义精神》第三章《路德的“职业”概念》，于晓、陈维纲等译，生活 · 读书 · 新知三联书店 1987 年版，第 58—68 页。

② 对韦伯“以学术为志业”态度的讨论，参见苏国勋：《理性化及其限制——韦伯思想引论》，上海人民出版社 1988 年版，第 291—301 页。

③ 韦伯对“志业”（“职业”）的论述，是以他对新教伦理的考察为背景的。针对可将儒教的禁欲精神与资本主义联系起来的说法，沟口雄三指出，在中国儒教传统中，把世俗职业视为神圣使命的观念是不存在的。参见［日］沟口雄三：《写在“儒教复兴”之际》，《作为方法的中国》，孙军悦译，生活 · 读书 · 新知三联书店 2011 年版，第 177—181 页。

“分工”的角度出发，为这场运动奠定知识基础的要求也变得十分迫切。[①]所谓“终身的事业”在当时并非一个孤立的提法，在相关的文献中屡屡出现。傅斯年在1919年2月就撰文强调“自知”与“终身之事业”的关系:“人惟有自知之明，斯宜自度己材，择一适宜之终身职业”，因为“凡学与术，皆以习久而精。操一业以终其身，与数易其业者，所诣浅深，未可比喻”。[②]无独有偶，1920年7月，少年中国学会曾发起一次会员“终身志业调查”，理由是“夫个人不自知其终身欲究之学术与欲做之事业，则其人必终无成就。团体若不自知其各分子终身欲究之学术与欲做之事业，则其团体必无成就，可断言也”。[③]在这项调查中，“志业”（而非“事业”）一词饶有意味，它与韦伯的概念“Beruf”之汉译之一恰好重合。

回到本文的话题，在当时另一份重要的文献中，“终身的事业”的提法也曾出现，这就是第一个纯文学社团文学研究会的宣言。这份由周作人撰写的宣言，后人耳熟能详，其中最为经典的一句无疑是:“将文艺当作高兴时的游戏或失意时的消遣的时候，现在已经过去了。我们相信文艺是一种工作，而且又是于人生很切要的一种工作；治文学的人也当以这事为他终身的事业，正如劳农一样。”这段高调的论述后来被人反复引述，以说明新文学“为人生”的基本立场。然而，笼统的“为人生”三个字，似乎并不足以说明这段话的全部内涵，尤其是将文学看作是“终身的事业”一语，并不能简单地混同于

---

① “五四”周年之际，新潮社的罗家伦就撰文指出:“最要紧的，就是要找一班能够造诣的人，抛弃一切事都不要问，专门去研究基本的文学哲学科学。世局愈乱，愈要求学问!”见罗家伦:《一年来我们学生运动底成功失败和将来应取的方针》,《晨报》“五四纪念增刊”，1920年5月4日。

② 孟真:《自知与终身之事业》,《新潮》第1卷第2期，1919年2月。

③ 此项调查由少年中国学会欧洲同人提议，引文出自《致少年中国学会》,《少年中国》第2卷第4期，1920年10月15日。自1920年9月至1921年11月，少年中国学会62位会员填写了《少年中国学会会员终身志业调查表》，内容包括“终身欲研究之学术”“终身欲从事之事业”“事业着手之时日及其地点”“将来终身维持生活之方法”等几项。

一般的文学功利主义话语，它包含了某种强烈的自我价值投入感。如果将这一诉求与少年中国调查联系起来看，那么不难看出，这种“投入感”正是以对现代社会分工的整体认同为前提的，它意味着文学作为一门特殊的知识、一个崭新的创造性领域，可以从消遣的、实用的、功利的世界里独立出来，成为个体生存意义的源泉。它一方面于社会人生“很切要”，另一方面也让“治文学的人”可以沉浸在这项工作中，体验到超越性的快感。在这个意义上，上述文字也可理解为一份特殊的文学“志业”宣言。

当然，要讨论新文学的“志业”问题，无疑会涉及多方面的话题，如现代纯文学观念的移植、印刷资本的发展、稿费制度的确立以及文学者身份意识的转变等，这些制度性因素构成了“志业”观念发生的支撑条件。然而，这份宣言所传达的那种全然的投入感，似乎还不能在现代性的文化建制中得到完全的说明，要把握这种态度的历史独特性，还有必要将眼光投向文学以外。

谈及这份宣言时，叶圣陶有个说法十分特别，他说其中的第三条（“建立著作工会的基础”）很可以注意，因为“用‘著作工会’这个名词，非常特别，所说的意思很新鲜”。他进一步指出：“要不是受到马克思主义思潮的影响，宣言里决不会用‘著作工会’这个名词。”①从叶圣陶的角度看，用词“新鲜”并不是一个无关紧要的细节，恰恰是“著作工会”这样异质性的词汇，暴露了宣言背后社会语境的作用。其实，除了“著作工会”，文中出现的“工作”“正同劳农一样”“同业的联合”等，也都是些“意思很新鲜”的非文学用语，它们可能只是被随意掺杂，起着类比性的说明作用，但却为读解这份宣言提供了更多的线索。换言之，与“五四”前后众多“杂凑各种概论”而成的文学论文相比，这份“志业”宣言的写作，不只发生于文

① 叶圣陶：《略叙“文学研究会”》，载《叶圣陶集》第9卷，江苏教育出版社2004年版，第145页。

学的内部，“跨界”的表述更可以看作一种特定的历史修辞，要考察它的内涵，必须将目光投向外部的社会思潮或实践。

二、“新村主义”视野中的“菜园”

叶圣陶认为文学研究会宣言的写作，受到了马克思主义思潮的影响，这种说法大约只是一种“事后的追溯”。在 1919—1921 年间，与其说马克思主义有如此的影响力，不如说当时非常驳杂的社会改造思潮构成了宣言写作的背景。依照后来学者的归纳，这些思潮包括施蒂纳、蒲鲁东、巴枯宁、克鲁泡特金的各种无政府主义，武者小路实笃的新村主义，欧文等人的合作主义，托尔斯泰的泛劳动主义，基尔特社会主义，伯恩斯坦、考茨基的议会社会主义，等等。① 诸多“主义”在彼此重叠、相互融通之中，共同发生着作用。其中，力图打破体力与脑力界限、注重新生活实验的新村主义、泛劳动主义、工读主义，在激进的知识青年中就一度相当流行，甚至潜在地影响了那一代人的社会想象。尤其是在“运动”过后的 1919 年下半年到 1920 年上半年，一系列以“工读”“新村”为名义进行的个体改造、生活改造实验，在青年群体中此起彼伏地开展起来。

文学研究会的“宣言”出自周作人之手。众所周知，在这一时期，周作人也是著名的“新村主义”信徒，以他为中心，在当时北京的学生界、知识界，也形成了某种新村讨论的氛围。② 有意味的是，郑振铎、瞿秋白、耿济之、瞿世英等人与周作人的联系，恰恰就是以

① 彭明：《五四运动史》，人民出版社 1984 年版，第 501 页。

② 北京高师的《工学》、北京大学的《批评》等刊物，都曾辟出专门讨论“新村”的版面，周作人的相关言论也刊载于其上：《工学》第 1 卷第 4 号与第 5 号，刊载了俍工与周作人有关“新村”的讨论；《批评》第 4 号、第 5 号，均为“新村”专号；《人道》月刊第 2 号本来也计划推出“新村”专号。

“新村”为起点的：1920年6月8日，郑振铎致信周作人，称周是“现时中国内极注意于新村问题的——也是实行新村组织的——一个人”，并表示“我们对于新村运动，很有研究——实行的兴味；我个人尤有想去实行的意思”。[①] 此后，他与周作人的来往便频繁起来，这无疑为日后文学研究会的发起，奠定了重要的人事基础。就《新社会》群体发表的言论看，他们对于“新村主义”的态度也十分积极，继《新社会》后创办的《人道》月刊，本来要在第2号推出“新村”专号，稿子已经组好，只可惜最后未能出版。由此看来，包括周作人在内，文学研究会的部分发起者们在“五四”前后，都不同程度地参与了以新村主义为代表的社会改造运动，他们的社会理念与文学理念，在某种意义上也是同步（或同构）发生的。[②]

回到叶圣陶这里，作为文学研究会的发起人之一，叶圣陶在五四时期所处的位置，与他在北京的朋友们非常不同。当郑振铎、王统照、许地山、瞿世英、耿济之等大学生在北京集会结社、演讲讨论、创办刊物的时候，在苏州乡镇上的他接触到的朋友“只有十几位同事和镇上的少数人”，邮递员送来的报纸才是他与外界的重要联系，因而他后来也自称“我这个乡镇上的小学教师属于不同类型”。[③] 但这并不等于说，叶圣陶远离那个时代的思潮。早在辛亥时期，年少的叶圣陶就卷入了历史当中，曾和友人一道参加江亢虎组织的中国社会党，无政府主义“所说乃无政府无金钱以后之世界”也让他深深服膺。[④] 后来，

---

① 见《中国现代文艺资料丛刊》1980年4月第5辑。

② 尤其是周作人，五四时期他对“人的文学”的阐发、对文学“普遍与真挚”特性的强调等，都暗中沟通了新村主义的互助、大同理念。对此问题的探讨参见孟庆澍：《无政府主义与五四新文化——围绕〈新青年〉同人所作的考察》，河南大学出版社2006年版，第222—232页。

③ 叶圣陶：《“常惜深谈易歇”——〈王统照文集〉跋》，载《叶圣陶集》第7卷，江苏教育出版社2004年版，第277页。

④ 叶圣陶：《致顾颉刚》（1912年8月中），载《叶圣陶集》第24卷，江苏教育出版社2004年版，第5页。

他幡然悔悟，自认当年“振于好奇之心，遂与魑魅为伍”[①]，痛斥以前迷恋的“三无主义”[②]，但早年的思想狂热还是留下了痕迹，他自己曾道白:“曩时持无政府主义，后颇不屑道之。然与同学谈时事时，复申其夙持”。[③] 五四时期，身处江南小镇的叶圣陶，迎来了又一次参与历史的机会，他积极投稿，加入各种讨论，话题涉及教育、妇女、人格、社会等多个方面，各种思潮的激荡也潜移默化地作用于他。[④] 很早就有论者指出，当时的叶圣陶是一个空想社会主义者，武者小路实笃的“新村主义”对他影响很深。[⑤] 据相关考察，日本《新村》杂志 1920 年 1 月号的“新入会员”栏中，也出现过叶绍钧的名字，这证明他的确加入过新村组织:“叶圣陶‘五四’时期‘为人生’的文学主张和 20 年代的长篇小说《倪焕之》与新村精神之联系，似乎颇值得探讨。”[⑥]

长篇小说《倪焕之》这里暂不探讨，但《苦菜》一篇就不乏新村的色彩。叶圣陶早期的作品多取材身边琐事，这篇小说也是有其本事的。在甪直吴县第五高等小学任教时，叶圣陶和吴宾若、王伯祥等友人创办了“生生农场”，当时还曾向一位名叫福堂的农民学习种菜，《苦菜》中的“我”，显然就是作者本人的投射。[⑦]“五四”前后，

① 叶圣陶 1915 年 1 月 26 日日记，引自商金林:《叶圣陶年谱长编》第 1 卷，人民教育出版社 2004 年版，第 189 页。

② 叶圣陶 1914 年 5 月 20 日日记，引自商金林:《叶圣陶年谱长编》第 1 卷，人民教育出版社 2004 年版，第 153 页。

③ 叶圣陶 1913 年 6 月 18 日日记，引自商金林:《叶圣陶年谱长编》第 1 卷，人民教育出版社 2004 年版，第 125 页。

④ 晚年以后，在谈到“五四”思潮对自己的影响时，叶圣陶表示:他肯定也受到影响，但是说不清具体是什么样的影响，那影响有多大。他说，关于这一类问题，有的人能自觉，有的人却不自觉，他是属于不自觉的这一类。参见吴泰昌:《忆“五四”访叶老》，载刘增人、冯光廉编:《叶圣陶研究资料》，北京十月文艺出版社 1988 年版，第 158 页。

⑤ 庄文中:《试论叶圣陶在五四时期的文学观》，载刘增人、冯光廉编:《叶圣陶研究资料》，北京十月文艺出版社 1988 年版，第 714—719 页。

⑥ 董炳月:《周作人与〈新村〉杂志》，《中国现代文学研究丛刊》1998 年第 2 期。

⑦ 商金林:《叶圣陶传论》，安徽教育出版社 1995 年版，第 324 页。

杜威提倡的“教育即生活、学校即社会”的思想十分流行，叶圣陶和他的友人们深受启发，在学校里创办“农场”之类的做法，目的就在实践“特设一种相当的境遇”的教育理念。① 这段经历在小说《倪焕之》《校长》及戏剧《恳亲会》《艺术的生活》等作品中，多次得到过再现，“菜园”或“农场”也成为叶圣陶偏爱书写的空间。然而，《苦菜》却绝对不是一篇教育小说。“我”在空地上开出一片菜园，并不是为儿童提供一种“境遇”，其目的恰恰是排斥那些顽皮游戏的儿童：“顽皮孩子虽不觉得可恶，究竟没什么可爱，何必准备着游戏场供他们玩耍”。② 在这里，作为“一种相当境遇”的菜园，恰恰不是为别人，而是为自己而设的，与“种菜”相关的一系列概念如劳动、种植、力、快乐、直观的体验等，都指向了自我可能性的实现。

对于所谓“农桑事业”，受耕读传统熏陶的中国知识分子，多少总会有些向往，“聚五六知己，集为村落，以耕以读”也曾是叶圣陶艳羡的人生状态。③ 但他对“菜园”“农场”之类空间的书写，绝非只是文人旧习的表现，而直接连通了“新生活”乃至“新人”的想象。可以参照的是，在当时出现的诸多社会改造方案中，“菜园”的确曾一度被提出，作为实验“新生活”的有效空间。1919 年下半年，在少年中国学会成员发起的“小组织”问题讨论中，王光祈就谈到这样一种构想：

> 我们先在乡下租个菜园，这菜园距离城市不要太远，亦不要

---

① 在《小学国文教授的诸问题》(《教育杂志》第 14 卷第 1 号，1922 年 1 月 20 日）一文中，叶圣陶提出小学教育应该以儿童为本位，不应过于偏重书本，而应为他们创造社会活动的空间，让学生们能在具体的实践中自发地学习、成长，“所以学校宜有会场、农园、工室、博物馆、图书馆等等设备”，以为儿童“特设一种相当的境遇”。

② 叶圣陶：《苦菜》，载《隔膜》，商务印书馆 1922 年版，第 79 页。

③ 叶圣陶 1915 年 6 月 14 日日记，引自商金林：《叶圣陶年谱长编》第 1 卷，人民教育出版社 2004 年版，第 196 页。

> 太近，大约四五里路为最宜。这个菜园不要太大，亦不要太小，只要够我们十余人种植罢了。菜园中间建筑十余间房子，用中国式的建筑法，分楼上楼下两层。楼上作我们的书房、阅报室、办公室、会客室、藏书室、游戏室等等；楼下作我们卧室、饭厅等等。园子西南角上建筑一个厨房。东北角上建筑一个厕所。房子后身砌上一个球场。园子周围挖一条小溪，溪边遍植柳树，柳树旁边就是竹篱，竹篱里头就是我们的菜园了。

王光祈细致地构想了一个共同生活、学习、工作的空间，“菜园”作为人力与自然交汇的地带环绕周边。在这样的空间中，日常时间也得到如下安排：种菜两钟，读书三钟，翻译三钟，其余钟点均为游戏、阅报时间。“种菜”之所以被首选，其理由有三：“(一) 种菜系户外劳动，于身体有益；(二) 种菜易于学习；(三) 种菜收效最快。”① 可以看出，这个构想的“菜园”方案，包含了一整套“共同生活”的规划，“种菜”的劳动更类似于修身功课之一种。这个方案后来并没有实际执行，但王光祈等人在城市中发起工读互助运动，也可看作是“菜园”方案的一种转移。② 同样，1920 年在上海工读互助团的筹备会上，在谈及工作种类之时，除印刷装订、开饭店、洗衣等几种外，陈独秀也提出“种菜”的工作予以补充。③

无论是乡村里的种菜劳动，还是城市里的工读实验，在一代激进的知识青年看来，都提供了传统的家庭、学校之外的别样空间。在这样的空间中，青年人可以共同尝试一种新生活的可能，一种自我改造的可能，并以此作为全体社会重造的基础，而非单纯为了维持学业或

---

① 若愚（王光祈）:《与左舜生书》,《少年中国》第 1 卷第 2 期，1919 年 8 月 15 日。

② 王光祈在《工读互助团》(《少年中国》第 1 卷第 7 期，1920 年 1 月 15 日）中称：“这种组织比‘新村’容易办到。因为‘新村’需要土地，而且我们现在生活的根据又在城市，所以这种主张比较切实可行，更为需要。”

③ 《上海之工读互助团》，1920 年 2 月 29 日《时事新报》；引自《五四时期的社团》(二)，生活 · 读书 · 新知三联书店 1979 年版，第 450—451 页。

生计。[①]叶圣陶在"五四"后发表的文字，包括《职业与生计》《苦菜》在内，有不少也围绕类似的问题展开。[②]在他的笔下，对理想"职业"（志业）的追求，与对"人的生活""艺术的生活"的追求，其实是可以相互替换的，二者交织在一起，共同发生于新村主义、工读主义等新生活实验的背景当中。[③]

三、审美化的"劳动"观

作为一种乌托邦性质的社会方案，五四时期出现的"新村""工读"实验，似乎更多地作为一种"纸上的事业"，发生于热烈的言谈和讨论中，其实现的历史可能性相当有限。但对于"文艺"而言，其中的一些原则倒十分适用。在当时有关"新村"的讨论中，也有人将"新村"与艺术的创造力相提并论，认为："新村既是不仅能够把现代所流行的'商的经济状况'打破；非人的生活改造，并且能使个人的与人类的本能同等发展；又将宇宙的本能弄活，实现一种灵肉一致

① 胡适在《工读主义试行的观察》（《新青年》第7卷第5号，1920年4月1日）一文中，就认为"工读主义"应该回到"半工半读"的学生生活的本义，而对当时工读实践背后"高超的新生活"理想颇不以为然。

② 除《职业与生计》《苦菜》外，还可参见《人的生活》（1919年7月30日《时事新报·学灯》）、《新生活和新人生观》（1919年8月6日《时事新报·学灯》）、《我的伴侣》（1919年9月5日《时事新报·学灯》）、《不快之感》（《时事新报·文学旬刊》第5期，1921年6月20日）等。

③ 譬如，在他1921年9月发表的三幕剧《艺术的生活》（《戏剧》第1卷第5号，1921年9月30日）中，主角刘女士是个理想的新女性，她也希望"自己有一种终身的职业，做个独立不倚的人"，而实现"终身的事业"的方式与新村理想十分接近：到乡下去，和友人一道，在优美的自然中从事幼稚教育和艺术工作。该剧完成之后，叶圣陶曾托郭绍虞将初稿送请周作人审阅（参见商金林：《叶圣陶年谱长编》第1卷，人民教育出版社2004年版，第226页）。出于对文坛前辈的仰慕，送上自己的习作，这个举动十分平常，但叶圣陶或许也考虑到周作人作为新村主义代言人的身份。

的、全的、善的、美的、人间的生活，从而号召‘新村实现！艺术复活！’”[①]“新村实现”之所以能和“艺术复活”相提并论，因为它们都包含了一种基本的冲动，那就是克服现代社会分化造成的人性异化，恢复某种灵肉合一的完整人格。在浪漫的文艺社会学中，这一目标无疑是通过审美活动来实现的，而在“新村”一类的社会改造构想中，“劳动”则构成了克服“分化”与“异化”的手段，对一种自由的、丰富的、创造性的工作状态和人格状态的向往，往往会寄托在其上。[②] 陈独秀在《新青年》的宣言中就声称：“我们新社会的青年，当然尊重劳动；但应该随个人的才能兴趣，把劳动放在自由愉快艺术美化的地位，不应该把一件神圣的东西当作维持衣食的条件。”[③]

这种审美化、艺术化的劳动观，也出现在周作人的新村论述中。对于托尔斯泰式的“泛劳动主义”，他并不看好，认为“专重‘手的劳动’，排斥‘脑的工作’；又提倡极端的利他，抹杀了对自己的责任；所以不能说十分圆满”。在周作人的理解中，“劳动”体现了个人与社会、利己与利他、自爱与他爱的统一，既能够实现人类的社会义务，也能够实现自我灵肉的改造，他甚至将这种理解，落实到了具体的生理层面，认为：“这劳动遂行的愉快，可以比生理需要的满足，但这要求又以爱与理性为本，超越本能以上，——也不与人性冲突，——所以身体虽然劳苦，却能得良心的慰安。这精神上的愉快，

---

① 罗敦伟：《艺术复活与新村》，《批评》第5号（新村号），1920年12月26日。

② 在中国无政府主义先驱师复撰写的纲领性文章《无政府共产党之目的与手段》中，就包括如下的条目：“（三）无资本家与劳动家之阶级，人人皆当从事于劳动。……惟各视其性之所近，与力之所能，自由工作，而无强迫与限制”，“（十三）每人每日劳动时间，大约由二小时最多至四小时。其余时日，自由研究科学，以助社会之进化，及游息于美术技艺，以助个人体力脑力之发达”，等等。参见师复：《无政府共产党之目的与手段》，载高军等编：《无政府主义在中国》，湖南人民出版社1984年版，第273—274页。

③ 陈独秀：《本志宣言》，《新青年》第7卷第1号，1919年12月1日。

实非经验者不能知道的。”[①]在这段话中，他对于劳动价值的强调，不是从社会功能的角度出发，而是涉及了某种无法言传的身心满足感。或许是为了印证这一观点，周作人还现身说法，在他所作的日本新村访问记中，用大段文字记录了自己掘地、种植等田间劳动的体验：

> 种过小麦的地，已经种下许多甘薯；未种的还有三分之二，各人脱去外衣，单留衬衫及短裤布袜，各自开掘。我和第五高等的学生，也学掘地，但觉得锄头很重，尽力掘去，吃土仍然不深，不到半时间，腰已痛了，右掌上又起了两个水泡，只得放下，到豆田拔草。……回到寓所，虽然很困倦，但精神却极愉快，觉得三十余年来未曾经过充实的生活，只有半日才算能超越世间善恶，略识“人的生活”的幸福，真是一件极大的喜悦。[②]

表面上看，这段文字十分朴实，只是将劳动过程的诸般细节如实写出。但在“写实”的背后，其实蕴涵了对自我意识状态的高度关注，劳动的过程体现出人与物质世界的亲密接触，在身体的直观感受中，包含了某种神秘的自我认识，一切的细节最终被引向了观念，指向了内在自我的充实与更生。[③]

可以讨论的是，在新村主义、工读主义的视野里，虽然体力与脑力的结合是理想社会、理想人格的重要前提，但相对于文化与知识的

① 周作人：《访日本新村记》，《新潮》第2卷第1号，1919年10月。

② 周作人：《访日本新村记》，《新潮》第2卷第1号，1919年10月。

③ 在谈及周作人的那段文字时，钱理群认为通过乡间的劳动，来自喧嚣现代社会的周作人进入了一种陶然的境界，“这既是超越——利害，也超越世间善恶，又是融入——人，我，物，我的交融”。参见钱理群：《周作人传》，北京十月文艺出版社2001年版，第241页。

工作，手工劳动、体力劳动的优先性，无疑得到了更多的强调。① 当时“工学会”的成员刘熏宇就回忆：“那时对劳动的理解是偏于体力方面，并不把脑力劳动也作为劳动看待。”② 即便是反对“专重‘手的劳动’，排斥‘脑的工作’”的周作人，他对“劳动”直观理解，也似乎更多地奠基于体力劳动中的身体经验。在《文学研究会宣言》中，当周作人写下“治文学的人也当以这事为他终身的事业，正如劳农一样”一句时，农业劳动中直观的身体满足感与精神超越感，未尝没有寄托在了这短短的一句中。换言之，“文学”的工作不仅于外部的人生很切要，也指向了内在自我的改造、更生。“正如劳农一样”，这句话不仅是文学“志业”的一种比喻，它也从某种身体直观的层面，构成一种内在的规定。③

1920年之后，周作人的“新村”热情很快消歇，④ 但“劳动”与文学之间的隐喻性关联，却并不会在思想深处被轻易抹去。一年之后，他在《晨报·副刊》上开设专栏“自己的园地”，提出：“种果蔬也罢，种药材也罢，——种蔷薇地丁也罢，只要本了他个人的自觉，在

---

① 依照当时极端狭义的说法，劳动的定义只是“盖藉四肢之劳力以生产人生必须之衣食住三要素者是也”（《托尔斯泰之劳动主义》，《劳动》第1卷第1号，1918年3月20日）。以至于从事“劳动”鼓吹的知识分子，也将自己的工作排除在外：“吾人终日从事于编辑撰述排版印刷装订之劳……虽自居于劳动者之林。恐以‘劳动生产产物资生’之精义绳之，终成其为无益之劳动，而究竟社会寄生虫。”参见《劳动者言》（卷首语），《劳动》第1卷第1号，1918年3月20日。

② 刘熏宇：《忆工学会》，载《五四运动回忆录》下卷，中国社会科学出版社1979年版，第1017页。

③ 对于《文学研究会宣言》中的这一句，孟庆澍有相似的解读：“在周作人看来，文学不再是无足轻重的‘雕虫小技’，也不是赖以糊口的稻粱之谋，甚至也不仅仅是开发民智的工具，而是和‘新村’鼓吹的体力劳动一样感化民众、造就‘新人’、改造社会的一条途径。”参见孟庆澍：《无政府主义与五四新文化——围绕〈新青年〉同人所作的考察》，河南大学出版社2004年版，第225页。

④ 1920年12月17日所做《新村的讨论》，是周作人最后一次宣传新村的文字，他在文中回应了黄绍谷对新村的怀疑，但也承认“新村的不容易普及”，现在缺乏可行性，还要寄希望于将来。此文发表于《批评》第5号，1920年12月26日。

认定的不论大小的地面上，应了力量去耕种，便都是尽了他的天职了。”显然，从“乌托邦”的社会改造退回到“自己的园地”，但以“耕种”“劳动”为隐喻的文学“志业”（天职）想象依然未变。在这篇文章中，周作人还在“为人生”与“为艺术”的分别之外，阐发了他著名的“人生的艺术”观念：“艺术是独立的，却又原来是人性的，所以既不必使他隔离人生，又不必使他服侍人生，只任他成为浑然的人生的艺术便好了。”利己又利他、“独立”又“服侍”，这种浑然统一的逻辑，恰恰又是“劳动”的精义所在：“我所说的蔷薇地丁的种作，便是如此”①。

四、“劳动”与文艺经验的发生

说周作人在文学“志业”的解说中，融入了体力劳动中的身心感受，这或许还只是一种推测。与之相比，在叶圣陶的文字中，“志业”想象与体力劳动之间的比附性关系，则得到了更为细致的展现。其实，在叶圣陶的心目中，除了种菜，理想的工作总多少与某种小型的手工体力劳动相关。1913 年 1 月，“厌教”情绪严重的他，曾在给顾颉刚的书信中，谈及他对鞋匠的艳羡：“如彼鞋匠，我力能为鞋，则别无他之假借，他之思虑。抽其麻丝，持其皮刀，为之不已，一鞋告成，此时之乐，为何如哉？”②在这段话中，鞋匠工作之“正当性”，不是来自外在的“伦理思想”，而是来自工作本身的持续、自足与完满：四肢作用于物质，身心也沉浸于其中，这似乎是《苦菜》之中摆脱“附属物”纠缠之渴望的另一种表达。事实上，叶圣陶后来也找到了类似于“鞋匠”的工作，对于他而言，文学未尝不是一件小型的手

① 仲密（周作人）：《自己的园地》，1922 年 1 月 22 日《晨报 · 副刊》。

② 1913 年 1 月 7 日叶圣陶致顾颉刚信，载《叶圣陶集》第 24 卷，江苏教育出版社 2004 年版，第 28 页。

工劳动，需要全身心的投入与不假外物的专注，写作的快感是由写作过程本身提供的，身心的劳苦正像一种内在的报偿。

在《随便谈谈我的写小说》中，他曾这样描述自己的写作：“在我，写小说是一件苦事情。下笔向来是慢的；写了一节要重复诵读三四遍，多到十几遍，……夸张一点说，有点象呻吟在产褥上的产妇的。直到完篇，长长地透一口气，这时非常的快乐。”①即便在为金钱所役、不得不卖文为生的时候，类似的快感依然伴随其间。②叶圣陶的好友顾颉刚，十分了解这位写小说的朋友，在《隔膜》的序言中，顾颉刚就称：“圣陶往年极羡慕的鞋匠生涯，于今成就了：这二十篇文字，便是二十双鞋子。想他鞋子告成时的乐趣，已经过了二十回了！”③在“劳动”的意义上，写小说与做鞋子，两种工作并无本质的不同，过程类似，乐趣也同样，都体现了摆脱“附属物”羁绊之后的专注、自由和超越感。在1920年8月发表的《人力车夫》一诗中，他哀叹人力车夫被命运驱使，盲目奔跑，而与“拉车”相对照的，则是“种田”“制器”“文艺”这三种“劳动”，它们分别有那“生生不息”的“生命之流”，“精妙纯美”的“心力之具体表现”，以及和“大自然”同其呼吸。④

随着“劳动”话语的广泛渗透，将文艺问题与劳动问题相提并论的说法，在五四时期也流行开来⑤，叶圣陶的上述表白，似乎并不怎么稀罕。但仔细体味的话，他对“劳动”的表现可能要更为微妙，

---

① 叶圣陶：《随便谈谈我的写小说》，载刘增人、冯光廉编：《叶圣陶研究资料》，北京十月文艺出版社1988年版，第240页。

② 在1915年11月17日的日记中，叶圣陶写道：“课余则为小说，迄于将睡而止。似此勤劳不息，乃亦弗觉其苦。可见苦乐与否，只问心安。心安于劳，虽劳不疲也。”（商金林：《叶圣陶年谱长编》第1卷，人民教育出版社2004年版，第202页）。

③ 顾颉刚：《〈隔膜〉序》，载叶圣陶：《隔膜》，商务印书馆1922年版，第15页。

④ 圣陶（叶圣陶）：《人力车夫》，1920年8月19日《晨报·副刊》。

⑤ 参见玄庐：《诗与劳动》，《星期评论》1920年“五一劳动纪念号”；田汉：《诗人与劳动问题》，连载于《少年中国》第1卷第8、9期，1920年2、3月。

也更为内在。将写小说比喻为“做鞋子”，将“文艺”等同于“种田”“制器”，其特殊的快感来自持续不断的辛苦工作，这一工匠式的态度，首先为他的“志业”想象注入了少有的耐心、专注的品质，在某种意义上，也体现了一种专业化的工作伦理。不仅如此，在一些相关的论述中，这种身心投入之感，还被引申到文学发生学的层面。

依照“五四”浪漫的文学观念，文学之创造源于真挚感情的表达，那么作为源头活水的内在自我，也应有一种自发性的特征，能够不断汲取各种养料，变得丰富充盈，在需要时会主动喷涌。20世纪20年代初，叶圣陶正是上述观念热烈的宣讲者之一，他在《晨报》上连载的长篇《文艺谈》，就反复强调“真挚情感”或“诚”的重要性，甚至认为要创作出理想的真文艺，“唯一的方法乃在自己修养，磨练到一个‘诚’字”。在这里，“诚”不只是浪漫主义主观性的一种表达，它更多地还是一个传统的中国概念，不仅指向了对自我内部道德、情感状况的一种评价，同时也涉及了与外部世界的“触着”问题。换句话说，要达到这个“诚”，是需要一系列修养与磨炼“工夫”的，需要“对于人生有所触着而且深切地触着”。怎样形成这种深切的“触着”呢？“文学家不得不于外面的观察之外，从事于一切的内在的生命的观察。”[①]不难看出，叶圣陶的写实主义是建立在某种主体热切参与的基础上的，“诚”的达成有赖于自我与世界有效的“触着”、有赖于从对象内部展开的生命实践，这也构成了机械的文艺与真挚的文艺乃至机械的生活与艺术的生活之区分所在。为了理解这种差异，不妨比照一下叶圣陶自己的两段文字。

散文《不快之感》写于1920年7月，它与《苦菜》大致是同时期的作品。这篇散文并没有什么情节，只是通过一连串自我感受的剖析，传达了对某种幽闭的、模式化生活的厌倦。在文章的开头，是这

① 《文艺谈》自1921年3月5日至6月25日连载于《晨报·副刊》，署名圣陶，共40则；引自《叶圣陶集》第9卷，江苏教育出版社2004年版，第9、19页。

样一段描写：

> 两扇玻璃窗外是一个小方天井。他抬起头来，只有窗外陈旧、简单、沉寂的景物是他的世界；他看了不知多少回了，倘要他将图画描写出来，一定能够一些儿没有差错。左边的短墙青苔长满了上半截：那墙的年纪比他长，刷在上面的水泥早已不知哪里去了，竖着铺的砖便显出很明白的畛域来；那青苔簇齐地长着，仿佛一片平田种满绿秧，有纵横的阡陌把它划分得很清楚似的。①

后面的描写还有很长，篇幅所限，不再引述。表面看，这段文字出于忠实的观察，体现出一种严谨、精确的写实作风，但作家的真实用意，恰恰是要通过这种琐屑的写实，传达一种无聊、乏味之感。由于缺乏与生活真实的“触着”，所有感受也只是外在、机械、缺乏内在的活力。再看《苦菜》中的一段，它也类似于琐屑的写实，但传递的感受却完全不同：

> 泥土的气息一阵一阵透入鼻管，引起一种新鲜而快适的感觉。蚯蚓很安适地蛰伏着，这回经了翻动，他们只向泥土深处乱钻；但是到后半段身体还赤露着的时候，他们就不再钻了。菊科的野草连根带叶地杂在泥里，正好用作绿肥：他们现在是遭逢了“人为淘汰”了。
>
> 我不觉得时间在那里移换；我没有一切思虑和情绪。我化了，力就是我，我就是力。这等心境，只容体会，不可言说。②

---

① 叶绍钧（叶圣陶）：《不快之感》，《新潮》第3卷第1号，1921年10月1日；引自《隔膜》，商务印书馆1922年版，第21—22页。

② 叶圣陶：《苦菜》，载《隔膜》，商务印书馆1922年版，第84页。

与上文引述的周作人的那段相仿，这段文字也细致入微地记录了劳动之中的点滴体验，在对泥土中各种鲜活生命的逼视中，我不禁被升华了，与自然之力同化，无比丰富的感性也汩汩地涌出。劳动的过程由是成为一种感官解放的过程，一种内在经验实现的过程，它在很大程度上已被修辞化了，劳动的目的似乎就指向了文学经验的发生。

《不快之感》中的“我”，受限于呆板的生活模式中，无法对世界进行内在的有生命的观察，而《苦菜》中的“我”，由于参加“劳动”而找到了敞开的自我，经验之泉也汩汩而喷涌。[①] 将劳动当作一种有效的“触着”方式，一种与文学经验类似的发生方式，这种认识在《诗的源泉》一文中表达得更为明确。在文中，叶圣陶仍重申：“唯有充实的生活是汩汩无尽的泉源。有了源，就有了泉水了。所以充实的生活就是诗。”那充实的生活怎样获得的呢？他进而“妄想”：“一个耕田的农妇或是一个悲苦的矿工的生活，比一个绅士先生的或者充实得多，因而诗的泉源也比较丰富。”[②] 显然，在源泉的意义上，叶圣陶和周作人一样，也是把“劳农”当成了文学“志业者”的典范。劳动不仅与一种刻苦的专业化状态相关，它同时也是一种与世界恢复身体性关联的方式，一种经验蕴积与展开的方式，“种菜”之中细微的身

---

① 叶圣陶1921年6月11日所作的短篇小说《晓行》（刊发于1921年6月20—23日《晨报·副刊》），记述一个小学教员早上的见闻，包括江南水乡生机勃勃的田园景色以及与两个车水农人的对话，有关“劳动”与“工作”的思考也穿插其间，河流、沟渠、水车一类意象则构成了小说内在的流动感：汩汩的水流既是大地生机的表现，又体现了内在经验的生发和人与人之间隔膜的打破。小说的结尾也饶有意味：“水车的机关又转动了，河水汩汩地流入田里。我想我的工作快要开始了，怎能只看他人工作呢？”（《叶圣陶集》第1卷，江苏教育出版社2004年版，第220页）水流的发动与工作的开始，在这里取得一种隐喻性的联系。

② 叶绍钧（叶圣陶）：《诗的泉源》，《诗》第1卷第4号，1922年4月15日。后来，俞平伯在《五四忆往——谈〈诗〉杂志》中也引述了这段文字，认为“这短文的论点和风格，就圣陶来说，也可以说是有代表性的”（《五四运动回忆录》下卷，中国社会科学出版社1979年版，第999页）。

心体验，无疑潜在地支持着这种说法。

讨论五四时期的新文学观念，时下流行的思路是在现代性反思的名义下，对其进行多方面的质疑。相关论者或从文学自由主义立场出发，抨击“五四”文学的功利主义态度；或从传统的立场或后现代的立场出发，检讨这种观念的外来移植性、意识形态性。在林林总总的“反思”中，五四时期的新文学观念，似乎被想象成了一种颇具功利色彩和排他性的东西。这样的批判不能说没有切中问题，但以某种理论的“正确性”为前提的反思，如果脱离特定的历史状况，最终只能沦为概念的演绎，而不能真正推进对历史的认识。事实上，正如本文通过《苦菜》一篇解读想要揭示的，“五四”之后确立的文学“志业”想象并不是抽象地发生于文学内部，而是与当时具体的社会改造实践相关。如果说“以文学为业”观念的提出，发生于“五四”之后“固本培元”的分工思路之中，并得到了“文化运动”与“社会运动”之间有机想象的支撑，那么新村主义、工读主义、泛劳动主义的社会思潮，不仅制约了文学“志业”的外部取向，同时也从内部塑造了文学者的自我感受，给出一种特别的身心安顿感、充实感。在“劳动”的体验中，不仅独立性、自发性、泉源性、功能性等一系列观念，可以获得某种整合，内在的身心感受和外在的社会价值、自我改造与社会改造也被贯通一体，文学的“志业”想象由是被赋予了实践的轮廓和身体性的“质感”。这或许使得五四时期的文学观念不够纯粹，也不够“洋气”，但殊不知这正是它的历史独特性所在。

在“文学”与“社会”的关系上，这种独特性表现得最为明显：一方面，文学与社会不是相互外在的领域，需要依靠所谓“为人生”的抽象观念来扭结，而是内在同一于社会改造的整体；另一方面，以“劳动”为代表的具体实践，也构成了自我与社会场域一种有效的中介、一种浑然统一的“触着”关联。相比之下，在浪漫的文艺家那里，这种关联似乎更为简便，感性的人格本身就包含了社会联通的可能：“个人的苦闷、社会的苦闷、全人类的苦闷，都是血泪的源泉，三者可以说是一个直线的三个分段。”[①]这种“三段合一”的想象，无须方法和中介，依靠艺术家敏感的神经与社会的共振，就可以自发地达成。文学研究会成立之后，其主要成员自觉将文学当作一种“工作”来推进，他们的人格类型也更多地呈现为一种工作型、生产型，从而与创造社诸公代表的消费型、才子型人格区别开来。这种差异源于不同的社会位置，但将文学看作是一种“劳动”的志业态度，或者也发生着潜在的支配作用。

当然，不容忽略的是，虽然在“劳动”的体验中，寄托了理想“志业”的想象，但叶圣陶并非是一个简单的“生活之艺术化”的浪漫歌颂者，他对“劳动”的描写仍是发生在某种“反讽”的结构中。在《苦菜》的结尾，“我”了解了福堂怠业的原因，同时也意识到：

> 偶然当一柄耙，种几棵菜，就自以为得到了真实的愉快，认识了生命的真际，还不是些虚浮的幻想么？……那些窎远而僭越的忧虑，一霎时在我心里风轮似地环转。[②]

所谓“窎远而僭越的忧虑”或者小说内在的“幻灭”机制，又该怎样理解呢？首先，以“劳动”为“生命的真际”，这种认识发生在个人体验的层面，本身就包含了易变性、不确定性，能否持久地支撑、滋养文学“志业”的想象，其实是颇值得疑问的。另外，刚才提到，文学思考与社会实践之间的有机关联，构成了叶圣陶等人文学态度的历史独特性所在。如果说这是那个时代整体的社会有机性的一种表现，那么它同时也分享了其内在的脆弱性，当文化运动与社会运动的关系逐渐成为一个有争议的问题，原本高亢、贯通的文学理念势必也会遭遇挫败。尤其是“五四”之后，社会改造的浪潮逐渐消歇，新文学依

---

① 郭沫若：《论国内的评坛及我对于创作的态度》，载《〈文艺论集〉汇校本》，湖南人民出版社 1984 年版，第 145 页。

② 叶圣陶：《苦菜》，载《隔膜》，商务印书馆 1922 年版，第 90—91 页。

托社团、刊物、读者、文学青年，落实成一个分工后独立的“场域”，“自己的园地”也扩大为一个充满纷争的“文坛”。正如预设了个体与世界真实“触着”的想象，一旦接触困苦、乏味的劳动实际就迅速幻灭那样，以“种菜”为隐喻的文学“志业”，也难免纠缠了“附生物”，有可能变异为一种新的“生计”。即便某种持续、专注的工作状态仍能保持下来，但缺失了对个体及社会改造的乌托邦愿景，其内在活力及伦理充实感也可能悄然流失。

在这个意义上，叶圣陶《苦菜》及其他作品中的“幻灭”，作为一种寓言性的叙述机制，已事先传达了一代人内心的困惑与焦躁，也暗示“五四”浪漫的文学理念可能包含了某种先天的不足，它必须在危机中接受考验，不断注入新的内涵。那个沉浸在创造快感中的劳动者、工作者，也应意识到：要实现劳动与创造、自我与他人、个体“志业”与公共生活的浑然贯通，这一使命在根本上的曲折与艰巨，审美化的“劳动”体验并不足以持久支撑，它的达成还有赖于社会结构、组织的整体性重造。①

① 在长篇小说《倪焕之》中，对于倪焕之热衷的“革新教育”实验，老同学王乐山的评价是：“要知道社会是个有组织的东西，而你们教给学生的只是比较好看的枝节；给了这一点儿，就希望他们有所表现，不能说不是一种奢望”；“社会是个有组织的东西。听你所说，好象预备赤手空拳打天下似的，这终归于徒劳。要转移社会，要改造社会，非得有组织地干不可！”参见《叶圣陶集》第3卷，江苏教育出版社2004年版，第198页。

第二章　从会馆到公寓：空间转移中的文学认同——沈从文早年经历的社会学再考察

1923年，抱着一份对新文化的向往，沈从文告别湘西来到北京，在一个陌生的生活秩序、文化秩序中，苦苦寻求自己的一席之地。从传记的角度看，这一过程的确令人唏嘘，但相关的描述已有很多，似乎没有重新讨论的必要。然而，如果挣脱一般的传记视野，将他的早年经历当作一份特殊的"社会史料"，放在特定的社会结构中去考察，或许会发现在20世纪20年代的中国，沈从文的选择并非孤立和偶然，而是凝聚了某种集体性的历史经验。自晚清以降，伴随着科举的废止、新式教育的兴起，中国社会流动的方式也处在剧烈的转变当中。传统的城乡互动关系被打破后，城市作为政治、经济、文化、教育的中心，也越来越多地垄断了个人社会攀升的可能[①]，像沈从文这样离开家乡，在城市里"寻找自己的圣杯"的侨寓青年又何止千万。城市对他们而言，不仅是实体性的存在，同时也是象征性的空间，不仅是生存的背景、经验的对象，同时也作为一种文化承诺，也代表了一种新的人际网络、一种新的身份意识。在这个意义上，沈从文对文学"志业"的追求，其实暗含了一个人如何摆脱原来的社会网络，如何参与动荡的外部历史，如何在现代的都市空间中安置自我，获得一

① 有关近代中国社会城乡关系脱节的分析，参见史靖：《绅权的继替》，载费孝通、吴晗等：《皇权与绅权》，天津人民出版社1988年版，第142—147页。

种新的身份认同的问题。从这一问题意识出发，重新讨论他早年的一系列经历，一方面可以在社会流动方式转变与城市文化空间重构的背景中，凸显一代“文学青年”的身份追寻；另一方面，20 世纪 20 年代文学“志业”形成的若干社会性条件，也有可能得到另一种揭示。

一、在“那么一个公式”之外

1923 年沈从文刚到北京时，前门外杨梅竹斜街的“酉西会馆”是他最初的落脚点。1924 年春，在表弟黄村生的建议下，他才移居沙滩附近“银闸”胡同的一个小公寓，文学生涯也由此展开。一般的沈从文传记都会提及这个细节，但往往一带而过，迁居背后特殊的意味，很少被注意到。其实，在沈从文的早期经历中，住所的变更的确构成了某种转折（他自己在回顾早年北京生活的时候，也有意将“酉西会馆”几个月的学习与沙滩公寓中的几年，分成两个部分来谈）①，与场景变化相伴随的，还有一整套社会网络和自我认识的转变（表弟的“用意是让我在新环境里多接近些文化和文化人”②）。空间转移与身份想象之间的微妙关联，是沈从文早年经历的一条潜在线索。

从“酉西会馆”到“窄而霉”的沙滩公寓，相距不过若干公里，而更大规模的空间转移，即从湘西到北京的千里之行，在此之前已经完成。促使他离开湘西的原因及过程，沈从文日后有过多次描述。仔细阅读这些文字，会发现字里行间总会流露出某种命运无常的慨叹，如《从文自传》中有这样著名一段：

---

① 沈从文：《二十年代的中国新文学》，载《沈从文全集》第 12 卷，北岳文艺出版社 2002 年版，第 374—375 页。

② 沈从文：《忆翔鹤——二十年代前期同在北京我们一段生活的点点滴滴》，载《沈从文全集》第 12 卷，北岳文艺出版社 2002 年版，第 252 页。

> 假若命运不给我一些折磨，允许我那么把岁月送走，我想象这时节我应当在那地方做了一个小绅士，我的太太一定是个略有财产商人的女儿，我一定做了两任知事，还一定做了四个以上孩子的父亲。照情形看来，我的生活是应当在那么一个公式里发展的。[①]

表面上看，沈从文思考的是人生偶然性的问题，对历史旋涡中个体命运的关注，也是他传记写作的一个模式。[②] 然而，在这段文字的背后，我们似乎还可以读出更多的东西：如果不是一些意外的事件，“我”可能会留在湘西，“在那么一个公式里发展”；那么，离开湘西走进一个“永远无从毕业的学校”，这种选择又会带来怎样“一个公式”呢？或者可以说，在实际的人生和假设的人生之间，其实暗含了两种不同的社会进阶途径（“公式”）。因而，沈从文的假设或许也可以当成一个问题来看待。

当然，沈从文的出走与一连串的“偶发”事件有关，这包括 1921 年在芷江发生的“女难”，好友陆弢意外的淹死，以及他对新文化书报的阅读等，但“偶然”的背后还是有“必然”。换言之，他个人的选择，实际上发生于近代以来“社会流动”方式大变动的历史背景当中。所谓“社会流动”（Social Mobility），是指人们在社会结构体系中从一个地位向另一个地位的位移，包括了身份、职业、阶级、阶层关系的变动。在传统社会，进入上层精英阶层的制度化渠道，无疑是参加科举考试。当然，在这一“正途”之外，还存在着通过捐纳、军功、举荐等方式来获得官阶的“异途”。在历史的动荡和社会结构的转换中，

---

① 沈从文：《从文自传 · 女难》，载《沈从文全集》第 13 卷，北岳文艺出版社 2002 年版，第 324 页。

② 譬如，在回忆美术学校的田大哥时，沈从文就情不自禁地感慨：“这人若当时机会许可他到任何大学去读书，一定也可做个最出色的大学生。……可是到后来机会委屈了他，环境限止了他，自己那点自足骄傲脾气也妨碍了他，十年后跑了半个中国，还是在一个少校闲曹的位置上打发日月。”参见《预备兵的技术班》，载《沈从文全集》第 13 卷，北岳文艺出版社 2002 年版，第 289 页。

"正途"与"异途"的关系，也往往会发生变动，更多的社会参与可能展现出来。据张仲礼统计，19世纪末中国绅士的人数在700万以上，而上层绅士中有半数是出身于"异途"。这表明军人、商人、买办乃至新式学生等群体的涌现，逐渐瓦解了中国社会原有的流动结构。① 鲁迅当年"走异路，逃异地"的选择，无疑也是这一历史变动的缩影。② 在鲁迅的自述中，所谓"走异路"（放弃读书应试而学洋务），似乎是破落人家子弟走投无路的选择，但事实却证明，那些蹭蹬于"正途"的同代人，后来往往丧失了进入新的文化秩序的机遇。③

在诸多"异路"当中，值得注意的是，在大大小小的战乱之中，投身行伍构成了一条新的进身之阶，不断崛起的军人阶层，也成为左右近现代中国的一支重要力量，在与太平天国的战争中建立的湘军集团就是一个代表。通过军功来大量选拔人才，是当年曾国藩一条重要的用人策略，以此方式改变命运、获取官阶的人，在湘军历史上数量十分可观。④ 沈从文一度显赫的家世也恰恰与此有关。他的祖父沈洪富，就是因参加与太平军的作战，从一个卖马草的小民被提拔为提督，使原本贫寒的沈家得以进入当地的权势阶层。辛亥之后，在凤凰地方的权势转移中，沈家虽然败落了⑤，但往昔的名声犹在，

① 张仲礼：《中国绅士》，李荣昌译，上海社会科学院出版社1991年版，第138—139页。关于"正途"与"异途"的区分及解说，可参见该书第26—28页。

② 鲁迅：《呐喊·自序》，载《鲁迅全集》第1卷，人民文学出版社1981年版，第415页。

③ 据张能耿的考察，鲁迅当年三味书屋的同学，后来多数学生意、做幕友或商人，因为这是衰落读书人家子弟的出路。参见张能耿：《鲁迅在南京求学点滴》，载《鲁迅早期事迹别录》，河北人民出版社1981年版，第62—64页。

④ 据罗尔纲的考察：初湘军定例，每次战功保案，百人中准保三人，保举的比例后来逐渐上升。湘军如此，他路军营也如此，"所以在同治年间，统计各省军营保至武职三品以上的将士不下数万人"。参见罗尔纲：《湘军兵志》，中华书局1984年版，第162页。

⑤ 沈从文的父亲沈宗嗣因暗中参加革命，成为凤凰的要人，但在随后的省议会代表选举中落选。他一气之下跑到北京，准备刺杀袁世凯，事情败露后，又逃往关外。这一系列变故导致沈家的败落，对此过程的描述与分析，可参见凌宇：《沈从文传》，十月文艺出版社2003年版，第49—57页。

再加上一些姻亲关系，在当地的社会网络中，沈家似乎仍占有某种优势[①]。在周遭“尚武”的社会氛围中（“一切年青人的出路寄托在军官上”[②]），通过从军获得社会进阶，实现家族的“将军梦”，或者借助既有的社会网络，按部就班地“混”成一任官僚或乡绅，对于沈从文来说，非但不是一条“异途”，恰恰是他所谓的“那么一个公式”，一条理所当然的“正途”。

然而，这条“正途”不但一次次被意外事件所打断，而且军中生活的混乱以及不断循环的暴力，显然使沈从文对它失去了信任感。在后来的回忆中，他经常会谈起一些少年时代的友人，他们大多勇敢智慧、志向远大，但受制于环境，最终在乱世中死去或沉沦，“结果便终不免依然一例消耗结束于近乎周期性的悲剧夙命中”[③]。可以想象，在少年沈从文的眼里，维系个人前途的社会之“常”已岌岌可危了，一切都处在不确定的“变”中，命运的“偶然”或许只是时代变局的一种个体折射。因而，摆脱“那么一个公式”，目的是要“摆脱可怕的环境”，从衰败的、封闭的社会循环中挣脱出来，同时也意味着选择“另一个公式”。他初到北京时，在一家小客店的登记簿上，是这样向新的世界介绍自己的：“沈从文年二十岁学生湖南凤凰县人”[④]。

从“小兵”到“学生”，显然是沈从文为自己设定的身份转换，这也吻合那个时代一般的社会看法。在五四运动之后，登上历史舞台的学生群体，日益显示出强大的历史推动力，“学生”的形象也与进

---

① 沈家与凤凰地方田、熊等权势家族的复杂关系，参见［美］金介甫：《凤凰之子：沈从文传》，符家钦译，中国友谊出版公司2000年版，第56—58页。

② 沈从文：《一个传奇的本事》，载《沈从文全集》第12卷，北岳文艺出版社2002年版，第227页。

③ 沈从文：《一个传奇的本事》，载《沈从文全集》第12卷，北岳文艺出版社2002年版，第229页；在沈从文的自传中，常常会提到成长过程中的一些伙伴，如《从文自传》中写到的满振先、陆弢、田杰、郑子参等（《沈从文全集》第13卷，北岳文艺出版社2002年版，第358页）。

④ 沈从文：《一个转机》，载《沈从文全集》第13卷，北岳文艺出版社2002年版，第365页。

步、活力、知识等一系列正面的现代价值相关。相比之下，武人的形象则每况愈下，20 世纪 20 年代越来越多的人认为，中国社会动荡的根源在于武人的专政、乱政，“去兵”“废兵”的呼声也曾一度甚嚣尘上。[①] 即便是在封闭的湘西社会，“尚武”的社会氛围，也同样受到了来自外部的冲击。在《从文自传》中，沈从文也曾专门写到，在面对学生时，自己内心的艳羡和羞惭。脱去军装，去新世界里做一名学生，意味着参与新兴的文化秩序。这一努力所朝向的，不仅是一个明确的社会身份（“学生”），某种更为抽象、朦胧的主体想象，或许也包含在其中。

作为军中一位“小师爷”，沈从文在早年的军旅生涯中，有不少机会接触到一些书籍、报刊，从《秋水轩尺牍》《西游记》《聊斋志异》《镜花缘》《昭明文选》，到林译小说和《申报》等。与文字为伍的经验，为他带来了幻想的活力，也在他和军人生活之间制造了距离，他甚至这样想：

> ……对于身上的灰布军衣有点抱歉。……我以为我是读书人，不应当被别人厌恶。可是我有什么方法使不认识我的人也给我一分尊敬？我想起那册厚厚的《辞源》，想起三个人共同订的那一分《申报》，还想起《秋水轩尺牍》。[②]

在旁人眼中，沈从文或许有点“书呆子”气，不断向“迂”的一面发展。他自己也意识到了“迂”（疏离感）中蕴涵的能量，“因为我在那些上司和同事间，虽同在一处，已显明是两种人，对于生存意义

---

① 参见《新青年》第 5 卷第 6 期上胡适的《武力解决与解决武力》、王星拱的《去兵》，《新潮》第 1 卷第 1 期上傅斯年的《去兵》，《解放与改造》第 1 卷第 6 号上虞裳的《废兵运动》等文。

② 沈从文：《女难》，载《沈从文全集》第 13 卷，北岳文艺出版社 2002 年版，第 321 页。

的追求全不相同，决裂是必然的”①。这种心态印证了某种“阅读社会学”的假定：印刷文字能为个体创造一个独立冥想的空间，产生离心的力量，将其从身边的环境、人群之中分离出来。②因而，读书对少年沈从文来说，不只是一种自学的方式，也是一种社会区分和自我意识建立的方式。但宽泛地说，他当时的阅读，还从属于某种陈旧的文化系统，并没有导向一种全新的身份想象，他的“迂”发展下去，其结果不过是脱离军队，成为一个地方知识分子或乡绅，真正撕裂了他和湘西关系的，还是他后来对《改造》《向导》《新青年》《新潮》《创造》《小说月报》《东方杂志》一系列新文化刊物的阅读。

湘西虽地处偏僻，但“五四”新文化的风潮还是传到了这里，1923 年沈从文被调往陈渠珍开办的报馆，从印刷工人赵奎五那里，陆续读到《改造》《向导》《新青年》《新潮》《创造》《小说月报》《东方杂志》等新式报刊，一下子“被这些大小书本征服了”，从而产生到北京读书的念头。他后来的一段话颇值得玩味，他说那些刊物提出的抽象问题，“让我有机会用些新的尺寸来衡量客观环境的是非，也得到一种新的方法、新的认识，来重新考虑自己在环境中的位置”。是受环境习惯支配，按部就班地升任科长、局长、县长，“还是自己来重新安排一下，到另外地方去，作一个正当公民？”③仔细品味这段文字，不难发现，对新潮书刊的阅读，不只是让沈从文开始为“如何做人”“怎么爱国”这样一些问题而激动，更为重要的是，它们提供

① 沈从文：《我怎么就写起小说来》，载《沈从文全集》第 12 卷，北岳文艺出版社 2002 年版，第 412 页。

② 正如罗贝尔·埃斯卡皮所言：“文学阅读行为既有利于和社会融为一体，又无法适应社会生活。它临时割断了读者个人与周围世界的联系，但又使读者与作品中的宇宙建立起新的关系。所以，阅读的动机不外乎是读者对社会环境的不满足，或是两者之间的不平衡。”参见［法］罗贝尔·埃斯卡皮：《文学社会学》，于沛选编，浙江人民出版社 1987 年版，第 91 页。

③ 沈从文：《我怎么就写起小说来》，载《沈从文全集》第 12 卷，北岳文艺出版社 2002 年版，第 414 页。

了一种崭新的时空关系，激励“我”在一种普遍的文化关联中，重新安排自己的“身份”。依照吉登斯的说法，这种效果恰恰是现代性认同产生的前提，即通过一种“内在性参照”机制，将个体从“当地性”中抽离出来，完成一种自我定位。换言之，客观环境的“衡量”是与自我的“重新安排”联系在一起的。① 虽然沈从文后来一直以“乡下人”自居，湘西世界也成为他想象力和道德优势的来源，但这并不能掩盖一个事实：借助报刊建立起来的生活想象，已撕裂了他和那个充满暴力和无常世界的关联，使他卷入了另一个社会网络之中。所谓做一个“公民”，而非在既定的地方性轨道上一步步升迁，意味着要超越血缘、地缘的限制，在新文化的印刷符号的召唤下，在另一种空间秩序中，将自我寄托于反思性的追求中。在这个意义上，“北京”对于沈从文这样的外省青年来说，不只是一个远方的城市，甚至也不只是新文化的中心，它本身就是道德化的，对应着国家框架下一种普遍自我（“公民”）的想象。② 用他自己的话来说：先做一个“自由人”、一个“独立人”，“才能作第二步打算”。③

① 吉登斯曾谈到现代社会“日益增加的人口流动性”，改变了自我对当地性的依赖：“因此，较之习惯上把地点看作是个体生活历程的一种外部参照这样的观点来看，现在地点已不再具有这样的意义。空间定位的活动变得越来越与自我的反思连结在一起。”参见［英］安东尼·吉登斯：《现代性与自我认同》，赵旭东、方文译，生活·读书·新知三联书店 1998 年版，第 172 页。

② 在“女师大风潮”中，周作人在回应“某籍某系”的指摘时，就提出自己“最好改籍贯为京兆人，从公布日起实行，不复再受某籍之拘束”。“京兆”的提法，当然与他在北京长年的居住有关，但又似乎不简单是地理概念，而暗示了一种超越地缘、血统之上的普遍身份（参见凯明（周作人）：《京兆人》，《晨报·副刊》1925 年 6 月 1 日）。“京兆人”这个称谓，周作人后来多次使用，直至 1949 年，在《北平的事情》一文中，他仍称北平城内“十九住的是新市民，没有多少年前从全国各处迁移来的名义上是北平人，实际乃是东南西北之人”（《周作人文类编·中国气味》，钟叔河编，湖南文艺出版社 1998 年版，第 849 页）。

③ 沈从文：《回忆黄村生》，载《沈从文全集》第 27 卷，北岳文艺出版社 2002 年版，第 420 页。

二、“酉西会馆”与“沙滩公寓”

先做一个“独立人”，在日后的回忆中，沈从文不止一次表述过当年的这种心态。他想摆脱什么呢？金介甫曾做出一连串的推测，其中自然包括湘西复杂的社会关系和权势网络。对此，沈从文的回答也相当坦率：“我早对于这种关系十分厌恶，所以一离开就不至于重新进入这个富贵囚笼。”①在他看来，挣脱过去的“富贵囚笼”，意味着从充满限制的地方性网络中抽身而出，这似乎是获得一种普遍、自由身份的起点。然而，在社会流动方式的更替中，新、旧两种“公式”也并非泾渭分明，新型人际网络的形成，往往会依托于原来的社会结构。沈从文之所以能够离开湘西，除个人的决心之外，上司陈渠珍的支持就至关重要；当他独自一人，在北京苦苦挣扎时，实际上也没有完全脱离对湘西的依赖，过去的亲朋或同乡，如姐夫田真逸、舅舅黄镜明、表弟黄村生，以及农大与燕大的同乡们，都或多或少为他提供过帮助；而他最初选择的栖身之处——酉西会馆，在某种意义上，也显示了他与原有社会网络的纠葛。

会馆，是中国传统社会人口流动的产物，旅居他乡的同籍人，自发组成社会团体，捐资在客地修建馆舍，借此形成一种乡土的纽带。作为旧日的帝都，北京一直以来吸引着来自各地求官、应试的士人，会馆林立也是老北京一道重要的风景：“各省人士，侨寓京都，设馆舍以联络乡谊之地，谓之‘会馆’，或省设一所，或府设一所，或县设一所，大都视各地京官之多寡贫富而建设之，大小凡四百余所。”②清末科举废除之后，会馆接待应试举子的功能逐渐

① 参见［美］金介甫：《沈从文论》，载杨苡译，刘洪涛、杨瑞仁编：《沈从文研究资料》上册，天津人民出版社 2006 年版，第 416—417 页。

② 李家瑞编：《北平风俗类征》，商务印书馆 1937 年版，第 399 页。

消失[①]，但仍为各地来京人员提供着住宿，近现代历史上许多著名的人物，如康有为、谭嗣同、梁启超、孙中山、毛泽东等，都有过寄居会馆的经历，鲁迅居住过的“S 会馆”（绍兴会馆），则是新文学史上一个著名的场景。

沈从文最初居住的酉西会馆，位于前门外杨梅竹斜街三十号，它“成立于清同治十三年，经同乡京官捐资购置”[②]。据1951年进行的会馆调查，它有各类房间 22 间，与其他湖南籍的会馆相比，规模并不是很大。[③] 对于为何选择这里，他有这样的回顾：

> 照当时习惯，初来北京升学或找出路，一般多暂住在会馆中，凡事有个照料。……我因和会馆管事有点远房表亲关系，所以不必费事，即迁入住下。乍一看本是件小事，对我说来，可就不小，因为不必花租金。[④]

无论是“凡事有个照料”，还是租金的免除，都为沈从文提供了得以容身的基本条件，利用同乡体系帮助客居的少年人求学成功，这本来就是“会馆”的功能之一。沈从文的著名同乡熊希龄，初次来京会试，就短期住在这个小会馆里。沈从文的父亲与同乡阙耀翔，1914

① 在科举时代，北京各类会馆中以接待应试举子的“试馆”数量最多，有的会馆还对这种功能做出了严格限定，如《泾县会馆新议馆规》（1817 年 4 月）就特别写道：“议会馆凡乡会试赴选及一切正务来京者，俱得居住，其遇乡会试年分，如本邑应试人多，凡住馆者即当搬让，以重考试，如有占住迟延不让者，公同辞出。”参见北京市档案馆编：《北京会馆档案史料》，北京出版社 1997 年版，第 281 页。

② 《1947 年各省会馆总登记表 · 酉西会馆总登记表》，载北京市档案馆编：《北京会馆档案史料》，北京出版社 1997 年版，第 971—972 页。

③ 据《湖南省会馆财产管理委员会所属会馆房屋及出租情况一览表》（1951 年 12 月 30 日），湖南会馆有房 402.5 间，湘乡会馆有 75 间，浏阳会馆有 46 间，酉西会馆各类房间合计 22 间（北京市档案馆编：《北京会馆档案史料》，北京出版社 1997 年版，第 778—779 页）。

④ 沈从文：《二十年代的中国新文学》，载《沈从文全集》第 12 卷，北岳文艺出版社 2002 年版，第 375 页。

年来北京谋划刺杀袁世凯，也曾是这里的住客[①]，父子两代相似的经历，暗示了社会流动方式的某种稳定性。关于西西会馆的生活，沈从文后来并没有过多叙述，根据一些片段回忆，读者大致可以知道：由于求学无门，他只能开始孤独的自学，包括在京师图书馆分馆看书，以及在琉璃厂、前门大街一带流连忘返等。不难看出，“会馆”提供了基本的生存条件，但似乎没有提供足够的社会参与可能。要成为一个普遍公民，从湘西到北京，似乎只是第一步，他还要在一个同样新旧交替的城市格局中，进一步选择自己的位置。

在 20 世纪 20 年代初，对于外来移民而言，“会馆”虽然仍发挥着特定的功能，但在客居生活中的重要性，已大大降低了。原因之一便是科举的废除以及新式学校的兴起，使得新一代知识分子有了新的聚合方式。当短期受试的试子变为长期求学的学生，学校住宿制度和公寓的兴起直接造成了会馆的衰落，也塑造出新的群体意识，正如一位研究者指出的：

> 这些学生避开宣武，前门等闹市区，寻求设在内城小胡同里的公寓留宿，与旅馆比起来，公寓收费相对低廉。关键的是，人与群分，物以类聚，许多大学生都愿住在公寓里，因年龄、性格、学时都比较接近，不似在会馆里，东家吵，西家闹，因此公寓的兴起，带走了会馆里的知识分子，带走了富有朝气的青年人。[②]

表面上看，“会馆”与“公寓”此消彼长，涉及的只是外来人口聚集方式的改变，但北京城市格局及文化空间的重构，其实也发生在同一过程中，这也使得沈从文的迁居有了更多的含义。

---

① 沈从文：《无从毕业的学校》，载《沈从文全集》第 27 卷，北岳文艺出版社 2002 年版，第 409 页。

② 胡春焕、白鹤群：《北京的会馆》，中国经济出版社 1994 年版，第 25 页。

作为一座文化古城，北京城的雍容、稳定以及传统的深厚，往往是后人论说的重点，从而与上海之摩登区分开来，由此生成的“双城”想象，似乎已根深蒂固。但实际上，在20世纪前30年，一系列公共工程的启动，如街道的铺设、沟渠的重建、电力的使用、自来水系统的引入、铁路和电车交通网的修建等，也使得北京的城市风貌和功能，有了越来越多的现代色彩。[①] 随之而来的结果是，原来体现皇权至上的城市结构，也发生了很大的改观。

有清一代，由于实行满、汉分城而居的政策，以皇城、紫禁城为中心的北京内城，不仅禁止汉人居住，也排斥了商业、生产等活动。相对于功能单一的内城，北京外城的社会功能则得到了发展，除了外来人口、下层民众聚集于外城，士大夫群体也被迫在此居住。因而，在地理位置上，外城并不是北京的中心，但在城市生态和功能上，却逐渐成为城市商业与文化的中心。[②] 尤其是沈从文最初栖身的宣南地区，历史上是会馆最为集中的地带。[③] 大量士人聚集于此，造成了人文荟萃的繁盛局面，近代史上诸多重大事件，如1895年康有为等发起的“公车上书”等，都与宣南会馆有关。[④] 然而，上述格局在民国以后发生了很大变化：首先是东西南北几条大道的贯通，打破内城的封闭格局，瓦解了以皇权为中心的空间

---

① 关于20世纪前30年北京城市建设的历史描述，参见史明正：《近代化的北京城——城市建设与社会变革》，王业龙、周红卫译，北京大学出版社1995年版。

② 对此问题的分析，见赵世瑜：《明清北京城市社会空间结构概说》，载《大历史与小历史：区域社会史的理念、方法与实践》，生活·读书·新知三联书店2006年版，第180—181页。

③ 光绪三十二年（1906年），北京外城巡警右厅对前门大街右侧以及西至宣武门、广安门一带的会馆进行调查，共254家，分布于宣南108条胡同、街道之中。参见《清末北京外城巡警右厅会馆调查表》，载北京市档案馆编：《北京会馆档案史料》，北京出版社1997年版，第798—818页。

④ 对宣南会馆的历史描述，参见岳升阳：《北京城市结构的演变与宣南士人文化》，北京大学城环系博士学位论文，1999年。

结构[①]；继而，紫禁城、北海、社稷坛等一系列皇城禁苑又先后对市民开放，形成新的公共空间；加之各类新式的中学、大学主要在内城出现[②]，以及王府井、西单等商业区的兴起，北京的文化、商业中心，呈现出从外城向内城转移的趋势。[③]

西西会馆周边的城市空间，虽然商业繁荣，但作为文化中心毕竟式微了。对于这一点，沈从文自己也深有体会：后来他不断强调琉璃厂一带作为三千年的“文化博物馆”，激发了他对文物的兴趣；与此同时，他也有这样的感受：“总的印象是北京在变化中，正把附属于近八百年建都积累的一切，在加速处理过程中。”[④]相比之下，他迁居的沙滩地区则位于内城的中心，不仅毗邻北京大学的红楼，而且与北海公园、故宫博物院、东安市场、中山公园等相距不远，代表的正是北京新型的文化空间。从宣南“会馆”迁入沙滩“公寓”，沈从文的选择恰好吻合于北京城市格局的转变，使他接近了正在生成之中的文化秩序。

当时，在环绕北京大学的沙滩、北河沿一带，分布着大大小小许多公寓，栖身其中的当然有正式的学生，但更多的或许是像沈从文一样飘荡的青年，他们被北大开放的校风、自由旁听的制度以及周边浓郁的文化氛围所吸引，游走于课堂、图书馆、街道和公寓之间，彼此联系，互通声息，构成了独特的文化生态，甚至被当作北京的“拉

① 关于民国后北京城道路的打通，马芷庠著、张恨水审定的《北平旅行指南》中是这样描述的：“拆弃正阳门之瓮城，而于左右各辟二门洞，以利东西城之交通。民国十四年，段祺瑞复在正阳门与宣武门之间，辟和平门，以通南北新华街……于是街道通畅，行人称便。”（《老北京旅行指南》，1935 年北平经济新闻社《北平旅行指南》重排本，燕山出版社 1997 年版，第 4 页）

② 当时中等以上学校中，有 76 所在内城，仅 10 所在外城，另有极少数位于西郊。参见章英华：《二十世纪处北京的内部结构：社会区位的分析》，《新史学》1990 年创刊号，第 38—39 页。

③ 吴建雍：《北京城市生活史》，开明出版社 1997 年版，第 298—301 页。

④ 沈从文：《二十年代的中国新文学》，载《沈从文全集》第 12 卷，北岳文艺出版社 2002 年版，第 377 页。

丁区”来看待。[①] 直至晚年，沈从文还不无深情地回忆：“……以红楼为中心，几十个大小公寓，所形成的活泼文化学术空气，不仅国内少有，即在北京别的学校也希见。”[②] 如果说宣南会馆所代表的文化空间处于衰落之中，沙滩公寓所代表的，或许正是沈从文所向往的另一种时空关系——“北京虽算得是新文化策源地，名声竟像只于沙滩一带地区，其余还是在日益衰颓的一个老北京。”[③] 西西会馆周边的琉璃厂、前门大街，是沈从文最初的学校，但在他的回忆中，这里也被归入了“衰颓”的地带。

这样一种空间想象、一种自我认识的“地图”，并非是沈从文独有的，可能也被当时不少的侨寓青年分享，小说家许钦文就是一个例子。20 世纪 20 年代初，许钦文在绍兴会馆里写下了他的一系列代表作，会馆附近宣武门外的菜市口，也让他不能忘怀，还曾撰文回忆。然而，在题名为《菜市口》的散文中，他却劈头写道：“在故都，对于我的知识关系最大的虽然是沙滩的大楼”[④]。“菜市口”作为个人的生活空间，留给他很多回忆，但在“沙滩的大楼”鲁迅的课堂上，他不仅获取了“知识”，也曾因鲁迅的“钦点”而获得了最初的关注。[⑤] 城市空间内部的差异感，在章衣萍那里表现得更为强烈。在 20 世纪 20 年代初的北京，章衣萍是个相当活跃的青年作者，但他身居羊市

① 朱海涛：《北大与北大人·“拉丁区”与“偷听生”》，载陈平原、夏晓虹编：《北大旧事》，生活·读书·新知三联书店 1998 年版，第 362—364 页。

② 沈从文：《忆翔鹤》，载《沈从文全集》第 12 卷，北岳文艺出版社 2002 年版，第 255 页。

③ 沈从文：《回忆黄村生》，载《沈从文全集》第 27 卷，北岳文艺出版社 2002 年版，第 422 页。

④ 许钦文：《菜市口》，载姜德明选编：《如梦令——名人笔下的旧京》，北京出版社 1997 年版，第 337 页。

⑤ 许钦文在《〈鲁迅日记〉中的我》中，曾提到 1924 年春他到沙滩旁听鲁迅的课，在教室里听到有人议论自己，诸如“许钦文大概已经长胡子”“许钦文的年纪总是不小的”，原因是鲁迅小说《幸福的家庭》的小标题“拟许钦文”产生了不小的影响。（鲁迅博物馆、鲁迅研究室、《鲁迅研究月刊》选编：《鲁迅回忆录（专著）》，北京出版社 1999 年版，第 1244 页）

大街的一座古庙中，对于自己的住所似乎相当不满：

> 东城，梦里的东城，只有她是我生命的安慰者：北河沿的月夜，携手闲游；沙滩的公寓里，围炉闲话；大学夹道中的朋友，对坐谈鬼。那里，那里的朋友是学富才高，那里的朋友是年青貌美，那里的朋友是活泼聪明。冬夜是最恼人的！我有时从梦中醒来，残灯未灭，想到那如梦如烟的东城景象，心中只是凄然，怃然，十分难受！……我是一个爱美爱智的人，我咀［诅］咒而厌恶那丑陋和愚蠢。这羊市大街的左右，多的是污秽的商店和愚蠢的工人和车夫，我应该向谁谈话呢？①

“东城”的公寓、大学、朋友，对应着“美”与“智”的想象；身边的市民场景，则是滋生“丑陋”与“愚蠢”的所在。对于分享这一认识“地图”的青年来说，选择在哪个空间里生活，也就意味着在选择何种文化秩序、何种社会网络里，安排下新的自我。

“窄而霉”的小公寓，构成了沈从文新的生存场景。虽然他没能如最初所愿，进入任何学校，但终于操持起了一份“新青年”的生活，甚至通过旁听的方式，反讽性地满足了自己对学生身份的想象。② 在诸多变化中，最为重要的一点是，空间的转移不仅体现了社会关系的变化，同时也能“生产”出新的关系，让他进一步挣脱了对既有社会网络的依赖。如果说“会馆”作为一条乡土之链，在某种意义上象征了那个他不得不依靠但又时刻想远离的社会圈子，“公寓”则提供了乡土之链打破后的可能性。20 世纪 30 年代一位研究会馆历史的燕大学生在讨论会馆的衰落以及公寓的兴起时，就指出这一过程

---

① 章衣萍：《他们尽是可爱的！》，载《古庙集》，河北教育出版社 1994 年版，第 42—45 页。

② 沈从文曾冒充学生参加了一场北大的考试，居然考及格了，还得了三角五分钱的奖金。

折射出中国社会组织的整体变迁。简言之，“会馆”出现在社会分工尚不发达的工业化前期，是同乡关系构成的社会单位，但当所谓“欧西的经济势力侵入中国”，摧毁了固有的经济组织，都市化的进程、交通的便利、人们交往的频繁等因素，带来了这样一种变化：

> 部分的群体合成了一个更大的群体，各小群的个性渐渐模糊，社会生活的种种蜂房，逐渐打破，狭窄的同乡观念也相对的减消，而同业团体乃代同乡团体也益加显明，如工商会法的指定、政党、学会的出现，皆以利益和兴趣的相同为基础而结成团体。[①]

从“前现代”到“现代”，这一线性历史分析十分简单，但也揭示了“会馆”与“公寓”消长背后的社会意涵：既有的社会“蜂房”逐渐打破后，新的群体认同方式，如政党、学会、社团等，也相继产生出来。虽然一些鼓吹“在知识上建设感情”的新潮社团，也多由同籍或同校的学生组成，但所谓以“利益和兴趣”为基础的结合，基于现代专业、阶级等社会分化的认同方式，越来越多地具有了支配性的地位。

回到沈从文这里，从“会馆”到“公寓”的空间转移，的确带来了新的人际网络，这一点可以从他的交往圈子中见出。在《忆翔鹤》一文中，沈从文曾细致地追忆他到北京一年后结识的朋友们，并将他们分成农业大学、燕京大学和北京大学三部分。农大的朋友多属湖南同乡，因表弟黄村生的缘故而相熟；燕大的部分，则由董景天开始（也是湖南人，由姐夫田真逸介绍），他陆续又认识了张采真、司徒乔、刘廷蔚、顾千里等人。在这两部分学生朋友那里，沈从文得到了

① 赵令瑜：《中国会馆之社会学的分析》，燕京大学法学院社会学系学士毕业论文，1937年，第77页。

最初的支持与认同。特别是表弟黄村生，是沈从文在北京的“第二根重要支柱”，但据沈从文的回忆，这位表弟当时对文学、政治都不大感兴趣，“对于封建性的小集团，如同乡会、同学会等等，却相当热心”[①]。在农业大学的宿舍里，十二个湖南同乡同吃同住，气氛融洽，也接纳了沈从文的加入。这些朋友的帮助，在情感和生活的层面给予沈从文极大的支持，但对他的人生起到更关键作用的，似乎还是后来结识的朋友，即“第三部分”朋友——“迁居沙滩附近小公寓后不多久就相熟了许多搞文学的朋友”，包括胡也频、刘梦苇、冯至、黎锦明、王辛三、陈炜谟、赵其文、蹇先艾、陈翔鹤等。这些搞文学的朋友早已溢出了同乡的范畴，他们同病相怜、趣味相投，为共同的文学“志业”所凝聚。在后来的回忆中，沈从文写道：

> 当时这种年轻人在红楼附近地区住下，比住在东西二斋的正规学生大致还多数倍。有短短时期就失望离开的，也有一住三年五载的，有的对于文学社团发生兴趣，有的始终是单干户。共同影响到三十年代中国新文学，各有不同成就。[②]

从1924年到1927年，沈从文先后住过多家公寓，在诸多公寓当中，最为有名的应该是北河沿边的汉园公寓：“有一些在中国新文学发展史上应列上一个名字的，如张采真、焦菊隐、于赓虞、王鲁彦、顾千里、王三辛、蹇先艾、朱湘皆各在那个小小公寓里，占据过一间房子。”[③]汉园公寓之所以能够引来这么多青年作家，与公寓主人对文学的热爱有关。对于这个有趣的主人，沈从文有过多次书写，他不

① 沈从文：《回忆黄村生》，载《沈从文全集》第27卷，北岳文艺出版社2002年版，第426页。

② 沈从文：《忆翔鹤——二十年代前期同在北京我们一段生活的点点滴滴》，载《沈从文全集》第12卷，北岳文艺出版社2002年版，第255页。

③ 沈从文：《记胡也频》，载《沈从文全集》第13卷，北岳文艺出版社2002年版，第14—15页。

只热衷谈论各种文学掌故，还在自己的柜房里还挂满了文人的照片："这边是隐士装扮曳杖而行的陶渊明，那边是小生装扮负手觅句的李长吉，近窗边有个海盗神气的五彩摆仑照片，大炕头则牧师模样的人物除了但丁还有谁那么瘦？"生活在这样的空间中，一个人也难免会产生浪漫的自我想象①，在"公寓空间"与感伤的文学认同之间，某种逻辑关联已若隐若现了。

可以设想的是，如果离开了"搞文学的朋友们"，离开了"公寓"特定的文化空间，沈从文的人生或许会呈现另一种面貌。事实上，这种假设也曾被他自己提出。在《记胡也频》中，当谈到两个海军学生（胡也频、项拙）初次到庆华公寓造访自己时，沈从文这样感慨："若果当时到我住处的，不是这两个编辑，却是那个照相制版学校的校长，到现在我或者已经成一个照相技师了。"②在这里，他似乎在重申命运的无常之感，文学对他而言也是一种偶然，因为在当时他还不甚明了"学照相"与"写文章"，到底哪个对自己更适宜一点。然而，沈从文选择文学之路，果真是出于偶然吗？要回答这个问题，单从交往群体、社会网络的层面着眼，似乎还远远不够，对都市文化空间中"公寓"所体现的社会位置分析，有助于更深入地把握他执拗的文学认同的形成。

---

① 沈从文的好友胡也频的小说《北风里》，就是一个相当有趣的文本，它叙述一个青年著作家，住在北河沿边，因为生活困窘，不得不去出卖自己珍爱的雪莱的画像。在卖画的过程当中，他遭到当铺老板的奚落，一气之下回到公寓，"把雪莱的像放到桌上时，蓦然见到那蛋形的镜子里面，是现着一个年青的，但是忧郁，满着灰尘，象煤铺伙计的污浊的脸"（胡也频：《北风里》，百花文艺出版社1985年版，第17页）。至此，小说戛然而止。一种自我辨认的镜像关系出现在这里：青年作家肮脏、忧郁的脸，是叠现于雪莱的形象之上的，公寓之中自我的镜像沉迷，变成了一种那喀索斯式的身份误认。这部小说具有很强的自传性，或许还是胡也频生活的真实记录。1926年，正是在沈从文的劝说下，胡也频、丁玲夫妇从北京西山移居到北河沿边的汉园公寓里。

② 沈从文：《记胡也频》，载《沈从文全集》第13卷，北岳文艺出版社2002年版，第5页。

三、"在井底仰望星空"

作为一整套"印刷"的思想，"新文化"为沈从文这样的青年，提供了一整套安排自我的时空关系，正是在那些"美丽辞令"的召唤下，沈从文才告别湘西，一步一步接近那个他渴望加入的文化秩序。然而，来到北京并迁入沙滩公寓，摆脱过去的社会网络，摆脱既定的乡绅之路，这并不等于说在"那么一个公式"之外，主体的可能性就能顺利展开。虽然现代社会"流动性"的增强，取决于既定障碍的不断拆除，如宗教、民族、地域等，但新的阻碍方式也会随之被生产出来，典型的表现就是现代的"文凭"制度，同样制造了新的等级分层，构成了社会流动的阻碍。①

上文已谈到，在北京学校周边的公寓里，栖居了众多来自外省的青年。他们或许都和沈从文一样被"大学的名号"吸引，但在激烈的竞争和高额学费的压力下，能够顺利升入大学的并不是多数。②一位失败的考生就致信《学生杂志》，希望编者就此问题组织讨论，"因为像我这种人，北京不知有若干数。大家都是彷徨歧路，意气颓唐"③。作为"落败者"中的一员，沈从文后来声称很早就放弃了升学的打算，原因之一就是北大"门户开放"，无须正式入学。④但事实上，他想进入大学的努力一直未曾断绝，甚至在他已获得文坛的认可

① 对此问题的讨论，参见 Robert Erikson、John H. Goldthorpe：《阶级流动的趋势：战后欧洲的经验》，李国武译，载［美］戴维·格伦斯基编：《社会分层》，王俊等译，华夏出版社 2006 年版，第 301—302 页。

② 据北京高等教育访问社的调查，1924 年投考全国 24 所大学的学生一万六千余人，录取者不过三千三百人，仅占总数百分之二十；北大 1923 年度投考 2488 名学生中，仅录 163 人，不及百分之七。参见《中国青年学生升学的难关》（社评），《学生杂志》第 12 卷第 6 号，1925 年 6 月。

③ WK：《投考失败了该怎样》，《学生杂志》第 10 卷第 12 号，1923 年 12 月。

④ 沈从文：《二十年代的中国新文学》，载《沈从文全集》第 12 卷，北岳文艺出版社 2002 年版，第 378 页。

之后，还在友人的鼓动下，参加过燕京大学二年制国文班的考试，在口试时“一问三不知”，最后当然是无果而终。可想而知，公寓空间的网络以及大学开放的课堂，为他提供了“入场”的可能，但这并不能提供一种稳定的、体制化的身份保障。环绕大学的诸多“公寓”，虽然充满活力和可能，但作为一片“拉丁区”，代表的更多是新文化的边缘地带。有位年轻作者就深知其中奥妙，他原来向《申报》投稿，通信处每每写为T公寓，文章的采用率相当低；后来他灵机一动改为P大学，果然奏效，十篇中能发表九篇。①

1925年5月，读到沈从文的散文《遥夜（五）》后，北京大学教授林宰平有感而发，在《晨报·副刊》上以“唯刚”的笔名发表评论，并将沈从文误认为一名大学生。② 受宠若惊的沈从文很快回复，在诉说自己经历的同时，还在“我”和真正的大学生之间，建立了一种有意味的区分：

> “凄清，颓丧，无聊，失望，烦恼，”当然不是什么立志改良社会，有所作为，尊严，伟大，最高学府未来学者的应有事情。……至于我这种求生不得，于生活磨石齿轮下挣扎的人呢？除了狂歌痛哭之余，做一点梦，说几句呓语来安置自己空虚渺茫的心外，实在找不出人类夸大美满的梦来了！……从浪费中找出一点较好的事业来干吧！可惜想找的又都悬着“此路不通”的牌子。③

在这段文字中，不难读出自我的揶揄，在“大学生”与“我”之间的，一系列社会差异：前者，作为未来的精英，参与社会的改

---

① 镜人：《一偏之见》，《京报·副刊》第69号，1925年2月23日。

② 唯刚：《大学与学生》，《晨报·副刊》1925年5月3日。

③ 《致唯刚先生》发表于《晨报·副刊》1925年5月12日，署名休芸芸，收入《沈从文全集》第11卷，北岳文艺出版社2002年版，引文出自第40—41页。

良，呈现为一种真实的历史主体；后者，则挣扎于轮下，被拒绝在外（“此路不通”），只能在虚幻中获得安慰。在这里，“公寓困守”与“街道漫游”的对峙，其实又一次显现：在公寓内，“我”身份不明，只能在时间冷漠的平面上顾影自怜，挣扎于轮下；在街道上，“我”也只能扮演一个游手好闲的觊觎者，面对宏大的公共历史与社会事业，不能像“高等学府未来学者”一样，能够真正参与其中。

在沈从文的眼里，与“最高学府”与“未来学者”相比，不能参与精英秩序的“我”，只能陷入黑暗的“涧谷”之中，主体形象呈现为一种空虚、“脱序”的状态，即便是进入大学、获得了社会进阶的资格，也难以避免类似的命运。初到北京，沈从文曾天真烂漫地表达自己的设想（“我来寻找理想，读点书”），却遭到姐夫田真逸的反讥：

> 你有什么理想，怎么读书？你可知道，北京城目下就有一万大学生，毕业后无事可做，愁眉苦脸不知何以为计。……大小书呆子不是读死书就是读书死。那有你在乡下作老总有出息！①

这段话出于激愤，但也道出了基本的历史事实，新式教育培养出一批又一批的知识青年，但实业的不发达、各种组织的落后，使得社会无法提供足够的位置，去容纳手握文凭的精英们。这导致结果是一种所谓“循环教育”的产生，除了少部分人能够继续升学以外，幸运者只能在教育界栖身，其他则难免无业流落的境遇。② 所

① 沈从文：《从现实学习》，载《沈从文全集》第 13 卷，北岳文艺出版社 2002 年版，第 374 页。

② 渭川在《青年择业的根据》(《学生杂志》第 12 卷第 7 号，1925 年 7 月）一文中提到，据中华教育改进社统计，中等学校升学比例在百分之十九上下，其余上焉者作了小学教师，下焉者多流为无业游民。“轮回教育”这个名词是由南开大学学生所创，“其所以‘轮回’的原故，何尝不是‘学非所用’‘学无所用’之所致呢!”

谓“高等流氓”“高级游民”等说法，在20年代已经成为社会上流行的习语[①]，有关青年失学、失业、苦学的讨论，在相关的报刊上也甚嚣尘上。这种普遍窘况，在郁达夫《给一个文学青年的公开状》中也得到了漫画式的勾勒：站在北京的十字街头，看到衣着考究的人，你且试着要个名片来看看，不消半天就会积累一大堆的什么学士、什么博士。再问他们的职业，“我恐怕他们都要红红脸说：‘兄弟是在这里找事情的’”[②]。有意思的是，郁达夫为沈从文列出的上、中、下三策，如拉洋车，当校对、看护或门房等，以及入伍参军、做盗贼等，也并非完全是荒唐的玩笑，当时失业者可能的职业出路，也大致如此。[③]

在20世纪20年代的中国，政局混乱、民生凋敝，“公寓”中边缘青年的失学、失业，只是动荡社会图景中的一部分，而某种文学的、政治的群体潜能，其实也蕴涵在其中。在分析“五四”文学的社会功能时，有论者就注意到“那些向往变成精英的城镇边缘知识青年”，构成了新文学最积极的拥护者和追随者。这不仅是一个文化身份的问题，还关涉具体的人生出路，因为“从社会学的角度看，新报刊也就是就业机会，他们实际上是自己给自己创造出了‘社会的需要’”[④]。依照这种思路，20年代文学青年的大量涌现，便可得到另一种解释：一方面，新文学观念的传播、各类

---

① 陶孟和在1924年曾言：“最可痛心的，就是现在各学校所造出的人才仍然不脱士的窠臼，而在外国受过好的专门教育的等到归国以后也竟加入了士的阶级。现在因为士的人数的加增，所以士的前途更形困难。这些失业的士构成了‘高等流氓阶级’。”参见陶孟和：《士的阶级的厄运》，载《孟和文存》，上海亚东图书馆1925年版，第29—30页。

② 郁达夫：《给一个文学青年的公开状》，《晨报·副刊》1924年11月16日。

③ 天庐在《失业者的生活运动》（《国民新报·副刊》第130号，1926年4月25日）中就谈到失业者的谋生方法不外：一、当兵；二、仆役（包括打杂，人力车夫在内，总之都是要为求别人安逸的事物）；三、盗贼；四、乞丐。

④ 罗志田：《文学革命的社会功能与社会反响》，载《权势转移：近代中国的思想、社会与学术》，湖北人民出版社1999年版，第300页。

报刊雨后春笋般的出现以及大大小小文学社团的形成，都在青年中创造了空前的文学氛围；另一方面，“文学”作为一种特殊的现代“志业”，也为失学、失业的边缘青年们，提供了人生的可能。能否在文坛上立足暂且不论，投稿报刊以赚取一些微薄的稿酬，是当时许多边缘青年可能的选择之一。20 世纪 20 年代著名的《学生杂志》曾一度展开“苦学”的讨论，在节俭、举债等方式之外，“卖文”就是相关论者为“苦学生”提供的建议。虽然，“不赞成中等程度的青年随意发表不成熟的文字”是一般的社会看法，“但如果是万难的苦学生，而自问他底文字还能勉强得过去，那也该以相当的同情”。① 事实上，由于生活的挤迫走上文学道路而最终获得成功的作家，也并非凤毛麟角。沈从文之所以开始文学写作，除个人志趣外，生计的考虑也是重要的原因之一，他就曾自嘲地说：“无聊（实在找不出聊）与闲暇，才学到写文章。想从最低的行市（文章有市价，先生大概是知道）换两顿饭吃。萎萎蕤蕤活下去再看。”②

当然，在读者市场不发达的年代，“文学”虽然能带来一定的经济回报，但肯定是一种不可靠的、糟糕的选择。在北京最初的几年，沈从文为了生计，也不断在文学之外尝试另外的职业，甚至在成为“天才”作家之后，放弃写作的念头，也经常萦绕于心。③ 作为一种“志业”，而非“职业”或“生计”，新文学的召唤力主要还是显现于价值层面，它能够超越地域、身份的限制，在某种普遍的框架下，为主体提供一种自由的展开空间。对于置身权势网络之外的青年来说，这一“志业”想象无疑具有巨大的吸引力，自由的白话书写在一定程

① 高尔松：《苦学生生活》，《学生杂志》第 10 卷第 5 号，1923 年 5 月。

② 沈从文：《致唯刚先生》，载《沈从文全集》第 11 卷，北岳文艺出版社 2002 年版，第 40 页。

③ 在 1931 年 2 月 6 日给王际真的信中，沈从文就坦白在“上海做文章”的困境，提出“我若能改业，生活一定可以变好”（《沈从文全集》第 18 卷，北岳文艺出版社 2002 年版，第 127 页）。

度上，也提供了一种新的社会进阶方式：不需要太多的文化积累，不需要掌握艰深的文字技巧，也不必进入高等学府，只要拥有足够的勇气和才华，通过阅读新潮的书报，就能参与到新文学运动当中，获得必要的“象征资本”。

沈从文“搞文学的朋友”之一黎锦明，在投考北师大落榜后，焦灼万分，在报纸上公开自己的苦闷：“现在我没有话说，除开痛苦以外，又何颜负这‘徒空谈文学’的罪名呢？今年快二十岁了，还不进大学怎得了呢？”① 进入大学是一条进阶的“正途”，而“旁听”及“空谈文学”只是一种退而求其次的无奈选择。他的文章发表后，有人劝慰他说：

> 挂上大学的名字，还不是庸庸碌碌；吃了大学的米饭，还不是糊糊涂涂；领到大学的毕业证书，得了大学的学士，还不是乱混饭吃。……况且你的前途又是非常的远大，引你到光明路上的明灯早就点在那里了，希望你努力你的作品，专攻你的文学，大学的学生又有几个能步你的后尘？②

在这位好心人看来，与虚妄的大学名号相比，致力于“文学”似乎具有更大的现实性，相比蹭蹬于体制化的道路，投身于方兴未艾的新文学，似乎构成了一条“捷径”。

对于这一点，沈从文似乎也深有体会。当年，也正是在新文化书报的召唤下，他才离开湘西来到北京，追求一个“独立人”的文化身份。但当空间转换并没有兑现最初的身份承诺，新文学也为他展现出了可能：“……我还不会标点符号！我承认应当从这个学起，且丝毫不觉得惭愧。因为我相信报纸上说的，一个人肯勤学，总有办法

① 黎锦明：《感到痛苦而说的几句公开话》，《京报·副刊》第 285 号，1925 年 9 月 30 日。

② 浮生：《劝黎君》，《京报·副刊》第 291 号，1925 年 10 月 8 日。

的。"①"因为我相信报纸上说的"，这句话暴露了沈从文的心理机制。

在现代自我认同的形成过程中，挣脱地域性限制、重新组织自我和空间关系的"脱域"机制，往往离不开对某种"抽象体系"的信任。② 在沈从文的眼里，那些印刷在报纸上的"信仰和希望"，正仿佛这样一套"抽象体系"，他为其中闪亮的言辞所召唤，并深深地信赖它们所提供的承诺：即便缺乏必要的"文化资本"，在"个人的发现"所敞开的世界上，通过勤奋的学习、写作，一个边缘青年同样可以参与历史，加入想象的精英秩序当中。虽然公寓之中无休止的写作，最初也毫无前途可言，换来的仍是生命价值的匮乏："我的灵魂受了别的希望所哄骗，工作接到手后，又低头在一间又窄又霉的小房中做着了，完后再伸手出去，所得的还是工作！"③ 但在某种程度上，"写作"这一动作本身，也成为一种自我认定的方式："'替社会成就什么事业？'这些是有用人做的。我却只想到写自己生命过程所走过的痕迹到纸上。"④《致唯刚先生》结尾的话，可以看作是沈从文最早发出的有关写作的"志业"宣言。在与"有用人"的区分中，挣扎于轮下的自我，终于通过写作找到了一种挣脱社会区隔、安置自我的方式。

20 世纪 30 年代，回忆早年奋斗的时光时，沈从文曾不无深情地写道，他"愿意给他们以一种'自信'的机会"。所谓"他们"，就是那些沉默努力的青年朋友们，也就是"每一个在井中向群星望着的人"。⑤"井"这个意象，很容易让人联想到《公寓中》的"黑暗涧谷"，

---

① 沈从文：《从现实学习》，载《沈从文全集》第 13 卷，北岳文艺出版社 2002 年版，第 375 页。

② 参见［英］安东尼·吉登斯：《现代性的后果》，田禾译，译林出版社 2000 年版，第 18—26、72—77 页。

③ 沈从文：《生之记录》（一），发表于《晨报·副刊》1926 年 3 月 27 日；收入《沈从文全集》第 1 卷，北岳文艺出版社 2002 年版，第 149 页。

④ 沈从文：《致唯刚先生》，载《沈从文全集》第 11 卷，北岳文艺出版社 2002 年版，第 41 页。

⑤ 沈从文：《记胡也频》，载《沈从文全集》第 13 卷，北岳文艺出版社 2002 年版，第 18 页。

与“涧谷”中不断地坠落不同，“井”至少提供了一种向上的视角，在“群星”中，在熠熠生辉的印刷文字中，至少还有一种出路，一种建立自信的方式。对于沈从文而言，向上的视角最终表现在文学的体认中。实际上，他想代表众多“挣扎于井底”的同代人，说出这样一种可能。

从社会学的视角看，现代知识分子虽然是一个自由流动的阶层，但他们的身份归属仍发生在特定的空间关系中，正如有学者所概括的那样，这种空间关系可能包含三个层面：第一是以文凭为中心而形成的等级性身份关系，第二是抽象的书写符号所构成的意识形态空间网络，第三是不同的都市文化空间结构。[①] 沈从文的身份追寻，恰恰也发生在这几重关系的张力之中：在一整套印刷符号的召唤下，他离开“那么一个公式”，在新的都市空间中寻找自己的位置，当遭遇“大学”体制的拒绝，“此路不通”的招牌四处悬挂之时，“文学”作为一种安排自我的方式，却提供了社会参与和身份认同的可能。

当然，在20世纪20年代不断激变的社会语境中，新文学在获得广泛接受的同时，对文学作为一种社会参与方式的批判与质疑，也从各个方向上展开。换言之，新文学虽然提供了一种自我安排的方式，但这种方式本身也是危机重重的。当众多的边缘青年涌入文坛，新文学的“场域”能否容纳这些文学“人口”，首先就是一个问题。其次，如果剥离了具体的“在地”情境，缺失了某种实践性关联，在一整套印刷的“信仰和希望”的导引下，“井底向群星仰望”的身份想象仍难免陷入一种空洞感、幽闭感。如何化解身份的危机，寻找更清晰、饱满的主体安排，也构成了20年代大批“文学青年”向“政治青年”转变的内在动力。即便是沈从文，要不是在北京文坛的变动中幸运地获得了立足的机遇[②]，他或许也会像许多文学朋友那样，在1926年后

① 许纪霖：《都市空间视野中的知识分子研究》，载许纪霖编：《20世纪中国知识分子史论》，新星出版社2005年版，第432—433页。

② 有关沈从文与20年代北京文坛的关系的考察，参见范家进：《边缘经验与多元化文学格局——论沈从文与20年代的北京文坛》，《浙江学刊》2001年第3期。

南下寻找新的空间和身份。① 在这个意义上，沈从文对于文学的志业选择，或许并不具有更大的普遍性。然而，从湘西到北京、从会馆到公寓，他在不同空间中的转移经历，仍显示了一代文学青年身份追寻的复杂背景：社会流动方式的转变、都市文化空间的重构、人际网络的更替、社会位置的暗中制约等因素，都相继作用其中。引入这些维度，并不能改变传记视野中的沈从文形象，但寻找某种新的讨论方式，在社会、文化、历史的错综视野中，透视“新文学”的功能及位置，或许才是本书尝试的重点所在。

---

① 在《记胡也频》中，沈从文写道：“十五年左右，武汉因军事政治各方面的集中，许多在北方的朋友，都到那边作事去了”，“海军学生”和“我”的一些朋友，“总希望我们去玩玩，但当时我们都没有离开北京的意思”（《沈从文全集》第 13 卷，北岳文艺出版社 2002 年版，第 22 页）。沈从文说到的朋友，应是他的少年好友印桂远，当时他已成为“毛泽东的小助手”，从武汉写信给沈从文：“不要再在北京写什么小说，世界上已没有人再想看你那种小说了。到武汉来找老朋友，看看老朋友怎么过日子吧？你放心，想唱戏，一来就有你戏唱。”（沈从文：《一个爱惜鼻子的朋友》，载《沈从文全集》第 11 卷，北岳文艺出版社 2002 年版，第 311 页）

第三章　革命动员中的文学和青年：从20世纪20年代《中国青年》的文学“批判”谈起

在勾勒革命文学的发生谱系时，1923年年底到1924年年初《中国青年》杂志上发表的一系列文学论文，如秋士的《告研究文学的青年》、邓中夏的《新诗人的棒喝》《贡献于新诗人之前》、恽代英的《八股》、萧楚女的《诗的生活与方程式的生活》等，往往被看作革命文学兴起的先声。[①] 作为中国社会主义青年团的机关刊，《中国青年》本来的使命在于“普遍的革命宣传”，文艺并不是它关注的重点，但就在其创刊仅一个月后，邓中夏、恽代英、萧楚女等一批共产党人就如此密集地就文学问题发言，似乎有意要发起一轮文学的“批判”。他们的声音在当时也激起了一些反响，由商务印书馆发行、在一般学生中影响很大的《学生杂志》就转载了《中国青年》的部分文字，还刊发了一些文章、通讯，同样展开对文学的挞伐，在发言姿态和论述口径上与后者隐隐构成了呼应之势。[②] 作为批评家的沈雁冰，也注意

---

① 依照黄修己的说法，1951年7月由新建设杂志社出版的《中国新文学史研究》在刊载《〈中国新文学史〉教学大纲（初稿）》的同时，也发表了几篇相关的论文，其中就包括张毕来的《1923年〈中国青年〉几个作者的文学主张》。这样一批“共产党员的文学论文”的发现，“说明1923年后更有了具体的马克思主义文艺理论对新文学的领导”。参见黄修己：《中国新文学史编纂史》，北京大学出版社1995年版，第129页。

② 《学生杂志》第11卷第5号上澹卿的《向研究文学的青年的谏诤》，与《中国青年》第5期上秋士的《告研究文学的青年》，在标题和内容上都十分相仿；邓中夏的《新诗人的棒喝》（《中国青年》第7期），后来又署名“安子宣”出现在《学生杂志》第13卷第8号上；此外，萧楚女的《诗的生活与方程式的生活》（《中国青年》第11期）中的一段文字，也曾以补白的形式出现在《学生杂志》第11卷第1号上。

到了邓中夏等人的言论。依照他后来的说法，这些文章“是针对于当时高唱‘为艺术而艺术’的创造社痛下针砭”，而他发表于1923年年底的《“大转变时期”何时来呢？》《论无产阶级艺术》等文，也是出于对上述文章的呼应。① 与此并不一定相关但可以构成参照的是，在1924年前后，有关革命文学的讨论正零星出现，一些小型的社团如悟悟社、春雷社等，也陆续打出了革命文学的旗号。② 这样看来，《中国青年》上几个作者的意见的确是得风气之先，它们似乎构成了革命文学的一种“酝酿”，时代潮流的“大转变”也由此被开启。

追溯开端、起源，在不同的时段之间建立联系，是文学史叙述的基本逻辑，但线性的叙述往往会将言论、事件从特定的时代状况中抽离出来，为了“谱系”的完整而简化了历史的差异。具体到《中国青年》杂志的文学“批判”，正如有研究者指出的，这些文章大多出自一批“实际工作者”之手，在动机、起点上，其实与一般的“革命文学”提倡有相当的不同。③ 在20世纪20年代不断激变的社会语境中，他们对“文学”以及“文学青年”的批判，与其说来自对理想“革命文学”的构想，毋宁说是为国民党改组背景下青年动员的总体要求所推动。他们的话语或许过于粗暴，处理复杂文学问题的方式或许失之简单，但在具体的情境当中仍具有特定的历史说服力。因而，在一种相对开阔的社会政治视野中，重新审视这一轮文学“批判”的背景、辨析相关的言论，能够修正一些文学史的“定见”，在此基础上，进一步探讨20年代革命动员的话语分布、修辞策略以及历史说服力的生成，众多“文学青年”的转向以及支撑这种转向的社会、知识乃至

① 茅盾：《我走过的道路》，人民文学出版社1981年版，第233—234、286页。

② “悟悟社”由许金元等人创立，他们在1924年6月2日的《民国日报·觉悟》上发表宣言，提倡“革命文学”；“春雷社”的成员为蒋光赤、沈泽民等，他们在1924年11月16日的《民国日报》上辟出了“文学专号”。

③ 参见程凯的博士论文《国民革命与“左翼文学思潮”发生的历史考察（1925—1929年）》（北京大学中国语言文学系博士学位论文，2004年）第91—93页对此问题的分析。

心理状况，或许也能得到部分的说明。

一、“文学运动”还是“实际运动”

20 世纪 20 年代初，初生的新文学进入了历史扩张的时期，伴随着众多“青年的文学团体和小型的文艺定期刊”的蓬勃生长，“一个普遍的全国文学活动开始来到”。[①] 对于关注新文学前途的批评家来说，新文学的泛滥本来是一件好事，但相关的质疑和不满也在积累。尤其是“五四”一代前辈——文学青年的导师们，其实并不真的希望朝向思想革命、社会改造开放的新文学最终只是“实体化”为诗歌、小说等简单的文类实践。与此同时，新文学在普及过程中的自我消费化、空洞化现象，也引来越来越多的指摘。向文学青年提出劝谏、忠告的文字，在 20 年代初的报刊上实际上是屡见不鲜的，对“坐在草地上做新诗”“翻翻字典译些大错的小说”之类“文青生活”的漫画式描绘，往往也伴随其间。[②] 换句话说，对文学青年的非议，在当时已成为一种共识性的社会话语；而为了打破文坛上的浮靡空气，对某种激昂扬厉文风的鼓吹也不难听见。

《中国青年》上的文学“批判”，正是发起于这样的氛围中。署名秋士的作者，在发难文章《告研究文学的青年》中，就开宗明义地指出：

> 文学在现在，可谓已得一普遍的发展了。组织团体，发行刊物以研究文学的，平均每月必有两三处。在文学运动本身方面看来，虽然仍感觉寂寞；但一与其他各种运动比较，实在热闹非

① 茅盾：《中国新文学大系·小说一集·导言》，上海良友图书出版印刷公司 1935 年版，第 5 页。

② 澹卿：《向研究文学的青年的谏诤》，《学生杂志》第 11 卷第 5 号，1924 年 5 月 5 日。

常，可称极一时之盛了。①

这段文字，拉开了《中国青年》上文学“批判”的序幕，同时也为后面一系列论述奠定了某种基本的模式。虽然《中国青年》的几位作者对某种理想的文学形态也抱有期待，个别人（如沈泽民）在文学问题上也投入了充沛热情，但与一般批评家不同的是，他们更多地是站在“文坛”之外，以青年运动的引导者自居。他们首先将文学理解为一种特殊的“运动”，它的兴盛不仅吸引了大量青年，而且导致了对其他运动空间的侵占。② 从这种视角出发，对于主题、风格、体式等所谓“内部”问题，他们其实无暇顾及，而更多地将目光投向文学对青年的作用以及相应的生活方式和主体形象上，对文学青年病态生活的漫画式勾勒（“凡是想做新诗人的多半都是懒惰和浮夸两个病症的表现”）③，几乎成为所有文章的必要内容。然而，可以追问的是，在1923年年底至1924年年初，这份“非文艺”刊物集中火力攻击“文学”，只是普遍不满的表达吗？其目的仅仅是为扭转“青年界”“文学界”的轻浮空气吗？要了解更为具体的历史动因，不能不注意1923—1924年这个特定的时刻。

在中国现代政治史上，1923年的确是相当不平静的一年，诸多“大事”的发生扭转了历史与思想的进程。该年10月，控制北京政权的直系军阀曹锟，被由贿买组成的国会“选举”为总统，造成民国史上的一大丑闻，也彻底打破了以和平手段实行宪政的迷梦，整体性的

① 秋士：《告研究文学的青年》，《中国青年》第5期，1923年11月17日。

② 邓中夏明确地道出了这种忧虑：“新文化运动以后，青年们什么都不学，只学做新诗；最后连长诗也不愿做，只愿做短诗。今日办一个弥洒，明天办一个湖光；今日出一本繁星，明天出一本雪朝……真是风靡一时，几乎把全中国的青年界都被他们占为领域了。”见中夏（邓中夏）：《新诗人的棒喝》，《中国青年》第7期，1923年12月1日。

③ 中夏（邓中夏）：《新诗人的棒喝》，《中国青年》第7期，1923年12月1日。

社会革命似乎已成唯一的出路。[①] 在1924年出版的第1期《中国青年》上，主编恽代英发表了《前途的乐观》一文。在文中，他回顾了刚刚过去的1923年在内政、外交上发生的一系列事件（包括曹锟“贿选”在内），并得出这样的结论：“现在只有昧着良心的人才会说中国除了革命还有别的法子。”在恽代英的论述中，政治的黑暗也孕育了新的历史纪元，1923年之后，酝酿多年的革命潮流终于找到了决堤的出口。在他提到的具有推进作用的事件中，“国共合作”以及随后的国民党改组，的确构成了现代中国的一个分水岭。历史形势的变化，同时也将如何有效地宣传以普及革命的“主义”、如何进行全面的社会动员尤其是青年动员的问题，推到了国共两党的面前。

五四运动之后，青年学生作为一个新兴的社会群体，显示出了强劲的历史推动力。20年代包括中国国民党、中国共产党、中国青年党在内的各种政治派别，都意识到青年的重要性，开始在学生中积极活动，争取这一股新兴的社会势力和政治资源。[②] 程凯在他的研究中已指出，《中国青年》上的文学言论并非“空穴来风”，而是与1923

① 1923年12月，趁北京大学二十五周年纪念日召开各种活动之际，几个北大学生在北大三院发放问卷，就中国政治问题进行“民意测量”。问卷内容包括10个问题，前4个问题及回答情况分别是：（一）你对于曹锟做总统有何感想？在收回的千余份问卷中，有明确答案的共801票，其中“持反对态度者占百分之九十七强”；（二）你相信当今国会吗？须怎样办？此问票数为669张，“不相信票数占百分之九十九以上”；（三）你对于此次政府所颁宪法应取甚么态度？第三问票数为620张，“表示不愿遵守者约占百分之八十一以上”；（四）下列各种方法，你以那种可以救中国——军阀宰制、外国共管、国民革命？此问结果是“主张国民革命可以救中国者为最多，共七百二十五票，约占全数百分之九十四”。参与这次“测量”的人群平均年龄在26岁左右，主要集中于“学界”，加之问卷本身暗含的倾向性，回答的结果能否反映一般国民的看法尚需讨论，但日趋激进的社会心理，由此也可见一斑。参见朱务善：《本校二十五周年纪念日之“民意测量”》，《北京大学日刊》1924年3月4—7日。

② 有关20世纪20年代政党如何介入学生运动的考察，参见吕芳上：《从学生运动到运动学生》，中央研究院近代史研究所1994年版。

年6月中共三大通过达到的“关于青年运动决议案”相关。[①] 这不仅仅是一种推测，同年8月，中国社会主义青年团第二次代表大会在南京召开，根据中共重视青年运动的精神，通过了包括“宣传及教育”在内一系列决议案。在此次大会上，恽代英被选为中央委员，职务就是编辑，负责“主撰本团机关报并管理各地出版物”。[②] 显然，《中国青年》就是上述一系列党团决议的产物，创办这份机关刊物的目的，是要在一般青年当中执行教化的功能，引导他们到“活动的”“强健的”“切实的”路上。[③] 值得提及的是，上文谈到的《学生杂志》对《中国青年》的呼应，在一定程度上也是发生于这一背景之中。《学生杂志》的主编是共产党人杨贤江，他与恽代英一样，在20年代的青年运动史上都享有极高的声望。在他主编期间，《学生杂志》日趋激进，尤其是1923年之后，发表了大量革命鼓动的文字，并与《中国青年》的确形成了某种协作关系。“当时比较进步的中学生和大学生，大体上都受《学生杂志》的影响”，而“杨贤江和恽代英同志的工作是相辅而行的”[④]。

如果说《中国青年》的创刊以及《学生杂志》的“转向”，都表明共产党人在知识青年中革命动员工作的展开，那为什么文学与“文学青年”首当其冲，成为批判的焦点呢？原因似乎也很简单，在恽代英等人的眼中，“文学运动”与“实际运动”的历史主体可能是同一的，二者都发生于“青年界”，即由大批处于社会边缘位置的中小知识分子构成的社会群体中。不同之处在于前一种“运动”已蔚然成风，后一种“运动”尚需全力鼓动，前者甚至已构成后者的干扰。在社会空间分化与冲突的背景下，文学青年的问题本身可能就是一个政

① 程凯：《国民革命与“左翼文学思潮”发生的历史考察（1925—1929年）》，北京大学中国语言文学系博士学位论文，2004年，第93页。

② 《中国新民主主义革命时期青年运动简史》，中央团校青运研究室1982年版，第51—55页。

③ 《发刊词》，《中国青年》创刊号，1923年12月20日。

④ 李一氓：《纪念杨贤江同志》，载《杨贤江纪念集》，商务印书馆1985年版，第23页。

治问题。由此看来，当年的沈雁冰以及后来的文学史家，其实都有意或无意地“误读”了这场“新诗人的棒喝”，他们更多地是站在文学的本位上去理解这几位共产党员的发言，无论是有意还是无意，其实在暗中扭转了话题的走向。虽然文学对革命情感的鼓动作用仍一再被强调，但从总体上看，他们关注的并非是新文学的进一步深化或某种崭新文学样式的呼吁，而是下述两个互相关联着的问题：“文学运动与实际运动哪一种急要？现在这种文学运动，对于社会问题的解决会有效力吗？”从这种问题意识出发，不仅“为艺术而艺术”的倾向被批判，即便是“为人生而艺术”的倾向其实也没有得到信任。因为“文学”作为一种社会实践的有效性及可能性，在他们那里是被整体怀疑的。秋士在他的文章中就提到：“以文学为助进社会问题解决的工具的，实在很多——这从他们的言论和作品上，可以看得出来。”但对于这些“有意于解决社会问题的人”，作者的态度是：“我很抱歉地说，实在他们只是‘有意’罢了！”[①]在这段话中，所谓“以文学为助进社会问题解决的工具的”，似乎是有具体所指的。在20年代初，郑振铎等批评家正大力鼓吹“血与泪”的文学，期望文学运动能自动地激起社会革命的可能，俄罗斯文学就是他们心中的典范。[②]然而，在《中国青年》的作者眼里，无论“文学”是否“有意”要推动历史，都无法改变自身封闭的符号化状态，在峻急的历史状况中，“列宁们”显然比“托尔斯泰们”要更为重要。

---

① 秋士：《告研究文学的青年》，《中国青年》第5期，1923年11月17日。饶有意味的是，后来张毕来在梳理《中国青年》上几位作者的文学主张时，就引述了前面的一句，并认为“文学应该用以‘助进社会问题的解决’”，正是作者秋士的观点。由于省略了后面一句，文章的原意似乎被曲解了。参见张毕来：《一九二三年〈中国青年〉几个作者的文学主张》，载李何林等：《中国新文学史研究》，新建设杂志社1951年版，第38页。

② 郑振铎曾热情洋溢地说：“一个文学家在现在革命时期所负的使命是非常重大的。俄国的革命虽不能说完全是灰色的文学家的功劳，然而这班文学家所播下的革命种子却着实不少。”（《文学与革命》，《文学旬刊》第9期，1921年7月30日）

依照"为人生"的文学理念，通过扩大同情、描写黑暗的现实，文学自身就是一条具体的社会改造途径。"文学运动"与"实际运动"之间的关系，非但不应是竞争性的，而且应当是相互推动、互为因果的。这样的理念并非封闭于文学内部，而是发生于"五四"新文化运动的某种整体思路中。出于对民国政治的普遍失望和厌弃，从文化、伦理入手进行根本的社会改造，成为"五四"前知识分子的共同思路。在这样的思路中，文化、伦理、思想的变革最终会导致社会变革，不同的"场域"不仅交错重叠，而且呈现为有机的"一元化"状态，用陈独秀的话来讲：文学、政治、伦理本是"一家眷属"。①然而，在20世纪20年代初诸多"主义"的竞争中，当马克思主义最终胜出，社会革命成为集体的选择，不仅乌托邦式的社会改造理念被打破了，"文化运动"与"社会运动"之间的自动关联也受到了相应的质疑。原本持"一家眷属"看法的陈独秀，到了1921年也特意撰文指出文化运动与社会运动本来是两件事，不能混为一谈，希望那些"拿文化运动当作改良政治及社会底直接工具"的"有速成癖性的人们"打消幻觉。②在这个意义上，当秋士等人呼吁中国青年在"文学运动"与"实际运动"之间做出选择的时候，他们拒绝的不仅有"文学"，同时也包含了文化运动与社会革命之间的有机性想象。"五四"之后激进思潮的内在分化脉络，恰好由此被凸显出来。

二、什么样的知识最紧迫

《中国青年》发起的文学"批判"，持续的时间并不很长，自1923年年底开始，到1924年上半年，相关的发言便逐渐稀少。这似

---

① 陈独秀：《答易宗夔》，《新青年》第5卷第4号，1918年10月15日。

② 陈独秀：《文化运动与社会运动》，《新青年》第9卷第1号，1921年5月1日。

乎暗示了这场批判的策略性、功能性，一轮“炮火”发完，工作的重点就要转换。但如果阅读《中国青年》上的其他言论，将文学话题放在杂志的整体布局中去考察，不难发现几个共产党员对“新诗人的棒喝”，其实并不是一项孤立的举动，而是从属于一个更大的文化战略，杂志上的各种话题也相互关联着，发生于某种共同的“问题框架”之中。

在谈及《中国青年》的文学“批判”时，恽代英的《八股》是经常被提到的一篇。在此文之中，他激烈地抨击“无用的文学”就如同“无用的八股”，需要全力反对。有意味的是，随后他的笔锋一转，又指向了“八股的教育”，认为“现在一全国的中学生，每天要花很多时间去学习英文、几何、三角”，这是一种浪费。① 文学批判与教育批判分属不同领域，两个话题出现在同一篇文章中，可能会造成上下文的割裂。但稍加分析就能看出，二者的逻辑还是一致的，那就是判定一种“学问”的价值，无论它是“美”的文学，还是“深”的英文、数学，都应考虑其当下有效性。在“有用”与否的尺度下，不同的“学问”有着轻重缓急之分。在《八股》中，恽代英的看法并没有完全展开，在另外一些文章中，有关各门“学问”之间差异的认识更为明确地表达出来。如《学术与救国》一文就重申：“若所说自然科学是指的工业、农业等技术知识呢，则我以为学这种技术的当然总比那些学灵学和学白话诗的人要好些，我们也并不十分反对。不过我们觉得要救中国，社会科学比这些技术科学重要得多。”② 如果说在某种公民教育的内部，“自然科学的常识”比起英文、数学更有实际的价值，那么在一种更大的知识等级中，“自然科学”虽然得到部分认可，但仍是受到贬抑的，并且与所谓灵学、白话诗是处于同一序列中的。与这些“学问”相对立的，则是真正能够“救国”的学问——“社会科学”，它被置于知识等级的最高处，它的时代优先性被反复强调。

---

① 代英（恽代英）：《八股》，《中国青年》第8期，1923年12月8日。

② 代英（恽代英）：《学术与救国》，《中国青年》第7期，1923年12月1日。

在衡量不同"学问"之价值时，重"实"轻"文"，是恽代英一贯的态度。在早年的日记中，他就多次强调知识的实用性，拒斥"易蹈虚空"的文科。[①] 但作为《中国青年》的主编，恽代英此时的看法并不是个人的，在很大程度上代表了杂志同仁的共同立场。在1923—1924年间的《中国青年》上，在"文学"遭到猛烈攻击的同时，对于"社会科学"的提倡正紧锣密鼓地展开，相关的文章、通讯发表了多篇。[②]"《中国青年》是提倡社会科学之研究的"[③]，也成为杂志明确提出的口号。在一般性的鼓吹之外，恽代英、施存统等青年运动的导师们，还具体列出社会科学的书目，指导阅读的方法，回答读者的相关问题，似乎要为青年读者提供研究社会科学的全面指南。文学运动的批判与社会科学的提倡，二者的同步进行，表明在《中国青年》诸多言论的背后，其实隐含了某种总体性的"问题框架"，那就是当社会革命成为中国唯一的出路时，什么样的学问、什么样的知识才最为迫切需要。在这样的问题框架中，不仅文学成为攻击的对象，自然科学、玄学以及其他专门化的学问，都不同程度地被批判。[④] 实际上，报刊鼓吹只是他们工作的一个方面，就在《中国青年》创刊前后，邓中夏、瞿秋白、施存统、张太雷、蔡和森、恽代英等一批共产党人，也云集于"东南名符其实的革命的最高学府"上海大学[⑤]，先

---

① 在1918年3月29日给友人的书信中，恽代英就表达了"惟文科之学较实科易蹈虚空"的看法，认为"文学、哲学于现实生活为何如价值？吾意恐非社会上急需之物也（就目前事实言）"（《恽代英日记》，中共中央党校出版社1981年版，第328页）。

② 参见恽代英的《对于有志者的三个要求》（第1期）、《研究社会科学问题发端》，舜生的《中国青年与"现代研究"》（第10期），徐文台的《社会科学与择业问题》（第11期），萧楚女的《一切学问都是研究社会科学的工具》（第14期）等。

③ 启修：《俄国的社会科学》"编者前言"，《中国青年》第22期，1924年3月15日。

④ 在《中国青年》上，对自然科学的贬低与对文学的批判，具有某种同构性。第48期（1924年10月11日）发表的伯庄的《告研究自然科学者》一文，不仅标题与秋士的《告研究文学的青年》十分类似，在批判的方式上也如出一辙。

⑤ 程永言：《回忆上海大学》，载黄美真等编：《上海大学史料》，复旦大学出版社1984年版，第46页。

后讲授以社会科学为主的各种课程。上海大学的社会学系，由是也成为培养革命干部的摇篮。①

诚如上文所述，从伦理、文化的角度为社会改造奠定基础，是五四时期知识分子的普遍趋向，即便是共产党的创始者们，在五四时期也对激烈的社会革命抱一种审慎的态度。通过“小团体大联合”实现社会改造的渐进路线，更为“五四”一代激进的知识分子所青睐。伴随着这一路线，从知识分工的立场出发，为文化运动奠定一个坚实基础的呼吁也十分强劲。② 作为少年中国学会的成员，当时的恽代英也曾是专业“分工”的积极支持者，他在长文《怎样创造少年中国？》中用大量篇幅阐发“分工与合作”的意义③，这也解释了他后来在强调“救国的学术”高于一切的同时，对于所谓“为学术而学术”的理念未尝没有一点同情。④ 可资参照的是，希望“以文学为助进社会问题的解决”的郑振铎和他的友人们，在创立文学研究会之前就已开始了俄罗斯文学的译介工作。但与此同时，在他们主持的《新社会》杂志上，作为一门新兴学科的社会学也在被大力地普及。⑤ 在他们那里，文学与社会学这两门不同的“学问”，非但没有虚实、轻重、缓急之分，而且恰好能在分工的前提下，共同服务于社会改造的

---

① 黄旭初在《我在上海大学的一段经历》中称，当时“学生以社会科学系为最多，多数是党员；很多党的领导干部，都在这个系兼课”（黄美真等编：《上海大学史料》，复旦大学出版社 1984 年版，第 112 页）。

② 新潮社的罗家伦就主张：“所以现在最要紧的，就是要找一班能够造诣的人，抛开一切事都不要问，专门去研究基本的文学、哲学、科学。”（罗家伦：《一年来我们学生运动底成功失败和将来应取的方针》，《新潮》第 2 卷第 4 期，1920 年 5 月 1 日）

③ 恽代英：《怎样创造少年中国?》，连载于《少年中国》第 2 卷第 1、3 期，1920 年 7、9 月。

④ 在《再论学术与救国》（《中国青年》第 17 期，1924 年 2 月 9 日）中，恽代英对于“我们研究学术，便是为的学术本身的价值，原不问他是否有用处”的态度，也表示了一定的认可。

⑤ 据《新社会》第 8 期（1920 年 1 月 11 日）《北京社会实进会消息》，《新社会》议决该刊须“注重社会学说的介绍，每期应有一篇社会研究的著作，由瞿世英、许地山、郑振铎三君担任”。他们三人也在杂志上发表了不少社会学方面的论文。

总体目标。应当说，各门学问的独立发展，吻合于知识生活的现代性规划，也配合了新文化运动“迂远”的社会重建理念，但在20世纪20年代激变的社会氛围中，无疑也会遭遇到巨大的诘难。知识和行动、文化与政治的价值，在20年代初的激变氛围中似乎发生了又一次颠倒，有学者就以“走向‘行动的时代’”来概括这一总体的历史转向。①

走向“行动”，最为简洁地说明了“五四”后激进思想的转变。在某种程度上，对于“行”的强调或许会造成对“知”的贬抑，但这并不等于说在革命的展开中，“知”的作用可以被简单忽略。作为一个传统范畴，“知”与“行”的关系，在现代思想及政治实践中屡屡被重申，二者之间的关系并非简单的二元对峙，而是呈现为更为复杂的辩证状态。与其说对于行动的强调导致了对知识的贬低，毋宁说知识被提到更高的位置，它表现为对社会现实的理论把握以及对个体处境的“觉悟”。因而，重要的不是以行动取代知识，而是重建“知”的有效性尺度，这也就是“什么样的知识最紧迫”的问题来源。王凡西在他的回忆录中，对于自己20年代的“知识观”就有如下的反省：

> 我几年来的自以为追求的“真正学问”——乱七八糟地阅读杜威、罗素以至柏格森等辈的大作，这时却被证明出非常无知与混乱的。这时我初次接触到马克思主义，从那两位“搞国民党”的乡前辈手里看到一些浅近的社会科学书籍，觉得这是一种切实而有用的学问，与我先前所学的一些不同。②

王凡西的这段话，可能说出了许多由文学（文化）运动转入实际

① 参见罗志田：《对“问题与主义”之争的再认识》一文中第六部分《余论：走向“行动的时代”》，载《激变时代的文化与政治——从新文化运动到北伐》，北京大学出版社2006年版，第132—145页。

② 王凡西：《双山回忆录》，东方出版社2004年版，第10—11页。

运动的革命青年的共同感受。虽然，“五四”之后马克思主义、社会主义学说，开始风行于知识分子群体之中，但与新文学成为一种“家常便饭”相比[①]，作为“救国”学术的社会科学，在20年代初仍是一门资源相对匮乏的知识。[②]在中国革命的历史展开中，当“主义”过快地变成行动，革命的组织和实践往往会领先于革命理论的细致把握。缺乏必要的理论指导，对于许多转入“行动”的革命青年来说，可能构成了一个相当困扰的问题。即便是对于青年“导师”恽代英等人来说，在热情倡导“社会科学”的同时，某种知识的焦灼也暗含在他们的言论中。恽代英自己就坦言：“我很恨从前糊里糊涂读了几本不相干的书，完全未曾注意社会科学；我现在正想多用力研究社会科学哩！”[③]在两三年前，恽代英还是一个无政府主义色彩很浓的激进青年，怀抱乌托邦式的“未来之梦”，在“转向”之后，他自身的知识储备也还没完全更新。[④]

谈论中国社会学（社会科学）的发展史，一般都要从严复翻译的《群学肄言》讲起，而作为学院体制中的一门学科，它的创制是在20年代初才逐渐展开。依照蔡毓骢的说法，萌芽时期的中国社会学界，

① 庐自然在《研究文学的几条方法》中称：“新文学在学生界差不多成了一种‘家常便饭’了，中学以上的学生，人人都读过一两篇小说，一两首诗，一两篇戏曲。”（《学生杂志》第10卷第12号，1923年12月5日）

② 依照德里克的说法，关于社会学和社会问题的课程开始进入大学甚至中学的课堂，是在1925年以后，而社会学书籍和文献出版的繁荣，也是“五卅运动”后一个显著的潮流，这股潮流真正达到高峰，则是在20年代末。见［美］阿里夫·德里克：《革命与历史》，翁贺凯译，江苏人民出版社2005年版，第29页。

③ 恽代英：《学术与救国》，《中国青年》第7期，1923年12月1日。

④ 针对《中国青年》研究社会科学的提倡，有读者致信编者，希望杂志“除抽象的说理以外，还应加以具体的东西的介绍”，要求开列研究所需的书目。面对这一要求，作为主编的恽代英似乎有点猝不及防，在承认“一种批评性质的介绍实在要紧”的同时，又说此事困难重重，坦言“像我们这般人读书便少，对于新出的书，或只看过目录，或只能大概翻过一遍，怎敢说批评介绍的话呢？”见但一：《读甚么书与怎样读书》，《中国青年》第8期，1923年12月8日。

约可分成文化学学派、社会行政学派、唯物学派三种。[①] 这种的区分方式后来多有延续，站在所谓"纯正"的社会学立场，对马克思主义或辩证唯物派社会学的排斥，也是1949年之前一般学院社会学家的共同观点。[②] 那么，《中国青年》的编者在提倡怎样一种社会科学呢？阅读他们的相关言论，会发现在恽代英等人的表述中，所谓"社会科学"最初是语焉不详的。有时，对它的理解不会超出一般的学院化眼光，布尔乔亚社会学与马克思主义社会学之间的区分也没有被强调；有时，它被泛化为一种总体性的"元学科"，超越于一般的学科分化之上，决定着科学、哲学、艺术的方向；[③] 有时，它又被笼统地等同于对时事与历史的关注[④]。这样的含混状态，暗示出倡导者自身准备的不足。但挂上了招牌，始终拿不出具体的货色，总归不行。好在不久后，一些更为"专业"的倡导者开始发言了，《中国青年》第24、26期上，先后发表了冰冰的《一个马克思学说的书目》和施存统的《略谈研究社会科学》两文，他们具体提出了研究社会科学的系统书目，并且更为明确地限定了"社会科学"的范围和所指，如施存统所言："什么是最合理的社会科学理论呢？我以为莫如马克思派的社会科学，因为只有它最能圆满解释各种社会现象。"[⑤] 换言之，作为最为紧迫的知识，"社会科学"也不是笼统、抽象的，它应当落实为更为

---

① 蔡毓骢：《中国社会学发展史上的四个时期》，《社会学刊》第2卷第3期，1931年4月。

② 对此问题的讨论，参见韩明谟：《中国社会学史》，天津人民出版社1987年版，第2—6页。

③ 在萧楚女那里，这样的看法表达得更为清晰，他声称："在人间世，只有社会是唯一的，根本的，究竟的真实学问……其余一切哲学、科学、艺术，都是完成这个学问的工具！"见楚女（萧楚女）：《一切学问都是研究社会科学的工具》，《中国青年》第14期，1924年1月19日。

④ 恽代英就坦率地说与其攻读理论，不如从具体的历史与时事下手，而方法无非是遍读各种报刊及近代史书籍。见恽代英：《怎样研究社会科学》，《中国青年》第23期，1924年3月23日。

⑤ 施存统：《略谈研究社会科学》，《中国青年》第26期，1924年4月12日。

具体的社会革命理论，即马克思派的社会科学。

三、“为他人”还是“为自己”

无论是文学的“批判”，还是社会科学的提倡，由上面的分析可以看出，《中国青年》上诸多言论是相互配合的，目的是为了形成一种强劲的动员话语，号召“中国青年”从各类迂远的文化运动中解放出来，加入国民革命的队伍中来。然而，单纯口号式的政治鼓动，无法拥有真正的历史说服力，要争取青年学生对社会革命的内在认同，建立起国民革命的正当性，需要一套更为复杂的修辞手段。与此相关的是，在这一过程中，文学作为一种干扰性因素，虽然遭到了部分排斥，但它包含的心理和政治能量却不能被完全忽视。在共产党人对文学的攻击中，文学与其说被排斥了，不如说它的历史诉求与位置，得到了重新整合，这构成了20世纪20年代文学批判以及青年动员的有效性所在。

上文已提到，新文学与社会革命的历史主体具有某种同一性，这种“同一性”并不是抽象的，而是与一代青年学生的社会位置、处境相关。科举制度废除之后，从新式学堂中走出的学生，逐渐形成了一个相当可观的社会群体。由于产业的落后、政治的动荡以及诸般社会组织的不完善，如何在既定的社会结构中安排、消化这一群体，在20年代已成为一个受到普遍关注的社会问题。在现代都市空间中，大量“脱序”的游荡青年的存在，在一定程度上促生了新文学的繁盛，同时某种政治的潜能其实也蕴涵其中。要争取这部分边缘青年走向革命，完成一种社会能量的转移，真正有说服力的叙述，也必须从青年自身的处境着眼。《学生杂志》对青年“切身问题”的关注，就是一个值得讨论的个案。

作为商务印书馆旗下的老牌杂志，《学生杂志》在20年代虽然日趋激进，并与后来创刊的《中国青年》形成呼应之势。但与后者相比，它毕竟是一份普及性的商业刊物，与普通学生读者的联系也更为紧密，尤其是杂志上的“通信”和“问答”栏目，发表大量学生读者提供的材料和提出的问题，而涉及的内容“全都是牵系在青年们心上的事”。①1923年年初，杨贤江与侯绍裘、高尔松、高尔柏、张广沅等一般友人组成了“青年问题讨论会”，就一系列青年问题展开研讨，结果以各种专号的形式发表在《学生杂志》上。众多的讨论、通信和问答，涉及与青年切身相关的诸多问题，包括学业、生计、婚姻、恋爱、生理，等等。考察这些文章和通信，细心的读者会注意到，随着刊物“色彩”的变化，讨论问题的方式也在悄然转变。1924年之前，针对学生面对的各种问题，《学生杂志》更多地是从具体的“解决之道”入手，提供相关的建议。②但在一般具体而“琐碎”的方案之外，另外一种声音在1924年以后也渐渐高涨，即认为枝节性的改造于事无补，青年要解决个人的实际问题，必须从根本上着眼。比如，《学生杂志》第11卷第6期曾发表一系列文章，集中讨论学生的“升学”问题，虽然也有人试图在提出解决之道，但讨论的结果似乎更多地强调了解决的不可能。杨贤江就明确表示：“老实说，非把中国的腐败政治及世界的经济组织改造过了，不会有满意的解决方法的。”③将个人的问题看成是总体性的社会问题，进而提出在现存的经济、政治制度之下，唯有以社会革命的方式进行改造方能根本解决，这种看法逐渐支配了《学生杂志》上所有的讨论。不仅“升学”问题如此，其他如择业、自学、婚姻、恋爱乃至性欲的问题，杂志的编者都努力进

---

① 叶圣陶：《杨贤江同志逝世五十周年》，载《叶圣陶集》第7卷，江苏教育出版社2004年版，第255页。

② 比如，“苦学”是相关讨论的重点，高尔松的《苦学生生活》一文，首先就苦学生“环境的种类”作了细致分类，然后又列出诸多方法：消极的方法是节俭，积极的方法则在增进收入，至于借债、卖文、找事做、做小贩、卖报等，都是可行的手段。（高尔松：《苦学生生活》，《学生杂志》第10卷第5号，1923年5月5日）

③ 杨贤江：《青年求学问题》，《学生杂志》第11卷第6期，1924年6月5日。

行类似的导引，切身问题只有通过投身革命才能解决。[①]《中国青年》的作者们，虽然没有更多时间就诸多琐碎的话题展开讨论，但在涉及恋爱、婚姻、求学、生活等青年“切身问题”时，表述的策略也与杨贤江等人别无二致。

在 20 年代的社会语境中，上述言论的发生并不是偶然的，与在五四时期便开始的“零碎解决——因时因地因事解决具体的问题”与“总解决——根本改造”两种社会方案的对峙与消长相关。值得注意的是，在“根本改造”的视野中，青年面对的困境不再简单地被看作是一种消极的、需要克服的状况，由于其中包蕴了个体觉醒的可能，因而它也可以被看作某种特殊的契机。上述有关“升学”的讨论，发生在 1925 年 6 月，大致是中学生准备升学的时间。到了该年 8 月，各大学入学考试结果揭晓，“一部分青年要志得意满，而另一部分或竟至于大多数的青年都会心灰意冷”。在此时刻，曲它就撰文鼓励那些失意者：不能考入大学并不是一种失败，“反之，我却承认应试不取乃是青年觉悟的一个紧要关头，一种鉴定机会”。[②] 在这里，“失学”的时刻，恰恰就是“觉悟”的时刻，换言之，所谓“根本解决”不是外在于青年自身的，他们的“觉悟”不只表现为对革命理论的了解，更不是对大众的抽象同情，而是首先体现在对自身真实处境的把握。在为一篇革命文学论文所加的按语中，恽代英也指出：所谓革命青年，如果只是理论上觉悟，甚或只是凑热闹、出风头，都不能创造出真正的革命文学，要获得真正的革命意识，“第一要使大家认清自己的出路，要他相信中国的革命是‘为他自己’的必要而且不是不可能的事情，第二要使大家赤裸裸的承认自己的地位，要明白剖析自己一切奴婢娼妓盗贼式的生活，使自己认定革命是‘为自己’刻不容缓

① 对此问题的详细分析，参见王飞仙：《期刊、出版与社会文化变迁——五四前后的商务印书馆与〈学生杂志〉》之第四章《从切身问题到社会革命》，台湾政治大学历史系，2004 年。

② 曲它：《青年觉悟的开头》，《学生杂志》第 11 卷第 8 期，1925 年 8 月 5 日。

的事情”[1]。

“为自己”，对于中小知识分子而言，这样的召唤比起空喊“救国”的口号，无疑具有更大的历史真切性。但“赤裸裸的承认自己的地位”，这似乎还只是第一步，只是“觉悟”的开头，真正的“觉悟”还有赖于对社会根源的揭示、对“处境”背后历史真相的理性分析，即“要明白剖析自己一切奴婢娼妓盗贼式的生活”。为了达成这种“剖析”，一整套社会认识的“装置”就变得十分紧要了。杨贤江的《现在中国青年的生活难》可以说是一篇代表性论文。该文从青年的“生活难”——择业难、得业难、执业难——说起，先举出诸多统计材料进行细致描述，又旁征博引，从具体的事实和历史的回溯中，探讨造成“生活难”的根本原因：“最简单的答复一句，则中国人生活苦难的原因实由于国际帝国主义的侵略及国内军阀的专横。”这种解释既而被提升为一个普遍命题，不仅针对国内的苦难，也适用于世界范围内的不公正与压抑，“即在所谓帝国主义者的本国，因资本主义的发达，已经很普遍的促起多数人民的无产化”[2]。当然，这样的解释并不复杂，甚至相当直接、粗率，从知识来源上看，不外乎是列宁关于殖民地理论的中国翻版，也吻合于当时革命政党对“中国现状”的分析。但在个体处境、动乱的社会以及不平等的国际秩序之间，一种因果关联产生了，一种理性分析的框架也建立起来。借助于这种框架，私人的苦闷不再限于感伤的文学表达，而是被有效“焊接”于某种整体性甚至是全球性的政治图景之中，社会革命的正当性，由此也获得空前提升。

在讨论中国现代政治中“代表”问题的时候，费约翰曾区分了两类不同的代表方式：同情式代表（representation-by-sympathy）与觉悟型代表（representation-by-consciousness）。在前一种方式中，知识分子对被压迫者的代表，是通过“人类的同情心”而实现的，在某种意

① 张乃光：《中国所要的文学家》，《中国青年》第 80 期，1925 年 5 月 16 日。
② 杨贤江：《现在中国青年的生活难》，《学生杂志》第 12 卷第 7 号，1925 年 7 月 5 日。

义上，这一普遍而真挚“同情心”，恰恰也是“五四”新文学理念的内核；后一种方式则产生于“五四”后的政治语境中：

> 1920年代，当列宁主义进入中国国民党和共产党之时，对某种特殊形式的意识的觉醒，取代了出于同情而去授予（某人以）代表人民的权力。现在，醒来的少数人不是通过同情沉睡的大众，而是通过为后者描画真正的物质利益来代表他们，他们自己只是模糊地意识到了这种利益。[①]

从这个角度看，恽代英、杨贤江等人的动员方式，或许正是发生于后一种思路（“觉悟型”）之中，而与基于“同情”的人道主义话语区分开来。对于那些彷徨于歧路的边缘青年来说，一方面，“为自己”而非“为他人”的说法，比起抽象地强调救国的使命，无疑更具说服力；另一方面，将个人苦闷嫁接于宏观的社会视野中，这种理性分析的方式也相当新颖，让人“耳目一新”甚至有“顿开茅塞”之感，[②]一种新的政治认同也自觉不自觉地产生了。

边缘青年的苦闷构成了“觉悟”的起点，那么被“苦闷”滋养的新文学，作为一种历史实践，它的可能性会遭到质疑，但它潜在的能量却不能完全被漠视。这种多少有些暧昧、矛盾的态度，在《中国青年》《学生杂志》的版面上也有所显现：一方面，青年运动的导师们不断教训自己的读者，要走出虚幻的文学生活；另一方面，面对青年

---

① ［美］费约翰：《唤醒中国：国民革命中的政治、文化与阶级》，李恭忠、李里峰等译，生活·读书·新知三联书店2004年版，第465—473页。

② 陆定一在《我的第一个共产主义老师》中回忆，五卅前夕，他在上海南洋大学当学生的时候，恽代英到校演讲，“讲的不是‘工业救国’、‘道德修养’那些老套，而是国家大事。他告诉听众，中国之所以贫穷落后，是由于帝国主义的侵略和军阀的压迫，中国人民的出路是团结起来反对他们。这在现在已是常识，而在当年却是闻所未闻，顿开茅塞”（《回忆恽代英》，人民出版社1982年版，第8页）。

群体中实际存在的文学热情，他们也不得不调整策略，认可文学可能的鼓动与激励作用，试图将文学内在的能量引向有益于实际运动的方向。在新兴的革命文学家那里，这样的转换似乎不需理论，依靠个体的直觉和敏感，就会更自然地完成。早在 1921 年，郭沫若在《女神》序诗中就声称：

我是个无产阶级者：
因为我除个赤条条的我外，
什么私有财产也没有。

1924 年 11 月，鼓吹革命文学的春雷社在《民国日报 · 觉悟》上开辟出“文学专号”，蒋光赤写下了《我们是些无产者》一诗作为宣言，诗中这样写道：

朋友们啊！
我们是些无产者：
除了一双空手，一张空口，
我们什么都没有。
但是这已经够了——
手能运用飞舞的笔龙。
口能做狮虎般的呼吼。①

在光赤的笔下，所谓的“我们”，不外就是一个个穷困的文学青年，虽然一无所有，但“我们”还在奋笔疾书，这本身就是一种革命的方式。通过一句响亮的口号：“朋友们啊！ / 我们是些无产者”，文

① 蒋光赤：《我们是些无产者》，《民国日报 · 觉悟》“文学专号”（第 1 期），1924 年 11 月 16 日。

学青年与“无产者”达成了身份的统一。在中国革命的历史实践中，小资产阶级知识青年能否成为革命的主体，一直是个充满争议的问题。但在光赤的逻辑中，借助从“无业”“无钱”到“无产”的飞跃，觉悟到自身处境的青年，将自身的苦闷与资本主义的压迫联系起来，几乎本能地就将自己想象为阶级革命的真正主体。这虽然是一种诗人的想象，但无疑也包含了特定的社会心理和知识依据。

四、从“诗的生活”到“方程式的生活”

依靠对自身处境的理性把握，众多愁苦、愤懑的文学青年，可以完成一种意识的飞跃，获得“无产者”的身份觉悟。但革命所需要的不仅是“觉悟”的青年而已，更需要真正的革命干部。① 这意味着，对于那些被唤醒的青年来说，要走上实际的道路，光有意识的觉悟是不够的，他们还要在情感、知识、才干、品行等方面完成一系列的“革命的修养”。在《中国青年》及《学生杂志》上，这种主体重塑的呼吁也十分强劲，即便涉及文学问题，青年“导师们”也无不强调：要创作出革命文学，首先要改变自我，成为“从事革命的实际活动”的新人。② 这样的新人，必须走出文学空幻封闭的世界，成为现实的、高效的、自律的主体，“新我”与“旧我”的差别也不能停留在抽象的意识层面，而必须落实在日常生活的规划与管理上。不同的

① 按照恽代英的说法，即那些“能自动的转移政治局面的人才，换一句话说，便是需要能够指挥与实行革命的政治家”。见代英（恽代英）：《造党》，《中国青年》第21期，1924年3月8日。

② 邓中夏在《贡献于新诗人之前》（《中国青年》第10期，1923年12月22日）中对诗人提出了三条建议，第三条就是“新诗人须从事革命的实际活动”。远定在《诗人与诗》（《中国青年》第17期，1924年2月9日）中提醒读者不要忽略这一条，并强调“注意社会问题，从事实际活动”是真诗人的前提。

生活方式之间的差异，在萧楚女那里被简洁地概括为“诗的生活”与“方程式的生活”。

所谓“诗的生活”，指的是一种回避现实问题、沉溺文学想象的生活，在萧楚女的笔下，过着这样生活的人：

> 大都非常放纵，不自检束。他们是时时刻刻把自己底精神埋葬在一种神忽飘逸的景况里。……他们底一切言行，在他们自己，方且自命为“名士”，为“艺术的艺术家”，为“风流才子”，为“高人逸士”……刘伶，李白，唐寅，王尔德（Wilde）……就是他们底代表。他们这种怯懦的疯人生活，除了“浪漫”没有一点别的意义——和“诗”之成立于想象的构造之虚幻一样。①

与许多同时代的发言者一样，萧楚女是采用一种漫画式的方式来丑化文学者的形象的，“诗”的文体特征实际上已被他泛化了，笼统地指代了一种虚幻的、符号化的生存。因此，作为一种生活方式，“诗的生活”并非局限于文学的内部，而是具有一定的普遍性，可以看作青年学生中诸多不良习气的表现。② 它们的存在不仅妨碍了青年健康人格的养成，也会影响到革命工作的展开。

在中国社会主义青年团的早期历史上，始终存在着一种困惑：依照青年团领袖们的理解，这个组织应该以青年工人为主体，但中国由于近代意义上的产业工人极少，青年团也只能在学生群体中发展。随之而来的问题是，“学生”作为革命的主体，不仅在理论上并不完全合理，在实践上诸多“学生病”也妨碍了组织的发展。当时甚至有一种观点，认为青年团初期的失败完全要归咎于它“差不多可说完全是

---

① 萧楚女：《诗的生活与方程式的生活》，《中国青年》第 11 期，1923 年 12 月 29 日。

② 杨贤江在《青年的大敌》(《学生杂志》第 10 卷第 7 号，1923 年 7 月 5 日）一文中，就将“顽固头脑”“时髦朋友”“颓唐习气”“厌世思想”列为青年的四种敌人，“诗”“古之名士，今之浪漫派”则被认作是“颓唐习气”的表现。

‘学生团’”[①]。在这个意义上，青年导师对“诗的生活”的批判，显然有更为深远的政治考虑：要塑造革命所需的人才，必须着眼于一般青年生活方式的改造。[②]

与“诗的生活”相对立的，则是所谓“方程式的生活”。这种生活需要相当的素养，“并不能像诗的生活那样容易”，它需要“坚忍，刚毅，耐劳，茹苦的锻炼”，需要“严格地过一种有条理，极有预算的自律生活”。萧楚女号召青年读者们，要想在一生中表现出“人的意义”，一定要将自己的生活“带入那极艰苦的方程式里的”！“方程式”本是一个数学用语，用它来规定一种生活方式，无疑传达出一种强烈的现代理性规划色彩。它虽是萧楚女的个人发明，但对这种生活方式的倡导，在《中国青年》及《学生杂志》上早就以各种方式展开了，对于青年怎样读书、怎样利用时间、怎样自我修养甚至怎样保持身心的康健，杂志的编者和相关作者，都给予了各种具体的建议。譬如，在《中国青年》创刊号上，恽代英就发表《对于有志者的三个要求》一文，建议那些有志于社会改造的青年：一是每星期至少牺牲六小时，作有益于社会改造的事业。二是每星期至少牺牲六小时作时事与社会改造理论与办法的研究。三是有收入时至少捐其十分之一作有益于社会改造的事。在这三个要求之下，他又详细列出了具体可能的办法，并建议为实行这三件事情，最好能组织些团体，以集体的方式开展。[③]由于提供了具体可操作的方案，这篇文章的影响力不可小觑，

---

① 樵子：《对于青年团的意见》，原载《先驱》第6号，1922年4月15日；引自中国新民主主义青年团中央委员会办公厅编：《中国青年运动历史资料（1915—1924）》（内部发行），1957年，第120页。

② 在另一篇文章中，萧楚女还强调：“改造社会，首先需要一个强健的改造者。锻炼身心，使抵于至坚极强，使成为尼采（Nietzshe）所期望的‘超人’那样——是一个先决条件。”见楚女（萧楚女）：《身心的锻炼与反锻炼》，《学生杂志》第11卷第6期，1924年6月5日。

③ 代英（恽代英）：《对于有志者的三个要求》，《中国青年》第1期，1923年10月20日。

确实有读者按照恽代英的办法，在自己的生活圈子中积极实行。[①]

在文字鼓动之外，这些青年导师本人也都是“方程式的生活”的榜样，无论生活还是工作，他们大多刻苦勤勉、高度自律，他们对自我的严格管理，给周围的人留下深刻印象。在叶圣陶的回忆中，他在商务印书馆的同事杨贤江，就是一位极端认真的实干家：“从日常生活到从事工作，他都讲求踏实力行，丝毫不肯马虎。他的生活非常有规律，起床，体操，读书，工作，休息，他都给自己规定了时间表，严格照办。”[②] 恽代英更是一副苦行僧的形象：“刻苦宽厚，无丝毫嗜好，……终年御一灰布长袍，不戴帽。体貌清癯，而精力过人。”[③]

从某个角度看，所谓“诗的生活”与“方程式的生活”之对立，出于一种相当程式化的想象，二者的差异体现在“想象的构造之虚幻”与迫切的现实性之间。但还有一点值得注意，那就是在“诗”与“方程式”的区分背后，暗含了两种不同的自我生成方式。在五四时期的新诗人看来，诗之创造源于内在的感性冲动，那么作为源头活水的内在自我，也应有一种自发性的特征。它不断汲取各种养料，变得丰富充盈，在需要时就会主动喷涌。[④] 从诗学的角度看，上述理念并无复杂之处，在浪漫主义传统看来甚至还相当浅显，但在一代感伤的文学青年那里，它却具有某种社会学的价值。因为与文学相伴的内

---

① 成都的张霁帆致信恽代英：“你的三个要求，已拿在蓉社去实验，从下星期起。”见代英（恽代英）：《勖读者》，《中国青年》第 12 期，1924 年 1 月 5 日。另一位读者后来也回忆，他和几位朋友按照代英的要求，在 1924 年春建立了一个读书小组，“每周以十个小时左右的时间，学习时事和社会问题，组织讨论，受到很大的教益，逐步了解了一些革命的道理”（陈养山：《恽代英是我走向革命的引路人》，载《回忆恽代英》，人民出版社 1982 年版，第 32—33 页）。

② 叶圣陶：《杨贤江同志逝世五十周年》，载《叶圣陶集》第 7 卷，江苏教育出版社 2004 年版，第 255 页。

③ 茅盾：《〈记 Y 君〉及其它》，载《回忆恽代英》，人民出版社 1982 年版，第 219 页。

④ 如叶圣陶所言：“唯有充实的生活是汩汩无尽的泉源。有了源，就有了泉水了。所以充实的生活就是诗。”（叶圣陶：《诗的泉源》，《诗》第 1 卷第 4 号，1922 年 4 月 15 日）“泉源”“汩汩”等字眼，都在强化这种自发性。

在自发性，允诺了一种创造性的人格想象，虽然“我”无业、无学，处在权势网络和文化秩序之外，但“我”比别人更善感，而且心灵更丰富，一种自我认同也能随之产生。1923年的《学生杂志》上曾发表洪为法的一篇习作《诗人之薄暮》，就描绘了一个在自然中的狂喜的艺术家形象（“我一个人站在薄暮的秋光中”），他进而写道：

> 于是我觉得一切一切，都是诗人，变做诗人了。变了！崇高了！美了！
>
> 谁是诗人？谁都是诗人。只须他自家能深信的说，“我确能成个诗人！我确能成个诗人！”①

在洪为法的笔下，所谓的“诗人”是不学而能的，而且与具体的写作无关，只要“他”能在自然中美化、神化自己的感情及周遭的一切，只要“他”能相信内在的自我，就能打破一切界限，成为一个诗人。虽然不少批评家也苦口婆心地强调“水磨工夫”的重要性，在文学生活中呼唤一种“工作”意识，但“不学而能”也的确成为当时一班文学青年的作风。②

如果说对情感、经验“自发性”的信赖构成了“诗人”生成的前提，那么与之相比，“方程式的人格”则体现在对自我的严格管理上。在“极艰苦的方程式”里，“自我”不是汩汩而出的创造力源泉，而恰恰是需要被控制、管理的对象，一整套相关的管理“技术”也随之被提出，而对于日常生活时间的规划，就是十分重要的一环。恽代英在《对于有志者的三个要求》中，对于每周“六小时”的强调，就

① 洪为法：《诗人之薄暮》，《学生杂志》第10卷第3号，1923年3月5日。

② 对于感情的修炼、艺术力的涵养、实际社会经验等“水磨工夫”，也有批评家不断提起，但依照茅盾的说法：“从当时的青年群内（包括了青年的作者和读者）发出了的最普遍的呼声只是很干脆的一句话：让它自由发展就好了！”见茅盾：《中国新文学大系·小说一集·导言》，上海良友图书出版印刷公司1935年版，第10页。

给人留下深刻的印象。他的《假期中做的事》一文，又为“许多向上的青年”设计了理想的假期生活，对于学习、游戏、写信、谈话、访友、会客的时间，都给出了相关的规定。① 在《中国青年》《学生杂志》上，许多言论都涉及时间的规划问题，有论者甚至明确指出：要纠正“病的、无生气、无目的、畸形的生活”，追求“有规律，富生气，有目的，智，德，体，美，群性……生活的各方面大和谐的生活”，首要的方法是“要订生活表。换句话说，就是我们对于我们自己的生活，要有一个精密而慎重的筹划”。所谓“生活表”的制定，依托于现代的钟点计时法，依上文那位论者的说法：一昼夜二十四小时。“在这二十四小时里，我们怎样生活呢？这时间支配的问题，成为生活上唯一的先决问题。”② 生活表的制定，意味着一天的时间将会被合理利用，从而呈现为一种意义充盈的状态。可以比照的是，在某些文学青年的笔下，生命意义的匮乏恰恰显现为日常时间的失控，在无序的光阴虚耗中，自我只能加速沉沦。③

在中国现代性的进程当中，以钟表为计量工具的现代“世界时间”的输入，起到了极为特殊的作用。自 19 世纪后半叶开始，钟点化的时间计量广泛地应用于劳动、教育、军事的领域，它使得身体成为一个可以计算、度量并精确管理的对象，身体的钟点化成为一个不可阻挡的历史格局。④ 在这个意义上，青年“导师们”倡导的“方程式的生活”也显现于这样的线索中，革命动员与身体的“规训”之间的关系，或许是一个可以不断展开的话题。另外，“方程式的生活”的提倡，发生于革命动员的背景之下，但对方程式的生活及人格的追

---

① 代英（恽代英）：《假期中做的事》，《中国青年》第 13 期，1924 年 1 月 12 日。

② 仙女生：《中学生一周间之生活表》，《学生杂志》第 12 卷第 1 号，1925 年 1 月 5 日。

③ 沈从文最早的作品《公寓中》就描述了这种日常时间失控的状态。对该作品的分析参见姜涛：《公寓空间与沈从文早期作品中的经验结构》，《中文自学指导》2007 年第 2 期。

④ 参见黄金麟：《历史、身体、国家：近代中国的身体形成（1895—1937）》第四章“钟点时间与身体”，新星出版社 2006 年版，第 143—187 页。

求，并不简单地始于社会革命兴起的年代。如果向前追溯的话，在五四时期各种小团体实践中，对日常生活的严格管理，就与一代激进青年的自我养成相关，对日常时间的规划行为，同样出现在各种新生活的方案中。①

在众多革命家中，恽代英在“方程式的生活”方面可以说是一个理想的典范，曾被友人戏称为“摩顶放踵而利天下”的现代墨子。②从少年时代起，他就十分重视自我的严格管理，几乎做到了每日“三省吾身”，高度关注着自己的起居、饮食、运动、读书等各项活动。他早年的日记（1917—1919 年）记录了其中的点点滴滴，各种各样的时间标记，如“起晏四十分钟”“阅书二小时”“读德文三刻”“聚会一小时”“家庭服务二小时”等，构成了这份长长日记的主要内容。自 1917 年 12 月 22 日起，他甚至还采用“记分格”的方式，详细为每天的活动分项打分，以求规范自己的言行。这一天的日记如下：

> 天气，阴，夜晴。起居，各晏半个小时。智育，杂课半小时。阅书二小时。阅报一小时。工作，翻译二小时。写致子强弟函一小时。料理家事一小时。体育，操八段锦五次，浴。德育，今日颇不遵守日程，明日决改。开会，子俊来教同人八段锦一小时。互助社一小时。助人，教聘三半小时。借书仲青、绍文。
>
> 今日起起行修养记分格，得七十分。

生活如此自律，该日得分只有 70 分，可以看出恽代英自我要求的严格。过了一天，他又将每日得分细化为修养和日程两项，随后几

① 王光祈在他的新生活方案中，就提出了每天的日程表：“（一）种菜两钟；（二）读书三钟；（三）翻译书籍三钟；其余钟点均作为游戏、阅报时间。”见若愚（王光祈）：《与左舜生书》，《少年中国》第 1 卷第 2 期，1919 年 8 月 15 日。

② 阳翰笙：《照耀我革命征途的第一盏明灯》，载《回忆恽代英》，人民出版社 1982 年版，第 17—18 页。

日的修养分在60—80分之间，日程分则在40—70分之间摇摆。[①] 在个人的自律之外，作为各种小团体、小组织的积极推动者，恽代英也将上述方法推广到互助社等组织中。在1918年2月的一份方案中，他就建议互助社的成员“每日将所作事，对照日程，按时刻书之”，在聚会时携来各自的日记或报告，大家传看，以相互监督激励。[②]

恽代英的自我管理实践，一方面与中国知识分子修身、自省的传统有关，另一方面也受到了一些外来资源的启示。1917年8月，他曾赴庐山参加基督教青年会组织的夏令营，夏令营的一些集体活动方式，给他留下了深刻的印象，“观彼中祈祷、查经之效，而悟一日三省之必要”，互助社的团体构想也由此被激发。[③] 不论是接续传统，还是借镜其他，依靠日记、表格、评分、团体交流等手段，恽代英在“五四”之前已发明了一整套完整的“方程式的生活”技术，细致与苛刻的程度让后人惊叹。在后来的革命动员中，这一套“技术”仍能派上用场。在《对有志者的三个要求》的文后，恽代英还拟了一张报告单，供有志者组织的团体参考。报告单以表格形式呈现，三个要求落实为空白处需要填写的具体数字和事项。对于这样表格的“技术”，恽代英其实早已驾轻就熟。

《中国青年》杂志的文学“批判”发起自文坛之外，究竟产生了怎样的效力，后人似乎很难判断。在20世纪20年代高度政治化的社会空气中，恽代英等人的发言与其说产生了什么具体的影响，不如说体现了时代激变在知识、思想、心理、自我意识等层面引起的重重震荡。虽然很难说有多少读者按照编者的建议，去积极尝试所谓“方程式的生活”，但整体的历史走向也大致由此显露出来。一个可能的表

---

① 《恽代英日记》，中共中央党校出版社1981年版，第204—210页。

② 《恽代英日记》，中共中央党校出版社1981年版，第283页。

③ 《恽代英日记》，中共中央党校出版社1981年版，第142页。对此问题的分析，参见夏海（Shakhar Rahav）：《从教条到实践：西方学者对于恽代英研究的简介以及我对于互助社的来源与实践的看法》，载何祥林、李良明编：《恽代英诞辰110周年学术讨论会论文集》，华东师范大学出版社2006年版，第60—70页。

现是：在五四时期的感伤小说中，那些自然中漫步的憔悴青年，往往占据了作品的中心位置；而到了20年代中后期，这样操持着“诗的生活”的感伤人物，似乎已被那些克己自律、思想敏锐的革命家所替代，成为作家更为青睐的主人公了。

第四章　“重写湘西”与沈从文40年代的文学困境：以《芸庐纪事》为中心的讨论

全面抗战爆发后，沈从文随北大、清华友人一路南下，在最终迁往昆明的途中，曾辗转回到湘西沅陵，在大哥沈云麓的新居“芸庐”中住了三个月左右。其间，他多次接待经沅陵向后方转移的文教单位及友人，还在大哥的安排下，与陈渠珍等“同乡文武大老”会商于“芸庐”。虽然只有短短三个多月，沅陵小住的经验对于战时沈从文的社会感知、文学方式的转变产生了相当内在的影响。由于对湘西地方的变化、内部错综的矛盾以及在战争中的位置有了更为切近的了解，他也产生了向外界介绍真实湘西以增进内外团结、沟通的愿望。1938 年 4 月，在动身离开沅陵之前，在给张兆和的信中，他透露了“重写湘西”的计划：“我预备写一本大书，到昆明必可着手。”①

事实上，沈从文到昆明之后着手尝试的，是一个相当庞大的系列，包括散文集《湘西》，以及小说《长河》《芸庐纪事》《小砦》等构成的“十城记”②。所谓“重写”，出自笔者的概括，是指在延续“牧歌抒情”笔法的同时，这一时期的沈从文有意转换书写框架，不再刻意营造乌托邦式的乡土社会，将其作为挽歌性的生命源泉，而试

① 1938 年 4 月 12 日沈从文致张兆和信（之二），载《沈从文全集》第 18 卷，北岳文艺出版社 2002 年版，第 308 页。

② 参见 1942 年 5 月沈从文致沈云麓信，载《沈从文全集》第 18 卷，北岳文艺出版社 2002 年版，第 402 页。

图将湘西变动的“人事”放回历史的“长河”中，在抗战前后特定的情境中，检讨它的历史困局与可能的出路。如果延伸视野，他在20世纪40年代中后期写下的小说《雪晴》系列、散文《一个传奇的本事》，乃至50年代初赴川南参加土改时想把《雪晴》等未完成的作品续完的动念①，都发生这一“重写”的延长线上。

其中，写于1942年的《芸庐纪事》相对于《长河》《湘西》等作品，似乎较少被读者和研究者关注，但在沈从文“重写湘西”的系列中具有特别重要的意义。它是为数不多的一篇，直接书写了战时湘西地方（沅陵）的新气象，且以“芸庐”主人大哥沈云麓为原型，塑造了一个传奇性的“大先生”形象，在这位“大先生”的身上，沈从文寄托了某种新湘西精神的想象。考虑到《湘西》《长河》的写作在前，《芸庐纪事》在后，某种意义上，这部小说似乎代表了沈从文在经历一个阶段的“为抽象而疯狂”之后，自我整理、“重写湘西”的第二波努力。② 由于发表时的删改、禁止以及个人创作的内在困境，包括《芸庐纪事》在内，“重写湘西”的大部分作品都未完成，但在沈从文的文学生涯中，这又是包蕴了诸多可能性的一个阶段，与他在40年代不断提出的“经典重造”“新文学重造”“国家重造”等命题也有着极为内在的呼应关系。如何“重写”？其中包含怎样的社会感知和政治视野？“重写”在小说文体内部留下怎样的张力？作为一个返乡过

① 参见1951年11月13日、1952年1月24日沈从文致张兆和及家人信，载《沈从文全集》第19卷，北岳文艺出版社2002年版，第159—160、310页。

② 众所周知，在三四十年代之交，沈从文有一个“为抽象而疯狂”的时期，写下《看虹录》《摘星录》等作品，据解志熙、裴春芳等学者的考证，这个时期的写作与沈从文个人的情感波澜相关（参见解志熙：《爱欲抒写的“诗与真”——沈从文现代时期的文学行为叙论》，载《文学史的“诗与真”：中国现代文学文献校读论集》，北京大学出版社2013年版，第61—97页）。1942年前后，在给读者和家人的信中，沈从文多次提及要写些规模较大的作品，似乎有意自我整顿、重新出发。据1942年5月、8月给沈云麓的书信可知，这个阶段的工作包括增补《长河》、续写《小砦》、写作《芸庐纪事》（“我预备写十万字”），并拟着手写作《呈贡纪事》（参见《沈从文全集》第18卷，北岳文艺出版社2002年版，第402、408页）。

客，沈从文与地方社会取得怎样的联系，又怎样确立一个书写者的主体位置？在40—50年代中国社会的历史剧变中，怎样理解这一"重写"的困境和意义？在这一系列问题上，都有相当的空间可待勘察。

一、战时湘西：地方与国家关系的重建

沅陵，古称辰州，是沅水流域的一个大码头，控湘西要冲，入川入黔，此为必经之道。少年时代，随军漫游的沈从文曾多次驻留此地，留下了许多魂牵梦绕的记忆。全面抗战初期，沅陵的战略位置也十分关键：它是当时湘西行署的所在地，又是新修通的湘黔公路上重要的一站，水路与公路交汇，战时大量人口、物资、行政文教机关向西南内地疏散，都要途经此地。因此，这座小小的山城与不少西南的城镇一样，也被战争"发动"了起来、繁荣了起来。不少途经湘西的游记作者，都记录过沅陵战时的热闹市容："战后交通建设，首推公路，而山城气象亦因公路而蓬勃，进城须渡沅水，惟车站一隅亦极热闹，大小旅社满坑满谷，皆候车西上之过客。"[①]《芸庐纪事》的第一章"陌生的地方和陌生的人"，一开头也以几名过境沅陵的学生的视角，描述了沅陵街市上人群杂沓、货物流通的场面：

> 各种各式的商店都有主顾陆续进出，各种货物都堆积如山，从河下帆船运载新来的货物，还不断的在起卸。事事都表示这个地方因受战事刺激，人口向内迁徙，物资流动，需要增加后，货物的吸收和分散，都完全在一种不可形容匆忙中进行，市面既因之而繁荣，乡村也将为这种繁荣，在急剧中发生变化……从时间

① 宣博熹：《奔流散记 · 湘行杂记》，商务印书馆1943年版，第4页。

算来，去首都南京陷落：已 ×× 天了。[①]

有意味的是，这几名“中央政治学校的学生”，此前都读过“一本近于导游性质的小书，对于这个地方充满了一种奇异的感情”。因而，踏上湘西的土地，“凡事无不用另外眼光相看”，处处以“小书”为参照，指指点点当地的人物、风俗。那本“近于导游性质的小书”，正是沈从文自己的《湘行散记》。为了表现外来学生与地方的隔膜，小说特意安排了一场冲突：因为语言不通，几个学生与一名小商贩起了纠纷，还差点攻击了前来“排难解纷”的“大先生”，使用的“武器”不是别的，仍是那本《湘行散记》。所谓“砖头打砖窑”，这个细节具有高度的象征性，沈从文似乎暗示，自己以往的湘西书写，在某种程度上，已构成了外来者与湘西地方的阻隔，“重写湘西”必然包含了一种湘西的“祛魅”，一种与自己过往书写的对话。

与此相关的是，在30年代的《边城》等作品中，沈从文构造的湘西世界往往具有偏远、封闭的特征，但在《湘西》《长河》《芸庐纪事》等“重写”之作中，以水路、公路、码头、口岸为线索，以货物、人口、资讯、观念的流动为媒介，将湘西置于一个更为开放、内外联动的关系网络中，成为他“重写湘西”的一个相当重要的策略。另外，相较于以往作品中时间的相对虚化，《芸庐纪事》对时间的标记也格外明确：一处就在上面引述的段落中。即“去首都南京陷落：已 ×× 天了”，这一方面强化了战局不断深化的紧迫感，另一方面也暗示湘西的“未来”，在于怎样校正地方性的时间，参与到这种战争的总体进程中。另一处时间标记，出现在小说的开头，“就在这个地方，一九三七年十二月某一天，下午两点钟左右”。起笔的这一句，交代了地点、时间，几个“身穿大学生制服的青年”随即出现在画

① 沈从文：《芸庐纪事》，载《沈从文全集》第10卷，北岳文艺出版社2002年版，第212页。

框中。实际上，1937 年 12 月，正是沈从文自己准备动身重返沅陵的时刻[①]，也是湘西地方在一系列动荡之后迎来历史转机的时刻。在文本的内外，小说作者与小说中人物的迁徙，似乎在时间上构成了一种同步，而更大的同步发生在个人与历史之间。

有关全面抗战前后湘西的社会政治变动，相关的沈从文研究与湘西地方史志都会述及，这里不妨再做一下简要的勾勒：1934—1935 年，借追剿贺龙红军的名义，湖南省主席何键派重兵进入湘西，逼迫沈从文的老上司“湘西王”陈渠珍下野，并改编了他的部队。湘西作为一个独立王国的局面就此终结了，但地方的乱局也由此被开启。1936 年，由于不合理的“屯田”制度，湘西各地爆发了轰轰烈烈的“革屯”武装起义，并打出了“抗日”、“倒何”（何键）的旗号。最终，由于控制不了局面，何键于 1937 年被迫下台，被蒋介石调离湖南，由张治中出任湖南省主席。

1938 年年初，沈从文回到湘西，恰逢张治中主政湖南不久。为了安抚地方，张治中实施了一系列“新政”，包括任用湘西人管理湘西（请陈渠珍复出，担任沅陵行署主任），与“革屯”武装达成了“废屯升科”与“收编抗日”的协议、结束了一百多年来沉重压在湘西苗民身上的屯田制度。苗族领袖龙云飞领导的“革屯”武装在接受改编之后，也走上了抗日的战场。由此说来，沈从文重返沅陵的时刻，既是湘西历史的一个新起点，也是“返乡之我”乡土认知的新起点，即如他后来所言：“我恰恰于这个时期到了湘西。离乡本已太久，许多问题当然不免隔膜，惟大处却看得清清楚楚。”[②]“重写湘西”的尝试，也是意在从“大处”着眼，检讨剧变之中家乡的出路和家乡人复杂的心绪。尤其是《长河》，原本计划从“新生活”到来的消息写起，写

---

① 1937 年 12 月 9 日，沈从文自武昌写信给沈云麓，说自己准备回乡，“月底或始能成行”。参见《沈从文全集》第 18 卷，北岳文艺出版社 2002 年版，第 274 页。

② 沈从文：《〈湖南的西北角〉序言》，载《沈从文全集》第 16 卷，北岳文艺出版社 2002 年版，第 354 页。

至中央军进入湘西，数万湘西健儿被送上抗日前线为止，正是要完整表现30年代中期湘西社会的变局，在小说中构造的“家边人”与“外来者”的对立、相左，也隐含了国家与地方的二元框架。后来，无论强调沈从文的地方主义立场、分析“家边人”政治的合理性，还是关注其地方性关切与更为宏阔的家国、民族意识的联动，相关讨论大多在这个二元框架内展开。

然而，上述话题还有进一步深化的必要，因为“地方”与“国家”的关系，在沈从文这里，并非抽象存在于观念、想象、情怀的层面，而是生成于特定的社会历史进程中。所谓“地方”与“国家”、“家边人”与“外来者”，也都不是固化的概念，内外张力实际存在于从基层乡村、地方、湖南省再到中央这一动态的关系序列中。比如，1935年何键的“省军”进入湘西，结束了湘西的自治状态，但从蒋介石中央政府的角度看，何键并非嫡系，其经营的湖南一省，也具有“独立王国”的性质。沈从文在小说中也透露，湘西人当时似乎反“何”不反“蒋”，对于那个远不可及的“老总”，牢骚之余，还是颇有几分信任。① 另外，“抗日革屯”的起义，直接导致了何键“独立王国”的瓦解。起义爆发的根源在于百年来不合理的屯田制度，导火索却是永绥的地方豪强与当时兼任屯务处长的陈渠珍之间的冲突。② 简言之，起因于大小“家边人”之争，只不过陈渠珍、龙云飞等地方实力派，与国民党CC系暗中密谋，后来将矛头引向了省主席何键。1937年年底，张治中代替何键主湘，可以看作是中央政府对

---

① 比如，《长河》中写到的老水手长顺，他“目击身经近二十年的变，虽不大相信官，可相信国家。对于官永远怀着嫌恶敬畏之忱，对于国家不免有了一点儿‘信仰’。……相信国家有了‘老总’究竟好多了”（《沈从文全集》第10卷，北岳文艺出版社2002年版，第90页）。黄永玉后来也曾提及，“在湘西人的心目中，当时的对头是何键，他是湖南省省长”（黄永玉：《这些忧郁的碎屑》，载《沈从文与我》，湖南美术出版社2015年版，第89页）。

② 有关“永绥事变”和“革屯”运动兴起的过程梳理，参见伍新福：《湖南民族关系史》上册，民族出版社2006年版，第430—433页。

湖南、对湘西控制的最终完成，这一过程恰恰利用了湖南省与湘西地方的矛盾，以陈渠珍为代表的湘西势力的主动迎合，是不能忽略的一面。①这一系列错综复杂、欲拒还迎的关系，在“地方”与“国家”、“家边人”与“外来者”的二元框架中，是无法有效说明的。

谈及湘西及湖南30年代中期政局的变动，另一个可能的思路是，将这一系列的冲突与共谋，看作国民党政府与地方军阀之间复杂的权力斗争。这样的判断自然成立，但也会遮蔽权力斗争背后的结构性问题。对于一个现代国家而言，政权如何有效下沉基层社会，完成资源的汲取和社会整合，是一个所谓的“根本性议程”。当国家汲取需求超过了基层社会的承受能力，如何避免社会“内卷化”的发生，又成为这一根本性议程的另一面向。苗汉杂居的湘西，属于边地中国，但历史与现实、内部与外部一系列关系的“怨尤丛集”②，都不外在于上述结构性的问题。正如沈从文《湘西·苗民问题》等篇章中所检讨的：一方面，外来当政者对于湘西茫然无知，又苛索无度，导致“地方几乎整个糜烂”；另一方面，“家边人”经营的地方自治，难免陷入“负气与自弃”的循环，阻碍国家行政的实施以及湘西社会的发展③。

陈渠珍主掌湘西的时期，十分重视地方实业和教育的发展，强调“子弟之兵，驻桑梓之地，如园林之艺，深根固蒂”，不同于“他军如盆花，可随地移置”，要与地方人民休戚与共。④这都吻合于沈从文对“家边人”的政治期待，但可以指出的是，这样的“家边人”

① 有关湘西“抗日革屯”运动的始末及内部复杂关系，参见刘善述编著：《湘西苗民革屯史志》，中国文联出版社2008年版。

② 陈渠珍与张治中在长沙初次会谈时，陈渠珍回顾了“他在湘西二十三年的历史以及其中不少的曲折艰难和委屈”，曾将其归结为“怨尤丛集”四个字。参见《张治中回忆录》，华文出版社2014年版，第111页。

③ 沈从文：《湘西·苗民问题》、《湘西·题记》，载《沈从文全集》第11卷，北岳文艺出版社2002年版，第409、330页。

④ 陈渠珍：《精神讲话——民十五年在乾州连以上军官会议上的讲话》，载陈元吉编：《陈渠珍遗著》，湖南人民出版社2008年版，第295—298页。

政治，也包含了内在封闭性，造成外地流官不能下乡、基层行政被架空[①]以及地方建设无法顺利展开的问题。比如，为了避免外部势力长驱直入，陈渠珍宁愿在凤凰修飞机场，也不愿在湘西修筑铁路和公路。1935 年之前，在他治下的湘西防区，几乎没有修筑一公里的铁路和公路。1935 年何键在赶走陈渠珍之后，在蒋介石的电令下，才得以全力推进湘黔公路的修筑。[②]

在这个意义上，30 年代中期，国民党中央政府通过追剿红军、利用军阀之间的矛盾，“削藩”统一西南各省，不仅符合一般政治现代化的逻辑，即国家政权下沉地方，完成社会治理与整合，也吻合于民族危难之际，希望结束内乱、重建国家权威的社会期望。全面抗战爆发之后，西南地区成为战争的大后方，汲取资源、社会动员的要求骤然上升，这无形中也加剧了问题的迫切性，提供了革除积弊、社会重造的可能性。从这个角度看，中央政权对地方的控制，也不单是军事力量、行政权力的介入这么简单，在理想的状况下，还包括了一系列社会的组织、教育、改造以及内外、上下关系的协调，即如沈从文所称“战争中一个地方的进步的过程，必然包含若干人情的冲突与人和人关系的重造”[③]。

在张治中主政湖南的短暂时期，据说因估计“敌人绝不进攻湘西”，也曾考虑“省府西移”。他不仅亲自视察了湘西各县，对“开放湘西建设湘西，是抱有远大的计划的”。[④]在他实施的新政中，除了废止屯田、任用湘西人管理湘西的怀柔政策之外，一大“亮点”就是发动“民训”，“召集四千高中以上曾受集训的男女学生”派往各县开展“民训”工作，而这四千人只是先锋，接着的还有后援大

① 参见刘鹤：《抗战时期湘西现代化进程研究》，光明日报出版社 2012 年版，第 44—46 页。

② 参见杨学东：《何键传》，东方出版社 2005 年版，第 374—381、539—540 页。

③ 沈从文：《长河 · 题记》，载《沈从文全集》第 10 卷，北岳文艺出版社 2002 年版，第 7 页。

④ 李震一：《湖南的西北角》，宇宙书局 1947 年版，第 9—10 页。

队，“预计训练五万青年下乡”参与乡村社会的改造与培训，该计划引起了很大的震动和争议。[①]对于这一系列的战时新政，沈从文持相当的欢迎态度，不止一次表露过对“新接手省政的张文伯主席”的好感。[②]《芸庐纪事》及《动静》两篇都着力刻写“过境”或下乡的青年学生，这与当时“民训”政策的推进显然大有关联，而《芸庐纪事》第一章“陌生的地方和陌生的人”，从外来者的视角所试图记录的，正是“新政”之下“生活改进与适应，比过去二十年还迅速”的地方新气象。比如，写到“应合战争需要，市民普通训练已逐一施行”时，他不忘使用“谐趣”的笔法，渲染社会全体的参与：不仅“和尚、尼姑、道士以及普通人家的妇女，都已遵照省中功令，起始试行集训”，连“土娼”们也被组织起来，“作救护集训，在北门外师管区大操坪检阅后第一次游街”。这一场面庄严又谐谑，让来自南京、武汉的外省人大开眼界：“尤其是若把这个省分和接近战区的安徽、湖北情形比较，在人事运用上便见出这种湖南精神，一定可以给战争不少便利。也会对于当前负责主持一省政事的，保留一个良好印象。”[③]对湖南精神的褒扬，是在与周边省份的比较中展开的，沈从文特意提到的“主持一省政事”的，说的当然就是刚刚就任的湖南省主席张治中。

二、文体的“综合”抑或“内爆”

或许可以说，对于1938年年初在沅陵小住的沈从文来说，战时

① 参见《张治中回忆录》，华文出版社2014年版，第112—115页。

② 沈从文：《〈湖南地西北角〉序言》，载《沈从文全集》第16卷，北岳文艺出版社2002年版，第353页。

③ 沈从文：《芸庐纪事》，载《沈从文全集》第10卷，北岳文艺出版社2002年版，第212—213页。

湘西地方的人事变动、社会组织，构成了他闻见、思考的一种背景（“在沅陵我住了约三个月，所接触的现实问题自然日益增多”）。这一背景也不完全是外在，也内在地构成了“重写湘西”所要处理的问题情境，也只有把握了全面抗战初期湘西的社会状况，才能进一步体会“重写湘西”的针对性和面临的思想、文体方面的挑战。具体而言，小说《长河》意在表现30年代中期湘西社会“常”与“变”的错综，类似于一部战时湘西的“前史”；散文集《湘西》在过去与当前的参照中，在介绍地方风俗、状况的同时，也内在检讨地方社会“怨尤丛集”的原因；《芸庐纪事》书写的则是战争初期开放的、焕发活力的湘西，着力于“人情的冲突”的调节、内外关系的重建。小说开头设计的外来学生与当地人的冲突，也不只是一种叙述上的“起兴”，为了在文本内部形成自我对话，更是为了表达大量人口、机关过境湘西时，对“情绪隔离状态发生”的关切。如何在本地的自尊自信与外来者的理解同情之间“作成一种新的调和或混合”，这是沈从文念兹在兹的问题，在他看来，“在当时，实比任何事情还重要”①。包括《湘西》《长河》在内，“重写湘西”理想的读者，也正是那些过境地方却“凡事无不用另外眼光相看”②的学生们。

在文学形式的层面，上文提到《长河》《芸庐纪事》等作品中时空的敞开，人口、资讯、物资的流动与交换，凸显了将湘西地方纳入战时国家一体化进程中的愿望。为了表现湘西历史与现实、内部与外部、积弊与可能之间的多层次的思考，对应于情感与社会复杂多方之状态，对小说、游记、报告、政论、地方史志等多种资源的调动、综合，也是40年代沈从文在文体上的一大创制，“重写”的过程必然涉及文学形式的重造。对于“国家重造”与“新文学重造”之间

---

① 沈从文：《〈湖南地西北角〉序言》，载《沈从文全集》第16卷，北岳文艺出版社2002年版，第355页。

② 沈从文：《芸庐纪事》，载《沈从文全集》第10卷，北岳文艺出版社2002年版，第211页。

的关系，沈从文有过明确的阐发：“记录这个国家重造过程中各方面的贡献，足供十年后国人参考的，应当是有历史家感兴的文学作者的事情。这工作既伟大，也艰难，因为它涉及的范围太广，问题太大，原因太复杂。”[①]沈从文自己正是这样一个“有历史家感兴的文学者”，他如何开拓文学表现的能力，以完成这一艰巨的使命？能否在“重写”中完成有效的“综合”？要讨论这些问题，《芸庐纪事》又是一个很有代表性的个案。

在《芸庐纪事》中，如果说第一章“陌生的地方和陌生的人”通过描写人员、物资的流动与社会组织、训练的勃兴，来凸显湘西战时的新气象，那么开放的、与国家联动的新“湘西精神”，就集中体现在小说主人公“大先生”的身上。这位“瘦弱肮脏小流氓神气”的闲汉子，本来为了“排难解纷”才卷入学生与商贩的纠纷，结果反倒成了学生攻击的对象。借一位本地商人之口，沈从文也向读者介绍了其貌不扬的“大先生”：

> 人不可貌相，海水不可斗量，这是个了不起的人，南北口外那里不到过，看见太阳可多咧。家住城里灵官巷，一所大房子里，你们一下车，在对河岸码头上抬头就可见到那房子。两个大院子中好多花木！……他有两个兄弟，一个在北方大学教书，一个在前线带兵打仗。[②]

那所“大房子”就是“芸庐”，两位有出息的兄弟，“北方大学教书”的那个是沈从文，另一个是沈家老三沈荃，他担任湘西子弟兵“一二八师”的团长，刚刚在浙江嘉善经历过一场血战。小说第二章

① 沈从文：《明日的文学作家》，载《沈从文全集》第 17 卷，北岳文艺出版社 2002 年版，第 356 页。

② 沈从文：《芸庐纪事》，载《沈从文全集》第 10 卷，北岳文艺出版社 2002 年版，第 218 页。

“大先生，你一天忙到头，究竟干吗？”可以读作一篇“大先生”的小传：他满街走动，与沅陵城里的各色人等都有应酬交接，热衷“排难解纷”；又时不时远游至北京、上海、青岛，对于不同类型的知识、资讯，有很强的吸收能力。

在沈从文笔下，“大先生”或可归入一个特定的人物系列，如《长河》等作品中的船主、会长等。这些地方的精英、能人，往往热心于当地的公共事务，上通下达、斡旋实务，具有内外沟通、协调能力。不难看出，在这样的人物身上，沈从文寄托了对湘西地方“优秀分子”的历史期待。他此一时期的论述，也大致包含这样的思路：战争中的地方重造，需要主政者了解地方的历史和现实，也有赖于湘西精英群体的参与——“领导者又乐于将责任与湘西优秀分子共同担负，且更希望外来知识分子帮忙”，由此才能形成“一种开明的贤人政治，正人君子政治，专家政治”。①“大先生”出身于湘西的“军绅”阶层，既熟悉地方事务，又具有全国性的视野，显然正是这种“优秀分子”的代表，在他身上，沈从文也寄托了地方与国家之间联动、开放的政治想象。

另外可以注意的是，与《长河》中的老水手有几分相像，“大先生”也类似于一个移动的“自媒体”，每天游走于邮电局、电话局、汽车站及借相熟的军官之间，他急切地打探前线战况及两位兄弟的消息，对于战争的进程、国家的重造，更是投入了极大的热忱。换言之，在小说中“大先生”不仅是一个人物，同时还是一个叙述的视角，在游走与静寂之间，始终保持对外部历史的开放。同时，小说第三章的场景，从沅陵的街市转换到“芸庐”之内，标题为“我动，我存在；我思，我明白一切”，表明叙述的重心也转向了“我”（“大先生”）的自我感知、意识状态。这章写一早起来，“大先生”坐在炉边

① 沈从文：《湘西·苗民问题》，载《沈从文全集》第11卷，北岳文艺出版社2002年版，第409—410页。

烤火，因惦念即将回乡养伤的小兄弟，想起湘西子弟在前线英勇牺牲，不由心潮澎湃，出乎读者的意料，竟洋洋洒洒展开了一篇长达七千余言的“炉边随想”。

这一大段内心独白，采用从头说起的策略，细致点数了过去三十年一笔“拖赖支吾作成的账目”，包括辛亥革命的发动、军阀政治的乱局、国民党的挫折与奋斗、新文化运动的兴起、“清党”之后的纷乱和杀戮。在“大先生”眼里，只有以“抽象原则”代替大量武力，利用文字唤起国民情感与信仰，完成政党的现代组织，才能把“民族的精力和热忱，重新粘合起来”。这一大段“随想”的意外插入，打断了小说的时间线，一下子挣脱了当下时空，让地方性思考向现代中国的宏阔视野完全敞开；但或许正因如此，这篇“炉边随想”也过度挤占了叙事的空间，带来了某种文体“内爆”的感觉，整篇小说似乎也就此解体了。《芸庐纪事》最初发表的时候，正是这一章“炉边随想”被禁止刊载，沈从文因此意兴阑珊，放弃了写作。[①] 但在小说“内爆”之后，又该如何进行下去，大概也是一个需要考虑的问题。

全面抗战时期，沈从文政治参与的热情十分高涨，撰写过相当多的杂文、政论，探讨文化、社会及国家重建的理念，“大先生”之“炉边随想”有关“五四”新文化运动的检讨，语言工具的误用与滥用等，都是此一时期他频繁提及的话题。由于结合了辛亥以来的历史考察，比起其他的相关文章，这篇“随想”更具完整性、系统性，如果从小说中抽离出来，完全可以作为一篇独立的“政论”来阅读。大概是“发议论”的冲动过于强烈，《芸庐纪事》的写作不小心一下子

① 《芸庐纪事》最初发表于1942年10月15日、1943年1月15日《人世间》第1卷第1、3期。当时未发表的第三章原稿旁，有以下说明：“这是《芸庐纪事》长篇被禁止刊载半章。因禁载，全作随之搁置。从文。”（《沈从文全集》第10卷，北岳文艺出版社2002年版，第249页）1943年1月11日在给三弟沈荃的信中，沈从文谈及《长河》被删以及《芸庐纪事》第三章被扣，“交涉发还，重写一次，一万字改成六千，精神早已失尽了”（《沈从文全集》第18卷，北岳文艺出版社2002年版，第423页）。

溢出了“讲故事”的轨范，这是一种可能的解释。但从文体创制的角度看，小说的“内爆”也许并非意外，恰恰是一次有意的尝试，一次试图在政治、思想“场域”重构小说形式的努力。

1938年南下昆明之后，在《谈进步》《长庚》《小说的作者与读者》《文运的重建》《新文学运动与新的文学观》《文学运动的重造》《“文艺政策”的检讨》等文章中，沈从文多次提及“经典的重造”“文学运动的重造”“新文学的重造”等命题，希望以文学为工具，激发崇高的理想，以“抽象的原则”构筑社会人生的远景，从而“把生命的使用，在这个新观点上变成有计划而能具连续性”①。作为一种可能的“新经典”，小说也被赋予了特别的使命：“小说既以人事为经纬，举凡机智的说教，梦幻的抒情，一切有关人类向上的抽象原则的说明，都无不可以把它综合组织到一个故事发展中。”② 在这一论述中，“新经典”的打造，不仅朝向“抽象原则”的说明，也落实在人事、说教、抒情等不同因素的综合组织上，这是沈从文提出的一条相当独特的“重造”路径。

实际上，这一路径沈从文早就在尝试了。在写作《湘行散记》《边城》的时期，“揉游记散文和小说故事而为一，使人事凸浮于西南特有明朗天时地理背景中”③，就已然是他的文体自觉。40年代“重写湘西”的几部作品，也都不同程度具有文体杂糅、综合的特点：《湘西》作为一部“沅水流域识小录”，在保持山水游记风格的同时，就多了几分社会考察报告的性质，对湘西内部的社会状况与积弊有相对客观的分析。《长河》则试图在“牧歌的谐趣”中，夹杂人事的乖张与相左，纳入一种社会政治的视野。为表现外部力量介入引发的焦虑，

① 沈从文：《长庚》，载《沈从文全集》第12卷，北岳文艺出版社2002年版，第40页。

② 沈从文：《短篇小说》，载《沈从文全集》第16卷，北岳文艺出版社2002年版，第494页。

③ 沈从文：《一首诗的讨论》，载《沈从文全集》第17卷，北岳文艺出版社2002年版，第461—462页。

小说安排两条线索：一为“明线”，即作为消息的“新生活运动”带来的困扰，以及作为“官”的保安队长的欺压、盘剥；二为“暗线”，即湘西地方在1935年前后的政局变动，包括“老总”的下野、中央军的进入、“抗日革屯”的兴起等。无论“明线”中的“新生活运动”，还是“暗线”中的政局变动，大多以报纸新闻、小道消息、拉杂闲聊的方式，在“乡土舆论空间”中呈现[①]，一种夹叙夹议的“谈话风”由此也不可避免。较为著名的是《大帮船拢码头时》一节，借一位过路教员与老水手的谈话，小说交代了“本地老总被逼交出兵权”“省里调兵大杀苗人”的前后过程。据糜华菱考察，其中“被中央宣传部删去一大段”，还谈到省里保安队以“通匪”的罪名，敲诈“苗乡一龙姓豪强”，南京的“老蒋”却不闻不问。[②] 显然，通过这一段拉杂闲谈，沈从文试图将湘西30年代中期的政局变动，完整地带入小说中。

然而，大量消息、谈话的加入，在一定程度上影响了文字内在的有机与流畅，在长河一般舒缓流溢的叙事节奏中，部分段落难免有琐碎、支离之感。怎样弥合风景与人事、牧歌与观念、“讲故事”与“发议论”的冲突，是沈从文40年代“重写湘西”内在的一个张力。《芸庐纪事》第三章的文体“内爆”，可以看作是上述张力无法化解的一种极端表现。如果说《长河》中历史变动的线索尚被压缩在片段的对话、消息中，那么轮到“大先生”登场，宏大的历史讲述已不得不从“故事”中脱缰而出了。

对于习惯牧歌抒情的沈从文而言，“大规模”处理社会人事的长篇叙事，并不是他擅长的方式，40年代的文体“综合”实验，也并

---

① 吴晓东在《〈长河〉中的传媒符码——沈从文的国家想象和现代想象》（《视界》2003年第12期）中就认为“《长河》故事情节的相当重要的组成部分，就是写传闻和消息的传播”，而以《申报》为代表的现代大众传媒和以小道消息为代表的乡土传闻，共同构成了当地的舆论空间。

② 糜华菱：《沈从文〈长河〉的多舛命运》，《新文学史料》2005年第1期。

未参考现实主义的典型化路径，执着于通过文体杂糅的方式来扩张抒情小说的历史包容性，遇到困境几乎是必然的。对此，沈从文不是没有觉悟，在长文《水云》中，他也曾检讨《长河》《芸庐纪事》写作的挫败：

> 我不惧怕事实，却需要逃避抽象，因为事实只是一团纠纷，而抽象却为排列得极有秩序的无可奈何苦闷。于是用这种“从深处认识”的情感来写战事，因之产生《长河》，产生《芸庐纪事》，两个作品到后终于被扣留无从出版，不是偶然事件。因为从当前普遍社会要求来说，对战事描写，是不必要如此向人性深处掘发的。①

在这段检讨中，沈从文并未将两部作品的中辍，简单归咎于出版审查。“不是偶然事件”，意味着困境内在于个人的文学机制之中，在事实与抽象、情感的纵深与战争的实际之间，他一时找不到有效的“综合”方式。

三、“怎么写”与“怎么活”

进一步说，这种困境与沈从文40年代文学的两面性也不无关联。事实上，当时的读者可以读到两个不同的沈从文：一个“讽世议政”，关注湘西地方的前途及战时中国的社会重造；另一个“看虹看云”，向虚空里凝眸，在“抽象的原则”中，升华生命的激情。如何协调这两种写作冲动，在内部整合“抽象”与“事实”，不仅决定了个人文

---

① 沈从文：《水云》，载《沈从文全集》第12卷，北岳文艺出版社2002年版，第121页。

学前途的展开，在沈从文的期待视野中，这或许也是“新文学重造”是否可能的关键。在1943年3月所作的《读奔流散记书后》中，他着眼于40年代文学的新动向，列举了新闻记者陈赓雅、范长江、戚长城、萧乾以及骆宾基、黄碧野、刘白羽、田涛、姚雪垠等青年作者的创作成绩，认为作家与记者这两个群体，各有自己的限制，新文学重造的前景，同样来自一种综合，一种内在于战时历史的主体实践：

> 至于综合景物与人事，好好加以处理，忠忠实实恰如其分地来从一个作品中写出一个时代历史场面或一群人的生命发展以及哀乐得失样的宏章巨制，似乎就还待另外一种作家来努力，方可望从作品中见出不可少的大和深。……即必需“活”到这个历史每一章每一页中，才会有“写”出这种人类迎接命运向上庄严历史的可能！这种年青朋友在目前，是从任何一个部队中都可发现的……[①]

诚如有论者分析的，在40年代中后期，为了表现个人意识与社会意识的复杂性、丰富性，不同文体之间的杂糅与综合，实际上已成为沈从文、冯至、卞之琳、废名、袁可嘉、汪曾祺等一批后期“京派”作者共同的追求。[②] 但在这里，“综合”已不只是一个文体自身的问题，“怎么写”实际上就是“怎么活”，即突破各自封闭的主体状态，在“景物”与“人事”、新闻记述与小说虚构、“抽象”与“事实”之间，创造一个新的、能动的位置，文体的“综合”最终有赖于能否“‘活’到这个历史每一章回每一页中”。这是沈从文对“战火中成长起来”的新一代作者的希望，也未尝不是一种自我的期许、一个可以审视自身写作位置的角度。借用《芸庐纪事》第三章的标题“我

① 沈从文：《明日的文学作家》，载《沈从文全集》第17卷，北岳文艺出版社2002年版，第357页。

② 参见段美乔：《投岩麝退香——论1946—1948年平津地区“新写作”文学思潮》，（台北）秀威资讯科技股份有限公司2008年版，第180—195页。

动，我存在；我思，我明白一切”，“综合”而不能的困境，除了个人性格、文学惯习的制约外，还是与现代知识分子“动”与“思”的主体位置、状态有关。

“动”与“静”（“思”），是沈从文40年代不时用到的一对概念，在“动”与“静”的关系中，写出自然与人事的生机以及“变”与“常”的错综，也是他偏爱的一种笔法。[①]“思”当然也是一种“静”，一种游离外物、自我凝神的状态，“我确实需要‘静’，用它来培养‘知’，启发‘慧’”[②]。40年代后期，面对即将到来的新时代，他又提出“思”与“信”的分别（“二十年三十年统统由一个‘思’字出发，此时却必需用‘信’字起步，或不容易扭转”[③]），来表达自己的困惑、疑惧。在沈从文的心目中，“思”仿佛是一个知识分子主体成立的必要前提。

在这个意义上，“我动，我存在；我思，我明白一切”，指向了某种向外界敞开又自我回收的主体状态：“大先生”在街上往来游走、打探消息，又在“炉边”抚今寂然凝虑、驰骋思想，达到某种想象性的自我舒畅、饱满。这恰恰是“动”与“思”的一种辩证，其中多少也包含了沈从文的自我投射。1944年双十节所作《七色魔（魇）》题记中，他对自己当时的生活与思想，有这样的描述：

> 家住乡下，茅屋三间，破书一堆，日常生活一半消耗于担水烧火磨刀挖土琐碎事务里，一半即消耗到书桌边。生活虽俨如与世隔绝，却有个特别机会，接近好些人，可以听到在朝在野对于国家明日表示的忧虑，同时更容易明白目前正在进行蔓延中的腐烂与分解……在“人”之可能如何渺小，与“事”之必然如何泛

① 《长河》中《秋》一节，后来又命名为“动中有静”；《芸庐纪事》的续篇《动静》，也试图在“小山城原有那一分静”中，写战争带来的“一切有生命的声音行动”。

② 沈从文：《烛虚》之五，载《沈从文全集》第12卷，北岳文艺出版社2002年版，第27页。

③ 1948年12月7日沈从文致吉六信，载《沈从文全集》第18卷，北岳文艺出版社2002年版，第519页。

滥两种情形对照下，自然更增加我一种痛苦感觉。

到我绝对单独时，国家明日种种，目前种种，和近三十年种种，便重新来到我的心上，咬住我这颗衰弱的心。①

乡间的茅屋、远离战火的书桌，似乎是西南联大知识分子一种典型的战时工作与生存的场景，对沈从文而言，这个“游离”的位置绝非真的“与世隔绝”，而是极其敏感地向外界敞开——“国家明日种种，目前种种，和近三十年种种，便重新来到我的心上，咬住我这颗衰弱的心”，这与“大先生”在“炉边”的随想又何其相像。只有在一种“绝对单独”的时刻，在一种游离的“静”与“思”的位置上，“我”才能消化、整合杂多方的生命与历史经验，这是沈从文相当内在的一种思考、感受“装置”。

问题在于，试图在主体内部以反思的方式克服分裂，达成我与历史、“动”与“思”的“综合”，类似努力难免受限于自由知识分子浪漫的主体性幻觉。在沈从文这里，一个直接表现就是，缺少了在地的实践与参与，“思”与“动”的联系往往是依靠“听”与“看”来建立的。在沅陵小住的三个月，他虽然耳濡目染，对湘西“过去”“当前”及历史机遇有了更多的体认，但这些“地方性知识”多从与故乡父老子弟、地方军政首脑的交谈中获得。换言之，沈从文是作为一个返乡过客，一个外界消息的传播者、地方故事的倾听者，与战时湘西发生关系的。“芸庐”之中的对话场景，与小说中老水手与来往客商聊天的场景，或许并无根本的不同。昆明乡居时期，据1944年所作《白魇》中的描述，他与外界的联系也不外乎以下几种方式：“一切书本”的阅读、“各方面通信”、“和另外环境背景中的熟人”或陌生朋友谈话以及与“少数过往客人”接触。无论领会过去与未来的连接，

① 此文未收入《沈从文全集》，原载1944年11月1日昆明《自由论坛》第3卷第3期，由解志熙教授辑校，与其他几篇佚文以《沈从文佚文废邮钩沉》为题，发表于《中国现代文学研究丛刊》2008年第1期。

还是对“幽微曲折人性若有会于心”，依托这些往来的书信、谈话，沈从文的“思”与“动”总还是隔了一层。①

这样的“不免隔膜”，在一定程度上也影响了他的小说笔法：每当书写湘西社会之“常”，书写这块土地上过往的兴衰变迁、小儿女的微妙心态，沈从文往往驾轻就熟、文笔酣畅，可一旦转向当下及未来的历史之“变”，他似乎又不得不借助于闲谈、议论、大段独白，历史中的“人事”无法有效整合于情感的纵深之中。相对而言，他在40年代中后期写作的《雪晴》系列，将鲜明逼人的“风景”描写、湘西社会内部暴力的分析、个人意识觉醒的回溯，衔接、组织于一个家族仇杀的故事中，似乎较好地达成了“综合”的意图，虽然这部作品同样没有完成。② 从这个角度看，《芸庐纪事》的文体“内爆”，就不单纯是表面的文体冲突（“议论”无法有机融入“叙事”），也源于经验与观念、情感与事实之间过于直接的衔接。在炉边，“大先生”浮想联翩，为三十年来国家社会的种种，激动不已、昂扬不已，不由陷入一种过度澎湃的独白中。这个原本生动、谐趣的人物，也就不免架空于观念了。

平心而论，40年代沈从文的文学实践和社会思考，的确把握了战时地方变动、社会组织的一些基本脉络，通过“经典的重造”“社会的重造”“国家的重造”等命题的阐发，也提出了一整套文化建国、专家治国的自由主义理念。但像张兆和所批评的：“……你不适宜于写评论文章，想得细，但不周密，见到别人之短，却看不到一己之病，说得多，做得少，所以你写的短评杂论，就以我这不通之人看来，都觉不妥之处太多。”③ 沈从文“知人论事”的特点或缺点，身边

---

① 沈从文：《白魇》，载《沈从文全集》第12卷，北岳文艺出版社2002年版，第157页。

② 有关《雪晴》系列中文学“综合”实验的深入探讨，参见路杨：《“新的综合”：沈从文四十年代中后期的形式理想和实践》，《现代中国文化与文学》2015年第1期。

③ 1937年12月17日张兆和致沈从文信，载《沈从文全集》第18卷，北岳文艺出版社2002年版，第282页。

的人看得清楚。他的时代认知不乏敏感、深细与合理之处，但也可能受制于自身社会位置形成的感受结构，“见到别人之短，却看不到一己之病”。因而，一旦形成判断，便反复申张、高调表态，能在自我认知之中达成系统的自洽，却不具备一种突破固化感受结构、与历史对话的能力。比如，由于将“政治”笼统归为“权力”、一种能与知识结合的“政术”、“一个压迫异己膨胀自我的法定名词”①，沈从文就无从理解“政治”在 20 世纪中国的多层次内涵，更没有耐心去体知“革命”对中国社会基础的全面改造，不免隔膜于变动不居的现实，不能真的把握“大处”的曲折与实际走向。

具体到“重写湘西”的系列，在过去、当下和未来的连接中，他的写作确实起到了团结与沟通的作用，也指出了地方社会的积弊，但强调内外合作、合理施政、发挥地方精英和专家的作用，还是落回了现代政治的“合理化”思路，没有触及真正需要变革的乡村社会之根本。至于将同乡“文武大佬”“优秀分子”看作湘西变革的主体，面对沅水两岸艰辛茹苦的乡民，只发出“人民如此可用”一类的感慨，则显然与特定的阶级立场相关了。在这个意义上，“大先生”之“炉边随想”之封闭性、独白性，同样存在于沈从文 40 年代的时代认知、社会认知中。“综合而不能”的困境，除不同文体风格之间的冲突，主体位置的游离与社会认识能力的局限，或许是更为深层的原因，而后面的这两个方面又是互为表里的。

四、一个不断延宕的“问题结构”

当然，对文学者之“动”与“思”的限度，沈从文并非没有自

① 沈从文：《政治无所不在》，载《沈从文全集》第 27 卷，北岳文艺出版社 2002 年版，第 38 页。

觉，他40年代的文学阅读、思考，其实一直伴随了贴近土地与人民、进入历史现场的愿望。正像《读奔流散记书后》一文所表露的，40年代的沈从文非常重视一些年轻作者（李霖灿、邢楚均）深入云南、绥远等边疆少数民族地区进行民族志考察的工作，对于范长江、萧乾、徐盈等新闻记者的工作方式也很有兴趣，认为一个兼具记者身份的作家，“因为生活接触面范围比较宽广，且更紧贴土地人民，一支笔又因习惯不必过于受词藻格式困缚”，只要肯从这方面用笔，成就会比职业作家更大。① 新中国成立前后，为了摆脱个人政治上、精神上的危机，迎向一个新的时代，他也曾主动调整身心，自言要“沉默归队”，检讨自己过往的写作方式，诸如“由于主观无知而来的对工作的深深自恃心，相纠相混，于是形成一种对世事旁观轻忽态度”“事实全人民的抗日斗争起来时，我的笔，由于和社会隔绝，停顿了”②。表面看，“隔绝”存在于他在云南“看云看虹”、追求生命之抽象的阶段③，但需要注意的是，在这支“笔”努力介入时代、“讽世议政”的过程中，“隔绝”其实同样会发生。因为，“‘活’到历史的每一章回每一页”，不单是一个文学者姿态的问题，也不是依靠自我心智内部的综合可以解决的，那个“动”与“思”的主体位置、感知结构与认识能力，都需要在“常”与“变”的历史中被重新打造。

简言之，20世纪四五十年代中国社会“波澜状况又关合奇巧”的剧变，强烈冲击也重构了一代作家的感受和认知结构。在国家重

① 沈从文：《致周定一先生》，载《沈从文全集》第17卷，北岳文艺出版社2002年版，第470页。

② 沈从文：《我的学习》，载《沈从文全集》第12卷，北岳文艺出版社2002年版，第366、368页。

③ 谈及沈从文50年代初的自我检讨，钱理群也认为沈从文40年代从写乡下人的生命形态，转而写现代知识男女的爱欲与幻象、个人日常生活中的生命体验和感悟，这一文体上的“实验”带来了创作的危机。“笔”与社会的游离，可以在这个方面理解。参见钱理群：《1949—1980：沈从文的坚守》，载《岁月沧桑》，东方出版社2016年版，第44—47页。

造、新文学重造的背景下，沈从文"重写湘西"过程中文体"综合"的努力，不完全出于形式实验的冲动，更多地体现了要深入"历史每一章回每一页中"的意志和热忱。当然，对于一个"对生产斗争知识不多的知识分子"来说①，在缺乏实践性参与以及自身感受结构改造的状况下，单纯依靠"思"之扩张与凝聚，在主体内部克服自我与历史的矛盾，几乎是不可能成功的，这也是新中国成立前后许多知识分子共同面对的挑战。50年代初，沈从文赴四川内江参加土改，也相当真诚地希望这次川南之行能带来"我一生重要一回转变"②，改变自己游离的"个"的状态，真正加入"群"中，加入新中国的建设进程当中。虽然由于身体不适等原因，"参加土改"难免变成了"参观土改"③，沈从文对乡村世界的变革毕竟有了近距离的感知，他萌生了新的文学冲动，也再一次遭遇"风景"与"人事"的取舍、调和问题。在给家人书信中，他谈到"有情"与"事功"的区分与综合，正是在这样的背景中提出的，表达了在土改运动中重塑自我、摸索新文学方式的兴奋与困惑④，并非如有学者认为的那样，借此抒发新中国成立前后的所谓"身世之感"，呼应"发愤以抒情"的文人传统⑤。某种意

---

① 在20世纪60年代初所作《抽象的抒情》中，沈从文曾写道，"特别是对生产对斗争知识并不多的知识分子，说什么写什么差不多都像是即景抒情"（载《沈从文全集》第16卷，北岳文艺出版社2002年版，第535页）。

② 1951年10月25日沈从文致张兆和信，载《沈从文全集》第19卷，北岳文艺出版社2002年版，第121页。

③ 李斌：《沈从文的土改书写与思想改造》，《中国现代文学研究丛刊》2018年第4期。

④ 沈从文第一次谈到"有情"与"事功"，是在1952年1月25日前后致家人的信中。在1月24日致张兆和的信中，他详细讨论了续写《雪晴》等作品的计划，包括"如能将作风景画的旧方法放弃，平平实实的把事件叙述下去，一定即可得到极好效果"。在这封信中，他也谈到了面对乡村巨变的个人感受："但是这种种，却和我三十年前见到的事情一样，在生命中如燃烧一种希望和理想，只要体力能支持得住，必然会要和此后工作相结合，而且还可能要和千万人情感相结合的。"参见《沈从文全集》第19卷，北岳文艺出版社2002年版，第309—311页。

⑤ 王德威：《"有情"的历史：抒情传统与中国文学现代性》，载《抒情传统与中国现代性》，生活·读书·新知三联书店2010年版，第11页。

义上，所谓“有情”与“事功”之说，也是其自身脉络中原有“问题结构”不断延宕之表现。

将“有情”视为抵拒“现代性风暴”的安身立命之寄托，或将其看作是知识分子改造未果之“旧我”残余，大概是相对容易达成的结论。换个角度看，能否从沈从文持续不断的“综合”努力中，看到一种可以调动、转化乃至在另一种层面上重构的热忱及活力，也是一个可能的思路。用沈从文的话来说，“国家在崭新情况中发展，万千种事都从摸索中推进”，将“有情”和“事功”结合而为一“不是一种简单事情”，需要社会、人我之间一种新的关系的重造，“有情的长处与事功的好处，将一致成为促进社会向前发展的动力，再无丝毫龃龉”。① 这多少还是一种书生气的看法，但在国家社会重造的过程中，怎样调动不同阶层、不同个体内在的活力（包括“对生产对斗争知识不多的知识分子”），让“重造”落实在情感与认识的纵深之处，确实是沈从文和他的时代都需要面对的问题。或许，这也是讨论“重写湘西”之困境及可能性的意义所在。

① 1952年1月29日沈从文致张兆和信（之二），载《沈从文全集》第19卷，北岳文艺出版社2002年版，第335—336页。

第二编
重审新诗的发生

第五章　“起点”的驳议：新诗史上的《尝试集》与《女神》

在一般的文学史叙述中，新诗发生的起点，无疑要从胡适及他的《尝试集》算起。作为新诗的“老祖宗”，是胡适垄断了新诗的发明权，《尝试集》则是第一块开山的界碑，像一块栩栩如生的化石，记录了诗体大解放的历程。这一点毋庸置疑，几乎是最基本的文学史常识。然而，在这种判断之外，另一种说法也屡见不鲜，并隐隐构成了对胡适及《尝试集》的挑战。1922 年，在郭沫若的《女神》出版一周年之际，郁达夫就曾以不容置疑的口吻说：“完全脱离旧诗的羁绊自《女神》始”，这一点“我想谁也该承认的”。[①] 同年，闻一多在他著名的《女神》评论中，也有类似的评价：“若讲新诗，郭沫若君的诗才配称新呢！”[②] 其后，钱杏邨、穆木天、焦孚尹、周扬等人，都先后重申过这一观点。由此，在《尝试集》和《女神》之间，一种微妙的纷争展开了，这意味着，在回溯新诗的历史起点时，后人至少拥有了两种说法，它们在文学史上同时并存、此抑彼扬，形成一种潜在的论辩，甚至一直延续到了当代。

毋庸赘言，政治风云的变动、时代语境的转换，胡适、郭沫若二人政治身份的差异，直接制约了后人的态度和文学史上的座次。然而，除了外部历史与意识形态的影响外，两部诗集地位的升沉，还是

---

① 郁达夫：《女神之生日》，1922 年 8 月 2 日《时事新报・学灯》。

② 闻一多：《〈女神〉之时代精神》，《创造周报》第 4 号，1923 年 6 月 2 日。

连缀了对新诗历史的整体评价。其实，除《尝试集》和《女神》以外，周作人的《小河》、沈尹默的《月夜》、朱自清的《毁灭》等作品，都曾被当作新诗成立的标志[①]，而与不同的起点设定相关的，是对新诗合法性的不同构想。当晚出的《女神》被设定为真正的起点，某种价值上的优劣对于时间次序的优先权也建立起来。[②]换而言之，新诗不仅是一个历史形态，完成的只是由文言到白话的工具变革，它还包含着特定的美学诉求和历史内涵。在《女神》《尝试集》升沉的背后，展开的是一种文学史建构机制，是对“新诗是如何成立”的这一问题的解答。因而，梳理这一“起点神话”的建构过程，便成了一项饶有意味的工作。

一、两本“同步”发生的新诗集

从时间上看，《尝试集》问世于1920年3月，而《女神》的出版则在1921年8月，其间虽然相隔一年有余，但基本上可以说是“同步”发生的[③]，并在读者的视野里，激起同样巨大的反响，共同成为早期新诗“形象”的来源。然而，在诸多共性之外，《尝试集》和

① 参见胡适的《谈新诗》、俞平伯的《读〈毁灭〉》、北社的《新诗年选 · 一九一九诗坛略记》等文。

② 在相关论争中，有论者表现出对时间逻辑的扬弃：“仅从出版时间先后一点进行比较，是既不能比出诗的新和旧，更不能比出诗的历史地位的。”参见吴奔星：《〈女神〉与〈尝试集〉的比较观》，载《郭沫若研究论集》第2集，四川人民出版社1984年版。

③ 据郭沫若《五十年简谱》《我的作诗的经过》等文记载，他开始口语新诗写作是在1916年。如果这种说法成立，那么胡适作为新诗第一人的地位势必受到挑战，后来很多论者也依据这一点，认定“郭沫若是我国最早试作新诗的诗人之一”。对此，也有论者进行了细致的考证。可参见海英：《郭沫若留学日本初期的诗》，载《中国现代文艺资料丛刊》第3辑，1963年；武继平：《郭沫若留日十年》，重庆出版社2001年版，第170—174页。

《女神》对新诗“形象”的呈现，也迥然不同，新诗发生期的某种内在张力，恰恰表现于其中。

作为“新诗”的第一个样本，胡适在《尝试集》通过对序言、编次等环节的设计，呈现了白话新诗从古典格律诗体中如何一步步脱茧、解放的过程，工具层面的新/旧、白话/文言的冲突，也成为辨识胡适及早期新诗形象的主要尺度。但在工具的变革之外，《尝试集》的另一个争议之处，还在于对某种既定的“诗”标准的反叛。从早年提出“作诗如作文”的方案到后来对“诗的经验主义”的解说，打破诗文界限的努力，一直贯穿了胡适的新诗言论及实践。无论是以平白、朴素的口语，代替“风花雪月、蛾眉、朱颜，银汉、玉容”等所谓“诗之文字”，还是在诗中包容说理、叙事等因素，对一般“诗美”规范的反动，的确为早期新诗带来了清新的活力和历史包容力。这种倾向也为当时的新诗人们所普遍分享，以至于在后人看来，“非诗化”成了以《尝试集》为代表的早期新诗的基本特征。[①]应当指出的是，这一“非诗化”取向，不仅有违一般读者的阅读期待，而且与当时正广泛传播的现代纯文学观念形成了暗中的抵牾，有关《尝试集》的众多非议，也大半由此产生。一方面，由于“诗体的大解放”的活力而备受尊崇；另一方面，又由于废黜了“诗美”而招致持续的批评，《尝试集》的文学史形象，可以说颇为尴尬。

与《尝试集》相比，异军突起的《女神》则是一个令人满意的出品，呈现了新诗的另一种“面目”，隐然构成了新诗发生的另一极。虽然《女神》中激昂扬厉的狂放书写，最为强烈地冲击了传统“诗形”，但还应看到的是，《女神》同时也是一部高度“非散文化”甚至是“雕琢粉饰”的作品，在音节、用词及结构方面，都相当考究。辞藻的华美、大体均齐的格式和韵脚以及诗歌经验的“非日常性”，都

---

① 梁实秋在《新诗的格调及其他》（1931 年 1 月《诗刊》创刊号）中曾断言：早期新诗注重的是“白话”，不是“诗”。这种说法，后人多有延续。参见龙泉明：《“五四”白话新诗的“非诗化”倾向与历史局限》，《文学评论》1995 年第 1 期。

是其显著的特征，与当时流行的散文化诗风区别开来。苏雪林在30年代就说：白话诗初起，排斥旧辞藻，力主白描，“但诗乃美文之一种”，“官能的刺激，特别视觉、听觉的刺激，更不可少”，郭沫若的诗篇中充满了“心弦”“洗礼”“力泉”“音雨”“生命的光波”“永远的爱”等夸张的欧化辞藻，恰好满足了这种期待。[①]有意味的是，在“阅读期待”的部分满足中，一些敏锐的读者，开始将《尝试集》和《女神》在“诗”的维度上有意对照起来。

20年代初，还是一名文学青年的诗人冯至，就是狂热的新诗读者中的一员，后来他回忆说：当时“胡适的《尝试集》，康白情《草儿》，俞平伯《冬夜》，我都买来读，自己也没有判断好坏的能力，认为新诗就是这个样子。后来郭沫若的《女神》、《星空》和他翻译的《少年维特之烦恼》相继出版，才打开我的眼界，渐渐懂得文艺是什么，诗是什么东西。”[②]在冯至这里，“好”与“坏”、“诗”与“非诗”的区分，显现于《女神》与以《尝试集》为代表的“亚东系列诗集”之间。在另外的读者那里，《女神》与《尝试集》之间的这种对峙关系也同样存在。施蛰存曾用一个暑假反复研读《尝试集》，结果是对胡适的新诗起了反对，而《女神》出版后，在读到第三遍时，就“承认新诗的发展是应当从《女神》出发的”。[③]记录类似感受的材料，还有很多，这里不一一引述。可以注意的是，对《尝试集》的贬损与对《女神》的推崇，往往交织一处，构成了一种判断的正反两面，指向了新诗历史起点的确认，即在所谓“诗”的前提下，《女神》是新诗合法的起点，而《尝试集》所代表的，仍是新诗处于历史遮蔽下的某种未完成状态。一种诗歌史意义的区分话语，由此也被引申出来。

① 苏雪林：《徐志摩的诗》，载《苏雪林文集》第3卷，安徽文艺出版社1996年版，第130页。

② 冯至：《自传》，载《冯至全集》第12卷，河北教育出版社1999年版，第606页。

③ 施蛰存：《我的创作生活之历程》，载《施蛰存文集·十年创作集》（文学创作编·小说卷），华东师范大学出版社1996年版，第800页。

其实，在《女神》出版第二天，郑伯奇就在《时事新报·学灯》上发表书评，开宗明义地指出了这一点：在《女神》之前，新诗集也出过两三部，数量很少，“说句不客气的话，艺术味也不大丰富”。[①] 新与旧的基本矛盾，在这里已隐没，代之以“艺术味”的有无。

在读者的阅读中，《女神》与《尝试集》的对峙关系，已表明新诗历史“坐标系”的转换。当然，随着新诗的展开以及合法性标准的推移，《女神》和《尝试集》都渐渐被推向历史的封存处，但在后人的论说中，两本诗集的投影仍时隐时现，臧否之声始终不断。作为开山之作，《尝试集》的影响无疑十分深远，有意味的是，这种影响的一个突出表现，就是来自后来者的持续批评。很多新诗人在确立自己的诗歌起点时，似乎都要向前回溯，以否定《尝试集》为开端，这恰恰从反面验证了“起点神话”的重要性所在。成仿吾说：“《尝试集》里本来没有一首诗”[②]；朱湘的评价与其类似，认为《尝试集》中“没有一首不是平庸的”[③]；而穆木天干脆将胡适定为中国的新诗运动中最大的罪人[④]。这些发言后来被广泛引用，塑造着《尝试集》的文学史形象，它们依据的标准虽各有不同（浪漫诗学的“情感表现”，象征主义的含蓄、暗示之美，以及对形式层面的格律化诉求，都是评价的尺度），但一个共同之处，都是从所谓“诗”的角度来质疑《尝试集》的合法性，从而重新构想新诗的方向。

与《尝试集》备受责难的命运相比，《女神》则声誉愈隆，对其作为新诗另一起点的强调也多有回响。除上文引述的郁达夫、闻一多20年代初的说法外，对《尝试集》毫不留情的朱湘，认为郭沫若拓展了“诗”的表现疆域，“他的这种贡献不仅限于新诗，就是旧诗

① 郑伯奇：《批评郭沫若的处女诗集〈女神〉》，载1921年8月21、22、23日《时事新报·学灯》。

② 成仿吾：《诗之防御战》，《创造周报》第1期，1923年5月13日。

③ 朱湘：《尝试集》，载《中书集》，中国文联出版公司1998年版，第192页。

④ 穆木天：《谭诗》，《创造月刊》第1卷第1期，1926年3月。

与西诗里面也向来没有看见过这种东西的”[①]。虽然对于《女神》并非一片叫好之声，批评之声也时有传来，但从总体上看，在后人眼中，《女神》的价值是凌驾《尝试集》之上的。即使是与胡适交好的陈源，在其《新文学运动以来十部著作》中，列出《女神》《志摩的诗》作为白话诗的代表，胡适的作品却仅举其“文存”，《尝试集》榜上无名。[②] 上述种种观感、印象以及判断，在创造社的后期盟友钱杏邨那里，凝结为一个极为夸张的结论：“《女神》是中国诗坛上仅有的一部诗集，也是中国新诗坛上最先的一部诗集。”[③] 在这里，不仅《尝试集》“第一”的位置被取代，其他新诗集的地位也随之被一笔勾销。

二、从“共时”的对峙到“历时”的进化

上述批评言论出自不同的立场，与发言者所处的文坛位置、所属的文学阵营也有直接的关联，但它们影响着后人的历史想象，对文学史图像的形成起到不可忽视的奠基作用，《尝试集》与《女神》的对峙也曲折地投射于新诗史线索的勾勒中。作为新诗的第一本出品，《尝试集》的开端地位似乎是不可动摇的，大多文学史叙述，在论及新诗时，都要从《尝试集》起笔。朱自清在《中国新文学大系·诗集》导言中，就称《尝试集》是“我们第一部新诗集”。直至王瑶《中国新文学史稿》，该说法也未改变。[④] 相比之下，有关《女神》的历史定位却莫衷一是。

在相关评论中，《女神》多次被推为新诗合法的起点，然而，价

① 朱湘：《郭君沫若的诗》，载《中书集》，中国文联出版公司 1998 年版，第 193 页。

② 陈源：《新文学运动以来的十部著作》，载《西滢闲话》，河北教育出版社 1995 年版，第 259 页。

③ 钱杏邨：《郭沫若及其创作》，载黄人影编：《郭沫若论》，光华书局 1931 年版，第 28 页。

④ 王瑶：《中国新文学史稿》，新文艺出版社 1954 年版，第 59 页。

值的判定却无法替代历史的实证逻辑。围绕郭沫若和胡适谁是白话新诗“第一人”的问题，虽然有过不少讨论，但《女神》晚出的事实，却决定了在一般的文学史描述中将《女神》作为新诗起点的说法并不多见，常见的描述仍是将《女神》定位于新诗发展的历史脉络中。具体说来，大致有以下三类：

第一类描述，只是将《女神》当作新诗发生期的一部重要作品，其文学史地位没有被特别地突出，如在30年代谭正璧的《新编中国文学史》中，郭沫若只被当作“无韵诗”作者中的一员，与汪静之、康白情、俞平伯同时出现[①]。与此相关的是，在很多论者眼里，与《女神》相对峙的不是胡适的《尝试集》，而是康白情的《草儿》[②]。在此类描述中，《女神》的形象，仍是呈现于新诗发生的整体进程中，并未被鼓吹为另起炉灶式的起点。

第二类描述，虽然强调《女神》的特殊性地位，但它往往是作为新诗史的某“异军”被引入讨论的。朱自清在《中国新文学大系·诗集》导言中的说法最具代表性，他沿着新诗发展的时间线索，从胡适到康白情，到湖畔派，再到冰心和白采，一路说下去，到了最后才补充写道：“和小诗运动差不多同时，一支异军突起于日本留学界中，这便是郭沫若氏。”[③]言外之意，“以抒情为本”的《女神》，好像是新诗主线中旁逸出的一条分支。这种判断也体现在沈从文设计的新诗“分期表”中，在沈从文眼中，新诗“尝试期”的代表是《尝试

---

① 谭正璧：《新编中国文学史》，光明书局1936年版，第433页。

② 宗白华就将郭沫若与康白情对比：“你诗形式的美同康白情的正相反，他有些诗，形式构造方面嫌过复杂……你的诗又嫌简单固定了点。”（《三叶集》，上海亚东图书馆1923年版，第26页）；蕙声、玫声、沙华的《读〈女神〉与〈草儿〉》一文，则将二者进行比较论述（1922年3月15日《时事新报·学灯》）；朱湘那里，《女神》也是和《草儿》相提并论的，二者相同之处在于“反抗的精神与单调的字句”（朱湘：《草儿》，载《中书集》，中国文联出版公司1998年版，第201页）。

③ 朱自清：《中国新文学大系·诗集·导言》，第5页，载赵家璧主编、阿英编选：《中国新文学大系·诗集》，上海良友图书出版印刷公司1935年版。

集》《刘大白的诗》《扬鞭集》，“创作期”的代表是《草莽集》《死水》《志摩的诗》，《女神》则独立于这一序列，因为郭沫若“不受此新诗标准所拘束，另有发展”。[①] 无论是“异军的突起”，还是“不受新诗标准所拘束”，在这类描述中，《女神》的形象是寄托在对一般新诗逻辑的挣脱上的。值得考虑的是，随着评价标准的变迁，“异军”往往能翻身一变，成为新的“正统”。

与前两类描述相比，最为常见也最为重要的是第三类描述，即将《女神》看成是新诗发展某一阶段的代表或开端。这里有从“诗体解放”的角度立论的，《尝试集》到《女神》的过程，就是“诗体大解放”实现的过程，两本“新诗集”首尾衔接成新诗的进化[②]。另一种论述，则从20年代的诗歌形式标准出发，把《女神》当作新诗“格律诗”阶段的起点：余冠英区分新诗为前、后两期，后期对西洋诗体的模仿，是“《女神》等集启其绪”[③]。这一说法在赵景深、陈子展那里得到了延续[④]，杨振声则更为直接，跨越时间的界限，将郭沫若与徐志摩并列为第二期的代表，特点也是用“西洋诗体”。[⑤] 在这样的分期论述中，《女神》被纳入新诗的主流线索中，标志的却是对最初向度的历史性超越和诗歌“形式”规范的复归。

如果说在这种定位中，“另一起点”的文学史地位已被暗示出

---

① 沈从文：《我们怎么样去读新诗》，载杨匡汉、刘福春编：《中国现代诗论》（上编），花城出版社1985年版，第136页。

② 孙俍工以《尝试集》出版前后为新诗的第一期，特点“是一种由旧诗底强调变来的白话诗”；而《女神》出版前后则为第二期，是“极端的解放的诗歌最盛的时代”（《最近的中国诗歌》，载文学研究会编：《星海》，商务印书馆1924年版，第171—172页）。

③ 余冠英：《新诗的前后两期》，《文学月刊》第2卷第3期，1932年。

④ 赵景深将早期新诗分为四期：未脱旧诗词气息的阶段（《尝试集》），无韵诗的阶段（《草儿》《冬夜》），小诗的阶段，西洋诗体阶段（“郭沫若《女神》已略开端绪”）。（赵景深：《中国文学小史》，光华书局1928年版，第209页）陈子展在《最近三十年中国文学史》中，也基本重复了这一说法。

⑤ 杨振声：《新文学的将来》，载《杨振声选集》，人民文学出版社1987年版，第273页。

来，那么最后一种描述，则直接将《女神》颁布为新诗合法成立的标志。蒲风在其著名的《五四到现在的中国诗坛鸟瞰》中，将早期新诗（1919—1925 年）分为尝试期和形成期，郭沫若被推为“形成期”的代表诗人。“尝试”与“形成”，这样的命名似乎在强调两个时期的地位不是均等的，前期只有发生的价值，在后一期新诗才正式成立。[①]同样，穆木天也不止一次断定：“‘五四’诗歌，由胡适开始，由郭沫若完成：这是我在过去论沫若诗歌时的结论；这个结论，我始终认为不错。”[②]

表面上看，最后一种描述只是重复了许多发言者的个人判断，但这里包含了一种微妙的文学史构造策略，即将本来几乎是“共时”发生的诗歌写作（《尝试集》与《女神》几乎是同时出版的，先后只差一年），拉伸成“历时性”的分期，蒲风在文中对此就有说明：郭沫若的写作，虽在尝试期已有惊人成就，“不过正因为他有过惊人的成就……所以我把他位置在这里，当作这形成期的代表人之一”。这种策略似乎有意混淆时间顺序和价值等级，其功能则表现为对上文提及的价值逻辑与历史逻辑之间矛盾的解决，新诗的发生的两个起点，被扭转成“开端”和“成立”的线性接替。在蒲风等人的描述中，“扭转”之力是将《女神》推后为“形成期”的代表，这种“扭转力”有时也会作用于《尝试集》上，将其挤到新诗“史前”的位置，比如在孙作云的区分中，胡适被推为新诗的启蒙者，而新诗第一期的代表就成了郭沫若。[③]

在这样的“扭转力”作用下，一种基本的文学史叙述也得以建立：新诗的发生以及成立，呈现于《尝试集》与《女神》之间，一为开端，一为完成。借助两本几乎同时出版的诗集，一种“进化”或

---

① 蒲风：《五四到现在的中国诗坛鸟瞰》，原载《诗歌季刊》第 1 卷第 1—2 期，1934 年 12 月 15 日—1935 年 3 月 25 日；选入杨匡汉、刘福春编：《中国现代诗论》上编，花城出版社 1985 年版。

② 穆木天：《在风暴中微笑里》，《诗创造》第 6 期，1941 年 12 月 15 日。

③ 孙作云：《论“现代派”诗》，《清华周刊》第 43 卷第 1 期，1935 年 5 月。

“回归”的时间差被想象出来，如郑振铎所说“诗则从《尝试集》到《女神》，确是进步得多了”①。这一文学史叙述似乎被广为接受，并延续到了当代。众所周知，20 世纪 50 年代以后，随着对胡适本人的批判，《尝试集》的名字一度被排斥在文学史之外，《女神》却堂皇地成为新诗的合法起点，如 80 年代初一位论者所说：“《女神》是中国诗坛上最先的一部诗集”的观点，“在一九五四年批判胡适资产阶级唯心主义思想以后，就广泛流行开来”。他还举出复旦大学中文系 1978 年《中国现代文学史》中的下列说法为例：“《尝试集》是一本内容反动无聊，形式上非驴非马的东西。这个集子五花八门，像垃圾堆一样，名堂甚多，但没有一首是真正的诗，更没有一首是新诗！”甚至说“把《尝试集》作为中国第一本新诗集”，“也是完全错误的”。②然而，新时期以来，现代文学研究历史品质的复归，无疑又将《尝试集》带回人们的视野，一时间重评《尝试集》的文章也蔚然成风，围绕《尝试集》与《女神》谁是第一本新诗集的问题，还引发了一场不大不小的争论。③具体论争的内容，这里不再引述，但最后达成的结论，不过是又回到了过去的构图：《尝试集》由于其客观的历史存在而被认可为开端，《女神》则由于其在思想、艺术上的多重成就而被

① 郑振铎：《新文坛的昨日今日与明日》，载陆荣椿编：《郑振铎选集》第 2 卷，福建人民出版社 1984 年版，第 425 页。

② 朱光灿：《应当正确评价〈女神〉》，《齐鲁学刊》1981 年第 2 期。

③ 有关这场争论，代表性论文有朱光灿的《应当正确评价〈女神〉》（《齐鲁学刊》1981 年第 2 期）、《再谈〈女神〉评价的几个问题》（《沫若研究》第 1 辑，1981 年），刘元树的《论〈女神〉的历史地位——并同朱光灿同志商榷》（《沫若研究》第 1 辑，1981 年），钱光培的《论郭沫若对新诗发展的独特贡献》（《郭沫若研究论集》第 2 集，四川人民出版社 1984 年版），吴奔星的《〈女神〉与〈尝试集〉的比较观》（《郭沫若研究论集》第 2 集，四川人民出版社 1984 年版），林植汉的《〈尝试集〉不是第一部新诗集》（《黄石师范学院学报》1983 年第 2 期），文万荃的《中国现代文学史上第一部新诗集辩白》（《四川师范学院学报》1984 年第 1 期），刑铁华的《中国新诗其始驳议》（《中州学刊》1986 年第 2 期）。上述资料的整理参考了沈卫威：《新时期胡适文学研究述评》，《文学评论》1991 年第 1 期；黄侯兴：《郭沫若文学研究管窥》，天津教育出版社 1987 年版，第 54—56 页。

奉为新诗成立的“丰碑”。[①]

三、新诗发生内在张力的消除

在《尝试集》和《女神》之间，一种文学史的进化想象被建立起来，梳理这一过程的目的，主要不在于能够满足某种“学科史”的需要，更值得关注的是，在这一过程中新诗的合法性辩难得到了怎样的化解。如上文所述，在“新诗”的发生过程中，在诗歌语言、体式的变革之外，对某种“诗美”规范的反叛，对诗歌表意的多种可能性的追求，是一个相当重要的冲动。当然，这样的冲动在文学史上并不鲜见，但考虑到它生成于一个文化、观念、词汇都急遽变化的时代，并与一种特殊的历史仪式相关，因而，这一冲动也体现出典型的现代性特征。有关新诗“对现代性的追求”[②]，是一个内涵颇为宽广的议题，不是这里讨论的重点，但简单地说，审美领域内“可以称为现代性的那种东西”，是一种从变化、短暂、偶然的“现时”中“提取它可能包含着的在历史中富于诗意的东西”[③]。波德莱尔的这段话点出了19、20世纪以来诸多先锋文艺思潮的发生机制。正是在这种现代性冲动的驱策下，对一般诗/文界限的逾越，由是成为一批新诗人主动的尝试。[④]这一方面带来了写作上的粗率之风（这正是早期新诗屡遭诟病

① 阎焕东：《新诗的基石玉丰碑——〈尝试集〉与〈女神〉比较研究》，《北京社会科学》1987年第2期。

② 臧棣：《现代性与新诗的评价》，载现代汉诗百年演变课题组编：《现代汉诗：反思与求索》，作家出版社1998年版。

③ [法] 波德莱尔：《现代生活的画家》，载《波德莱尔美学论文选》，郭宏安译，人民文学出版社1987年版，第484—485页。

④ 胡适“作诗如作文”的态度得到了广泛响应。湖畔诗人应修人，就曾坦言：“我们也正要弄些不像诗的（散文的）句子来”，“在半路上先立标准，决要绊住脚的。美文和诗底分野，恐怕不是言语文字所能表明的吧”。（1922年4月15日、20日应修人致漠华信，载《修人集》，浙江人民出版社1982年版，第206、209页）

的原因）；另一方面，也和不断扩张中的现代文学观念发生了潜在的摩擦。

从某种角度说，新文学的发生包含了两个过程，一是语言工具的解放，一是现代文学观念的扩张，两者之间既互相推动又有所分别，这构成了新文学发生的内在复杂性。在“文学”观念的知识扩张中，某种“诗”话语的激增，也是一个有意味的现象。翻看20世纪20年代的诗歌论文，会发现许多文章都“如植物学家或地理学家研究苹果或湖水似的去研究诗歌”①，引述温切斯特、韩德、莫尔顿等西方教授的文论，在“文学”定义的基础上建立“诗”的科学规定和知识边界。康白情的《新诗底我见》、宗白华的《新诗略谈》、俞平伯的《诗的自由与普遍》、发表在《学灯》上的郭沫若与宗白华的论诗通信、叶圣陶的《诗的源泉》、王统照的《对于诗坛批评者的我见》、郑振铎的《论散文诗》《何谓诗》等，都是其中代表。流风所及，就连许多诗歌论争也往往从争夺“诗”的定义开始②。在这种背景中，对早期新诗的不满也越来越获得了一种现代文学观念的支撑。譬如，在《评〈尝试集〉》中，胡先骕就以讨论“诗之原理”为发难起点，他认为《尝试集》：

> 其中虽不无稍有情意之处，然亦平常日用语言之情意，而非诗之情意。夫诗之异于文者，文之意义，重在表现（denote），诗之意义，重在含蓄（counate）与暗示（suggest），文之职责，多在合于理性，诗之职责，则在能动感情。③

在早期新诗论争中，这段话是颇有代表性的。虽然“旧诗”仍是

---

① 郑振铎：《何谓诗》，《文学》第84期，1923年8月20日。

② 郁达夫讥笑说：“近来科学发达到了高度，无论研究什么学问，都用了scientific method来研究的倾向，所以各种批评家，每为了一定义What is art之故，生出许多争论来。”（《艺文私见》，《创造季刊》第1卷第1期，1922年3月）

③ 胡先骕：《评〈尝试集〉》，《学衡》第1期，1922年1月。

参照的典范，但构想一种纯粹的“诗”本体，在捍卫对“诗 / 非诗”（诗 / 文）界限的前提下，重新估价新诗的方向，也成为论战中最有效的批判武器。这种策略也延伸到新一代诗人那里，梁实秋在《〈草儿〉评论》中就引出了一连串类似的结论：“我们不能承认演说词是诗”，“我们不能承认小说是诗”，“总之：我们不能承认记事文是诗”。成仿吾的《诗之防御战》一文更是以“文学是直诉于我们的感情，而不是刺激我们的理智的创造”这一现代诗学的“套话”为发端，从五本新诗集中引出几行诗句，不加分析就抛出判断，而主要的断语就是：“不是诗”。

从现代性的历史冲动出发，早期新诗显示了崭新的历史活力，但需要辨析的是，激进的写作策略不仅要受到读者审美期待的衡量，也同时要接受现代“诗”观念的规约。在早期新诗的论争中，不难听到诗人的“越界”冲动与纯文学话语的碰撞，这种张力一直存在于新诗发生的过程中。这意味着，作为一种新的写作方案，新诗的内涵或许可以在张力结构中去把握。这似乎是一种特殊的理解方式，但在《尝试集》与《女神》之间的文学史构造中，我们不仅看到“共时”的对峙被拉伸、铺展成历时的“进化”，更为重要的是，上述张力结构也在无形中被消解、掩饰了。新诗发生被化约为这样一种逻辑：首先是白话工具的采用，继而是某种“诗”品质的达成，两个阶段完整地衔接，构成一种符合艺术“规律”的目的论叙事。而这种目的论叙事，在某种意义上，恰恰可能与现代文学观念的规约有关。

上述历史线索的形成，关涉的不仅是两本诗集的命运，而且与早期新诗的整体评价以及新诗合法性的想象都密不可分。当《尝试集》与《女神》之间的“共时”张力被拉伸成“历时”的进化，新诗发生期可能性纷呈的复杂局面随之被条理化了，张力结构中的“对话”关系，变成两个阶段的更迭。如郭沫若自己所言：“前一期的陈、胡、刘、钱、周，主重在向旧文学的进攻；这一期的郭、郁、成、张却都主要在向新文学的建设。”[①]分期的想象与新文学的整体进程显然颇为一致，其历史客观性因而有了更大的保证。在这一分期表中，早期新诗与《尝试集》分享了同样的命运：这一时期的意义只体现在语言工具的变革上，而在现代性冲动支配下对“诗”的可能性的拓展，却没有得到相应的重视。李健吾曾将早期新诗概括为两种倾向：“第一，废除整齐的韵律，尽量采用语言自然的节奏”，“第二，扩大材料选择的范围；尽量从丑恶的人生提取美丽的诗意”。在两种向度中，他认为：“最引后人注意的，就是音律的破坏。也正是这一点，在他们是功绩，后来者有一部分（最有势力的一部分）却视为遗憾。”[②]李健吾的描述道出了一个接受上的事实，新诗发生期的两种向度（“诗体自由”与“经验拓展”）中，“最引后人注意”是诗体形式、语言工具的变革，或毁或誉，都着眼于这一方面，而后者——对诗歌经验范围的拓展以及诗 / 文界限打破后的美学活力，却很少得到重视和认同。

从新诗合法性辩难的角度看，从《尝试集》到《女神》“进化”线索的形成，是一个新诗想象“制度化”的过程，新诗的发生被描述为一种朝向某种目的的运动，比如“从白话诗到新诗”。这一过程有趣地呈现于《尝试集》与《女神》之间，后者完成了中国诗歌的脱胎换骨，“‘自我’成了‘新诗’区别于‘旧诗’的旗帜”，“纯真底自我表现”，也为“自由诗”提供了一元论的理论依据。[③]这种“制度化”想象，不仅关系到文学史的定位，对新诗的发展也产生了一定的影响。随着一代新诗人的兴起，早期新诗似乎经历了一个从“散文化”

① 郭沫若：《文学革命的回顾》，载《郭沫若研究资料》中卷，中国社会科学出版社 1986 年版，第 260 页。

② 李健吾：《新诗的演变》，原载 1935 年 7 月 20 日《大公报》“小公园”，引自《李健吾批评文集》，珠海出版社 1998 年版，第 24 页。

③ 王光明：《现代汉诗：“新诗”的再体认》，载现代汉诗百年演变课题组编：《现代汉诗：反思与求索》，作家出版社 1998 年版。

到“纯诗化”的转变过程。[①]1926年，周作人在《〈扬鞭集〉序》中提出了一个著名论断：“新诗的手法我不很佩服白描，也不喜欢唠叨的叙事，不必说唠叨的说理，我只认抒情是诗的本分。”[②]果然如他所教训的，“抒情”也成了新诗后来的主流，依照朱自清的说法，回到“抒情”也就是“回到了它的老家”。某种意义上，这又是一个回归的过程，从最初对“诗”的冒犯，到“诗”品质的重获。在“进化”与“循环”的交织中，新诗的发展似乎是依据艺术内在规律、向某种“诗”本体趋近的过程。这里可以追问的是，对所谓规律、线索的强调有可能建立在对新诗发展多种可能性“条理化”（简化）的前提下，导致的结果是早期新诗的特殊抱负——通过逾越“诗”的规范，来恢复写作与现代经验间的关联——也很少被正面讨论。当然，这不等于说，新诗内在的张力结构真的被消解，没有留下痕迹。反之，对“诗”边界的维护与边界的打破，两种力量一直纠葛在新诗发展的内部。

朱自清在《中国新文学大系·诗集》导言中，曾将“新诗”列为三派：自由派、格律派、象征派。一位朋友对其“按而不断”的做法不以为然，认为“三派一派比一派强”，这位友人显然是以某种“进化”的眼光来理解“三派”之分的。朱自清对此表示认同，但原因不在于“一派比一派强”，“进步”并非“进化”，而是表现在新诗空间的不断拓展中。在“进化”线索的回避中，就包含了对早期新诗社会人生取向的辩护：“现在似乎有些人不承认这类诗是诗，以为必得表现微妙的情境的才是的……这种争论原是多少年解不开的旧连环……何不将诗的定义放宽些，将两类兼容并包，放弃了正统观念，省了些无效果的争执呢？”[③]如果联系到朱自清对“诗文界限”的怀疑，他

① 这个说法出自朱自清《抗战与诗》，载《新诗杂话》，生活·读书·新知三联书店1984年版，第37页。

② 周作人：《〈扬鞭集〉序》，载陈绍伟编：《中国新诗集序跋选》，湖南文艺出版社1986年版，第174页。

③ 佩弦：《新诗的进步》，《文学》第8卷第1号，1937年1月。

的辩护与其一贯的包容性立场是相互关联的。事实上，朱自清本人早期的诗歌写作，也承续了新诗发生期的散文化风格，着力于"诗"对现代经验的开放。他的好友俞平伯，曾将20年代新诗分为两个向度：其一，"用平常的口语，反复地说着，风格近于散文"；其二，"夹着一些文言，生硬地凑着韵"，"句法较为整齐，用韵较为繁多"。《女神》开了第二种向度的先河，朱自清的《毁灭》代表的是第一种向度，"我承认这是正当的"。[①] 与后来常见的合法性判定不同，在俞平伯的逻辑中，《毁灭》比起《女神》来，更应成为新诗的方向。持类似观点的还有冯至，他40年代回忆朱自清时，也称当时《雪朝》"里面的诗有一个共同的趋势：散文化，朴实，好像有很重的人道主义的色彩……假如《雪朝》里的诗能够在当时成为一种风气，发展下去，中国的新诗也许会省却许多迂途"[②]。无论是俞平伯还是冯至，在他们眼里，新诗发展的图像复杂起来，早期新诗尝试的散文化探索、对现代日常经验的包容等方案，非但不是工具意义上的过渡，反而似乎是另一条被埋没的线索。

---

① 俞平伯：《读〈毁灭〉》，《小说月报》第14卷第8号，1923年8月。

② 冯至：《忆朱自清先生》，载《冯至全集》第4卷，河北教育出版社1999年版，第134页。

第六章　早期新诗的“阅读问题”

有关新诗的“发生”历史，从新诗的发明人胡适开始，就有不厌其详的讲述，在这个“故事”中，有主角（胡适自己），有配角（美国的梅光迪、任叔永以及北大的陈独秀、钱玄同等），有与反对派的激烈论战，有个人的“实地实验”，更有一批新诗人的响应。① 后来的文学史描述也多沿用这种套路，主要从诗人、批评家的言论和实践中，寻找“新诗”发生的历史轨迹。然而，在这个完整的“故事”中，似乎漏掉了一个关键的因素，即新诗的读者。对于某一类文学体式而言，其兴起或发展，都与一个读者群的确立密切相关。② 在新诗的发生期，新的读者群的寻求，在某种意义上也是新诗成立的决定性的环节，在谈论“文学改革”的程序时，胡适就说：首要的任务是要“养成一种信仰新文学的国民心理”③。只有得到了一定范围内读者的认同和阅读，新文学（包括新诗在内）的成立才不是一句空话。对新诗发生初期读者问题的考察，也就是本章讨论的起点。

一、作为一种阅读时尚的新诗

具体来说，新诗“读者群”的形成是与新诗传播的扩张相伴随

---

① 有关新诗发生史的经典描述，可参见胡适的《尝试集·自序》（《胡适文集》第9卷，北京大学出版社1998年版）、《逼上梁山——文学革命的开始》（《胡适文集》第1卷，北京大学出版社1998年版）等文。

② 伊恩·瓦特就18世纪读者大众与小说兴起的关系作过研究，参见［美］伊恩·瓦特：《小说的兴起》，高原、董红钧译，生活·读书·新知三联书店1992年版。

③ 胡适：《答盛兆熊书》，《新青年》第4卷第5号，1919年5月。

的。最初，胡适在美的白话诗尝试只局限于私人的讨论和书信中，是《新青年》上的发表，确立了新诗的起点。① 发表无疑使个人的诗歌实验得以进入公共的阅读，也使一批北大教授参与到新诗的"实验室"中来。但最初的发表、阅读空间并不很大，主要作者无非胡适、刘半农、沈尹默、周作人等三四人，同人之间多次写作"同题诗"现象，更是说明"新诗"交流的"同人性质"。② 新诗传播空间的大幅度扩张，应是伴随"五四"前后新出版物的激增而实现的。③ 当时在各类新式杂志上，登载"新诗"成了一种风气，"报纸上所载的，自北京到广州，自上海到成都，多有新诗出现"④。在某种意义上，"新诗"成为新文化的标记，一位批评者就讽刺说，当时"无论什么报章杂志，至少也得印上两首新诗，表示这是新文化"⑤。《新青年》外，《新潮》《少年中国》《每周评论》《星期评论》等成为主要发表机关，培养出一批新的读者和作者。⑥《尝试集》《女神》《草儿》《冬夜》等新诗集的出版，更是扩充了读者群，苏金伞就回忆："当时新出的诗集，如胡适的《尝试集》，郭沫若的《女神》，康白情的《草儿集》，汪静之的《蕙的风》，谢冰心的《春水》"等都买来读。⑦ 读者的欢

① 朱自清不知是由于疏忽还是出于对"新诗"的特殊理解，在《中国新文学大系·诗集》导言中说，"新诗第一次出现在《新青年》四卷一号上"（朱自清：《〈中国新文学大系·诗集〉导言》，载朱自清编选：《中国新文学大系·诗集》，上海良友图书出版印刷公司 1935 年版，第 1 页）。起点虽然有误，但至少也说明，新诗的发生要从《新青年》上的发表算起。

② 《新青年》第 4 卷第 1 号上（1918 年 1 月），就有胡适和沈尹默的两首同题诗《鸽子》和《人力车夫》；《新青年》第 4 卷第 3 号上（1918 年 3 月），则有沈尹默、胡适、陈独秀、刘半农四人的同题诗《除夕》。

③ 胡适在《五十年来中国之文学》中称，有人估计在 1919 年一年中出现白话报纸 400 余种（《胡适文存二集》卷二，上海亚东图书馆 1924 年版，第 206 页）。

④ 胡适：《谈新诗》，《星期评论》"双十"纪念专号，1919 年 10 月 10 日。

⑤ 张友鸾：《新诗坛上一颗炸弹》，《京报·文学周刊》第 2 号，1923 年 6 月 16 日。

⑥ 1919 年，郭沫若就是因为在《学灯》上读到了康白情的新诗，而投身于"新诗"写作。参见郭沫若：《创造十年》，载《学生时代》，人民文学出版社 1979 年，第 56 页。

⑦ 苏金伞：《创作生活回顾》，《新文学史料》1985 年第 3 期。

迎，也可由新诗集的发行量见出：《尝试集》出版三年已出4版，印数15000册；据汪原放统计，到1953年亚东结业时，共出47000册，数量惊人。[①]《女神》出版两年内也出了4版，至1935年也达12版之多，与《尝试集》不相上下。《蕙的风》也“风行一时，到前三年止销了二万余部”。[②]在当时，一本文学书籍的销量超过一万册，就属于最畅销之列。[③]其他几本早期新诗集，虽不似这三本风光，但销量都很可观。

诚如很多学者指出的，新文化运动与新式教育的展开有着密切的关联，新知的普及是一个方面，同等重要的是，新学校也培养出了一个相应的读者群。“以著名学者为领袖，以全国学生为中心，其传播之主要媒介则为出版物”，就是新文化运动的展开方式。[④]作为新文化运动的急先锋，“新诗”的读者群自然也是以“青年学生”为主。他们不仅阅读新诗，而且主动模仿，既是最初的读者，也是主要的追随者，如茅盾所言：“初有写作欲的中学生十之九是喜欢写诗的”[⑤]。当时在中学读书的曹聚仁也回忆：“关于无韵自由诗，几乎成为我们尝试写作青年最爱好的体裁。”在《觉悟》的编辑室里，他还看见成千份的诗稿，一位诗人，十天之内写了三百多首白话诗，可见写作与投稿之兴盛。[⑥]“学衡派”在攻击新文学时，曾抨击胡适等人投合一般少年的心理[⑦]，这反倒说明了新诗读者群的构成。

虽然有此盛况，但应当指出的是，新的“读者群”的扩张还是有

---

① 汪原放：《回忆亚东图书馆》，学林出版社1983年版，第53、82页。

② 此说法出自汪静之：《中学毕业前后》，开明书店1935年版。

③ 化鲁：《中国的报纸文学》（一），《文学旬刊》第44期，1922年7月21日。

④ 李泽彰：《三十五年来中国之出版业》，载张静庐辑注：《中国现代出版史料》丁编（下卷），中华书局1959年版，第387页。

⑤ 茅盾：《论初期白话诗》，《文学》第8卷第1号，1937年1月1日。

⑥ 曹聚仁：《尝试集》，载《文坛五十年》，东方出版中心1997年版，第146页。

⑦ 梅光迪就称：“今之学者，非但以迎合群众为能，其欲所取悦者，尤在群众中幼稚分子，如中小学生之类。”（梅光迪：《评今人提倡学术之方法》，《学衡》第2期，1922年2月）

一定边界的，其数量不可高估。另外，由新式教育培养出的知识青年，不一定就喜读新文学，实际的阅读状态可能更为错杂，通俗小说和流行杂志在青年学生中仍有很大的市场。20 世纪 20 年代初，著名的《学生杂志》曾进行当时学生生活的调查，据陈广沅《交通大学上海学校学生生活》一文记录，读通俗小说是当时学生的首要娱乐，“差不多一种《礼拜六》在校内就有二百余本”①。虽然这只是一校的情况，但应该有一定的代表性。即便在新文化的整体阅读中，读者也是有所侧重的，新文学的创作，或许并不占主流。②接受状态的差异，与整个新文化传播的不均衡有关，地域的差异、学校的基本氛围、阅读出版品的种类，多种因素往往会影响到青年读者的取向。一般说来，在旧派文人把持的校园，学生的文学取向就趋于陈旧；而在新知传播便利、思想活跃的地方，新式青年往往会得风气之先。③

“新诗”的吸引力，当然与白话自然、清新的活力相关，④也投合

① 《学生杂志》第 9 卷第 7 号“学生生活研究号”，1922 年 7 月 5 日。

② 小说如此，白话新诗的状况更不容乐观。在许多校园里，来自北京的新潮“白话诗”，并不一定得到认同。南京高等师范学校的学生，更是出版一册《诗学研究专号》，倡导旧诗的写作，抨击新诗的弊病，引发过一场新、旧文学青年间的大讨论。参见《文学旬刊》1921 年 12 月间的论战。

③ 杭州浙江一师学生对新文学的参与就是一个典型的个案。“五四”前后，浙江一师成为东南新文化的一座重镇，学生中涌现出“湖畔”诗人等一大批新文学作家。这或许与杭州的地理位置不无关联，杭州“地当沪杭铁路的终点，上海、北京出版的书刊容易先看到，接触新人物的机会也较多”（傅彬然：《回忆浙江新潮社》，载张允侯编：《五四时期的社团》第 3 卷，生活 · 读书 · 新知三联书店 1979 年版，第 147 页）。另外，刘大白、朱自清、俞平伯、刘延陵等新文化人物先后到这里任教，也带动了学生的新文学热情。同是在杭州的宗文中学，也很有名气，但被旧派人物把持，学校中除了教科书中的古诗词，能看到的只不过是林纾译的小说和鸳鸯蝴蝶派的作品。在该校读书的戴望舒、杜衡、张天翼、施蛰存等人组成“兰社”，一同在“鸳蝴”刊物上发表小说，文学起点与汪静之等迥然不同。

④ 谢冰莹就说：“像胡适的《尝试集》和俞平伯的《冬夜》等都是我喜欢看的书。其中以胡适的《除夕诗》和《我们的双生日》，完全用通俗的国语写成，不但易懂，而且非常有趣。”（谢冰莹：《胡适》，载欧阳哲生选编：《追忆胡适》，社会科学文献出版社 2000 年版，第 366 页）

青年人追新逐异的心理，但更重要的原因，还是在以“新”为价值尺度的阅读时尚中，阅读“新诗集”已经成为某种获得共同“代际经验”的方式。依照文学社会学的观点，参与“文学活动”的行为，往往伴随了某种社会身份追寻的冲动，阅读何种读物，也可能暗示了何种象征性的社会归属。在布尔迪厄那里，这种划分被表述为文化上的“区隔”：“消费者的社会等级对应于社会所认可的艺术等级，也对应于各种艺术内部的文类、学派、时期的等级。它所预设的便是各种趣味（tastes）发挥着‘阶级’（class）的诸种标志的功能。”[①] 这一点在“新诗”的接受中就表现得十分鲜明，不仅是新式学生，就连旧派人物也尝试新诗，“赶时髦”就包含着对成为“新文化人”的渴望。一位发言者就讽刺说：许多人对新诗没有十分研究，“胡凑几句，就冒昧的刊在报上，以为可以借此得个新学家的头衔，功名富贵，不难坐得”[②]。新潮社成员顾颉刚也坦言，在当时“凡能写此白话文章的，人家都觉得很了不起，我参加新潮社的主要目的，就是为了写文章”[③]。由此可见，获得某种文学能力——写白话文或读新诗、写新诗，是被允许进入某一精英文化圈的资本。

1922 年，退位的宣统皇帝曾打电话给新文化领袖胡适约他见面，胡适应邀前往，演成一次历史性的会面。后来，胡适还写了一篇文章，生动地记叙了这次会面。在文中，有一个细节很有意味，那就是在见面时，宣统还在炕几上摆上康白情的《草儿》和亚东版的《西游记》，并问起康白情、俞平伯及《诗》杂志的情况，似乎有意要迎合这位新文学的领袖。[④] 宣统是否真的喜欢新诗，他人不得而知，但对自己阅读

---

① ［法］皮埃尔·布迪厄：《〈区隔：趣味判断的社会批判〉引言》，朱国华译，范静哗校，陶东风等编：《文化研究》第 4 辑，中央编译出版社 2003 年版，第 9 页。

② 余裴山：《给胡怀琛信》，胡怀琛编：《诗学讨论集》，新文化书社 1934 年版，第 71 页。

③ 顾颉刚：《回忆新潮社》，张允侯等编：《五四时期的社团》，生活·读书·新知三联书店 1979 年版，第 124 页。

④ 胡适：《宣统与胡适》，《努力周报》第 12 期，1922 年 7 月 23 日。

取向的有意暴露，无非是要表明自己"趋新"的身份。胡适后来曾说，文学家的养成"决不能说是看了几本《蕙的风》、《草儿》、《胡适文存》之类的书籍就算可以"①。从这句话中，也不难揣测出，"新诗集"作为新文学的范本，在当时已被看成获得新的"文学能力"的入门手册。

然而，将参与文学活动看成是为了获得某种"文学能力"，提高参与者的声誉，这种说法有可能简化文学生活的多样性。从更周详的角度看，作为一种"文化参与"的方式，文学阅读与多种动机联系在一起，其中的"交际的功能"，即在阅读中形成一种与"他人协作"集体性共同经验，也是一个十分重要的面向。② 本尼迪克特·安德森就将 18 世纪兴起的小说和报刊与现代"民族主义"的出现联系起来，认为在小说和报刊的阅读中，不同地域的人们会形成一种"想象的共同体"。③ 在近现代中国，每一次社会性运动往往伴随着阅读活动的兴盛，这本身就说明了书刊阅读对某一类"经验共同体"建立的贡献。"五四"前后，对于新一代知识青年来说，打破传统的地域、血缘的联系，在一种新的基础上建立经验联系，更是一种主动的构想。傅斯年的一段话可以说是这种构想的最佳阐发："我们是由于觉悟而结合的……我以为最纯粹，最精密、最能长久的感情，是在知识上建设的感情，比着宗族或戚属的感情纯粹得多。"④ 这种构想的实现，与书报、杂志的流通、阅读有着直接的关系，如一位当事者所言："报刊，书籍，已经翻阅得破破碎碎了，还是邮寄来，邮寄去。有了新出的好书，如果不寄给朋友看，好像是对不起朋友似的。友谊往往建筑在书籍的借阅、赠送和学术的讨论上。"⑤ 当时，

---

① 胡适：《新文学运动之意义》，《晨报·副刊》1925 年 10 月 10 日。

② 对此问题的讨论，可见［荷兰］佛克马、蚁布思：《机构和阅读能力的社会分层》，载《文学研究与文化参与》，俞国强译，北京大学出版社 1996 年版，第 173—187 页。

③ 参见［美］班纳迪克·安德森：《想象的共同体——民族主义的起源与散布》，吴叡人译，（台北）时报文化出版企业股份有限公司 1999 年版。

④ 傅斯年：《新潮社之回顾与前瞻》，《新潮》第 2 卷第 1 期，1919 年 10 月。

⑤ 钦文：《五四时期的学生生活》，中国社会科学院近代史所编：载《五四运动回忆录》，中国社会科学出版社 1979 年版，第 984—985 页。

不少著名的青年社团、组织，也都奠基于阅读带来的特殊“友谊”。[①]

在上述背景中，“新诗”阅读在标志一种“新”身份的同时，其实也暗中参与了新型人际关系的建构，塑造着一代人在经验上的共同联系。艾芜的一段回忆就生动地记录了这样的感受：在小学时代，他的国文教员十分严厉，在学生眼里并不亲切。有一次，学生们却看见他也在看《新青年》，“不知怎的，这一发现，使我们学生对他的感情，格外亲近了好些，仿佛有什么东西，把师生间的距离缩短了”。另一位教师打扮时髦，在休息时，“居然摸出新诗专号的《直觉》来看。我是第一次看见他，但在人丛中，他却变为我最亲近的人”。[②]在这里，是“新诗”拉近了本来彼此陌生的师生间的距离，使他们在共同的阅读中，找到了一种彼此的认同感。

二、读者分类与新诗的“阅读程式”

在早期新诗讨论中，最早关注读者问题的应该是新潮社诗人俞平伯，他曾以分类的方式细致地勾勒出新诗读者诸多面貌（反对的分三派，赞成的分两派）。其中，反对派分三类：受古典文学熏染的遗老、遗少，中外合璧的古董家（始终信仰古典主义、浪漫主义为文学的正宗），不满一般新诗人者。赞成派又分两类：盲目的赞成派（时髦的投机者），有意识的赞成派。[③]这一分类方式相当细致地揭示了新诗

---

① 夏衍回忆，“五四”后诸种新杂志不仅在青年学生中起到了巨大的启蒙作用，“还逐渐地把分散的进步力量组织起来，形成了一支目标明确的反帝反封建的革命队伍”。杭州一些青年正是“通过阅读《新青年》和给这个杂志写通讯的关系，开始联合起来，打算出一份刊物（《浙江新潮》）”。见夏衍：《懒寻旧梦录》（增补本），生活·读书·新知三联书店 2000 年版，第 30 页。

② 艾芜：《五四的浪花》，载中国社会科学院近代史所编：《五四运动回忆录》，中国社会科学出版社 1979 年版，第 964—965 页。

③ 俞平伯：《社会上对于新诗的各种心理观》，《新潮》第 2 卷第 1 号，1919 年 10 月。

接受的复杂性，主要着眼于对待“新诗”的不同态度，事实上，如果从构成的角度看，对于新诗的读者还可进行另外一种分类。

如上文所述，新诗的发生是从朋友、同人间的讨论、实验开始的，而实验空间与阅读空间往往是重合的。比如，在美国与胡适争论的梅光迪、任叔永等友人，以及支持胡适的钱玄同、陈独秀，替他改诗的周氏兄弟，作为后辈的俞平伯、康白情等，都可算得上胡适最重要的读者。无论是赞成还是反对，他们一般都拥有相对自主的观念和趣味，身份也多以能够公开发表意见的文人、批评家为主，或本人也是新诗人，宽泛地说，可以算得上是一类“经验读者”。胡适自己就说，最初提倡新诗时，“读者圈不大，但是读者们思想明白而颇富智慧”①。作为“经验读者”，他们的阅读不仅是单向接受，也能主动介入实验的进程，其阅读感受有可能见诸报章，形成对创作的有效反馈。譬如，鲁迅就曾致信新潮社，谈及他对《新潮》上诗作的观感：“《新潮》里的诗写景叙事的多，抒情的少，所以有点单调。”此信发表在《新潮》1卷5号上，信后还有傅斯年的附言，表示接受批评。

这一“读者圈”不只存在于胡适等北京大学师生间，对于其他新诗人而言，情况也很类似。在日本留学的郭沫若，当时虽然身处异域，但通过投稿《学灯》结识宗白华、田汉，三人的通信结集成《三叶集》出版，其中很大一部分篇幅，都是围绕着对郭沫若诗歌的解读、评价而展开。宗白华、田汉也可以看作标准的“经验读者”。除此之外，他的作品还在张资平、郑伯奇等人中传看，创造社的元老们由是形成了另一个“读者圈”。那时他们还尝试过一种“回览式”的同人杂志，即将某人的作品订成小册子，在友人中传阅，每人都在后面的空白上写一些读后的评语和感想。②然而需要注意的是，相对于小圈子内的“经验读者”，对于“文学”并无太多观念和经验、受风尚驱使、处于“无

① 唐德刚译注：《胡适口述自传》，华东师范大学出版社1993年，第161—162页。

② 郑伯奇：《二十年代的一面——郭沫若先生与前期创造社》、《忆创造社》，载饶鸿竞编：《创造社资料》，福建人民出版社1985年版，第752、844页。

名”状态的“一般读者”，却可能构成了新诗接受的真正主体。

当然，“经验读者”与“一般读者”之间无法做清晰的划分：许多“文学青年”也可投稿报章，发表自己的见解，成为“经验读者”中的一员；批评家的言论也能在一定程度上，反映一般读者的观感。上述区分，与其说对应着具体的读者群落，毋宁说对应着两种不同的关注重点，相对于“思想明白而颇富智慧”的阅读，一般受固有审美惯习支配的接受，可能同样值得讨论。

毋庸赘言，新诗发生于“四面八方反对之声”中，即便是在持欢迎态度的读者那里，打破既有诗歌规范的白话诗，同样也是一种令人困惑的存在。曹聚仁就说过：“当年，新文学运动圈中人，赞成语体诗而对新诗没兴趣的很多。”[①] 早期新诗具体的接受状况更是说明了这一点，胡适的《尝试集》引起的争议暂且不论，郭沫若的《女神》最初也遭遇过读者的拒斥。在后人的印象中，《女神》出版后立刻风行一时，因激昂扬厉的诗风颇能投合五四时代的“阅读心理”，但事实上，一些读者的反应却不尽然如此。聂绀弩的回忆就生动地记录了他初读《女神》时的困惑：

> 一位老书记官拿着一本“怪书”给他看，嘴里说着：“不通不通，这算诗么？”“我呢，看着听着，渐渐走进一种高度的迷惑的情境……这是诗么？这诗好么？我一点也不晓得，如果一定要我发表意见，也很简单：岂有此理。”[②]

或许是《女神》夸饰的想象和泛神论背景，让老少两位读者感觉困惑，但“这是诗么”一类疑问，也暗示了既有诗歌观念的反弹：“我”不能将《女神》有效纳入“诗”的阅读期待中。俞平伯曾说过，

---

① 曹聚仁：《补说汪诗人》，载《我与我的世界》上册，北岳文艺出版社 2001 年版，第 260 页。

② 聂绀弩：《〈女神〉的邂逅》，《文艺生活》第 1 卷第 3 期，1941 年 10 月。

读者反对新诗，是因不明“文学是什么？文学的作用是什么？诗是怎样一种文学？”，而这三个问题“本是有文学常识的人都该能解答的”。① 有意味的是，这三个问题恰好勾勒出新诗阅读的一个常识性的框架。换言之，懂与不懂、接受与不接受，要取决于新的“诗”观念的有无。更进一步说，“诗”的观念调整，也联动了诗的“读法”。

从接受的角度看，决定文学如其所是的“文学性”，不仅仅是文本的自身属性，它的存在还有赖于与读者达成的一种阅读协议。乔纳森·卡勒就认为，具有某种意义和结构的作品，之所以能够被读者当作文学来阅读，就在于读者拥有一种“文学能力”，而这种“能力”是落实在某种无意识的、基于“约定俗成”的“阅读程式”之上的。② 对于一种新兴的文学体式而言，既有的“阅读程式”往往失效，能否在读者中建立一种新的“阅读程式”，是其成立的关键所在。

具体说来，虽然无论“新诗”还是“旧诗”，都含有普遍的文学共同性，同样可以引发读者的文学感受。③ 但是相对于旧诗，新诗仍然是对另一种审美可能的追求，在形式特征上迥然不同。然而，在新诗的发生期，一个基本困境就是：很多读者仍是以旧诗的“阅读程式”来接受新诗的，词句的精美、诗意的含蓄、音律的和谐，都是这一“程式”包含的因素。譬如，在诸多因素中，“音节”的有无就是一个关键问题，如胡适所言：“现在攻击新诗的人，多说新诗没有音节。”④ 报章之上一些读者的反应，更是说明了这一点。一位名为郑重

---

① 俞平伯：《社会上对于新诗的各种心理观》，《新潮》第2卷第1号，1919年10月。

② ［美］乔纳森·卡勒：《结构主义诗学》第六章《文学能力》，盛宁译，中国社会科学出版社1991年版。

③ 当时反对独尊“新诗”一家的学衡派，就是站在普遍性的文学立场反对新旧之说。吴宓曾称：“诗者，以切挚高妙之笔或笔法，具音律之文或文字，表示胜任之思想情感者也”，是世界古今的通例。（吴宓：《诗学总论》，《学衡》第9期，1922年9月）吴芳吉也说：“文学惟有是与不是，而无所谓新与不新。”见吴芳吉：《再论吾人眼中之新旧文学观》，原载《湘君》第2号；引自贺远明编：《吴芳吉集》，巴蜀书社1994年版，第451页。

④ 胡适：《谈新诗》，《星期评论》“双十”纪念专号，1919年10月10日。

民的读者，曾致信西谛，说稍有旧式文学根底的青年，都不十分反对新诗，“但他们有个共通的不满意于新诗的地方，就是旧诗可以上口吟诵而新诗不能”[①]。阅读的“失效”与“不满”，就与“阅读程式”的错位相关。另一位读者在写给胡适的信中，更为准确地谈出了这种感受：“到底是我没有读新诗的习惯呢？还是新体诗不是诗，另是一种好玩的东西呢？抑或两样都是呢？这些疑问，还是梗在我心头。”[②]是不是“诗”的观念，与读诗的习惯，在这里是互为表里的。

因此，在既有的诗歌阅读程式之外，建立一种相应的阅读习惯，就成为新诗成立的又一个关键。有人曾言：“中国新文学创造者的第一职务，是在改变读者的taste。”[③]从这个角度看，“经验读者”与“一般读者”的影响关系，也就显露出来了，即少数新诗人和经验读者间的先锋性探讨，必须从“同人圈子”向外扩散，影响甚至塑造一般读者的阅读程式，新诗的广泛接受，也就显现为一个“教化”和普及的过程。这一过程包括许多环节：利用文学观念的建构、正确“文学常识”的普及、新诗作品的广泛阅读、书报上的批评阐释、诗集的序言，以及国文课堂上的教学实践，都有所贡献。作为一个“超级经验读者”，胡适的作用就不容小觑，喜爱“戏台里叫好”的他，不仅忙于为自己的《尝试集》定位[④]，还热衷于为他人作序（《蕙的风》序）或评介（《草儿》《冬夜》书评）。如此热心，目的无非是要为读者指点阅读新诗的门径。在这里，新文学史上的两部经典《三叶集》和《女神》，则为讨论“经验读者”对“一般读者”的影响提供了一个更好的契机。

---

① 《文学旬刊》第24期，1921年1月1日。

② 友人致胡适信，见1923年10月7日胡适日记，载《胡适的日记（手稿本）》4册，（台北）远流出版事业股份有限公司1990年版。

③ 傅东华对“冰”的《我对于介绍西洋文学的意见》一文的补充意见，见1920年1月23日《时事新报·学灯》。

④ 譬如，在《尝试集》再版自序中，针对守旧的批评家“一面夸奖《尝试集》第一编的诗，一面嘲笑第二编的诗”，胡适亲自指出真正的“白话新诗”，以免读者“误读”了自己的努力。

三、从《三叶集》到《女神》

上文已提及，畅销不衰的《女神》，最初在某些读者那里接受起来并不如后来想见的顺畅，这不仅是个别读者的反应，《女神》最早的评论者也注意到了。郑伯奇就谈道：“郭沫若君的诗，据上海的朋友们讲，一般人不大十分了解。”[①]谢康也说：“沫若的诗，颇有些人不大了解。”他自己1919年初读郭诗时，就感到“如此雄放，热烈，使我惊异，钦服，但是不大懂得”，并认为要读懂郭沫若，至少要受过中等教育，因而“了解者是不及其他诗人的普遍的”。这表明，要读懂《女神》，某种通过教育得来的“文学能力”是必不可少的。有意味的是，两位评论者都看似无意地提到了另一本书，这就是《三叶集》。谢康就认为读者对于郭诗不大了解，大概是未曾读过《三叶集》的缘故，并直接挑明了两本书在阅读层面的关联：“《三叶集》是《女神》Introduction 啊！”[②]

在新文学的发轫期，《三叶集》与《女神》一样，都是最初的创作实绩，在当时就产生了广泛的影响[③]。它与《女神》在出版时间上，相隔一年有余，表面上看是彼此分离、各自独立的两本书，但《三叶集》可以看作是宗白华、田汉这两位“经验读者”对《女神》的先期阅读。“五四”前后，在一代知识青年新的“经验共同体”生成过程中，书信

① 郑伯奇：《批评郭沫若的处女诗集〈女神〉》，连载于1921年8月21、22、23日《时事新报·学灯》。

② 谢康：《读了〈女神〉以后》，《创造季刊》第1卷第2期，1924年2月。

③ 《三叶集》1920年6月由亚东图书馆出版，当时“引起了青年们的兴趣和社会的关注，书销售得很快，几次重印”，还被田汉称为中国的《少年维特的烦恼》（宗白华：《秋日谈往》，载林同华编：《宗白华全集》第1卷，安徽教育出版社1994年版，第316页）；另外，据汪原放统计，至“亚东”结业时，《三叶集》前后共销出两万二千九百五十本（汪原放：《回忆亚东图书馆》，学林出版社1983年版，第53页）。

起到的作用不容低估。[1] 这也带动了某种阅读风尚的形成，新刊物一般也都设有通讯栏，宗白华就回忆，在《少年中国》诸栏目中，“据闻读者尤受看会务消息及会员间的通信，这也可以窥见当时一般青年读者兴趣所在”[2]。配合着这种风气，《三叶集》的“热读”自然不足为奇，而对于《女神》来说，“阅读”是先于“写作”结集问世的，这无形中为其他读者提供了某种铺垫。李初梨回忆当年他在东京田汉小屋里与友人“争着读以后在《三叶集》上所发表的那些信”，还有郭沫若的诗歌名篇。[3] 可以想象，当 20 世纪 20 年代一位读者捧起《女神》时，他（她）的阅读视野里可能首先会浮现出另一本书——《三叶集》。

与同一时期动辄冠以“长序”的其他新诗集相比，《女神》“无序”似乎是个例外，但从上述角度看，作为“Introduction”（介绍）的《三叶集》，似乎可以看作是它的一份提前出版的长序。20 世纪 20 年代初的文学青年冯至已开始接触新诗，但不满足于当时的样本，处于迷惑之中。在阅读《女神》之前，他读到了这份“长序”：

> 正在这时期，我读到了郭沫若、田汉、宗白华三人的通信集《三叶集》……当时对我却起了诗的启蒙作用。我从这三个朋友热情充沛的长信里首先知道了什么是诗……

阅读《三叶集》时，冯至住在故乡的小城，没有一个朋友，“这个小册子便成为我的伴侣”，“直到第二年《女神》出版了，我的面前展开了一个辽阔而丰富的新的世界”。[4] 从《三叶集》到《女神》，

---

① 郑伯奇描述过当时的这种风气：“素不相识的青年，只要是属于一个团体或者有人介绍，便可以互相通信往来，成为亲密的朋友。”（《忆创造社》，载饶鸿兢等编：《创造社资料》，福建人民出版社 1985 年版，第 840 页）

② 宗白华：《少年中国学会回忆点滴》，载林同华编：《宗白华全集》第 3 卷，安徽教育出版社 1994 年版，第 580 页。

③ 李初梨：《我对于郭沫若先生的认识》，《解放日报》1941 年 11 月 18 日。

④ 冯至：《我读〈女神〉的时候》，《诗刊》1959 年第 4 期。

对冯至来说，是一个“阅读程式”塑造的过程，更是一个“诗”的启蒙过程，是一个“什么是诗”的问题获得解答的过程。当对新文学所知不多的聂绀弩，面对《女神》大呼“这是诗么”“岂有此理”时，阅读了《三叶集》的冯至则知道了“什么是诗”，这种比照本身就意味深长。换言之，《三叶集》或许为《女神》起到了阅读导引的作用。

讨论其导引作用之前，有必要先对《三叶集》作简要的分析。表面上看，三人通信你来我往、十分默契，但田汉、宗白华二人对郭沫若诗歌的阅读反应是有所不同的，形成了微妙的“双声”现象。对于倾心于哲学研究的宗白华来说，他最感兴趣的是郭沫若诗中“清妙幽远的感觉”，自然玄思是他主要的“阅读焦点”，对“泛神论”因素的著名解说就由此发生。① 郭沫若对此十分认同，但他真正关心的是“人格公开”的表白，这其实偏离了宗白华的阅读焦点，形成某种对话的“错位”②。相形之下，在《三叶集》中，郭沫若与田汉更是一拍即合，首先吸引田汉的，正是郭沫若有关自己“人格”的讲述：“我最爱的是真挚的人。我深信‘一诚可以救万恶’这句话。”郭沫若似乎找到了一个可以倾诉的对象：“我现在深悔我同白华写信的时候，我不曾明明快快地把我自身的污秽处，表白了个干净。”由此，郭、田的通信便以“人格公开”“忏悔的人格”为契机展开了，田汉的介入改变了《三叶集》的重心，使它从诗歌观念的讨论移至诗人的自

---

① 宗白华、田汉、郭沫若：《三叶集》，上海亚东图书馆 1923 年版，第 3—4 页。本段以下引文出自此书第 30、35、79 页，不再另注。

② 对于宗白华提出的“诗人人格”的说法，郭沫若的反应十分强烈：“可是，白华兄！我到底是个什么样的‘人’，你恐怕还未十分知道呢。”接着，便讲述起自己“比 Goldsmith 还堕落，比 Heine 还懊恼，比 Baudelair 还颓废”的真实人格。这种“引申”其实已偏离了宗白华的重点，形成了对话的“错位”。因为后者关注的并非是真实生活中的诗人，而首先是一种观念领域中的人格造型。果然，宗白华对郭沫若的坦率，似乎也不很积极：“你的旧诗，你的身世，都令我凄然，更不忍再谈他了。”后来，当郭沫若四川的同窗魏时珍将郭沫若过去的劣迹向宗白华和盘托出后，他也只是在信中敷衍了一下而已。（宗白华、田汉、郭沫若：《三叶集》，上海亚东图书馆 1923 年版，第 8—9、24、28 页）

我。当“忏悔的人格”成为讨论的重点，它也同时成为诗歌阅读的前提。[①] 如果说宗白华欣赏的是郭沫若的“抒情天才”，那么田汉却说：“与其说你有诗才，无宁说你有诗魂，因为你的诗首首都是你的血，你的泪，你的自叙传，你的忏悔录啊。”

“泛神论”的哲理讨论与“人格公开”的自我坦白，形成了《三叶集》中微妙的“双声”现象，隐隐包含着“情感”与“理智”的对立，并对后来的阅读都发生了或隐或显的影响。将《三叶集》说成是《女神》的“Introduction”的谢康，就说到自己读过了《三叶集》，才知道“泛神论”是重点，沫若的诗“全是以哲理打骨子的”，由此解开了初读时的困惑。[②] 显然，这里回响的是宗白华的声音。“泛神论”的哲理解说，成为《女神》阅读的一个重要切入点，宗白华的声音也回响在后来的文学史中。

然而，宗、田二人的“声音”在《三叶集》中并不是对等的：在全书 186 页中，郭沫若的书信占 84 页，田汉的书信占 68 页，而宗白华只占了 14 页。显然，宗白华的文字所占比重很少，其声音是相对微弱的，《三叶集》主要的篇幅都留给了郭、田之间的“人格公开”。相对于哲理的解释，“人格公开”似乎更具影响力。闻一多就说：“我平生服膺《女神》于五体投地，这种观念，实受郭君人格之影响最大，而其一生行事就《三叶集》中可考见。”[③] 郭沫若自己也向友人推荐《三叶集》，在致陈建雷的信中说：“不知道曾经蒙你鉴识过么？我的信稿大概是赤赤裸裸的我，读了可以看出的大概。”[④] 不难看出，基

---

① 田汉将其诗作《梅雨》与其家事联系起来，郭沫若也顺着此思路，把《独游太宰府》一诗解读为灵魂困境的写照。在读到郭沫若的《抱儿浴博多湾》《鹭》后，田汉说尤喜爱前首，“因为既知道了你的 career 就知道你的诗，都是你的生之断片啊!”（宗白华、田汉、郭沫若:《三叶集》，上海亚东图书馆 1923 年版，第 59、72、79 页）

② 谢康:《读了〈女神〉以后》，《创造季刊》第 1 卷第 2 期，1924 年 2 月 28 日。

③ 《闻一多致顾一樵》，载孙党伯、袁謇正主编:《闻一多全集·书信》，湖北人民出版社 1993 年版，第 41 页。

④ 《新的小说》第 2 卷第 1 期，1920 年 9 月。

于一种内在感性的“人格公开”，由是成为《女神》的阅读参照，这其实是一种有效的“读法”（“阅读程式”）。郑伯奇就认为，郭沫若的诗不大受人了解，“这原因大概就由于不晓得沫若君的境遇和个性所致”。他自己对郭沫若狂暴的诗歌形式，一开始不太能接受，在阅读田、郭间的书信，“知道我所爱读的那位诗人的身世”后，才改变了态度，因为“不久我很怀疑我对于诗形的那种成见”[①]。谢康更是向读者建议：“作者是一个passional，我希望读者须用passion去读才可以。要是求知识的根据，理性（狭小的）的满足，读这书的只有堕于不可解之渊而大叫失望罢了。”

将“境遇个性”或“身世”作为有效阅读的前提，这一方式无太多特别之处，甚至还是传统“知人论诗”之批评模式的延伸，但重要的是，从《三叶集》到《女神》，某种“阅读导引”被建立起来。在《女神》天马行空的体式面前茫然不解的读者，找到了一种途径和这本诗集间建立联系，即诗歌阅读首先要从内在的主体性话语开始。这种“阅读”上的导引，与新诗观念的建立和普及有密切的关联。

如果说胡适等新诗倡导者们，主要是从一种特殊的历史意识出发（新 / 旧、文言 / 白话）去论述“新诗”合法性的，那么，在后起一代对现代学术的专业分工有了更清晰的自觉的新诗人那里[②]，利用现代西方文艺理论，为“新诗”建立知识基础的诉求（而非新与旧的历史冲突）上升为中心[③]。梁实秋曾将“型类的混杂”，当作“五四”新文学浪漫主义特征的一个表现，比如“用散文的方式写诗”“用诗的

---

① 郑伯奇：《批评郭沫若的处女诗集〈女神〉》，1921年8月21、22、23日《时事新报 · 学灯》。

② 罗家伦就呼吁，最要紧的“就是要找一班能够造诣的人，抛弃一切事都不问，专门研究基本的文学、哲学、科学”（《一年来我们学生运动底成功失败和将来应取的方针》，《新潮》第2卷第4期，1920年5月）。

③ 康白情的《新诗底我见》、宗白华的《新诗略谈》、俞平伯的《诗的自由与普遍》、发表在《学灯》上的郭沫若与宗白华的论诗通信、叶圣陶的《诗的源泉》、王统照的《对于诗坛批评者的我见》、郑振铎的《论散文诗》《何谓诗》等是其中代表。

方式写小说”等。[1]但其实，“型类的混杂”，不过是“型类重建”的一个环节而已。对“诗”而言，当外在的格律形式不再成为合理的规定，其本质以及边界必须重新获得诠释。在相关的诗论中，诗的文类规定不是仅仅停留在字句、音律、章节之美的强调上，从发生学角度进行的有关诗歌的“主体性”论述大幅度扩张，“情感”与“想象”代替形式上的规约成为诗的根据。譬如，曹聚仁在反驳章太炎“有韵为诗”的提法时，就重设了诗文关系：“情意作用发达的是‘诗’，理智作用发达的是‘文’。”[2]颇有意味的是，当新的“诗”观念建构集中于发生学层面，作为诗歌的发生源泉的“诗人人格”，往往会被当作最终归结点。俞平伯声称：“至于怎样才能解放做诗底动机？这关于人格底修养，是另外一个问题。”[3]康白情的《新诗底我见》称：“要预备新诗的工具，根本上就要创造新诗人；——就是要作新诗人底修养。”可以说，对一种具有丰富内在感性的“诗人人格”的向往，构成了新诗讨论的一个前提，以至于有人抱怨：近来国人的讨论，“都偏重于诗的作用价值，及诗人的修养……却于诗的形式，大概存而不论”[4]。

“主情”的转向与“诗人人格”的讨论，二者互为表里、水乳交融，共同交织在新的“诗”观念建构中。但是，观念的普及必须与读者的阅读方式结合起来，由《三叶集》及相关评论为《女神》阅读所作的导引，所起到的正是“诗”观念的常识化功能，即：它的成立，不只是理论层面的问题，而必须在“经验读者”对“一般读者”的影响中，转化成某种普遍的“阅读程式”。

① 梁实秋：《现代中国文学之浪漫的趋势》，载徐静波编：《梁实秋批评文集》，珠海出版社 1998 年版，第 41 页。

② 曹聚仁：《新诗管见》（二），1922 年 6 月 18 日《民国日报·觉悟》

③ 俞平伯：《作诗的一点经验》，《新青年》第 8 卷第 4 号，1920 年 12 月。

④ 李思纯：《诗体革新之形式及我的意见》，《少年中国》第 2 卷第 6 期，1920 年 12 月。

第七章　开放“本体”与研究视野的重构：以“《星期评论》之群”为讨论个案

“回到历史语境”，近年来已成为文学研究中一句颇为时髦的口号，即便在一贯强调“本体”价值的新诗史研究中，类似的要求也同样存在。所谓“回到历史语境”，目的不只在于为既定的文学史叙述增添更多的细节，或抽象地唤起什么“历史的同情”，而如何在具体的历史状况中，重新审视以往的结论，整合出一种清新的视野，形成有效的历史穿透力，或许才是问题的关键。回到新诗史的话题，自20世纪80年代以来，出于对新诗文体独特性的体认，对某种“本体”视角的坚持，成为新诗史研究的突出特征。与“本体”相关的诸多问题，如语言形式、诗学观念、审美风格等，都得到了充分的探讨，新诗发展的内在逻辑、线索也得到了大致清晰的勾画。应当说，这种研究方式的合法性不容置疑，在语言、形式方面的不断探索，的确构成了新诗与其他文体的区别所在。在当代芜杂纷乱的知识生活中，对“本体”视角的持续坚持，也在一定程度上保证了新诗史研究的自足和稳定。然而，作为一项现代方案，新诗同样是发生在20世纪中国具体的历史场景中，与社会文化乃至政治生活都有着复杂的纠葛关系。如果将新诗的“本体”只理解成一种纯文学的存在，或认为新诗的历史可以从周遭的环境中抽离出来进行孤立的、线性的考察，这种特殊化、纯粹化的思考方式，是否会暗中简化新诗的历史复杂性甚至妨碍对其生成机制及美学可能性的认识，则是需要追问的问题。本章选择五四时期的一个特定诗歌群体——上海《星期评论》诗人群为个案，试图在相关文献的爬梳与分析中，提炼若干问题，以体现某种重构研究视野的努力。

《星期评论》创刊于1919年6月8日发刊，由国民党人戴季陶、沈玄庐、孙棣三主编，代表了上海及江浙一批政治、文化精英对“五四”新文化运动的参与，与北方的《新青年》《新潮》《每周评论》等形成呼应之势。它刚刚问世，胡适就在《每周评论》上发表欢迎文章，将《星期评论》认作是“我们的兄弟”。① 在这份杂志上，除刊载政治、思想、时事文章以外，也发表了不少南方文人的新诗创作，如沈定一（玄庐）、刘大白、戴季陶、朱执信、徐蔚南等，北方的胡适、康白情、罗家伦也时而露面，其中“刘大白和沈定一的白话诗，当时颇受一般读者欢迎”②。有学者在讨论早期新诗流派时，就认为这个群体的重要性不容忽视，并将其命名为“《星期评论》之群”。③ 作为五四时期一份重要的新文化杂志，与北方的“兄弟”刊物不同的是，《星期评论》具有鲜明的党派色彩，在办刊的宗旨上也秉承了特定的政治主张。④ 与此相关的是，“《星期评论》之群”的新诗写作，在分享白话诗最初活力的同时，又在形式、理念、主题等方面都呈现出某种特殊性。然而，在后来的新诗史叙述中，玄庐、大白等重要作者，虽然也时常被提及，但作为一个群体，他们往往被淹没于新诗发生的整体想象中，空间及场域差异带来的特殊性，很少得到正

---

① 胡适：《欢迎我们的兄弟——〈星期评论〉》，《每周评论》第28号，1919年6月29日。

② 邵力子：《党成立前后的一些情况》，载《“一大”前后（二）》，人民出版社1980年版，第64页。

③ 向远、钱光培：《现代诗人及流派琐谈》，人民文学出版社1982年版，第89页。

④ 胡适在《欢迎我们的兄弟——〈星期评论〉》一文中就指出，《每周评论》的主张，是几个教书先生忙里杂凑的个人主张，而《星期评论》的特色表现在：有一贯的团体主张，这种主张是几年研究的结果，所有主张都是“脚踏实地”的具体政策，并不是抽象的空谈。

面论述。①

诚然，任何历史叙述总会包含一些简化，在新诗史上没有得到足够关注的群体或许还有很多。但值得注意的是，在对“《星期评论》之群”的忽略之中，某种同一化的、线性化的文学史机制也发生着潜在的作用，即：新诗发生的历史，主要被想象成是一种新与旧、文言与白话冲突的历史，为了凸显这一总体性命题，不同群体参与方式的差异自然会被暗中消抹。与此相关的是，由于只着眼于工具变革、形式演进等所谓“本体”层面，制约着新诗历史的社会、政治因素往往会落在研究者的视野之外，早期新诗特定的历史角色与美学可能，因而也不能得到真切地呈现。在这个意义上，重新讨论“《星期评论》之群”，并非是为了补足新诗发生的历史图景，呈现出更多的历史细节；从新诗发生的空间差异入手，突破那种同一化、本体化的研究思路，在具体的政治格局和历史状况中把握早期新诗独特的“场域”构成，才是本章的意图所在。

一、《星期评论》与国民党人的文化参与

谈及新诗发生及成立的历史，1919 年《新诗年选》编者的一段话经常被后人引用：“至胡适登高一呼，四远响应，而新诗在文学上的正统以立。”② 在这简单的一句话中不难读出从“中心”到“四远”的位置想象，胡适与北大师生的理论探讨及写作实践也通常被论述为

① 譬如，陆耀东先生最近出版的《中国新诗史：1916—1949》第 1 卷（长江文艺出版社 2005 年版）中，在《新诗第一个十年的社团与流派》一节中，刘大白、沈玄庐被划入以刘半农为代表的“民歌体诗派”；在具体的诗人论部分，刘大白被归入“文学研究会诗人群”，沈玄庐则作为“其他诗人群”中的一员被提及。这种“化整为零”、消解群体特殊性的讨论方式，在相关的新诗史著作中，是有一定代表性的。

② 《一九一九年诗坛略记》，载《新诗年选》，上海亚东书局 1922 年版，第 2 页。

新诗创生的历史主体。事实上，新诗乃至整个新文化运动的发生不是某个单一舞台上的戏剧，不同的空间之内、不同的群体出于不同的动机如何介入这出戏剧，似乎一个尚未充分展开的话题。在 1919 年 6 月 8 日《星期评论》的创刊号上，主编戴季陶在《潮流发动地点的变动》一文中，就发出了这样的感叹：

> 以前的风潮都是由南向北，由地方向中央，并且屡次潮流的力量都只能卷到长江一带，便渐渐退潮了，这次却是完全不同。……偏偏在六百四十年来被皇帝、贵族、官僚的思想笼罩遍了的北京。……这是"科学"战胜"迷信"的表现，这是"科学万能"的证据。①

表面上看，戴季陶表达的是对发起自北京的新文化运动的认同，但在字里行间，也多少流露出文化主导权转移的焦虑。如果说"登高一呼"的形象，暗示了新文化运动的发生"源点"，那么所谓"四远响应"，则代表了一种广泛的社会参与。在"新潮"泛滥之际，不仅众多个体、群体趋时、趋新，像"研究系"、国民党这样的重要政治派别，也都有所作为，努力把握机遇，以扩张自己的文化号召力。② 当时影响较大的报纸、刊物，除《新青年》《每周评论》《新潮》外，其他的几种均有不同的政治背景：如《晨报》《国民公报》

① 戴季陶：《潮流发动地点的变动》，《星期评论》第 1 号，1919 年 6 月 8 日。

② 胡适在后来的口述自传中，曾专门谈到这一点："一九一九年以后，国、共两党的领袖们，乃至梁启超所领导的原自进步党所分裂出来的研究系，都认识到吸收青年学生为新政治力量的可能性而寄以希望。'五四'以后事实上所有中国政党所发行的报刊——尤其是国民党和研究系在上海和北京等地所发行的报刊——都增加了白话文学的副刊。……其结果便弄得［知识界里］人人对政治都发生了兴趣。因此使我一直作超政治构想的文化运动和文学改良运动［的影响］也就被大大地削减了。"参见《胡适口述自传》，载《胡适全集》第 18 卷，安徽教育出版社 2003 年版，第 349 页。

《时事新报·学灯》《解放与改造》掌握在“研究系”的手中，而《星期评论》《建设》《民国日报·觉悟》等，则是国民党人的发言阵地。

无论是民国政客还是革命党人，在这两个群体对新文化的参与中，肯定包含了对理念上的认同，但从总体上看，党派自身的政治诉求起到的推动作用或许更为关键。譬如，在文化倾向上十分保守的孙中山，对于“五四”知识分子的激进理念在骨子里其实并不一定赞同，但五四运动中学生群体的崛起也让他痛感国民党组织涣散、无力，不仅撰写文章表示支持、在上海接见学生代表，还推动党内一批骨干创办杂志进行回应，目的显然是为了吸纳新生的力量，以“攻心”的方式，谋求“革命成功”之助益。① 这种策略也显示出了一定的实效，相对于“进退失据”的梁启超等，国民党人似乎在青年学生中赢得了更好的文化形象。②

《星期评论》就出现在这一背景中，依据吴相湘的描述，它本身就“是中山先生嘱戴季陶、沈玄庐、孙棣三主编，用白话刊行”③。该说法是否准确，不得而知，但这位革命领袖的确十分关注刊物的发展。④ 作为一份党派刊物，《星期评论》无疑成功地实现了国民党人文化参与的目的，在南方赢得众多读者的追捧，发行量甚至达3万册

① 在著名的《致海外国民党同志书》中，孙中山就这样写道：“吾党欲收革命之成功，必有赖于思想之变化，兵法‘攻心’，语曰‘革心’，皆此之故。故此种新文化运动，实为最有价值之事。”见孙中山：《关于五四运动》（《致海外国民党同志书》节录），载《孙中山选集》上卷，人民出版社1956年版，第429页。

② 据张国焘的回忆，1919年底他与罗家伦等以北京学生联合会代表名义前往上海，曾在《时事新报》总编张东荪的安排下与欧游归来的梁启超晤谈，之后大家议论，“认为任公的谈话象征着研究系在政治上进退失据的消极性”；相比之下，“我们与国民党人的接触较密切，而又是多方面的”。参见张国焘：《我的回忆》，东方出版社2004年版，第66—67页。

③ 吴相湘：《星期评论应运而生》，载《民国人和事》，（台北）三民书局1977年版，第28页。

④ 戴季陶：《访孙先生的谈话》，《星期评论》第3号，1919年6月22日。

以上[①]，俨然成为上海乃至全国新文化及社会运动的一个中心。[②]1919年10月，傅斯年在谈及当年最有价值的刊物时，《星期评论》就位列其中。[③]杂志终刊之时，《星期评论》编者甚至这样自夸：“去年五四运动以后发刊的新出版品，比较在思想界有信用，读者最多的，要算本志。”[④]刊物的重要性，还可以从它的骨干成员的构成上看出。按照杨之华的说法，《星期评论》社的成员有陈望道、李汉俊、沈玄庐、戴季陶、邵力子、刘大白、沈仲九、俞秀松、丁宝林（女）、施存统等人。[⑤]这份名单中，除了有国民党一批得力干将，另一部分成员，就是鼎鼎大名的浙江一师的师生们，中国共产党的前身“共产主义小组”，也萌芽于这个群体之中[⑥]。由此看来，所谓“《星期评论》之群”在政治史、文化史上的地位，要远比他们在新诗史上的地位更为重要。因而，要把握他们的新诗写作乃至对新文化的参与，必须要考虑这个群体身份的特殊性。可以想见，当这批热衷政治的南方文人投身于白话新潮的鼓吹时，他们的起点、姿态，肯定与北京偏重文化路线的知识分子有所不同。南北之间的微妙差异，值得进一步探问。

---

① 有关《星期评论》发行及接受情况的描述，参见吕芳上：《革命之再起——中国国民党改组前对新思潮的回应》，台北“中央研究院”近代史研究所1989年版，第59页。

② 据杨之华的回忆，那时有不少外地学生到上海找《星期评论》的领导人，“多半由戴季陶和沈玄庐接见”，它在全国学生群众中很有影响，学生和工人常有很多人投稿。参见《杨之华的回忆》，载《“一大”前后》（二），人民出版社1980年版，第26页。

③ 傅斯年：《〈新潮〉之回顾与前瞻》，《新潮》第2卷第1号，1919年10月30日。

④ 《星期评论刊行中止的宣言》，《星期评论》第53号，1920年6月6日。

⑤ 杨之华：《杨之华的回忆》，载《“一大”前后》（二），人民出版社1980年版，第25页。

⑥ 据邵力子的分析，共产党前身共产主义小组的构成，主要也是两部分人：浙江一师的学生和教员，包括施存统以及陈望道、夏丏尊、刘大白、李次九；另外一部分是国民党员，戴季陶，沈玄庐、廖仲恺、朱执信等，也很热心于马克思主义。参见邵力子：《党成立前后的一些情况》，载《“一大”前后》（二），人民出版社1980年版，第61页。

诸多政治派别的参与，无疑强化了新文化运动的整体实力。但不同的群体之间，也难免存在着理念及实践上的冲突。譬如，"研究系"与"新青年"的关系就一向不够融洽，二者之间的"争风"事件也屡有发生。① 相形之下，国民党人与新文化人物的关系当然要好很多。尤其是胡适，在"五四"之后一段时间里与国民党人打得火热：1919年在上海谒见孙中山后，就撰文称赞《孙文学说》中"行易知难"的学说，此后还以文会友，频繁与《星期评论》《建设》杂志的编者书信往来，并和胡汉民、廖仲恺、朱执信三人就"井田制"的问题展开过深入的讨论。② 然而，南北之间关系的融洽或许只是表面上的，在"五四"落潮之后，潜在的裂隙也渐渐暴露出来。1920年之后，在国民党人掌握的报刊上，就不断出现一些言论，批评新文化运动的"贵族性"，对北方精英们的"微讽"也包含其中③；胡适对孙中山的学说及国民党的指摘，后来也不再遮遮掩掩。1929年胡适在著名的《新文化运动与国民党》一文中，对国民党保守的文化立场进行了总体批判，指出了"五四"之后国民党人加入新文化运动的政治动机，并特别引述戴季陶的一段话："再说民国三年的时候，大家倘若肯一致赞成'文字革命'的主张，以革命党的名义来鼓吹起来，何至于要等到民国八年才让陈独秀胡适之来出风头？""谁来出风头"，在胡适看来

① 同是当时重要的新文化出版物，《时事新报》与《新潮》在1919年初就曾有过一次摩擦。在回复《时事新报》记者张东荪的文章中，傅斯年就不客气地指出："是希望《时事新报》对于新思想的事业积极进行，不必再把无甚关系的地方，和其他做革新事业的人故意的挑剔，故意立异。"（傅斯年《答〈时事新报〉记者》，《新潮》第1卷第3号，1919年3月1日）

② 胡适：《评〈孙文学说〉》，《每周评论》第31号，1919年7月20日；胡适与国民党人关于"井田制"的讨论，见胡适1919年11月8日致廖仲恺，1920年1月9日致胡汉民、廖仲恺，1920年1月26日致胡汉民、廖仲恺，1920年4月24日致胡汉民、朱执信、廖仲恺等信件，载《胡适全集》第23卷，第276—279、287—303、305页。

③ 譬如，在由国民党人掌握的《民国日报·觉悟》上，施存统曾连续发表《贵族的文化运动和贵族的著作》（1920年6月5日）、《对于新文化运动底感想》（1920年6月6日），矛头指向以《新潮》社为代表的北方精英们。

虽然是“极小的事”，但他的不满也不言自明。[①]

讨论新文化运动内在的竞争性，当然不是为了渲染某种“黑幕”气氛，重要的是可以从中发现不同群体介入动机的不同。为了获得文化上的主动权，某种态度上的虚与委蛇，在相关的政治派别那里并不是没有可能存在。具体到新诗的写作，虽然胡适等人的作品会见诸《星期评论》，《新青年》的新诗版面也曾对沈玄庐开放[②]，但两地之间的隔膜也是实际存在的。20世纪20年代初，上海的“诗文大家”胡怀琛一度相当活跃，不仅主动为胡适的《尝试集》“改诗”，还出版一册“模范新派诗”《大江集》，有意要与胡适争风。在《大江集》的序言中，他曾写道：“倘然没有自己的感情，硬学胡适之，沈玄庐，等于学杜少陵，学黄山谷。”[③]在胡怀琛眼里，北方的胡适之与南方的沈玄庐或许都是一般少年模仿的偶像，自然是他要攻击的新诗坛上的代表人物。沈玄庐的新诗作品数量众多，他和刘大白一样，在南方诗坛的影响力都不容小觑，胡怀琛将其树为自己的靶子并不奇怪。但有意思的是，周作人却将沈、刘两位诗人与胡怀琛归入了一类：“从南边来的朋友说，那里的中学生（中了他们的复辟派的国文教员的余毒）很欢迎胡寄尘刘大白沈弦庐的（新）诗，以为与古诗相近所以有趣。”[④]刘大白、沈玄庐以写作“歌谣化”“乐府化”的新诗著称，胡怀琛标榜的“新派诗”则半新不旧，在使用白话的同时又保持五七言的体式，周作人将他们认作是“与古诗相近”的同类，并非没有一定的道理。但在他的语气中，对南方诗人的整体轻慢，也无意中流露出来。

---

① 本文载于《新月》第2卷第6—7号合刊，1929年9月10日。

② 沈玄庐的《秋夜》《失眠》二诗，曾发表于《新青年》第8卷第4期。

③ 胡怀琛：《〈大江集〉序言》，载《大江集》，国家图书馆1921年版，第17页。

④ 式芬：《新诗的评价》，《晨报·副刊》1922年10月16日。

二、“政治场”与“文学场”的混杂

在周作人的眼中，玄庐、大白被归入半调子新文人胡怀琛一类，南北诗坛之间的隔膜，由此可见一斑。但如果只从作品的形式、主题层面着眼，南北诗人的写作又好像没有太明显的差异：在诗歌体式上，“歌谣化”“乐府化”或许是“《星期评论》之群”共同的写作偏好，但在北方诗人之中也不乏类似的努力。在经验的类型上，底层社会的痛苦、社会的阶级差异及劳动者的命运，的确是他们集中关注的主题，沈玄庐的《十五娘》、刘大白的《卖布谣》等，后来也被当作此类主题的代表之作。但换个角度说，写实主义、人道主义又是早期白话诗的普遍倾向，并不一定为“《星期评论》之群”所专有。因而，在一般的新诗史叙述中，该群体的特殊性被化约于整体之中，似乎是在情理之中的。这一方面与南北诗坛的某些一致性有关；但另一方面，如果只着眼于文学的内部，特定历史情境的制约作用是无法有效呈现的。换言之，“本体”视角之中包含的特定“盲点”，也造成了“辨识”的困难。要把握不同空间中新诗群体的特殊性，作品之外的言论空间和“场域”关系，也应被纳入考察的范围之内。

作为一份党派倾向鲜明、政治色彩极浓的杂志，《星期评论》并不像《新青年》《新潮》《少年中国》等刊物一样对思想、社会、伦理、文学等诸多话题展开广泛的讨论，时事与政治更多成为言论的焦点。由于与主要成员对“社会主义”都抱有浓厚的研究兴趣，“劳动问题是‘星期评论’最关心的一个问题，在刊物上所占的篇幅最多，地位最重要”①。在这样一种言论空间中，文学乃至文化方面的讨论与实践其实从来没有独立过，而是始终附属于政治问题的展开。对此，《星

① 《五四时期的期刊介绍》第一集（上），生活·读书·新知三联书店 1978 年版，第 175 页。

期评论》的编者并没有隐讳。在《文化运动与劳动运动》一文中，戴季陶就坦然宣称“文化”运动的从属价值，将其等同于一种平民化、普遍分配的运动。这种对“文化运动”的简化，与其说出于视野的“狭隘”，毋宁说出于政治意图的鲜明，[①]而《星期评论》上发表的为数不多的文艺论文，也几乎都在重复类似的观点。在戴季陶另一篇与诗歌有关的文章中，他更是明确地指出：“三民主义”靠着散文的鼓吹，造出的是“一个空招牌的民国”，“今后如果要把组织新国家新社会的真理，印到多数国民的脑髓里去，韵文的陶融一定是少不了的”。[②]与戴季陶的言论相比，在诗歌方面颇有实绩的沈玄庐似乎对文艺有更多的重视，他的长文《诗与劳动》应该说是《星期评论》上最为系统的文艺论述。此文详尽讨论了从《击壤歌》到《诗经》的古老传统，征引了多篇作品，只是为了强调如下的结论：“贵族中人没有诗”，“不是劳动者没有诗”，目的仍是配合对“劳动”问题的总体性关注。[③]

上述言论倾向，自然对这批上海党人的新诗写作产生了不小的支配作用。除开那些直接处理社会生活的作品，即便是一些传统的抒怀、写景之作，也无一不渗透了社会、阶级意识，沈玄庐的《春晓》就是一个典型的例子：

> 登高一望平原。
> 一片鹅黄的油菜花、衬着碧绿的菜叶、铺到天边。
> 深蓝的天。擎起一朵红云、一轮红日、现出春景新鲜。
> 软软的风、吹得人好爽快也、不费半文钱。
> 远远的几个农夫、锄头起、秧种落；耟麦地，做秧田。
> 春光呀！朝气呀！他也不管我偷闲——我那里舍得偷闲。[④]

---

① 戴季陶：《文化运动与劳动运动》，《星期评论》1920 年“五一劳动纪念号”。
② 戴季陶：《白乐天的社会文学》，《星期评论》第 4 号，1919 年 6 月 29 日。
③ 玄庐（沈玄庐）：《诗与劳动》，《星期评论》1920 年“五一劳动纪念号”。
④ 玄庐（沈玄庐）：《春晓》，《星期评论》第 40 号，1920 年 3 月 7 日。

在早期白话新诗中，“写景”是一个重要类型，如何在自由的书写中准确地捕捉到外在经验，获得一种鲜明、逼人的诗意效果，是不少诗人自觉努力的方向[①]，“登高”“远眺”一类，在当时相当多见。表面上，这首《春晓》也追随了这种潮流，以登高远眺的视角，铺陈出一幅由“鹅黄的油菜花”“红云”“软风”构成自然图景，但在诗的后半段，却意外出现了忙碌的“农夫”形象，并用他的感叹结尾：“春光呀！朝气呀！他也不管我偷闲！我哪里舍得偷闲。”[②]农夫的抱怨与“登高”所代表的经典文人姿态形成某种反讽张力，消解了“风景”之中假想的和谐，“风景”越过了自然，仍然服务于“悯农”的主题。从这个角度看，“《星期评论》之群”的特殊性，倒可以得到某种揭示，即：写实主义与社会关怀虽然是早期白话诗的共性，但北方的新诗人尝试的类型要更为多元，他们在诗歌美学上也有更多考虑（《新青年》《新潮》上都有不少立足于“本体”的诗学探讨）；相比之下，上海党人的写作在类型与主题上则更为统一（单一），集中于“写实”一类[③]，并且直接为他们的政治关注所左右[④]。

① 周作人的《画家》一诗，就体现了这种审美追求，此诗以一种近乎纯客观的手笔，描绘了四种现实图景（溪边的小儿，秋雨中耕作的农夫，胡同口的菜担，路边睡着的人），并在结尾写道：“这种种平凡的真实的印象，/ 永久鲜明的留在心上；/ 可惜我并非画家，/ 不能用这枝毛笔，/ 将他明白写出。”诗中虽然也流露出社会人生的关怀，但以视觉的印象呈现为主，鲜明具体。此诗在当时影响很大，康白情评价：“这首诗可算首标准的好诗，其艺术在具体的描写。”（《新诗年选》，上海亚东图书馆 1922 年版，第 86 页）

② 此诗发表于《星期评论》第 40 号。

③ 1920 年 8 月上海崇文书局出版的《分类白话诗选》，呈现了早期新诗的创作面貌。诗选采用写实、写景、写情、写意的分类编辑法，大白、玄庐、季陶等人的诗作，都集中编入了“写实”一类中；相比之下，北方诗人的作品则见于各类型之中。

④ 萧邦奇在研究沈玄庐 1919 年 6 月至 1920 年 9 月观点的演变时，指出 1919 年夏，沈玄庐的诗文之中以民族主义和反军阀主义为主旨的较多，但从 1920 年开始，阶级主题成为重点，这与当时政治风暴的变化直接相关。参见［美］萧邦奇：《血路：革命中国中的沈定一（玄庐）传奇》，周武彪译，江苏人民出版社 1999 年版，第 52—53 页。

自晚清至民初，以诗文、小说来鼓动革命，“开民智”“振民气”，某种与政治生活融为一体的文学态度并不鲜见，“《星期评论》之群”的新诗写作，当然也不外在于这一脉络。依据一般的文学史评价，这种态度显然偏离了“诗”的本体，但在一个“诗”之独立“场域”尚未浮现的语境里[①]，对于“诗”的偏离，只能说是一个后设的命题。诚然，在后来的新诗史上，作为一种鼓动或批判的手段，诗人的写作也往往会介入社会政治运动之中，但“场”的分离往往是“介入”的前提，时代与个体、社会与审美、工具论与独立性之间的紧张也始终伴随。但在新诗发生的初期，这样一种紧张实际不甚明显，特别是在《星期评论》这样的党派刊物中，“文学场”不仅混杂于“政治场”中，二者甚至可以说是同一的。“诗”与“非诗”的区分，对于激进的革命文人来说，也许根本就不是一个问题。不仅如此，与后来一拨儿又一拨儿拥入诗坛的感伤青年不同，他们作为诗人的身份也相当地不纯粹，更多的是作为政论家、活动家、宣传家乃至军事家，活跃于社会生活的各种“场域”。对新文化运动多有批评的吴芳吉，曾专门列出“缺乏当诗人能力”的10种人，其中就包括“染了‘政客化’、‘资本化’、‘势利化’、‘风头化’的”一种。从他的角度看，“《星期评论》之群”，显然要被归入此一类“非诗人”当中。[②]

不管“非诗化”，还是“非诗人化”，类似的批评不能说不吻合于历史的实际，但仅仅重申此类批评，对于理解这个时期新诗的历史独特性，并没有太大的推进意义。倒是有一些问题值得进一步探讨：比如普遍的业余身份会在文学内部塑造何种政治性的人格？在诗歌与社会的广泛联动中，特定的写作、阅读和交流模式又如何呈现？仔细翻看《星期评论》，会发现其中相当一部分诗作可以看作某种

① 到了1921年，周作人还抱怨说：“新诗提倡已经五六年了，论理至少应该有一个会，或有一种杂志，专门研究这个问题。”参见周作人：《新诗》，《晨报·副刊》1921年6月9日。

② 吴芳吉：《谈诗人》，《新人》第1卷第4号，1920年8月18日。

“时事诗”，或应对于具体的事件，或在酬唱应和中表达特定的观点。甚至可以说，沈定一、戴季陶等人的新诗写作，不仅表现了他们的政治关注，同时也是他们政治生活的一种延伸。

1919年6月陈独秀被北京军警关入监狱，此事在京、沪两地引起了不小的反响，沈玄庐就写下《入狱》一诗，模拟胡适的语言方式，反复把玩“自由”与“入狱”之间的关系。[①] 此后不久，《湘江评论》《每周评论》相继被封，戴季陶、沈玄庐又在《星期评论》上发表《可怜的“他”》《哀湘江》《光》等诗文进行回应[②]，胡适随后又作《乐观》一诗，为的是“答谢季陶先生的《可怜的“他”》和玄庐先生的《光》”[③]。此类南北诗文唱和的例子还有很多。本来，酬唱、应和等交际性写作，从纯文学的观点来看应该是某种需要戒除的东西，胡适自己就曾说“转弯子的感事诗与我们平常做的‘打油诗’”，“这两种诗共同有一种弱点，只有个中人能懂得，局外人便不能懂得”[④]。但在这里，南北文人之间唱和不绝，并非只是出于一种传统积习，这种行为本身具有强烈的现实性、政治性，某种态度、立场上的“联合阵线”由此达成。诗歌交流的功能性，也同样表现在特定的接受方式和阅读方式上。虽然在《星期评论》上，专门评论“新诗”的文字几乎没有，但在不少文章中都会提及具体的新诗作品，如戴季陶《十月二十六日的感想》一文，记录了他参加上海各路商界总联合会成立大会的情况，在听演讲时他“想起康白情君《女工之歌》的诗”，原因是他正在考虑工人平等问题。沈玄庐的《我做“人”的父亲》，也是从胡适的《我的儿子》一诗谈起，目的则是为了介入南北两地进行的

① 此诗发表于《星期评论》第8号（1919年7月27日），诗的开头两句是：“怎么样是不自由？入监狱 / 因为自由，入监狱”，很容易让人联想起胡适《病中得冬秀书》中的诗句：“岂不爱自由？此意无人晓：/ 情愿不自由，也是自由了。”

② 三篇作品均发表于《星期评论》第13号，1919年8月31日。

③ 《星期评论》第17号，1919年9月28日。

④ 1919年6月10日胡适致沈尹默信，见耿云志、欧阳哲生编：《胡适书信集》，北京大学出版社1996年版，第75页。

伦理讨论。[①] 朱执信发表在26号上的《悼黎仲实》一诗，表面上只是普通的悼亡诗，但据沈玄庐的交代：此诗是对当时正在进行的孙中山“连段”（段祺瑞派代表到上海与孙中山联络）一事的表态。[②] 可以看出，在《星期评论》的言论空间中，对于诗歌的阅读、接受，也是被捆绑在政治、思想的话题之上的。这进一步凸显了“政治场”与“文学场”的同一。

当然，诗文的酬赠、唱和本是传统文人的交往方式，早期新诗未脱此种惯习，可以视为新旧交替的一种过渡现象；但换个角度，这种文字生产与传播的交际性及其背后“文学场”与“政治场”的混杂，也可看作一种制约早期新诗发生及接受的“装置”。在这种“装置”中，一个与世界疏远的“内面”很难出现，思考与感受都发生于忙碌的社会舞台。如果脱离了这种“装置”，不仅相关作品得不到准确的把握，也很难理解作为一种文化、政治参与方式，早期新诗写作如何深刻而广泛地内在于社会、伦理改造的整体运动之中。当然，随着“五四”之后“固本培元”的“分工”方案的提出，不同社会“场域”之间的分化也成为必然。[③] 当更新一代诗人登上诗坛，书写所谓纯正的“新诗”，那种新旧交替、错杂于时事与政治之间的文学“装置”，似乎也将随之报废。1921年8月，郭沫若的《女神》由上海泰东图书局出版，在《序诗》中，

---

① 上述两文分别发表于《星期评论》第22号（1919年11月2日）与第27号（1919年12月7日）。

② 1919年12月沈定一给胡适的信，载《胡适来往书信选》上册，中华书局1979年版，第77—78页。

③ 《星期评论》及《建设》杂志停刊后，一位署名“树声”的作者就发表评论，认为去年的文化运动与时下的劳动运动，都不免空泛，“一种普遍的智识和专门的研究”已相当必要。在这个前提下，作者对于这批党派文人长期浸身于政治，也委婉地提出了规劝，并分别对戴季陶、胡汉民、沈玄庐提出了期待：有人适合埋首于专门的研究，有人则更适合投身实际的工作。参见树声：《对于〈星期评论〉〈建设〉停刊的感想和希望》，《民国日报·觉悟》1920年6月7日。

郭沫若这样写道：

> 《女神》哟！
> 你去，去寻找与我的振动数相同的人，
> 你去，去寻找那与我燃烧点相等的人，
> 你去，去在我可爱的青年的兄弟姊妹胸中，
> 把他们的心弦拨动，
> 把他们的智光点燃吧！

这段序诗显然提出了另外一种诗歌写作、阅读、接受模式。“你去”，寻找那“振动数”“燃烧点”相同的读者，意味着作为一种艺术创制，诗歌应该摆脱作者的一己之私，超越具体的背景和时事，在情感与想象的维度上直接与读者建立联系。所谓“心弦拨动”“智光点燃”，就代表了这种全新的现代“装置”。

三、“超现实”的说理空间

上面两部分，探讨了“《星期评论》之群”新诗写作内在的政治性及其与社会情境的联动，这种探讨似乎包含了一种假定：这些诗歌的社会功能固然重要，它们的美学价值却不必太认真对待。其实，这一假定本身就值得疑问。虽然早期白话诗人大多保持了“非专业”的写作态度，但这并不等于说他们没有严肃对待自己的写作，没有在有限的诗歌作品中施展才华和想象。阅读那些看似粗朴的白话诗作，会发现在某些时候，恰恰因为没有进入“诗”的正途，没有进入现代的抒情“装置”，一些特殊的美学活力反倒无拘无束地显现，早期白话诗并不如想象中那般简单。在沈玄庐的诗作中，这一点表现得或许最为突出，对社会性、政治性主题的关注往往会形成开放的视角，破除

单一抒情自我的限制，带动想象力的飞腾。[①] 萧邦奇在《血路》一书中，曾引用沈玄庐写于 1920 年的《生与死》（它被陈望道誉为“玄庐迄今最好的作品”），并认为这一混合了自我反省和客观叙事的作品，采用了“超现实的手法”：

> 我那天从霞飞路走到民国路，
> 在南洋路矿学校面前电流铁柱上看见——
> “肉（肉松），进坛子；
> 进去了，一瞬间的事。”
> 这几行字，好像是哪个人
> 替“时间”拍了一张照相，
> 特地挂在大路边，
> 要过路的人来承认的。
> 或者哪一个特地替我写的，
> 或者就是我写的。
>
> 我走过“杀牛公司”，
> 看见一群一群的黄牛、水牛，
> 肥的、瘦的、大的、小的，牵了进去。
> 等我慢慢地踱到白尔路，
> 就看见一辆小车上捆着
> 几张折叠好的新鲜牛皮，
> 毛色很滋润很红火，
> 上面捆着剥了皮的牛头两个，

① “《星期评论》之群”中，沈玄庐无疑是创作最多也是最重要的诗人。《星期评论》前后共登载新诗作品 55 首，其中沈玄庐的有 26 首，数量将近一半。参见吕芳上：《革命之再起——中国国民党改组前对新思潮的回应》，第 56—57 页。

牛头上撑着两只雄武的角，
车子推着，牛皮抖着，
牛血滴着，牛眼睛张着；
彼似乎张着两颗很大的眼睛，
告诉我说——
“我，进去了，
剥掉了，一瞬间的事。”

迎面又有一群牛牵过
一只黄的、小的、肥的、
一只也是黄的、瘦的、大的；
又有几只白雪雪的大肥牛。
那个牛头上张大的眼睛也看着这群牛，
也似乎说过了，
彼要说的“一瞬间的事”。
但是这群牛却没理会，
大摇大摆地走了过去。

这长长的一段文字，戏剧化地写出了“杀牛”的暴力和荒诞：一群群黄牛、水牛，无论胖瘦大小，被盲目地集体牵入“杀牛公司”，在“一瞬间”变成血淋淋的牛皮、牛头。冷静的叙述的确带来某种令人震惊的“超现实”效果，这种“超现实”又是以一种非常具体、迫切的现实性为基础的。它所描绘的场景——“杀牛公司”，位于法租界住宅区中央，离华人区以西半公里，在作为上海“五四”游行主要出发点的公共娱乐场西北稍外一点，这也是诗人从1916年6月到1920年夏末这段时间内工作和生活的地方。在这一“现场”中，沈玄庐捕捉到许多“一瞬间”的惊人细节，萧邦奇进一步认为，“从中可以透视那场震惊上海的五四运动过去一年以后他对上海青年文化的看法”①。

在五四运动及上海租界的特定时空中，这样的解读非常有启发性，但萧邦奇引用的只是《生与死》这篇叙事小品的后半部分，它的前半部分具有更强的“超现实”的色彩：“我记得我从前像在没有梦的睡境中过我不觉得过日子的日子”。在《生与死》的开篇，“我”仿佛置身于黑暗的梦中，被一束光所唤醒，感觉周围压迫的东西，“把我身子钻得七洞八穿，我觉我身体上都是窟窿，鼻和口，耳是窟窿中顶大的，由那压迫的东西，跑进跑出，成了一条熟路”。“我”与钻进体内的“彼等”鏖战、抗争，结果总是失败，这样“纠缠了二十年”，“我”进而设想最终“彼等若遗弃了我，也只是一瞬间的事。这一瞬间之后的我怎样么样呢？”上海马路上震惊的一幕随即展开。② 有关生死“一瞬间”的遐想，构成了这篇小品前后两部分的衔接，从奇异的心理幻象到客观的现实摄影，这一衔接多少有些突兀，关于身体内部“彼等”与“自我”的冲突，理解起来似乎也有相当的难度。总之，《生与死》与其说表达了作者对上海青年文化的看法，不如说是围绕自我与外部他者、与时间关系的思辨来展开的。在“生与死”之外，它还有一个副标题：“冥想”。

在沈玄庐的诗文中，有关“自我”“时间”的冥想，是“劳动问题”之外另一个重要的主题，他与刘大白的一系列唱和，就围绕“镜中我”与“镜外我”、“一个我”与“纷纷我”、“有我”与“无我”

① ［美］萧邦奇：《血路：革命中国中的沈定一（玄庐）传奇》，周武彪译，江苏人民出版社1999年版，第40—41页。

② 《生与死（冥想）》发表于1920年10月14日《民国日报·觉悟》上，或许由于排版缘故，萧邦奇的著作将其作为一首诗来引用，但实际上，它是以散文或小说形式发表的，文后还有陈望道的一则附记：“玄庐先生作成这篇小说给我看，我看了觉得这篇作品，传染性比他从前的更强，技术也更纯熟，在他作品中可说是第一次大成功，就是就中国全文坛说，也是一篇成功的作品。质之文家，以为如何？”

的关系展开，颇具佛教的辩证色彩。[1] 但他的"冥想"并不停留于抽象的玄学或心理层面，更多发生于社会改造、自我改造的观念框架中，与一个忙碌的、劳动的、纷争的世界相关。沈玄庐的另一则小品《一念》，写自己洗澡换衣之后，在一面大镜子前的感受："怎么样镜里也会有一个玄庐？因为世界上有了玄庐。"从镜中的映像开始，作者一路检讨"玄庐"的由来，从父母到提供吃穿的产业，再到创造产业的做工的人，进而看到这样的幻象："举目一看，不问是那一件东西，都满含着劳工血汗的色彩在那里笑。"[2] 在《生与死》中，"我"同样不是封闭的存在，被诸多社会性压力贯穿，处于流变与抗争之中，这似乎暗示文化变革时期自我觉醒后的纷扰与焦虑。"一瞬间"可以由"生"到"死"，但"一瞬间"带来的改变力量，又或许对应了某种进化的、创造的人生理念。在 1921 年年初的一次演讲中，沈玄庐就这样讲道：

> 因为玄庐自己知道从一岁到今三十七岁，绝不是一天长成到这样大，一定是一秒一秒地逐渐长大的；所以一秒前的玄庐，还不是现在的玄庐，可知没有一秒可说玄庐没有长大的，因为真的玄庐是动的，决不是静的。又如一只钟，一分一秒的过去，但过去早已过去，未来还是未来，而从来没有一秒是静的，我们因此可知真实一定是动的，静的绝不会真实。[3]

一秒一秒的时间流动，本身就是一种"动"的力量，改变着个体和社会的构成。"动"的为真，"静"的为非真，《生与死》中"一瞬间"

---

① 1920 年 7 月 30 日、8 月 1 日《觉悟》上分别刊载刘大白《对镜》《一颗月》两诗，沈玄庐的《读大白的〈对镜〉》《读大白的〈一颗月〉》两首发表于 1920 年 9 月 20 日《觉悟》上，刘大白又在 9 月 24 日的《觉悟》上以《答玄庐底〈读大白的《对镜》〉》《答玄庐底〈读大白的《一颗月》〉》作答。

② 《星期评论》第 2 号，1919 年 6 月 15 日。

③ 沈玄庐：《人生问题》，载《玄庐文存》，民智书局 1930 年版，第 78 页。

的惊人改变，大致可以从这一“创造进化”的角度来把握。[①]

在概括早期白话诗的风貌时，朱自清曾说：“‘说理’是这时期诗的一大特色，照周启明氏看法，这是古典主义的影响，却太晶莹透彻了，缺少一种余香与回味。”[②]在一定程度上，沈玄庐的“冥想”也可以作为“说理”看待。缺少所谓“余香与回味”，固然构成了早期白话诗的一大问题，即便一些作者采用了“具体”手法，但用“具象”来演绎抽象，也容易泛滥成一种浅白的流行套路。然而，“说理”的活力也不能因此而完全被抹杀，包括沈玄庐的“冥想”在内，一些相对复杂、篇幅较长的“说理”之作，仍然表现出“抒情”“象征”之外纵横自如的展开能力。在早期新诗人的视野中，“余香与回味”或许并不是他们的关心所在，他们追求的是一种包容和展开的诗歌能力，其演讲与辩论的风格，也对应于高度开放的泛政治人格，对应于知识分子群体内部热烈讨论的思想激情。

回到沈玄庐这里，他的“说理”激情不以独白、对话的方式释放，而似乎更倾向于在“冥想”中发展出“超现实”的视野。在《爱》一诗中，诗人虚拟自己是一介“自由身”，在天际之间“去来无碍”。在一处名为“将来的世界”的所在，“我”看到“工场”“学校”的大字高挂，其中学生、工人、男女、老少欢聚为一堂；我不禁又“回头望，只见来时的门外，烟尘里，哭声中，隐隐如山的骷髅堆”。五四时期的沈玄庐，深受互助、大同之类乌托邦理念的影响，

---

① 在《生与死》发表的20多天前，施存统在《觉悟》上连载长文《回头看二十二年来的我》(1920年9月20—24日)，他的“人格公开”回溯了自己二十二年的经历，恰好可以和《生与死》中“彼等”与我二十年的纠缠相互参看。在长文中，施存统也提到“彼等”与“我”的关系：“我们一个人，谁也免不了多少罪恶；但这罪恶究竟不是我们从娘胎里带来的，还是社会给我们受的。社会给我们受这许多罪恶，所以我们于感激涕零之余，还要从事改造社会。”最后，他以诗的形式写出改造的决心：“破坏‘过去’，/ 建设‘将来’，/ 这是我们的工程！/ 我们要做这工人呵，/ 应得先把自己改造一程！”

② 朱自清：《中国文学大系·诗集·导言》，上海良友图书印刷公司1935年版，第2页。

认为“凡在天下的‘你’‘我’‘他’都可以当作一个人，团成一个‘爱’”。这样的认识看似空空洞洞，但对于沈玄庐一类的实干家而言，却并非没有实践的可能。在《星期评论》上，他就提出过一个完整的“新村”建设方案，以自己的田产和房子为基础，召集同道，分阶段“共同工作逐渐平均增高共同生活”。①《爱》中缥缈于天际的未来幻象，正是奠基于这一现实的构想。

简言之，在沈玄庐的笔下，现实的风景和人物，往往被纳入超自然的视角中，这种视角不单纯是美学性的，而是由人类大同、社会互助等乌托邦理念所支配，一种特殊的幻想性和寓言性从而被发展出来。这种手法在一定程度上也为其他诗人分享，如仲苏的《见火星随感》，就采纳了天文学的想象：

> 远远望天空，一星一轨道。
> 看那近地球的火星，也有些日光返照。
> 彼中人窃窃含笑；
> 笑地面的人，为什么？各举各的旗号。

这短短的几行中，诗人的视角发生了一次突变：开始，是以地球人的视角，仰望天空；继而，“仰望”突然变成了“俯瞰”，一个“火星人”也在窥望地球，窥望地球上人类相互纷争、各举旗号的闹剧。② 在视角的突变中，对现实政治的反讽性关照也染上了一种科学幻想的色彩。

举出上述几首诗例，并不是要证明沈玄庐等的写作有多高的美学价值，只是说在社会改造与自我改造的总体构架中，他们的确发展出种种雄辩的、冥思的、幻想的、讽喻的诗歌类型。这些类型夸张、大

---

① 玄庐（沈玄庐）：《他就是你你就是我》，《星期评论》第25号，1919年11月23日。

② 《爱》《海边游泳》《见火星随感》三首诗，均发表于《星期评论》1919年“双十纪念号”。

胆、缺乏含蓄之美，但在驾驭现实经验方面，在检讨内心冲突及奇异幻境的展开上，别有一种活泼和强劲。

在谈及新诗成立的代表之作《小河》时，周作人在20世纪40年代有一个表述很值得玩味，他说自己所要表达的不过是很旧的东西，“简直可以说这是新诗人所大抵不屑为的，一句话就是古老的忧惧”[①]。“古老的忧惧”究竟何指，这里暂且不论，而“新诗人所大抵不屑为的”一句，表面是周作人的自谦，实则有意要与一般新诗人拉开距离。同样，在“场”的混杂的前提下，以“《星期评论》之群”为代表，早期白话诗人无拘束地说理、写实，也在“应酬”、交际、讨论中，使新诗写作保持了某种“自在”的开放，在“风景”与“内面”的“装置”之外，广泛介入一个“忙碌”的政治世界，其中有相当的部分显然也是后来的“新诗人大抵不屑为的”。如何在整体的历史视野中评价它们？或许，只有从“后设”视角的限制中挣脱出来，回到特定的现场，回到特定的写作、阅读机制之中，上述“不屑为”的部分方能得到有效显影。

① 周作人：《〈苦茶庵打油诗〉后记》，载钟叔河编订：《周作人文类编·夜读的境界》，湖南文艺出版社1998年版，第631页。

第三编
现代诗的形式与历史

第八章　小大由之：谈卞之琳 40 年代的文体选择

1978 年，诗人卞之琳在《〈雕虫纪历〉自序》中写下了一段著名的文字，意在总结自己 30 年代的诗歌写作：

> 当时由于方向不明，小处敏感，大处茫然，面对历史事件、时代风云，我总不知要表达或如何表达自己的悲喜反应。这时期写诗，总像是身在幽谷，虽然是心在峰巅。①

在特定的历史情境下，这一“事后”追溯不仅出于诗人的自谦，也包含了主动的“自贬”，美学和意识形态的双重规约，无疑潜在地作用其中。但在研究者日后的反复引述中，这段文字在某种程度却被结论化了，“小处敏感，大处茫然”似乎成了卞之琳在新诗史上最经典的投影。

当然，随着文学史研究前提、性质的整体转换，支撑诗人“自贬”的一系列前提，诸如个人与时代、审美与历史、小与大之间的价值等级，也发生着或隐或显的变化。最近，诗人臧棣更是大胆地提出，“小处敏感”并非一种缺陷，相反，卞之琳的价值恰恰在于发现了“小”，对于“小”的专注，也是他留在新诗史上的“一笔最真实

---

① 卞之琳：《〈雕虫纪历〉自序》，载《卞之琳文集》中卷，安徽教育出版社 2002 年版，第 446 页。

的遗产”。[①] 评价的反转基于对新诗历史合法性的不同判定，为了挣脱宏大历史的化约作用，对现代诗歌自主性、独特性的捍卫意图，在这一学术“新见”中也不言自明。然而，值得注意的是，无论最后的结论偏向哪一极，“小”与“大”之间的二元关系似乎是评价的共同框架，有关某一类型的现代诗歌（以卞之琳为代表）的基本想象也从中引申出来，即：这主要是一门关乎“小”的艺术，某种与公共的、宏大的历史话语的疏离是其核心特征乃至本质所在，后人或毁或誉，均与此有关。

作为一种历史抽象，“小”与“大”之间的对峙，的确构成了审视新诗历史的一种有效尺度，激活了一个可待进一步展开的思考空间。但可以补充的是，如果换一个角度，回到历史的脉络里细致检讨卞之琳的写作历程，会发现这位关注“小”的诗人其实并不缺少“大”的抱负。在 40 年代，他曾一度终止了诗歌写作，转而“妄想写一部‘大作’，用形象表现，在文化上，精神上，竖贯古今，横贯东西，沟通了解，挽救‘世道人心’……”[②]“妄想”的大作，就是他历时八年埋首写出、后来又亲手毁掉的长篇小说《山山水水》。从“小”到“大”的文体转换，结果是悲剧性的，在诗人自己以及他人看来，也只是一次意外的、不成功的“出轨”。然而，在卞之琳个人的文学生涯中，这一转换却具有特殊的意义：一方面，它涉及一个诗人的文学抱负、能力在复杂的现代历史中如何展开的问题；另一方面，“小”与“大”之间的辩证张力，也使得“诗”这一文体的历史位置，从一个侧面被曲折地凸显出来。

---

① 臧棣：《臧棣访谈录：诗歌就是不祛魅》，载《先锋诗歌档案》，重庆出版社 2004 年版，第 119 页。

② 卞之琳：《〈雕虫纪历〉自序》，载《卞之琳文集》中卷，安徽教育出版社 2002 年版，第 452 页。

一、卞之琳的“小”与“大”

在卞之琳早期的诗歌中，关注“小”，即回避公共化的宏大题材和夸诞的语言方式，从日常的琐屑、细微之处——“小人物”“小物件”——入手，发展出一种精妙的表现力，的确构成了一种特殊的诗艺，也为他赢来了文坛上最初的好评。① 这既是一种个人文学敏感的体现，与象征主义诗歌方式的影响也不无关联，在卞之琳翻译的哈罗德·尼柯孙的《魏尔伦与象征主义》一文中，这一点就被着重强调：

> 仿佛天真的小孩对陌生人饶舌，谈他的玩具，谈他的亲戚，魏尔伦自以为他经验里最小的事件也是了不得的有趣，差不多是天大的重要。和惠特曼（Walt Whitman）一样，他对于一切兴味浓厚，他觉得什么都有趣，“哪怕是最小的毫末”，他觉得什么都有灵。②

谈论“最小的毫末”这样一种诗艺策略，区别于同一时期浪漫的、粗暴的诗歌，为新诗创造了新鲜的感性，因而在30年代具有特定的文学史意义。更有意味的是，朝向“小”的努力，也蕴涵了某种有关“诗之本质”的现代理解。后来，朱自清在讨论卞之琳、冯至的诗歌写作时，就不仅称道二位诗人对“平淡的生活”“琐屑的事物”的发现，而且依托于一种典型的现代审美主义话语（强调日常感性的优先性），将对稍纵即逝感觉的捕捉和组织，认定为诗与“别的文艺

---

① 参见沈从文为卞之琳《群鸦集》（未出版）所写的附记，原载于1931年5月1日《创作月刊》创刊号，收入《沈从文全集》第16卷，北岳文艺出版社2002年版，第308—313页。

② 哈罗德·尼柯孙：《魏尔伦与象征主义》，卞之琳译，原载《新月》第4卷第4期；引自《卞之琳译文集》中卷，安徽教育出版社2000年版，第256页。

形式”的区别所在。①

在一个剧烈变动的时代，对日常感性的关注容易被指责为一种对自我的沉溺，卞之琳后来的“自贬”也遵循了这样一种逻辑。但需要指出，在卞之琳这里，对于“小”的关注，本身并不是自明性的，或者说并不仅仅止于“小”本身，尤其是在30年代中期，借助于“淘洗”“提炼”“结晶”“升华”，废黜琐细之物的日常性，追求一种日常经验、具体历史之上的超越性心智——一颗“慧心”，才是他诗艺的关键。换言之，在意象的跳荡和空间的延展中，某种向超越性（或“大”）境界敞开的可能，其实包含在对“小”的关注之中。这一点，也落实为具体的写作技巧，李广田在讨论“章法与句法”时，首先就指出：

> 作者最惯于先由某一点说起，然后渐渐地向前扩伸，进一步又由有限的推衍到无限的。在这情形，作者仿佛只给读者开了一个窗子，一切境界都在那窗子后边，而那境界又仿佛是无尽的。②

通过句法的推衍、腾挪，卞之琳30年代中后期的一批诗歌，虽然规格不大，聚焦于独立的意象和个人片段的感受，但一种包容广阔时空的努力愈发强烈。最为极端的例子就是《距离的组织》，短短数行，却利用相对的关照以及用典、注释，实现了不同时代、空间经验最大程度的交织③，可以说诗文体的承载力，已经达到了某种极限。

① 朱自清：《诗与感觉》，载《新诗杂话》，生活·读书·新知三联书店1984年版，第15—16页。

② 李广田：《诗的艺术——论卞之琳的〈十年诗草〉》，载《诗的艺术》，开明书店1947年版，第14页。

③ 用朱自清的话来说：“这篇诗是零乱的诗境，可又是一个复杂的有机体，将时间空间的远距离用联想组织在短短的午梦和小小的篇幅里。”（朱自清：《解诗》，载《新诗杂话》，生活·读书·新知三联书店1984年版，第14页）

对“小”的开掘反而导致对“大”的容纳，这种诗艺上的追求也可从卞之琳偏爱的一些意象中看出：譬如“地图”，卞之琳从儿时起，对它就有强烈的兴趣，“足不出户，可以把世界尽收眼底”，对于一个对世界保持好奇心的人来说，这本身就是一个奥秘。在他的诗歌写作中，对“地图”意象的频繁使用也是一个值得关注的现象。[①]“地图”虽小，却可以尺幅千里，这一特征恰好体现了“小与大”之间的辩证关联。另外，诗人笔下出现的超越性心智的象征，无论是“圆宝盒”还是“白螺壳”，也都是类似的容器意象，虽然空灵小巧，但也能包罗万有。

在坚持“小”的原则的同时，释放“大”的关怀，“小”与“大”之间的辩证转化，对于迷恋相对性主题的诗人来说是不成问题的。这说明，关注“细小的毫末”并不是简单地等同于一种主观感性的营造，而是对应于一种客观心智不断提升、不断成熟的要求，它也使得诗人的表述，一方面疏远于公共的语言方式，但另一方面也并未放弃诗歌介入历史的独特可能性。因而，虽然卞之琳的诗作吻合于有关“纯诗”的期待，但也不乏进行历史、政治解读的空间[②]，“小与大”之间的丰富弹性，动摇了那种“诗”与“历史”无关的一般性理解。

像“地图”那样，能以“以尺幅包容天下”，这一点可以看作卞之琳潜在的文学抱负。然而，某种写作的困境也恰恰发生在其中，或者说，在上述抱负和诗歌方式的实际承载力之间并非没有矛盾。从修辞的角度讲，矛盾可能显现为过度的“负载”破坏了诗歌的完整与流畅，除此之外，更为突出的困境或许还表现在：由于秉承一种象征主义的超验立场，当诗人努力跳出“小我”，包容外部的经验，但为了

---

① 参见张曼仪：《卞之琳著译研究》，香港大学中文系1989年版，第41页。

② 譬如针对《距离的组织》中“想独上高楼读一遍《罗马衰亡史》”一句，唐湜就议论道：“这儿的‘罗马’不就暗示着当时我们这个老大古国么？这诗写于亡国危机日益迫近的1935年，当时的局势叫身处古都危城的诗人不免起了深深的衰亡之感。”（唐湜：《六十载遨游在诗的王国——贺卞之琳先生诗创作六十周年》，载《翠羽集》，山东友谊出版社1998年版，第168页）

获得心智的结晶，外部“经验”在不断提炼中也被抽象化了。在卞之琳那些浸染了“色空”观念的诗中，对一颗烛照世界的“慧心”的追求，要远比开掘世界本身的纷繁现象重要。“一颗晶莹的水银 / 掩有全世界的色相，/ 一颗金黄的灯火 / 笼罩有一场华宴”，是《圆宝盒》中的名句，诗人徐迟在40年代的一篇文章中，就对相关的意象结构作出了细致的辨析：

> 他想把一场华宴抹去而追求金黄的灯火，以贮藏在圆宝盒里，他想把全世界的色相踢开而抓住一颗晶莹的水银，以贮藏在圆宝盒里。①

在徐迟的论述中，如果“华宴”特指具体的历史场景，而“水银”象征着知性的美，那么，这样的辨析其实包含了对卞之琳诗歌的玄学化倾向的批评。这也说明，除了保持一种超越性的智慧结晶态度，一种更为有效、更为综合的历史经验处理能力，也没有被真正发展出来。于“华宴上歌咏”，是徐迟为诗人提出的建议，而如何化解这一困境，其实已为诗人40年代的文体转换埋下了伏笔。

二、诗人心智的战时“成长”

1939年，卞之琳自编诗集《十年诗草》，意在总结过去，也是结束过去（“1939年后，我一度完全不写诗”②）。在此前后，他个人的生活和写作也发生了巨变，这包括在广阔内陆的游历和访问，响应

---

① 许迟：《圆宝盒的神话》，《抗战文艺》第8卷第4期，1943年5月15日；收入张曼仪编：《卞之琳》，生活·读书·新知三联书店（香港）1990年版，第237页。

② 卞之琳：《人与诗：忆旧说新增订自序》，载《卞之琳文集》中卷，安徽教育出版社2002年版，第135页。

号召写作《慰劳信集》和短篇小说、通讯等，以及与女友张充和之间复杂的情感纠葛等。从某个角度说，在战争的特定场景中，这种“巨变”也是许多作家在共同经历的，在一般的叙述中甚至具有转型的意味，诸如从个人到时代、从抒情到叙事、从“小”到“大”等。后来，闻一多在一次公开发言中，就曾称赞卞之琳不再写诗，“这是他的高见”，因为这意味着诗人走出了他的象牙塔。① 对于这种评价，卞之琳似乎并不认同，在晚年的一篇文章中，他这样写道：

> 问题不在于我写不写诗、我走不走向象牙塔，问题的实质是1944年开始闻先生积极参加了当前的实际斗争，而我从“皖南事变”以后开始意气消沉，教书以外，就悄悄埋头写我到1943年中秋才完成草稿的一部长篇小说。②

对于公共评价的拒绝，表明卞之琳对自己40年代一系列选择的特殊性的强调，也暗示对他生活和写作变化的讨论，也应适当地从整体的“转型”叙述中抽离出来，去寻找这些变化的内在逻辑。

要理解卞之琳的心路历程，写于1936年的《成长》是一个关键性的文本。在这篇散文中，卞之琳杂采各家之说，系统阐发了他对人生变易、相对性的理解，所谓“成长”指的就是一种“心智”的成熟，一种在绝对中发现相对、在变易中注重实行的人生态度。③ 到了40年代，卞之琳悟出的所谓“大道理”，无非是《成长》一文的延续，只不过进一步结合了纪德、里尔克、歌德的思想资源，最终形

---

① 闻一多：《新文艺和文学遗产》，载《闻一多全集》第2卷，湖北人民出版社1993年版，第216页。

② 卞之琳：《完成与开端：纪念诗人闻一多八十生辰》，载《卞之琳文集》中卷，安徽教育出版社2002年版，第151页。

③ 对《成长》一文的深入讨论，见江弱水：《卞之琳诗艺研究》，安徽教育出版社2000年版，第37页。

成了一套不断拓展自身又回归自身的螺旋发展的生命史观。① 在某种意义上，他在 40 年代的人生轨迹，也并非"断裂"或"转型"的结果，而是暗中遵循了一条"螺旋发展"的弧线，这使得卞之琳对时代生活的参与保持了一种强烈的个人性，对一种更为成熟、更具历史包容性心智力量的追求仍然贯穿其中。他与好友何其芳的差异，多少就说明了这一点。譬如，同样是赶赴延安，但"延安"对于卞之琳与何其芳具有不同的含义。如果说，在何其芳那里，"延安之行"的结果是一个"小齿轮"融入了"圣城"的新生活，延安构成了"出游"的终点②；那么在卞之琳这里，"延安之行"似乎更多是为了"出去转一下接受考验"，在出游中历练自我、扩张生命经验③，因而它遵循的是纪德小说《浪子回家》的模式，外出巡游的终点还是返回，"延安"也只是螺旋式人生行程的一站，通过扩张经验的广度以获得心智更高意义上的"成熟"，才是"螺旋"的主线。

在经过一系列的动荡之后，已过而立之年的卞之琳，有了更为丰富的人生感受，30 年代那颗空灵的"慧心"在与时代生活的摩擦中，也变得更为阔大、成熟，而文学兴趣、写作方式的转移，也暗中与这种心灵在历史中的"成长"密切相关。在后来的回忆性文章中，谈及自己为何尝试小说写作时，卞之琳提到了多方面的因素，诸如对西方现代小说的研究和讲授、"皖南事变"巨大震动等，但一种对年龄、阅历的特殊感受，往往隐含于他的笔端，如下面这样的一些表述：

---

① 在纪德身上，卞之琳找到了自己的"原型"，所谓"转向"，其实就是人生原有轨迹"作为螺旋式发展的向上一个弧线"（卞之琳：《何其芳与〈工作〉》，载《卞之琳文集》中卷，安徽教育出版社 2002 年版，第 287 页）。

② 何其芳：《一个平常的故事》，载《何其芳全集》第 2 卷，河北人民出版社 2000 年版，第 83 页。

③ 促成他延安之行的，并非一些友人认为的他与女友的分手，卞之琳后来澄清说："倒是女友当时见我会再沉湎于感情生活，几乎淡忘了邦家大事，不甘见我竟渐转消沉，虽不以直接的方式，给了我出去走走的启发。方向则是我自己选择的。"（卞之琳：《人尚性灵，诗通神韵：追忆周煦良》，载《卞之琳文集》中卷，安徽教育出版社 2002 年版，第 213 页）

> 因为我曾于前两年浪迹过前后方，又出我意外惊看到世事的突变，妄自以为也算饱经沧桑了。
>
> 我早就认为诗的体式难以表达复杂的现代事物而散文的小说体却可以容纳诗情诗意。而一般习于写诗的，一到中年，往往自以为有了点生活资本，羡慕写小说。①

> 一踏上“而立”的门槛，写诗的，可能实际上还是少不更事，往往自以为有了阅历，不满足于写诗，梦想写小说。的确，时代不同了，现代写一篇长诗，怎样也抵不过写一部长篇小说。诗的形式再也装不进小说所能包括的内容，而小说，不一定要花花草草，却能装得进诗。②

无论强调经验积累的丰厚（“饱经沧桑”、有了“阅历”），还是点破年龄的变化（“过了‘而立’的门槛”），某种表达的焦灼在这些文字中隐约可见。这种表白，涉及的或许是一个艾略特式的命题：在现代社会中，当一个诗人踏过某个年龄的门槛（在艾略特那里，是25岁），他该如何重新看待自己的写作，如何获得更为宽广的写作前景？在新诗史上，很多诗人的写作都不能延续到中年以后，个中原因虽有不同，但诗歌生涯的过早结束，与没有真正直面这个问题、有效地作出回应，并非没有关联。

对于艾略特而言，重要的是要获得一种历史意识，通过参与作为共时体系存在的传统而超越自身；而对于卞之琳而言，重要的则是在历史场景中完成生命的螺旋弧线。在方式上虽然迥然不同，但仍有某种共同之处，那就是诗人的历史有效性，不是来自一个个人情绪、感

---

① 卞之琳：《话旧成独白：追念师陀》，载《卞之琳文集》中卷，安徽教育出版社2002年版，第264—265页。

② 卞之琳：《山山水水·卷头赘语》，载《卞之琳文集》上卷，安徽教育出版社2002年版，第267页。

受的传达，而必须获得一种更为开阔、更为成熟的心智能力，以对应现代生活本身的复杂。在 30 年代，这一要求促使卞之琳在诗歌的非个人化方面做出了努力，“小与大”之间的弹性，使得他的写作繁复迷人又内含了困窘；在 40 年代的山水行程、情感跌宕中，这一要求似乎变得更为突出了，“小与大”之间的张力最终溢出了诗的文体框架，小说代替诗成为他的选择。为了证明这一选择的普遍性，卞之琳还曾举出“熟人”中的例子，如何其芳、艾青、冯至，这些诗人都曾写过小说，一个共同的假定似乎是：在整合复杂的历史经验方面，小说比诗歌具有绝对的优势。①

从上面的分析可以看出，从诗到小说的转换，并非简单地是一种改弦更张之举，实际上是诗人写作中“小”与“大”之间的辩证张力螺旋展开的结果。对于小说，卞之琳有很高的期待，其中包含着对“小说”的史诗品格的认识。在为沙汀的小说《淘金记》进行辩护时，他曾热烈阐说长篇小说的宏大包容力和整合力，并称赞沙汀“不管怎样艰苦，史诗式地克服困难”②。“史诗式地克服困难”，也未尝不可挪用，作为诗人对自己的期待。

三、“山山水水”的螺旋铺展

作为尝试的结果，《山山水水》的确是一部殚精竭虑的“大作”。1942 年卞之琳曾借谈论纪德系统表达了自己的文学旨趣。在《赝币制造者》中，纪德曾借主人公爱德华之口说：“我想把一切都放进这部小说。”卞之琳在文中引述了这句话，并且将其认作是纪德创作的关键：

---

① 卞之琳：《话旧成独白：追念师陀》，载《卞之琳文集》中卷，安徽教育出版社 2002 年版，第 264 页。

② 卞之琳：《读沙汀小说〈淘金记〉》，载《卞之琳文集》中卷，安徽教育出版社 2002 年版，第 44 页。

“所以在他往往一本书里就包含了他的精神生活的全部的来踪去迹。”[①]这样一种描述，在一定程度上也是《山山水水》的写照。这部悲剧性的作品，如今不能窥见它的全部，但存留的片段以及作者的自述中，仍然可以看出其叙述空间的广阔以及形式经营上的苦心孤诣，诸如叙事视点的营造、形式与主题的统一、高度玄学化的叙述风格等。这些形式上的尝试，可以看作是卞之琳对诸种现代小说技巧的一次全面试练，而后人的评价不是褒奖其小说“诗化”的特征，就是从文本成就的角度评点其得失。但值得进一步讨论的是，从诗到小说的文体转换以及小说形式方面的实验，在卞之琳这里还有更多的含义。换言之，文体上的转换和实验，或许只是手段而不是目的，诗人最终要完成的，是发现一种综合的、立体的文学方式，进行所谓“史诗式的”努力，以一种独特的个人方式，正面处理那令人茫然的“大处”，而个体精神的“小”也正交织在时代生活场景的移步换形之中。这样一来，“小说”和“诗”一样，对于期待用写作完成经验、观念整合的卞之琳来说，都不是一个不言自明的、现成的方式，其活力和可能性都有待重新开掘。

在此之前，卞之琳的文学方式已经发生了重要的转变，特别是《慰劳信集》的写作，甚至成为诗歌“转向现实”的经典范例。[②]从诗艺的角度看，《慰劳信集》的重要性不容低估，但它的“变”多少有某种“应召”的性质[③]，与这部诗集相比，转换文体之后《山山水

① 卞之琳：《安德雷·纪德〈新的粮食〉》（译者序），载《卞之琳文集》下卷，安徽教育出版社2002年版，第491页。

② 杜运燮就谈到过《慰劳信集》在当时的影响力：“他的‘变’，在为广大人民而写方面给我们提供了方向性启示，在如何反映现实方面，提供了另一种写法的实例。”（《捧出意义连带着感情——浅议卞诗道路上的转折点》，载《卞之琳与诗艺术》，河北教育出版社1990年版，第89页）

③ 有关《慰劳信集》的写作，卞之琳自己是这样叙述的：“1938年秋后，文艺界发起写‘慰劳信’活动。11月初，正在我就要过黄河到太行山内外访问和随军前几天，在延安客居中，响应号召，用诗体写了两封交出了……一年后，我按原出行计划回到‘西南大后方’，在峨眉山，也就在11月初，起意继续用‘慰劳信’体写诗，公开‘给’自己耳闻目睹的各方各界为抗战出力的个人或集体。”（《十年诗草（增订本）·重印弁言》，载《卞之琳文集》上卷，安徽教育出版社2002年版，第4页）

水》，实际上更多地具有个人延续性，在“变”中自有不变，这突出体现在小说内在的螺旋展开原则上。这部小说以四个城市——武汉、成都、延安、昆明——为中心，以林未匀、梅纶年二人的悲欢离合为主线，意在经纬交织，展现众多知识分子在战争中的精神状态。叙述视点的不断交替、空间场景的位移变换以及情节的相互递进，使得小说像一部山水长卷螺旋式地铺展。这一原则也渗入具体的描写中，譬如占据小说主体的冗长对话也呈现相似的螺旋结构：谈山水之道，谈个人经历，谈时空的关系，谈艺术的形式，话题不断延伸但又围绕同一个轴心展开（“大道理”）。这种纪德式的“缠花边”写法[①]，带来了一种微妙的文学可能性，形式结构本身就传达了主题，换言之，卞之琳在自然、历史、人世中的彻悟，也直接化身为小说中视点、场景、对话的螺旋式展开。如果说《山山水水》所要传达的“大道理”，在某种意义上，不过是30年代“成长”主题的延伸，那么以“螺旋”的手法写横贯东西古今的世道人心，这与30年代“由一点推及无限”的诗歌原则也并无本质的不同。从“诗”到“小说”的文体转换中，那种“以尺幅包容天下”的追求却延续下来，不同之处在于“地图”“圆宝盒”等袖珍容器，被更为广阔的移步换形的山水行程替代。

不同文体之间的相互渗透，是40年代文学的一个特点，卞之琳小说中的所谓“诗化”原则，无疑也应作如是观。但诚如上文所述，采用螺旋展开的原则，其目的不仅仅是形式上的奇巧，更不是为了让小说有更多的“诗意”，而是要形成一种综合的、立体的文学能力，建构出一己心灵对历史之“大”、经验之繁复的阐释和容纳。如卞之琳自己所言：面对现代社会的纷繁景象，新文学应该日趋“成年”，“不管怎样，只要能把一大堆材料的千头万绪抓得着，操纵地住，组

① 在《安德雷·纪德〈新的粮食〉》（译者序）中，卞之琳对这种写法有详尽的描述，如：“一种波浪式差池的进行，或者螺旋式的进行”，“意象相依相违，终又相成，得出统一的效果”。（《卞之琳文集》下卷，安徽教育出版社2002年版，第493—494页）

织或建造得起一个有机的整体，总不应太受小视”。在40年代文学的文体实验中，对“大”的向往并非孤立的个案，40年代初的沈从文在一封书信中，就这样表达了对自己写作的期许：“……好好再写十年，试验试验究竟还能不能用规模较大的篇章，处理一下这个民族各方面较大的问题？”[①]

对“大”的向往，带来的当然有文学主题、经验空间的扩张，但更有意味的或许是，正是在关乎“大”的抱负之挤压下，才出现了卞之琳、沈从文、冯至等人在小说形式上的拓展，因为对历史的包容和处理不简单等同于对外部事件的记录，如何在现代的生活世界中安排、糅合复杂的心理感受和经验，才是主要的挑战。后来，更为年轻的诗人、批评家唐湜借评论师陀《结婚》勾勒了现代小说在这一向度上的展开。他将乔伊斯的《尤利西斯》称颂为空前绝后的“心灵史诗”，因为小说独特的结构将现代人丰富的内部与外部生活、意识与潜意识，凝合为一个统一体，“是最好的诗，也是最好的散文和小说”。[②]

当然，并非“实验”就一定能成功，并非进行了综合的、立体的形式经营，就一定能获得有机的“史诗性”，卞之琳就曾言“写诗朋辈中奢想写小说而居然获得成功”的只有极少数（或许只有冯至）。[③]他的《山山水水》为了追求一种玄学的抽象，小说的叙述线索被过多的对话、思辨淹没，而过度观念化的意象处理也在阅读上给人以不堪重负之感。[④]可以参照的是，曾讥讽卞之琳不会写小说的师陀，在40

① 沈从文：《给一个作者》，原题《新废邮存底（十）——给一个作者》，发表于1941年2月18日《中央日报·文艺》，见《沈从文全集》第17卷，北岳文艺出版社2002年版，第424页。

② 唐湜：《师陀的〈结婚〉》，原载1948年3月15日《文讯》第8卷第3期，引自《二十世纪中国小说理论资料》第4卷，北京大学出版社1997年版，第518页。

③ 卞之琳：《忆“林场茅屋”答谢冯至——复〈冯至专号〉约稿信》，载《卞之琳文集》中卷，安徽教育出版社2002年版，第101页。

④ 在讨论40年代小说的“象征化”尝试时，范智红对《山山水水》提出了尖锐的批评。参见《事变缘常——四十年代小说论》，人民文学出版社2002年版，第176—177页。

年代也尝试了与卞之琳类似的构造不同视点的写法，如《结婚》（上卷是六封主人公胡去恶的书信，下卷是作家的全知叙述），以期形成错综、立体的表现，但在批评者唐湜看来，也仍是一个草率的、缺乏完整性的实验，“是一个奇异而更繁杂的混合”。

在一种常见的叙述中，40 年代的诸多文体尝试，被当作广义的先锋实验得到了充分认可，但这样一种说法有可能暗中消除“实验”背后的困境意识。事实上，在一些实验中，某种文体边界的挣扎和挫败可能更值得关注。具体到卞之琳这里，如果说从诗到小说的文体转换，并没有如诗人所愿真正形成一种“史诗”般的表现力，也没有真正化解小与大之间的紧张，然而，正是在这种展露可能又包藏危机的“实验”中，不同文体之间的历史分野反而凸显出来，成为一个需要质询的问题了。

四、诗与小说

在现代的文类体系中，小说和诗似乎是遥遥相对的两极。小说不仅取代了“史诗”的位置，而且在处理现代生活的杂多性、宽广性方面，也显示出无穷的活力。巴赫金在比较“小说”与“史诗”时，就强调了小说之所以成为现代文学的“主角”，是因为它与变化中的新世界发展出一种亲密无间的关系，“小说同没有完结的现时打交道，这就使这个体裁不致僵化。小说倾向描写一切尚未定型的东西”①。当“史诗”的功能、正面处理现代生活的活力出让给小说，对表现领域之独特性的维护，也因而成为诗文体的合法性依据，在某种程度上，朝向情感领域、隐私经验的收缩，也成为纯文学制度关于“诗”的一

① ［俄］巴赫金：《史诗与小说》，载《巴赫金全集》第 3 卷，白春仁、晓河译，河北教育出版社 1998 年版，第 530 页。

般想象。①

与上述“想象”相关，在现代诗学中，诸如“小”与“大”、“长”与“短”等的讨论，也都不单是规格与篇幅的争议，而是曲折映射出有关诗歌本质的知识规训。其中，最著名的应该是爱伦·坡对“长诗”的摒弃，在他看来，诗处理的是一种稍纵即逝的冲动，“长诗”因而是“不存在”的。五四时期，周作人有关“小诗”的论述，其意义也不只在说明一种新的诗体，忽起忽灭的“刹那的内生活的变迁”也被暗中看作是诗的抒情本质之所在。② 在这个意义上，“小”不只是一种诗艺上的特征，也似乎可以看作“诗”在现代历史中基本的文体形象。

在新诗观念的确立过程中，从一种发生学的角度，将“诗”定义为一种生命、情感的短促外射，也是相当重要的一环。譬如，20年代初在有关“散文诗”的论争中，为了给无韵无体的“散文诗”确立文体的边界（也即是为“新诗”寻找合法性），滕固就引用了阿伦·波（爱伦·坡）“诗是唱出强烈刹那间的感情；所以长的是不自然，短的才自然”这一判断，作为散文诗与散文的区别之一。③ 在这样一种观念的知识规训下，体制精巧、传达精妙的内心感受的短诗，或用周作人的话来讲，以抒情为本、以象征为精意的诗歌方式，成为新诗理想的范本。虽然从晚清开始，出于对现代民族国家的想象，一种史诗性的冲动同样存在于新诗历史中，有关“长诗”的构想和实践

① 黑格尔在《美学》中，不仅提出了在现代的散文化世界中，小说已成为市民阶级的史诗，也对浪漫主义以后最主要的诗歌体式——抒情诗的表现范围作出了规定：“抒情诗的真正源泉既然就是主体的内心生活，它就有理由只表现单纯的心情和感想之类，而无须就外表形状去描述具体外在情境。”（[德] 黑格尔：《美学》第3卷下，朱光潜译，商务印书馆1981年版，第199页）

② 周作人的弟子废名在讲授新诗时，也以诗能否捕捉当下瞬间的感兴为评诗标准，与周作人有关“小诗”的谈论暗合（参见《谈新诗》中《尝试集》《一颗星儿》等文）。这一点后来也被当代的研究者注意到（赵寻：《八十年代诗歌“场域自主性”重建》，载《激情与责任：中国诗歌评论》，人民文学出版社2002年版，第336页）。

③ 滕固：《论散文诗》，载郑振铎选编：《中国新文学大系·文学论争集》，上海良友图书印刷公司1935年版，第309页。

也吸引过不少的诗人，但在总体上并不占据主流。与上述观念相对立，另一种话语在新诗史上当然也颇具势力，那就是鼓吹诗歌对历史的直接介入和控诉，强调一种强悍的、激情的、关于“大”的美学。在某些历史阶段，这样一种话语甚至上升为具有权威性甚至是压迫性的原则，但因在理论和实践上过于粗糙，反而在批评与辩护的对峙结构中，进一步强化了前者的自足。80年代以来，为了以往现实主义独尊的意识形态与美学标准的对抗，建构一种回归“本体”的新诗史观，上述诗的文体想象在某种程度上，在研究和评价中也被常识化了、制度化，“小处敏感”似乎成为现代诗歌的标志。

毋庸置疑，关于“诗”的文体想象，带来了可贵的自主性，使得诗歌成为历史普遍话语之外的一个保有丰富人性的特殊领域，但在一定程度上它也约束了“诗”的历史可能性，尤其在处理现代繁杂、异质的经验方面，“诗”被看成是一个相对次要的方式，这也是卞之琳文体转换的前提，“小”的文体无法支配历史、人情、心智之“大”。冯至的《伍子胥》被卞之琳称为诗人写小说少有的成功范例，借谈论这部小说之机，卞之琳曾明确地提出了“诗与小说”这个命题，又一次重申了自己的观点：

> 时代前进，人类的思想感情也随之复杂微妙化，在文学体裁中已不易用本来单纯也单薄的诗体作为表达工具，易于单线贯穿的长篇叙事诗体在高手或巨匠手中也不易操作自如以适应现代的要求。从青少年时代以写诗起家的文人，到了一定的成熟年龄（一般说是中年前后），见识了一些世面，经受了一些风雨，有的往往转而向往写小说（因为小说体可以容纳多样诗意，诗体难于包涵小说体所可能承载繁夥）。①

① 卞之琳：《诗与小说：读冯至创作〈伍子胥〉》，载《卞之琳文集》中卷，安徽教育出版社2002年版，第356页。

这段话类似于卞之琳的个人自白，的确也道出了某种规律性的事实，然而，同样不能忽略的是，在现代的文类体系中，不同的文体之间也存在着争斗、竞争。依照巴赫金的思路，对“小说”的期待也是对文学“现代化”的期待，当“小说”成为主导，它也改变了整个文学的未来，其他的文体在与小说的争斗中也被“吸引到与未完结的现实相联结的领域之中”。① 在现代诗歌史上，打破既有的文类想象、扩充诗歌的历史可能性的探索也十分强劲，尤其是在艾略特等现代诗人那里，诗歌的包容力以及与“现时”打交道的能力已经得到了大大提升，甚至与小说相比也毫不逊色。②

即便是在新诗史上，类似的探索也并不鲜见，朱自清的《毁灭》、孙大雨的《自己的写照》等“长篇”作品，乃至卞之琳在诗歌小说化、戏剧化方面的实践，都在表达复杂个人经验、拓展诗歌丰富表现力方面作出过相应努力。需要指出的，这种探索不一定表现在诗歌的长度上，在根本上表现为对一种写作能力的追求。譬如，30 年代中期在《大公报·文艺》栏“诗特刊”上，就曾出现了一场关于“长诗”与“小诗”的论争，主持人梁宗岱就出来调停，提出“长诗”与“小诗”各有其特殊领域，不能在二者间有所轩轾，对于中国诗歌而言，重要的是在刹那的感兴之外，去发展“一种具有‘建筑家意匠’的歌咏灵魂冒险的抒情诗”。③ 所谓“建筑家意匠”，或许指的就是一种追寻“迂回起伏”、错综繁复经验的写作能力。到了 40 年代，在

---

① ［俄］巴赫金：《史诗与小说》，载《巴赫金全集》第 3 卷，白春仁、晓河译，河北教育出版社 1998 年版，第 544 页。

② 袁可嘉就认为，面对综合现代经验使之达到最大化程度的要求，“极度的扩张”与“极度的凝缩”是两种有效的手法，前者的代表是乔伊斯的《尤利西斯》，后者的代表是《荒原》，以“寥寥四百行反映整个现代文明，人生”。（袁可嘉：《新诗现代化的再分析》，载《论新诗现代化》，生活·读书·新知三联书店 1988 年版，第 11 页）

③ 梁宗岱：《论长诗与小诗》，载《梁宗岱文集》第 2 卷，中央编译出版社 2003 年版，第 162 页。

历史的挤压之下，这样一种要求便显得更迫切了，不仅有闻一多站出来鼓吹将诗写得不像诗，朱自清也提出了能够大规模表现现代生活的“现代史诗”的构想①，而在年轻诗人穆旦对卞之琳的批评以及对“新的抒情”的呼唤中，也不难发现对一种更为清新、鲜活的写作能力的渴求②。如何在坚持诗歌特殊性的同时，建立一种更为有力、更具包容性的历史处理能力，就成为新诗面对的一重现代性焦虑。

回到卞之琳这里，他的写作虽然借助小说化、戏剧化，有了一种“小大由之”的扩张力，但从根本上而言没有化解整体的焦虑。40年代的转向小说，也是他主动探询新的表现方式的尝试。这种选择涉及个人的文学气质、趣味，不能苛求卞之琳像新一代诗人穆旦、杜运燮那样，在诗歌中精力充沛地肉搏于泥沙俱下的现实。但有关“诗”与“小说”之间差异的文体想象，仍潜在地影响了他的选择，卞之琳显然没有像朱自清等人那样，充分信任诗歌的可能性。

说来说去，“小”与“大”的确是卞之琳喜爱把玩的主题，80年代他曾有一篇小文名为《小大由之》，描述自己作品篇幅常因各种机缘，“由小变大，由大变小，由小变无，原是寻常”。他将这种变化命名为“小大由之”（他儿时常用的一种便宜毛笔的名字）。③ 这指的虽是文章篇幅的自由伸缩，但在某种意义上，比起“小处敏感，大处茫然”的经典叙述，“小大由之”一语似乎更能说明诗人写作中的微妙张力，以及现代历史中“诗”这一文体尚未得到充分尊重的活力。

---

① 朱自清关于“现代史诗”的构想，来源于30年代他对哈罗德·金《现代史诗探索》一文的阅读（见朱自清1933年2月22日日记，《朱自清全集》9卷，江苏教育出版社1998年版，第199页）。在40年代的《诗与建国》中，他进行了系统表述，他所举出的“现代史诗”的例子，有孙大雨的《纽约城》与杜运燮的《滇缅公路》（朱自清：《新诗杂话》，生活·读书·新知三联书店1984年版，第42—48页）。

② 穆旦：《〈慰劳信集〉——从〈鱼目集〉说起》，香港《大公报》1940年4月28日。

③ 卞之琳：《“小大由之”——旧作新序》，载《卞之琳文集》中卷，安徽教育出版社2002年版，第81页。

第九章 冯至、穆旦40年代诗歌写作的人称分析

中国现代主义诗歌发展到20世纪40年代，文本技巧与诗学观念的日渐成熟，以及时代语境的剧烈嬗变，使得诗人们不断突破原有的界限，在语言及历史的双重张力中整合了更多的想象力资源。因此，这一时期被称为“现代主义诗歌的拓展期”①。冯至和穆旦正是这一时期现代主义诗坛上极为耀眼的两颗星座，他们在诗艺道路上完成的创造性转化至今仍具有典范价值。

然而，在时代主流话语与诗人个体自我之间所激起的多重振荡中，他们所确立的诗性主体却迥然不同：冯至试图远离时代的喧嚣，尝试在个体深层体验中营造一种内心话语，“从敏锐的感觉出发，在日常的境界里体味出精微的哲理”②；穆旦则不断将自我卷入与现实的矛盾冲突中，“用深入——深入到剥皮见血的笔法，处理着他随处碰到的现实题材”③。当我们力求阐释这种差异，便不得不遭遇具体时代语境在诗歌写作深层结构中留下的印迹以及诗人主体对这种渗透的争辩抗拒。由此，一种将诗人视为复杂话语功能独立实现者的设想瓦解了，进一步的阐释势必变成福柯式的质询：“在何种背景和哪一种形

① 孙玉石：《中国现代诗歌艺术》，人民文学出版社1992年版，第259页。

② 朱自清：《诗与哲理》，载《新诗杂话》，生活·读书·新知三联书店1984年版，第24页。

③ 陈敬容：《真诚的声音》，《诗创造》1948年6月号。

式里，主体怎样出现在话语秩序里？"[①]因此，本章将考察冯至、穆旦40年代诗歌写作之中不断流通的时代话语与个体话语间的相互谈判、冲突及转化，以揭示写作主体与时代语境间不断亲和又不断疏离的关系，透视中国现代主义诗人主体确立的悖论性命运，而人称分析将构成这一考察的切入点。

诗歌写作中的人称意识与叙事性作品一样，不仅构成写作者观物方式转换的中轴点，而且与文本中主体性的生成有关。依照某种论述："这种'主体性'不管在古典抒情诗里（'我你'或'我她'）或现代诗（自我消匿）的论述过程里，均不断形成，和他人产生对立、接触，以了解本身的处境，一再修正自己，一方面描述自我与外在世界（你、她或它）的种种关系，一方面便以这些关系组构自身。"[②]这种主体与他者微妙共生的关系也应和了巴赫金的理论："在他人的帮助下我才展示自我，认识自我，保持自我。最重要的构成自我意识的行为，是确定对他人意识（你）的关系。"[③]于是，人称分析、主体确立及发现他者，这三者就在说者"我"、听者"你"及被谈论者"他"之间，达成了内在的相关性。

在中国现代主义诗歌的早期发展中，第一人称"我"作为抒情的核心主语，在某种意义上使诗人自我长久拘囿于个体的情绪体验之中，不能触摸更多的他者。这种局面到卞之琳这里似乎已有所改观，他吸收了西方现代派诗艺中"小说化""戏剧化"的策略，充分调动多种人称，突破单一的抒情独白，发展出包含多重声部的复杂有机体。[④]但

---

① ［法］米歇尔·福柯：《什么是作者》，载《后现代主义与文化美学》，北京大学出版社1992年，第303页。

② 廖炳惠：《人称代名词之删略》，载《解构批评论集》，（台北）东大图书公司1985年，第290—291页。

③ 董小英：《再登巴比伦塔——巴赫金与对话理论》，生活·读书·新知三联书店1994年版，第21页。

④ 赵毅衡、张文江：《卞之琳：中西诗学的融合》，载《走向世界文学：中国现代作家与外国文学》，湖南人民出版社1985年版，第512—515页。

是，这种人称变换所生成的“复杂主体”并没有直面一个异己性的他者，个体情绪体验依旧限定了写作的疆界。因而，在他的名作《距离的组织》中，作为插入语的一行——“忽听得一千重门外有自己的名字”，或许还可以读作某种预言：一个他者在重重阻隔之外（“一千重门外”），对中国现代主义诗人的隐约呼唤。在这个意义上，诗人主体在 40 年代的拓展、异变，也可以描述为对这个他者的不断发现与回应。

一、个体泛音背后的社会性基音

在一个由战火、动荡、流亡构成的特殊生存场景中，民族危亡所激发的社会责任感与使命感，作为一个强有力的他者，突入了 40 年代诗人的主体结构之中。大部分诗人放弃了个体深层经验的开掘，卷入集体性时代浪潮中，正如艾青描述的：“他们几乎和抗战发动的同时，一面撇开了艺术至上主义的观念……撇开了日常苦恼的缕述，撇开了对于静止的自然的幸福凝视……以人群的悲苦为悲苦，以人群的欢乐为欢乐。”[①]这段论述的潜台词无疑是：诗人主体必须在时代话语中才得以确立，这不仅是美学上的认同，更是价值上的承诺。当卞之琳以一部《慰劳信集》汇入了时代的合唱，诗人冯至却作出了自己的选择。

在 1941 年春城昆明的林舍茅屋中，作为“远离了烽火，看不见全国人民流离之苦与抗争的英勇”的“一些教授与绅士”中的一员[②]，他写出了中国现代主义诗歌“里程碑式”的作品（袁可嘉语）

---

① 艾青：《诗与时代》，载《艾青选集》第 3 卷，四川文艺出版社 1986 年版，第 107 页。

② 艾青：《诗与时代》，载《艾青选集》第 3 卷，四川文艺出版社 1986 年版，第 103 页。

《十四行集》，这二十七首十四行诗“表达人世间和自然界互相关联与不断变化的关系”[①]。通过对内心经验及日常表象作里尔克式的观照，冯至将一种对存在本身进行揭秘的冥思性话语引入了汉语新诗的写作：“我似乎在与对面的一个生命对话，我向他申诉我的内心世界。”[②]这个与我对面的生命他者的出现，是否同时意味着时代的疏离呢？冯至在评述克尔凯郭尔的时候表明了立场：“时代里散漫无形的状态，散布得很广，好像是包容一切，融汇一切，但是一个实在的本质，不能求广只能求深，要求一个严格的形。”[③]由此，冯至的写作似乎通过对时代的疏远以及一个内在他者（生命）的确立，在语言中捍卫了一种纯粹的个人性、内在性。

然而，有意味的是，在这种个人话语的文本现实中，一种隐在的“非个人性”却与上述假设暗中抵牾，构成了一种内在的“双语”现象：“两种意识，两种观点，两种评价在一个意识和语言的每一成分中交锋和交错，亦即不同声音在每一内在因素中交锋。”[④]这种“个人性”与“非个人性”之间的张力，首先表现复数性第一人称的频繁出现：从第一首《我们准备着》到最后一首《从一片泛滥无形的水里》，“我们”这个反复迭现的核心主语，统摄了近半数以上诗作的展开，如《什么能从我们身上脱落》《我们来到郊外》《我们站在高高的山巅》《我们有时度过一个亲密的夜》《我们听着狂风里的暴雨》……在这些以首行诗句为题的诗中，一个特定时空情境中的“我们”，往往在起点上就成为诗人描述内心经验所必须设定的人称前提，随后展开的内心低语也奠基于某种集体性的感受模式。不仅如此，“我们”还不断

① 冯至：《外来的养分》，载《立斜阳集》，工人出版社1987年版，第198页。

② 《冯至先生谈诗歌创作》，《诗》双月刊第2卷第6期、第3卷第1期《冯至专号》，香港诗双月刊出版社1991年版，第7页。

③ 冯至：《一个对于时代的批评》，载《冯至学术论著自选集》，北京师范学院出版社1992年版，第465页。

④ ［俄］巴赫金：《陀思妥耶夫斯基诗学问题》，白春仁、顾亚铃译，生活·读书·新知三联书店1992年版，第287—288页。

潜入诗行的展开中，时刻暴露着这种基本模式。例如，在第一首中，十四行诗句分为四节，每一节都开始于“我们”：“我们准备着深深地领受”“我们的生命在这一瞬间”“我们赞颂那些小昆虫”“我们整个的生命在承受”。每一节都似乎是对某一特殊经验的单独表达，而四节的并置却又似乎是对同一种经验的四种不同陈述，从而整首诗作就成了一支有关“我们”共同担当某种生命主题的排比性长句。“我们”始终代替“我”不断置身于山巅、黑夜、风暴、茅屋等自然诸事物之中，分享了诗人对生命本质的内在体验。主体与他者间的对话的隐私性，具有了某种程度的公开性，时刻召唤容纳着众多缺席的听者。在另外一首《什么能从我们身上脱落》中，反复出现的同一种句式“我们安排我们在这时代”“我们安排我们在自然里”“我们把我们安排给那个未来的死亡”，也表明诗人主体的自我确立（“我安排我”）被这种特殊的主宾同一的集体性确立（“我们安排我们”）所替换。

这种个人话语与非个人话语间的张力还表现在另一种人称关系的配置上，即“你”与“我”两种单数性人称的组合。这种人称关系在二十七首作品中也占有相当的比重。一个隐含的缺席听者，转化成第二人称单数“你”进入文本，这是现代主义写作维护其话语隐私性、内向性的一种惯常修辞：“同一个想象的，因而也是非常真实的对话者进行辩论，就成了现代主义艺术作品的存在模式。”①波德莱尔、艾略特等人的写作中，总有一个诗人自我的虚构性投射——“你”幽灵般隐现着，在冯至私淑的里尔克那里，依照评论家的说法：“反复出现的‘你’常常意味着他在自言自语。”②然而，冯至诗中的“你”“我”关系却丝毫没有此种虚构的投射性与隐私性。“你”总是指涉了现实具体的形象，从日常的平凡事物（有加利树、鼠曲草、驮马、小河）

---

① G.M. 海德：《城市诗歌》，载［英］马·布雷德伯里、詹·麦克法兰编：《现代主义》，刘家峦等译，上海外语教育出版社 1992 年版，第 321 页。

② J. B. Leishman and Stephen Spender, *DuiNo Elegies*, London : the Hogarth Press, 1939, p.19.

到诗人心目中的圣者（鲁迅、蔡元培、歌德、梵诃等），个体内心中的生命诉说在这些诗中转换为对某种具体所指的礼赞：“我常常想到人的一生 / 便不由得要向你祈祷”（《鼠曲草》）。“你”与“我”之间的交谈，与其说是主体自我的扩展，毋宁说在宣讲某种外在的公共价值，人称是单数的、个人的，而话题却是公开的、物质性的、属于人群的。

另外，单数人称“你”与“我”之间的对话，也并没有形成真正的“对话性”，因为对话的双方应具有“同意或反对关系、肯定和补充关系、问和答的关系”①。在冯至的诗中，“你”与“我”之间只有一方的默许、聆听、引导与另一方的恳请、倾诉和追随，这种失却了对立、否定因素的交谈，其实是复数性合声（“你”与“我”的重合）的一种巧妙“伪装”。也正因为如此，“你”与“我”两个单数人称，也呈现出一种不断融合、趋同的态势，例如下列诗句：“祝你永生，我愿一步步 / 化身为你根下的泥土”（《有加利树》），“我”追随着“你”的精神性存在，并最终在永恒的大地上与“你”融为一体；“当你向我拉一拉手 / 便像一座水上的桥”（《威尼斯》），单个主体间的相互召唤、援助会逾越一切距离显示了生命的同在。在这部诗集中，手、桥、船、窗等意象的相继出现，也象征着不同主体不断沟通、不断融合成新的“我们”的渴望。因此，单数人称在某种意义上可以看作核心人称“我们”的一种变形：开始散播为单数个体——“我们招一招手，随着别离 / 我们的世界便分成两个”（《别离》），而后又整合为集体——“我们来到郊外 / 像不同的河水 / 融成一片大海”（《我们来到郊外》）。李广田就发现了这一现象，他说：“那不是站在‘我’的地位上来关切‘你’或‘他’，而是‘我你他’的契合，或如诗人自己所说是生命的‘融

---

① 董小英：《再登巴比伦塔——巴赫金与对话理论》，生活 · 读书 · 新知三联书店1994年版，第7页。

合’罢了。”[①]或许可以说，单数人称的设置没有形成话语的个人性，不同主体间的对话及融合，同样传达了一种强烈的“非个人”声音——“我们”的声音。

这种人称的设置，或许对应了罗兰·巴特（Roland Barthes）所称的艺术作品除“信息层”与“象征层”之外的第三层意思——“晦钝意思”，它是“一种无所指的能指”，常常“构成一种细微的对话体”，似乎并无明确意旨但又与意旨实践相背离，可以表现为一定的言语习惯[②]。冯至诗歌中这一层“晦钝意思”却触及了问题的核心：诗人的主体与时代话语之间的张力如何在文本中实现，“我们”这个复数性人称，就是一个关键的中介。

谈及当时盛行的“朗诵诗”时，朱自清曾言：“根本的不同在于传统诗的中心是‘我’，朗诵诗中没有‘我’，只有‘我们’……‘我们’替代了‘我’。”[③]在那个以民族救亡为主流话语的年代，朗诵诗、街头诗、诗画展览等群体性诗歌形式层出不穷。胡风提出的口号是：“现在对诗的要求是愈广泛地动员民众愈好，所以诗也要求和民众愈接近愈好”[④]。以鼓动性、民众性为旨归的诗歌，其共性恰恰在于“我们”这个人称，诗人作为一个号召者，不断用这个复数人称将听众纳入共同体的感受中，将对苦难的承受以及对未来公正的憧憬融为一体，连续性、整一性正是其话语的基础形式。当这种话语形式占据了主流，那么它也支配了对时代诸多事件的阐释，约束了该时代想象力的生成。西方新历史主义者认为：“事件通过一个特定时间与地点占统治性的再现方式所许可的句法策略把它们拼入这套语汇表与分析之

---

① 李广田：《沉思的诗》，载《诗的艺术》，开明书店1947年版，第81页。

② ［法］罗兰·巴特：《第三层意思》，载《罗兰·巴特随笔选》，怀宇译，百花文艺出版社1995年版，第314—317页。

③ 朱自清：《今天的诗》，载《朱自清全集》第4卷，江苏教育出版社1990年版，第502—504页。

④ 胡风：《略观战争以来的诗》，载《胡风诗全编》，浙江文艺出版社1992年版，第616页。

中而获得‘事实’的地位。”[①]冯至的写作虽然通过设定一个超时代他者（生命），似乎疏远了时代的支配，但在复数性人称模式中，诗行内部的诸种力量是和谐的，持续向同一个方向聚合，因而个体经验的连续性得以恢复，对未来的乌托邦式渴望也得以确认。

冯至曾不无深情地说：“他们工作而忍耐……这些不顾时代的艰虞，在幽暗处努力的人们。他们绝不是躲避现实，而是忍受这现实为将来工作。”[②]这样一种经验结构，就为“第二个无形的交谈者”[③]——时代话语的进入提供了可能的途径：“他人话语的更高一级形式，是他人话语作为一个叙述模式进入作品的结构”[④]。以“我们”为核心的人称模式，暗合了历史叙述的集体性、连续性与整一性要求。因而，支配性的时代他者不是作为一个话题，而是作为一种话语形式渗透到冯至的写作中（这个他者有时也直接作为主题进入十四行诗的写作，由于篇幅有限，此处不予详述）。于是，冯至的诗性自我中便呈现出一种微妙的交错对峙，其内心独白式个体泛音中总能听出社会存在的沉重基音。

二、不断碎裂的“我”与“我们”

由于时代主流话语模式的渗入，“我们安排我们……”这种封闭式自我确立的自足性被打破了，这也证实了“只有作为社会评价的基调的泛音，个人情绪才能够发挥作用。‘我’只有在‘我们’的基础

---

① ［美］海登·怀特：《解码福柯：地下笔记》，载张京媛主编：《新历史主义与文学批评》，北京大学出版社1993年版，第117页。

② 冯至：《工作而等待》，载《冯至选集》第2卷，四川文艺出版社1985年版，第175页。

③ ［俄］巴赫金：《陀思妥耶夫斯基诗学问题》，白春仁、顾亚铃译，生活·读书·新知三联书店1992年版，第271页。

④ 董小英：《再登巴比伦塔——巴赫金与对话理论》，生活·读书·新知三联书店1994年版，第298页。

上，才能够通过语言的途径确立自身”①。然而，这是否意味着集体性的合声将淹没时代中众多的异质声音呢？这种假设与个体自足性的假设同样可以质疑，因为“支配性的论述并不是一股固定而专制的力量，在它底下往往蕴藏着迫使它转化的次要论述”②，而且“再现永远不可能是完整的，所以一切再现活动都会产生一个边缘化的或者遇到排斥的‘他者’”③。诗人穆旦便似乎是这种时代主流话语生产出的异己性形象。

在论及以穆旦为代表的九叶派诗人时，大部分学者都接受了袁可嘉的论述：“在思想倾向上，既坚持反映重大社会问题的主张，又保留抒写个人心绪的自由；而且力求个人感受与大众心志相沟通，强调社会性与个人性，反映论与表现论的有机统一。”④然而，深入体察穆旦诗歌写作深处个性话语与整体叙述之间的关系，却会在一定程度上让我们质询上述结论的完整性。

面临民族救亡的宏大叙述，穆旦们的选择与冯至似乎有所不同：“因为我是特别主张要写出时代意义的内容。问题是，首先要把自我扩充到时代那么大，然后再写自我，这样写出的作品，就成了时代的作品。”⑤主体确立与对时代经验的忠实，在这种表述中重合了。1940年，穆旦还在香港《大公报》上相继发表两篇书评，评论艾青的《他死在第二次》与卞之琳的《慰劳信集》这两部汇入时代合唱的诗作，声称：“无论走在大街、田野、或者小镇上，我们不都

① ［美］凯特林娜·克拉克、迈克尔·霍奎斯特：《米哈伊尔·巴赫金》，语冰译，中国人民大学出版社1992年版，第254页。

② 廖炳惠：《形式与意识形态》，（台北）联经出版社1991年版，第113页。

③ ［美］布鲁克·托马斯：《新历史主义与其他过时话题》，载张京媛主编：《新历史主义与文学批评》，北京大学出版社1993年版，第70页。

④ 袁可嘉：《诗人穆旦的位置》，载《半个世纪的脚印——袁可嘉诗文选》，人民文学出版社1994年版，第157页。

⑤ 郭保卫：《书信今犹在，诗人何处寻》，载杜运燮、袁可嘉、周与良编：《一个民族已经起来——怀念诗人、翻译家穆旦》，江苏人民出版社1987年版，第180—181页。

会听到群众的洪大的欢唱么？这正是我们的时代。”[①] 毫无疑问，穆旦同众多被时代“洪大欢唱”所鼓舞的知识分子一样，以一种主动的姿态渴望跃入众声的合唱之中，这种冲动同样表现在他诗作中人称的使用上。

穆旦早期的诗歌被称为是“雪莱式的浪漫派的诗，有着强烈的抒情气质”[②]，主语“我”也占据了一个核心的位置。同样是在昆明，西方现代主义诗学与中国特有的现实场景遭遇了，青春型的自我体验结构被击碎，主语“我”开始渴望拥抱时代性他者并进入其内部。请看下面的诗句：“热情的拥抱！让我歌唱，/ 让我扣着你们的节奏舞蹈”（《合唱》）。当“我”置身于“你们”之外，还是一个时代的旁观者，主体内部充满了焦灼，迫不及待地要搭乘最为迅捷的交通工具，投入时代话语的洪流中：“我要赶到车站搭 1940 年的车开向最炽热的熔炉里”（《玫瑰之歌》）。时代对主体的强大感召力，使得在 1941 年前后，穆旦诗中第一人称复数“我们”突然激增：“一切的繁华是我们做出 / 我们被称为社会的砥柱”（《鼠穴》）；“等待着，我们无言的痛苦是太多了，/ 然而一个民族已经起来”（《赞美》）。这里的“我们”是给定的，区别于冯至那种将个体放大为集体的构造，这是“因为我们的背景是千万人民，/ 悲惨，热烈，或者愚昧的”（《控诉》）。

断裂也正发生在这里。“在研究那同一历史时刻对权威的某些再现方式以及明显对它所作的颠覆行动的时候，我们发现那不是一种直截了当的反对，而是一种复杂得多的过程。”[③] 当传统的人文土壤上还不适合生长出完整的现代思辨精神，穆旦“也许是中国诗人里较

① 杜运燮：《穆旦著译的背后》，载杜运燮、袁可嘉、周与良编：《一个民族已经起来——怀念诗人、翻译家穆旦》，江苏人民出版社 1987 年版，第 115 页。

② 王佐良：《穆旦的由来与归宿》，载《风格和风格的背后》，人民日报出版社 1987 年版，第 106 页。

③ [英] 乔纳森 · 多利莫尔：《莎士比亚，文化物质主义和新历史主义》，载中国社会科学院外国文学研究所《世界文论》编辑委员会编：《文艺学和新历史主义》，社会科学文献出版社 1993 年版，第 155 页。

少绝对意识又较多辩证观念的一个”[①]，他跃入了时代却并不是作为一名“时代的鼓手”，而是像英国20世纪30年代左翼诗人那样“兀立在那里，像十字街头的一面镜子，映现着拥挤、危险以及与‘你自己分裂的心灵’相接的，你所来自并去往的道路”[②]。在这个意义上，“我们”也遭遇了来自自身和外部的颠覆，这种颠覆大概以三种方式在人称上展开。

第一种方式：“我们”被置于怀疑和质问的焦点。虽然复数性人称无所不在，但“我们”总是伴随着与单数人称的不断冲突，换言之，“我”的个体性音质与“我们”疲倦的声音往往同时出现在同一首诗中：“在旷野，我独自回忆和梦想：/ 在自由的天空中纯净的电子”，与此同时，“我们的世界是在遗忘里旋转 / 每日每夜……”（《在旷野上》）。“我”的真实自由直接构成了对“我们”之世界的平庸虚妄的无言批判。同时，“我”也会从“我们”中抽身而出，转而质疑自身归属的合理性：“我长大在古诗词的山水里，我们的太阳也是太古老了”“我们的爱情是太古老了”（《玫瑰之歌》）。当“我”对于“我们”的冲击进一步升级，诗人冷酷的自觉就会闪出反讽的光芒：“……在我怀里 / 藏着一个黑色小东西，/ 流氓、骗子、匪棍，我们一起 / 在混乱的街上走——”（《五月》）。大众的集体性场景被描述为一种梦魇式的存在，“我们”的神圣性被消解了。不仅如此，在与谓语、宾语及状语的关系中，“我们”也显现为某种不确定的、危机的形象，例如这样的诗句：“在我们没有安慰的梦里……”（《在寒冷的腊月的夜晚》）；“当我们乞求自己的生活，/ 在形成我们的一把灰尘里”（《鼠穴》）。“没有安慰”“乞求”“灰尘”，类似的词汇一次次动摇了“我们”的存在。

---

① 唐湜：《搏求者穆旦》，载《新意度集》，生活·读书·新知三联书店1990年版，第90—91页。

② C. D. Lewis, *Between Two Fires*, *Thirties Poets*: *The Auden Group*, Macmillan Publishers LTO, 1984, p.39.

第二种方式：“我们”不断被替换、分裂为其他人称，也相继被置换为“你们”“他们”。“蓝天下，为永远的谜迷惑着的 / 是我们二十岁的紧闭的肉体 /……/ 你们被点燃，却无处归依”(《春》)，前面的“我们”与后面的“你们”所指是相同的，但前者是共同的体验者，后者却是冷静观审的对象。这种将“我们”予以对象化的方式，也可表现为“他”“你”等单数人称的拆解。在借用艾略特“戏剧性独白”技法写成的《从空虚到充实》中，“我们”的集体命运被一个个单数的个体形象替换，“合唱”变作了四处的喃喃低语：Henry 王、张公馆的少奶、德明太太、老张的儿……这一系列貌似真实的虚构性人物，不过是诗篇开头出现的诗句：“让我们在岁月流逝的滴响中 / 固守着自己的孤岛”中“我们”的一个个碎片。相互穿插的人物独白，造成人称的扑朔迷离，也使整首诗成为彼此相异、隔绝的声音断片的凌乱拼贴。这与冯至写作中“你”“我”之间的不断融合恰好相反：“我们”不断被个体化、碎片化了，分解为一个个的“他”“你”“我”。

第三种方式：引入一个超时代的他者，以此重构“我们”存在的基础。对现实的多维体验以及“将肉体与形而上学玄思混合”① 的写作方式，势必使某种超时代的存在进入诗行，先后以上帝、历史以及无常命运等多种面貌插入“我们”的连续性时空中。“啊上帝 !/ 在犬牙的甬道中让我们反复 / 行进，让我们相信你句句的紊乱 / 是一个真理……”(《出发》)，这个自我矛盾、言语错乱的他者不仅支配了“我们”的行动，而且不能为理性话语所言说：“可是在我们的三段论法里 / 我不知道他是谁”(《从空虚到充实》)。再如“……历史的矛盾压着我们，/ 平衡，毒戕我们每一个冲动”(《控诉》)，“我们”的存在与行动，都始终伴随此种超时代他者的挤压和嘲弄，这也导致了语言内在连续性、确定性的瓦解。

通过以上三种方式，“我们”的集体性合唱被粉碎，社会性基音

---

① 王佐良：《一个中国诗人》，原载伦敦《生活与文学》杂志，1946 年 6 月。

与个人泛音间的界限也模糊不清。由此，穆旦的写作显示出与“双语”现象极为不同的“杂语”现象。然而，对复数性人称的消解是否意味着单个主体的确立？并不是，“我”与“我们”一样，也同样成为被不断拆解的对象。诗人郑敏通过对穆旦《诗八首》的解读，揭示了这一点，她发现在诗中主语“我”，是“矛盾着几股力量”，而“上帝”、“你”与“我”三种力量的争斗贯穿了全诗，它们之间“有不可逾越的距离，而又有强烈的吸引力”，不断展开痛苦的力量关系网。[①] 单数人称“你”与“我”之间，似乎充满了隔绝：“你看不见我……/ 你底，我底。我们相隔如重山！”与此同时，“上帝”也不停地 引入另外的他者，来破坏单一主体的完整：“不断地他添来另外的你我 / 使我们丰富而且危险”。因此，穆旦的自我总是包含内在的敌对因素——“而在每一刻的崩溃上，看见一个敌视的我”（《三十诞辰有感》），主体破碎的焦灼直接化为一首失却主语的作品《我》。“我”是这首诗的标题，却在诗中消失了，诗句中没有一个主语、一个“我”字，只有一个无法把握自身的“自己”：“伸出双手来把住自己 / 幻化的形象，是更深的绝望”。“我”的确立似乎成为一项绝望的事业，“我”始终是“残缺的，孤立的，这是时间的隔绝也是空间的隔绝，既没有溶入历史的整体，也无法汇入群众之中”[②]。

依照上文提及的理论，任何主流话语都会生产出一个异己性形象，它正“是透过权威意识加以辨识的。它或是不规则或混乱的（指其缺少秩序），或是虚假或否定性的形象（一种针对秩序的恶魔式戏仿）”[③]。穆旦的写作在某种意义上，也显示了与时代主流话语的矛

① 郑敏：《诗人与矛盾》，载杜运燮、袁可嘉、周与良编：《一个民族已经起来——怀念诗人、翻译家穆旦》，江苏人民出版社 1987 年版，第 30、34 页。

② 梁秉钧：《穆旦与现代的“我”》，载杜运燮、袁可嘉、周与良编：《一个民族已经起来——怀念诗人、翻译家穆旦》，江苏人民出版社 1987 年版，第 49—50 页。

③ ［美］斯蒂芬·格林布莱特：《〈文艺复兴自我造型〉导论》，载中国社会科学院外国文学研究所《世界文论》编辑委员会编：《文艺学和新历史主义》，社会科学文献出版社 1993 年版，第 85 页。

盾关系。在他的诗中，无论是集体性人称“我们”，还是个体性人称“我”，都不是自明性的存在，而是不断被置于危机之中，甚至不断被粉碎。这种方式违背了时代话语的连续性、整一性要求。在这个意义上，袁可嘉的论述便有必要进行修正了：在个人与社会的有机统一下，其实还蕴藏着丰富的差异和冲突。

当代诗人王家新在谈论冯至时曾这样写道：“拒绝放弃自己的自我存在与探索，这恰恰又是他（冯至）‘忠实’于自己时代的最好方式。”① 通过对冯至、穆旦诗歌中人称意识的分析可以看出，这种“自我存在与探索”的主体生成方式的单纯性与可靠性，其实是需要讨论的：冯至主动疏离时代，在个体内心中挖掘对生与死、短暂与无限的思考，而时代话语却以集体性、连续性、整一性的修辞方式隐蔽地修订了他的个体写作；当穆旦主动投身于大合唱式的时代话语，特定的个体认知却击碎了话语的连续与完整。因此，诗人对时代的“忠实”也有了两种极为不同的理解：忠实于时代之中不停流通运作的言说方式还是忠实于自我心灵之镜上飘忽破碎的时代影像。这种追问最终触及的，将是诗人主体确立与其时代间暧昧又真实的关联，这种关联的“不透明性”使我们不得不承认：在对时代话语的皈依与疏离中，“自我”其实是一种高度构造性的存在，是一处“空场”，是“力量的场所，是意见纷争与利益变更的地方，是正统力量与反对势力相冲撞的场合”②。中国现代“写作型”知识分子主体无法整合的焦灼，以及其在时代主流话语的向心力与离心力作用下不断融入人群又不断逃逸出人群的悖论性命运，也由此显露出来。

冯至、穆旦 40 年代诗歌写作中的人称意识恰恰是对这种命运的一次深层隐喻。

---

① 王家新：《冯至与我们这一代人》，《诗》双月刊第 2 卷第 6 期、第 3 卷第 1 期《冯至专号》，第 108 页。

② ［美］弗兰克·林特利查：《福柯的遗产：一种新历史主义？》，载张京媛主编：《新历史主义与文学批评》，北京大学出版社 1993 年版，第 148 页。

第十章　句群中的“巨兽”:《致敬》与90年代诗歌意识的生成

一、文本分析的社会学可能

从所谓“文学性”的角度看，与小说、散文、戏剧等文体相比，由于表意方式的特殊以及所处理经验的“纯粹”，诗歌似乎更多地体现为“文学性”的尖端。作为一种情感的表达，或一场语言的探险，形式上的“非社会化”被看成是它天然的特征。即便对“写作”持充分历史态度的罗兰·巴特在谈及诗歌写作时也认为，现代诗歌对古典写作的反叛，使其成为“一种梦的语言中的光晕和清新气息”，但此时“就不再有写作了，此时只存在着风格，人借助风格而随机应变，并且不通过任何历史或社会性的形象来直接面对客观世界”。当风格与历史之间的张力被取消，他提出的问题是“有没有诗的写作？”[①]这种“特殊化”的原则，与其说是具体的文体规约，毋宁说是一种普遍的阅读期待，一种受惠于浪漫主义—现代主义传统的制度性想象，与之相关的公共与私人、社会与心理、政治与诗歌、社会与个人、现实主义与现代主义之间的结构性对立，则是现代文化的前提性结构。具体到批评当中，“特殊化”的一个结果是，抒情“诗歌”的社会性维

---

① ［法］罗兰·巴特:《写作的零度》，载《符号学原理：结构主义文学理论文选》，李幼蒸译，生活·读书·新知三联书店1988年版，第90—91页。

度往往也被合乎情理地忽略，正如彼埃尔 · V. 齐马（Pierre V. Zima）在谈及“抒情作品的社会学”时所描述的：

> 许多理论家过去（和现在）认为抒情诗倾向于“主观性”和“情感”方面，几乎不适于进行社会学分析：在大多数情况下，它既不表现社会也不表现历史事件。它最常用的题材不是政治家、工会运动、罪犯或秘密组织，而是情人、大自然和孤独。①

当社会学的阐释任务从“诗歌”身上解除，别有意味的是，在20世纪诸多批评浪潮中，对文学作品的社会、历史纬度的讨论多与小说、戏剧相关（卢卡契、戈德曼、马歇雷），而俄国形式主义、新批评这样的“内部研究”的典范则不约而同将“诗”锁定为批评的焦点。

上述文体之间的批评落差，在一定程度上也同样表现在当代中国的文学批评、研究中。毋庸赘言，自20世纪80年代以来，基于“内外”之别的审美分析、形式研究成为中国文学研究、批评中一个被热烈期待的方向，其背后依托的论辩性的历史逻辑以及有关文学现代化、文学性的整体想象，现在已多有论及。但值得注意的是，在不同的文体之间，“内部的”“审美的”批评的落实程度，其实是有所不同的。譬如，在小说这样的“中心文体”研究中，虽然基于叙事学理论的形式分析一度十分盛行，但某种“内”“外”交错的张力一直制约着批评的展开，对审美、形式的大肆鼓吹有时更多地停留在价值诉求的层面，并没有深入具体的文本之中。然而，对于诗歌研究、批评而言，内外冲突带来的“盲视”（或是“洞见”），似乎并不存在。与同一时期小说研究不断向外拓展，容纳思想史、文化史因素的倾向相

① ［奥地利］彼埃尔 · V. 齐马：《社会学批评概论》，吴岳添译，广西师范大学出版社1993年版，第74页。

比，向某种诗歌“本体”的收缩，似乎支配了诗歌探讨的主要趋势。

一方面，通过对新诗史上诸多流派尤其是具有现代主义倾向象征派、现代派、九叶派等的挖掘整理，一条具有较高审美价值的历史线索被“拣选”出来，而无论是观念的辨析、具体文本的分析，还是传统与现代、西方影响与本土特征关系的把玩，“内部”的审美研究一直是探讨的主要着眼点，其不言自明的假定无非是：诗歌较之其他文体，更为突出地体现了20世纪中国文学在语言、形式方面的现代性追求。另一方面，遭受重重“非难”的当代诗歌，也主要被叙述成一场“现代”挑战“传统”的美学哗变，其价值在于挣脱了历史的惰性，发现了诗歌是“一种空前的、不及其余的、以自身为目的写作”。研究性的历史回溯与辩护性的当下批评，在内部又紧密勾连，二者的结合完成了一种时间上的“焊接”，一个以语言革命为起点、以形式的现代性为动力，并不断展开、延伸的“谱系”得以显现。

在特定的历史情境中，上述批评、研究的“范式”无疑是开创性的，在建立起诗歌自主性“神话”的同时，也为现代诗歌的接受以及先锋诗歌的探索提供了强大的知识依据。然而，需要追问的是，当现实语境发生转换，有效的“范式”便有可能内化为某种批评惯性，或经典化为一种“常识”。譬如，意象的暗示性、逻辑的跳跃性、意义的含混性等，在许多批评文本中几乎成了现代诗歌的标志，而苦心孤诣的形式营造，“小处敏感、大处茫然”（卞之琳语）的主体形象，更是符合一般批评家、读者的公共想象。这一“想象”的形成，自然离不开具体的文本现实，但还应看到的是，它同时也是一种在文学性想象的规约下由批评生产出来的知识。在这种知识中，一个可能的后果是，现代诗歌会从其与历史的复杂纠结中被抽离出来，完全被审美化、风格化了。当诗歌批评只满足于重述上述知识，某种批评的制度性“疲软”便会产生：一种表现是，批评与变化的历史脱节，无法说明具体的写作现实；另一种表现是，当诗歌与历史之间的关联被“神秘化”，对审美可能性的理解也可能随之变得狭隘，甚至在不自觉中，其本身也被新的意识形态所接纳。因而，如何打破诗歌批评内在的制度性局限，在审美分析中引入社会性维度，并非一个无关紧要的话题。

当然，由于诗歌本身的形式、主题特征，外在社会学视角的介入是有一定难度的，传统的主题学分析在现代诗歌批评上更证明是一件过于粗重的工具。譬如，针对有关《荒原》的"庸俗马克思主义"读解，伊格尔顿就提出："将这首诗简化为资本主义现状的产物，是不解决问题的。"马克思主义批评寻求的多种复杂因素（"作家阶级地位、意识形态形式及其与文学形式的关系、'精神性'和哲学、文学创作的技巧、美学理论"），"是怎样独特地结合在一起"①。从操作的角度看，这样的建议仍有些含混、宽泛，对于诗歌而言，社会学批评的可能或许更切实地显现于审美结构的内在性与社会实践的外在性之结合上。其实，强调作品的形式"中介"作用，通过细致的文本解读，发现外部历史及不同的意识形态压力在形式结构、语言风格层面留下的冲突痕迹，这样的"形式的意识形态"分析方法，在小说批评中已得到广泛应用。在诗歌的解读方面，这样一条由形式、技巧通向外部历史的"暗道"，也亟待搭建。下面，本书就以一个当代诗歌文本（西川《致敬》）为个案，结合 90 年代以来的当代诗歌背景，尝试也从语言、形式的角度，拆解诗歌写作与其背后社会性因素之间的特殊关联。

二、闯入诗歌的"巨兽"

进入 20 世纪 90 年代，当代中国诗歌与 80 年代相比，在特征、

① ［英］特里·伊格尔顿：《马克思主义与文学批评》，人民文学出版社 1980 年版，第 18—19 页。

抱负、观念层面都发生了一定的变化。这一变化在一些诗人和批评家那里被强化成一种“知识型构”意义上的“断裂”，而“90年代诗歌”的命名在相关的批评及出版领域也一度成为热点。在“90年代诗歌”建构起的复杂叙事中，一个很重要的方面就是对诗歌与历史关系的重新思考。参与这一“叙事”的诗人或批评家，都普遍对80年代高蹈的、纯诗主义的倾向进行反省，更强调当代诗歌的有效性应寄托在对当下历史经验的介入上。诗人批评家耿占春提出的“一场诗学与社会学的内心争论”①，就是这一“反省”意识的准确传达。与之相应的文本形态，便是所谓“叙事性”在诗歌中的大面积降临。西川组诗《致敬》的写作，就大致发生于这一过程中，在某种意义上，它还是一个经典性的文本，标识出90年代诗歌“转型”轨迹：用西川自己的话来说，当“当历史强行进入我的视野”（《大意如此·序》），诗歌应当成为“人道的诗歌、容留的诗歌、不洁的诗歌，是偏离诗歌的诗歌”（《答鲍夏兰、鲁索四问》）。

“偏离诗歌的诗歌”可以看作《致敬》的一个突出特征，在90年代初的诗歌接受视野中，这首体制庞大的组诗多少有点怪异，在结构上分成八个部分，每一部分都由散体长句和箴言体的短句交替构成，逻辑含混，熔玄想、记忆、生活与知识的片段为一炉，在恣肆的语言铺展中保持了松散的即兴风格，像一个突然闯入的“巨兽”（借用诗中的一个主题），冒犯了既定的诗歌趣味和批评格式（在90年代初，冒犯性诗歌文本的出现并不是个别现象，于坚的《零档案》也是著名的一例，被形容为汉语巨大的“肿瘤”）。大量异质性因素的介入，以及对知识分子困窘、矛盾的精神境遇的关注，都表明了诗人对自己过去“象征主义的、古典主义的文化立场”的修正。但是，对于导致“立场”转换的外部因素，即那“强行进入视野的历史”，究竟如何引发了诗歌想象的内在变化，诗人自己也语焉不详。相关的批评

① 耿占春：《一场诗学与社会学的内心争论》，《山花》1998年第5期。

在《致敬》的形式特征分析以及其不确定主题的概括上，已经显得颇为吃力、气喘吁吁了，似乎也无暇对这个问题展开过多笔墨。一个突出的印象是，那强行闯入诗行中的“历史”，也像诗中出现的“巨兽”一样，“喘着粗气，嘟囔着厄运，而脚下没有声响”，作为模糊的“肉体和阴影”，无法命名。

《致敬》一诗社会分析的“缺位”，其实也反映了90年代诗歌批评的一个普遍状况。在90年代诗歌的接受中，一种难以化解的“尴尬”是，当诗人们反复申明对历史、社会的承担意识时，读者和批评家却仍在重复对现代诗歌的传统非难：脱离时代和大众，沉溺于一己之私。造成“尴尬”的原因除写作与阅读、批评间的隔阂外，也与90年代诗歌的一个内在特征相关。虽然对历史、生活、语境的强调成为90年代诗歌的一大抱负，但需要指出强调的重点还在于，对一般公共化的历史介入方式的回避上，诗人更关注的是“历史”如何在个人的想象、思辨中被引申为一种风格，从而在诗歌与历史的关联中探索崭新的语言可能性。诗人批评家臧棣就曾概括出90年代诗歌的两大主题：“历史的个人化”与“语言的欢乐”。[①] 这两个主题其实是同一策略的不同方面，只有在对历史的个人化组织、重构中，语言的欢乐才能被激活，反之亦然。

当历史的个人化呈现等同于对公共的、意识形态的历史呈现方式的打破，等同于自由的风格创造，那么对这一“呈现”的接受，就不能不体现为一个艰苦的辨识过程，这自然难倒了公众阅读和一般的常识性批评。对自己的“阅读直觉”充分自信的读者、批评家，仍会抱怨这些声称“处理”了外部生活和历史的诗歌晦涩难懂，只是满足了个人的想象，而不会主动追问自己阅读的“前提”。在这种情况下，诗人与批评家的自我解说便显得十分重要了。然而复杂性在于，诗人

① 臧棣：《90年代：从情感转向意识》，《郑州大学学报》（哲学社会科学版）1998年第1期。

的自我申辩必须同时承受两种压力：一是针对诗歌写作的纯粹“审美化”，提出伦理、历史的关怀；一是针对简单的、粗俗的历史判断仍捍卫诗歌的自律和想象的自由。在“关怀”与“自由”之间，一种脆弱的平衡很难达成，某种基本的暧昧也由此发生。在 90 年代诗歌的诸多辩护性叙述中，虽然大多数发言者对“境遇”“历史”“生存”等话题都保持了强烈关注，但在具体谈及诗歌与社会、历史关联时诗人或批评家的才气往往会被抑止，我们更多看到的，是重申一些价值性的表态，或依靠寻章摘句为这种关联寻求佐证，而对这一“关联”在文本中如何落实，如何在形式中引起深层震荡的问题，反而来不及正面深入。

有意味的是，作为“辩护词”的“历史个人化”，最后往往淹没于对语言、形式可能性的美学欢呼中①，在“语言的欢乐”这一主题上，诗人和批评家似乎有更强烈的兴趣可以施展更多的才气。当然，“历史的个人化”也只能是一种美学化的、风格式的介入，然而，恰恰在这里，在“历史”与“语言”交汇的暧昧处，需要追问的是，“历史的个人化”是否意味着不去追问历史维度的可辨识识程度，只让“历史”自在地、神秘地隐没于风格之中？本书对《致敬》一诗的重新检讨，就是试图对这一追问作出回应。

三、混杂的语言

在 80 年代混乱的诗歌“菜市场”上，西川的诗歌是以庄重、典雅的风格而区别于他人的，这表现在先知般的口吻、超验性的主题、

① 程光炜的《90 年代诗歌：另一种意义的命名》一文，在讨论 90 年代诗歌历史变化的同时，也同时在使用某种“非历史”的标准：“正因为语言是诗歌能否成为诗歌的本质因素，所以，诗人的天职就在于寻求语言表现的可能性。”（《山花》1997 年第 3 期）

整饬的结构以及语言的象征化等方面。这为他的诗歌带来了一种少有的古典品质和稳定性。如批评家崔卫平所言：“在布满喧嚣、怪异、失落、裂痛的现代作品之中，西川居然不分裂也不混乱，居然显出和谐、沉思和光明的某些特质。”①在《致敬》中，这种古典气质和精神确定性遭到了自觉的颠覆或扰乱：在主题层面，对神圣秩序的仰望被矛盾、困惑、危机意识取代，而形式层面的变化也相当明显。笔者曾从结构的角度分析了《致敬》中的形式变化：早期西川的诗歌中有一种清晰的运动感、进程感，这或者表现为人与神圣秩序之间的垂直性敬畏（如《在哈尔盖仰望星空》），或者表现为朝向远方某一目的的追寻（《远游》）。由此，诗歌内部获得了一种推论性、递进性的关联。在《致敬》中，上述整体的结构能力被放弃，饶舌的重复、段落的缠绕、结构的封闭，形成一种形式上的“囚笼”效果，恰好构成了诗中探讨的精神困境的隐喻。②上述分析虽然在讨论诗歌主题和形式间的关联上做了一些努力，但仍然属于一种“内在”批评，没有在形式分析之外展开更广泛的思考。

其实，在结构之外，《致敬》的另一形式变化是语言风格混杂性和异质性的大面积出现。在早期诗作中，西川虽然也擅长从容地挪用日常口语，并使其变得轻盈，形成措辞上的优雅、机智，但从总体上讲，其语言风格是相对单纯的，呈现一种高度矫饰的书面风格，因为这代表了普遍和文明。但在《致敬》等诗作中，语言的单纯性更多地让位于混杂性，宗教、哲学、迷信、政治、经济、日用家常等不同类型的语言被掺和在一起，高贵的宣谕口吻与低俗、滑稽的语风也最大限度地形成了纠结。象征性的诗化语言在泥沙俱下的生活语言的冲击下，已面目不清。这无疑表明了诗人要处理当下生活的雄心，如诗人

---

① 崔卫平：《超度亡灵（代序）》，载《隐秘的汇合》，改革出版社 1997 年版，第 6—7 页。

② 姜涛：《被句群囚禁的巨兽之舞》，载洪子诚主编：《在北大课堂读诗》，长江文艺出版社 2002 年版，第 223—245 页。

自己所言：“远方、过去、未来、幻想，本身就具有强大的文化、审美价值，因此相对来说易于写作。而当代题材有如泥沙，它要求诗人切入生活和经验本身，并从其中抽取诗意；它甚至要求我们改变对于‘诗意’一词所下的定义。”① 但对于本书而言更为重要的是，语言的“混杂性”也构成了《致敬》解读的另一条形式线索。

本章开头曾谈及有关“诗”的特殊化原则是现代批评的一个制度性想象。这种特殊性原则的体现之一，就是对诗歌语言特殊性、纯粹性的追寻。在日常的散文语言与诗歌语言之间的划界冲动，一直是现代诗歌批评关注的焦点，俄国形式主义者的理论前提就奠基于此，而马拉美“纯洁的部落的语言”的说法更代表了这一追寻的极致。在中国现代诗歌史上，穆木天等人要求“诗与散文绝对的划界”的纯诗主张，也可看作是对这一冲动的回应。然而，诗歌特殊性要求作为一种理想，在理论上是无法获得自足的，俄国形式主义的理论困境之一就源自诗歌语言与日常生活语言的割裂。② 在具体的实践中，现代诗歌的历史更是不断打破这一要求。本雅明在讨论波德莱尔时，就曾指出：“《恶之花》是第一本不但在诗里使用日常生活词汇而且还使用城市词汇的书。波德莱尔从不回避惯用语，它们不受诗的氛围的约束，以其独创的光彩震慑了人们。他常常使用 quinquet（油灯），wagon（马车），omnibus（公共车），bilan（借债单），reverbere（反光镜），和 voirie（道路网）这类词也不退缩。”③ 语言的“混杂性”，不仅使得诗歌的表现力在现代生活中得到了极大的延伸，它也同时导致了诗歌

① 西川：《关于〈汇合〉写作的说明》，载《让蒙面人说话》，东方出版中心 1997 年版，第 236 页。

② 对俄国形式主义者认为的“诗歌语言是一种特殊的语言体系”的检讨，见［俄］巴赫金、梅德维杰夫：《文艺学中的形式主义方法》中的第三编第一章《作为诗学对象的诗歌语言》，载《巴赫金全集》第 2 卷，李辉凡、张捷译，河北教育出版社 1998 年版，第 205—247 页。

③ ［德］瓦尔特·本雅明：《发达资本主义时代的抒情诗人》，张旭东译，生活·读书·新知三联书店 1989 年版，第 120—121 页。

社会性关联的产生。齐马在评论本雅明的上述文字时，就提出："本雅明力求根据作为市场社会的资产阶级社会的发展来说明波德莱尔的这种'混杂性'。他认为《恶之花》中不同问题和主题的并存，可以用市场社会的、把互不相容的伦理和认识的审美价值汇集一起的文化差异来解释。"而本雅明的研究仍过于内在，对此还没有充分展开。[①]无论怎样，从文学社会学的角度看，内在的诗歌语言与外部生活语言的相互掺杂、渗透，表明了一个文本的社会历史性，即：它是发生于具体"社会语言环境"中的，与代表不同集团甚至是相互冲突的"社会方言"形成互文性关系，其中的吸收、戏拟、改造等，恰恰是意识形态、社会学批评可能的切入点。

对于中国新诗而言，语言混杂性与纯粹性之间的张力也一直潜在地发生着。作为新诗的历史起点，胡适提出的"作诗如作文"的方案，除了为"白话"入诗开辟了道路外，也暗含着对诗歌语言特殊性的废黜，也正是这一点激起了力主"诗文两途"的梅光迪等人的激烈反对。[②] 在 20 世纪 20 年代初，有关"轮船""电灯"等"丑的字句"的讨论也在新诗坛上热闹一时。在典雅的诗歌语言中引入异质性的现代、生活语言，从美学角度讲是诗歌现代性的一种表现，而在特定的历史背景中也会引起一种政治性的阅读可能，比如穆旦写于 40 年代的一首短诗《黄昏》就是一个例子。与穆旦的很多诗作一样，《黄昏》也在处理一个关于在现代世界里整合人的生命意义的命题（在倾覆的现实之外，在刹那显现的"上帝的建筑"中，"生命另有它的意义等你揉圆"），而语言的"混杂"，就出现在它开头的几句：

---

① ［奥地利］彼埃尔 · V. 齐马：《社会学批评概论》，吴岳添译，广西师范大学出版社 1993 年版，第 82 页。

② 以文学为"一种学问"的梅光迪，在一封给胡适的信中就称："鄙意'诗之文字'问题，久经古人论定，铁案如山（Alden's Introduction to Poetry[《阿顿的诗歌导读》,pp.128—154]），至今实无讨论之余地"。（1916 年 3 月 14 日梅光迪致胡适信，载罗岗、陈春艳编：《梅光迪文录》，辽宁教育出版社 2001 年版，第 161 页）

> 逆着太阳，我们一切影子就要告别了。/ 一天的侵蚀也停止了，象惊骇的鸟 / 欢笑从门口逃出来，从化学原料，/ 从电报条的紧张和它拼凑的意义，/ 从我们辩证的唯物的世界里……

随着太阳下“影子的告别”，与“太阳”这一永恒自然象征相对立（“逆着”）的生活世界被勾勒出来，而勾勒的方式是一系列“非诗意”词汇、物象的罗列：“从化学原料”“从电报条的紧张和它拼凑的意义”，读者自然可以读出其中的批判意味，这是一个物化的、被现代技术折磨的、意义破碎贫乏的世界。但上述两段似乎只是铺垫，是为了烘托出一个更具“挑衅性”的词语：“从我们辩证的唯物的世界里”。“辩证唯物”，对当代读者来说，已是一个具有意识形态色彩的社会习语，阅读中却会微妙地引发一种尖锐陌生感。但在 40 年代，这样的阅读前提是否同样存在，也不是没有可能的。据相关研究，从 30 年代开始，辩证唯物主义哲学已成为公众阅读的一个热点。在 40 年代，穆旦之所以能大胆将这个词引入诗中（正如在《五月》里，也出现了“资本主义”“封建主义”等词汇），原因在于它也成为社会性的知识分子习语的一部分，而某种“社会评价”也渗透其中。如果说在艾略特、奥登之后，在诗中使用工业的、政治的“非诗意”辞藻已成为现代主义诗歌的惯例，那么这一手法在穆旦这里，至少有了特殊的历史寓言性。与“生命的另外意义”相对峙的不只是抽象的现代世界，还有支配当下历史的意识形态语言和价值观念，潜在的政治对话、论辩力量就隐含在这首有关终极命题的诗中。

四、箴言与废话

还是回到《致敬》的文本，上文已提及，其语言的混杂性表现在不同类型的语言、文体的异质混成上，比如：“面对桃花以及其他美丽的事物，不懂得脱帽致敬的人不是我们的同志”。“桃花”这样的诗意辞藻，与意识形态词语“同志”的反差，形成一种政治波普的效果。从总体上说，“混杂”之中，其实隐含了一种神话性的对峙：一方是所谓文化的、深度的世界，它由“羊群”“鸟儿”“豹子”“大海”“桃花”“灵魂”“梦境”“亡灵”等经典象征语言暗示，又由反复的追问和简短的总结来传达（“诗歌教导了死者和下一代”）；一方是混乱、盲目，作为“巨兽”闯入的生活世界，遍布着老鼠、蜘蛛、乌鸦。全诗基本上是在两个世界的对立、相互改写和转化之间展开的，如诗中讨论的镜子内外的两个世界，一个属于诗人西川的世界，一个属于凡人刘军的世界。这两个世界的关系，如全诗的主题命运、黑暗、死亡一样，只是重复了文学中某些基本的母题吗？在浪漫主义的传统中，生活与诗歌的对立，也是诗歌想象展开的基本结构。这就涉及如下一个问题，对某些类型化主题、模式的使用，仅仅从文学内部的形式传统去理解是远远不够的，当下的历史情境的限定作用也应纳入考察范围。

如果进一步分析上述两个世界在《致敬》中的关系，会发现其实它们在具体的词语、段落中是交错缠绕、合二而一的，难以区分。两个世界的紧张，似乎更多地表现在语体风格与经验质料之间。当日常的细节、场景大量涌入，但却没有导致所谓“叙事性”的出现，全诗在芜杂、混乱的同时，仍保持了强烈的寓言的、崇高的风格。有讨论者就曾提问：《致敬》“怎样在保持这种关注（超验）的同时，不减低，不缩削经验世界的混杂、丰富和矛盾、暧昧之处”[①]。这个问题也可颠倒过来：在接纳经验的混杂、暧昧的同时，又不降低对“超验”的关注。实际上，为了从混杂的、丰富的生活世界中“抽象”出来，《致敬》依靠的是一种箴言式语体的反复使用：通过对仗的句

① 冷霜的发言，见洪子诚主编：《在北大课堂读诗》，长江文艺出版社 2002 年版，第 228 页。

法，先知式的判断或告诫，生活世界的日常性往往会转化成一种仪式性。譬如，诗中有这样一句：“厨房适于刀叉睡眠，广场适于女神站立”。本来，厨房、刀叉与生活世界的真实有关，但通过与广场、女神的对照，其日常性却被消除了，似乎冥冥中参与了一场神秘的戏剧。箴言体风格不仅表现在单一的诗句中，从总体上看，也是全诗的结构原则，不断复沓、重叠的句群带来“祈愿”的力量（“多想叫喊，迫使钢铁发出回声……多想叫喊，但尽量把声音压低……啊，我多想叫喊，当数百只乌鸦聒噪，我没有金口玉言”），句群之间横空而出的短句，则有一种不容置疑的宣谕感（“痛苦：一片搬不动的大海”），而整饬的句式则将一切都变成寓言（“一本书将改变我，如果我想要领会它；一个姑娘将改变我，如果我想要赞美她”）。这些形式因素的使用，带来了一种具有“抽象”造型功能的箴言风格，在这一风格的切割、组合下，芜杂的、矛盾的经验似乎又被纳入某种“超验”格式之中。当诗人自己和批评家惊喜地发现《致敬》中一切都变得“不确定”时，也应注意到，“不确定”正是发生于和“确定”的张力中。因而，《致敬》语言的混杂性，不简单地是不同词语、质料的平面拼接，而是在内部形成了箴言体风格与经验质料间的垂直性紧张。

对“箴言”语体的迷恋，在西川的写作中是一以贯之的，这与他早年对《圣经》等经典性作品的阅读偏好有关。这一形式特征被许多批评家重申过，但在很大程度上被道德化、抽象化了，西川由是被当成一个坚定的精神守护者。然而，“箴言”诗体不仅有美学的、精神的价值，其本身就包含了特定的价值诉求。通过使用这样一种矫饰的、充满难度的语言，西川的写作不仅在与朦胧诗人的公共政治性、第三代诗人不加提炼的口语诗风形成对话，而且也潜在包含了对诗歌日益审美化、消费化功能的批判，用他的好友海子的话来说：“写诗并不是简单的喝水，望月亮，谈情说爱，寻死觅活。”在一篇题为《我们的处境》的文章中，这种立场被他表达为：“中国当代诗歌已经与‘雅兴’无关。”[①] 当诗歌与“雅兴”无关，这意味着它不应在对一般意识形态功能拒绝之后，就沦为一种娱情的审美消费，一种“与历史对称”的能力仍在被呼唤。在写作《致敬》的同期，这样的立场继续被西川保持，这表现为对“美文学”的猛烈攻击（在《诗学中的九个问题之我见》中，他列举了“美文学”的六大罪状）。如果说在80年代，“美文学”（或“雅兴”）的写作意味着精神的萎缩和对更高精神境界的回避，高亢的“箴言体”恰好可以予以抵抗；那么在“历史强行进入视野”的90年代，“美文学”则更多地意味着，在多愁善感的自我肯定中对生存困境的遮掩，而充满怀疑、悖论、反讽的《致敬》又构成了一种新的抵抗。然而，一种矛盾也在此发生：在《致敬》当中，代表怀疑、悖论、反讽的经验“肌质”，却是容纳于代表稳定、沉思、和谐的箴言体“构架”当中，这才是《致敬》语言“混杂性”的深层表现，也是它的形式奥秘。为了理解这一“混杂”的特殊效果，不妨作出一些比照。在西川的名作《远游》中有这样一段：

有限的是一个远游者 / 无限的是他的必由之路。/ 有限的是他的乞讨之手，/ 无限的是玉米的生长，一张小甜饼。/ 有限的是一只飞鸟全部的羽毛，/ 无限的是它的传说、它的飞翔……

在箴言语体的反复中，“有限”与“无限”的关系在把玩中不断深化，形成一种意义的充盈，“构架”与“肌质”完美同一，朝向一种稳定的象征秩序。但再看《致敬》中相似的箴言体段落，则有一种似是而非的性质，比如：

不要搂着妻子睡眠，同时梦想着高额利润；不要在白天点灯；不要给别人的脸上抹黑。记住：不要在旷野里撒尿；不要在

① 西川：《我们的处境》，载《让蒙面人说话》，东方出版中心1997年版，第201页。

墓地里高歌；不要轻许诺言；不要惹人讨厌；让智慧成为有用的东西。

再如：

> 法律上说：那趁火打劫的人必死，那挂羊头卖狗肉的人必遭报应，那东张西望的人陷阱就在脚前，那小肚鸡肠的人必遭唾弃……

这些箴言句群，看似向读者传授生活经验，实则零散、荒谬，有时还故作无聊之语，比如“葵花居然也是花”“请给黄鼠狼一条生路”，似乎没有多少意义，只是服务于一种节奏和语气。箴言的体式提供了稳定秩序，“箴言”本身则具有胡言乱语的特征，真的成为西川所谓“伪哲学”文本：绑架逻辑、颠三倒四、偷换概念、张冠李戴，并在无度的挥霍、卖弄中成为一种“废话”美学，如诗中所言：“一吨鹦鹉，一吨鹦鹉的废话”。在箴言体的庄重与“废话”的饶舌之间，一种戏谑的喜剧性落差产生了。

“先知”的口吻、凌驾的视角、箴言的体式、庄重的节奏等，其实是为世界提供一种稳定的“知识表述”（这也是西川屡遭诟病的地方）。有意味的是，其背后的象征秩序，被怀疑或瓦解，但在《致敬》中作为形式的“剩余物”被保留下来。虽然这个不肖的“先知”（伪先知）对世界的奥秘已毫无把握，与凡人一样困惑于生死与日常的劳碌。但正因为保留了剩余的形式，他在油嘴滑舌的同时，依然声音敞亮、浑厚。《致敬》一诗成为高度暧昧的文本：一方面，它满纸荒唐，实现了对确定性的最大破坏；但另一方面，它又风格庄重，在容纳矛盾、异质的同时，又试图用箴言体式克服无序。

五、当困境成为“知识”

上述文本效果，或许是自觉的诗艺追求，西川就说：“我要求诗歌语言表面的流畅和完整暗含着内在质地的悖论和破碎。”[①]但换一个角度，如果将诗歌写作同样看作要在语言的实践与日常的混乱经验之间，“确立一种连续性，以使后者被解作前者象征性地加以决定或解决的那种确定性环境、困境、矛盾或潜文本”[②]，那么文本内部的不连续性、形式中不同层面的干涉，就成为意识形态“症候”式分析的可能。为此，有必要对《致敬》写作的社会维度做进一步辨认。

90 年代初，“强行进入视野”、深刻影响西川写作的外部因素，他曾笼统地表述为 1989 年前后的个人生活以及社会环境的变化。其中具体的事件，是他多次提及的好友海子、骆一禾，诗人戈麦以及大学同学张凤华的死亡，使他意识到了生命中黑暗、宿命的力量。而更广泛的社会变化，他在文章中也多次谈论，比如 90 年代以后社会阶层的分化、“信息正在取代思想，机会正在稀释欲望”、消费社会的集体狂欢等。上述变化导致的结果，无非是“当代生活使精神陷入尴尬”[③]。这一判断本身并不新鲜，关键是在这一“巨兽”面前，包括西川在内的一批诗人都在调整写作，以对应于急遽变动的历史。在美学风格的变化之外，自我身份的焦虑及化解也是“调整”的重要方面，所谓“知识分子写作”的提出，就产生在这一背景中。

有关“知识分子写作”是一个聚讼纷纭的话题，但与其对这一提法进行归纳、总结，在理论上将其“实体化”，不如将它看作一种身

① 西川：《大意如此 · 自序》，湖南文艺出版社 1997 年版，第 5 页。

② ［美］弗里德里克 · 詹姆逊：《政治无意识》，王逢振、陈永国译，中国社会科学出版社 1999 年版，第 5 页。

③ 西川：《写作处境与批评处境》，载赵汀阳、贺照田主编：《学术思想评论》总第一辑，辽宁大学出版社 1997 年版。

份焦虑的产物。无论是正义的代言人，还是先锋性的反叛者，在 90 年代的社会文化现实中，类似的形象不是成为一种历史记忆，就是已僵化成一种毫无批判能力的姿态。在一个价值缺场的时代，怎样重新定位诗人及诗歌写作的位置，成为 90 年代诗歌最重要的问题之一。这一点与 90 年代初所谓“人文精神”的讨论，在气质和功能上有某种曲折的联系。从对责任感、精神尺度和批判性的坚持来看，“知识分子写作”具有鲜明的社会介入倾向，但一个尴尬的事实是，它其实是一种被边缘化后的身份想象。当诗歌成为具有专业色彩的写作，如欧阳江河所说，“我们的身份是典型的边缘人身份，不仅在社会阶层中，而且在知识分子阶层中我们也是边缘人”①(90 年代，虽然一些诗人挤入了学院，但在 90 年代的知识等级、学术场域中，诗人几乎没有位置，这一点在 80 年代有所不同)。“边缘化”意味“知识分子”身份，在一定意义上是一厢情愿的产物。诗人不仅缺失代言人的资格，而且在知识生产线上也成为一个被动接受者、旁观者（曾有人指责“知识分子写作”只是卖弄二、三流的哲学)。在过去，诗人还可以借助古典的、象征的资源来形成确定的道德立场；但当怀疑成为唯一的精神尺度，他不可能依据确定的知识、看法形成判断，又不愿挪用公共的尺度，道德立场其实是被抽空的。最后的结果，诗人只能发展成一种美学性的“玄学”或“伦理学”，在西川的表述里，这一点更明确地限定为“知识人格”。

上述“尴尬”及其带来的文本形态已被批评家注意到，有论者就指出，当个人从宏大的思想体系分离出来，包括西川在内的 90 年代诗人，“不过是在这个分裂的间隙（in-between）以一些单薄的思想片段填补思想空场，虽然无济于事，但总是一种努力”②。这一分析大体

---

① 欧阳江河：《89 后国内诗歌写作——本土气质、中年特征与知识分子写作》，《花城》1994 年第 5 期。

② 陈晓明：《语词写作：思想缩减时期的修辞策略》，载王家新、孙文波编：《中国诗歌九十年代备忘录》，人民文学出版社 2000 年版，第 110 页。

不错，但似乎仍有展开余地，去分析诗人“无济于事”的“努力”，是怎样展开的。在西川的《致敬》这里，对应于分裂、混乱的精神困境的方式，首先是在主题上将其道德化，将历史的困境转换为命运、黑暗等永恒主题，从而寻找理智的支撑点。其次，语言混杂中的风格张力，也潜在地服务于这一目的。

从言语的社会对话层面看，诗学结构的特殊性往往与生活语言交际性的渗透有关，《致敬》中似是而非的箴言体风格，恰恰有一种含糊其词的社会交际性：在接纳现实的矛盾、分裂感受，又没有道德的或象征的秩序予以解说时，诗人只能通过一种语调、一种箴言的风格，化解矛盾和困惑。虽然内部依旧混乱、芜杂，但这个“内部”是以箴言的方式说出的，困境也就成为“知识”。这里面的逻辑有些微妙，当“矛盾、浑浊、尴尬”被揭示，成为“知识”，生活的“巨兽”随之被驯服，困境也得到了某种超越。无疑，这是一种象征性的化解，而诗中那个博学、牢骚满腹又对神秘事物保持敬畏的“致敬者”，正是西川所谓“知识人格”的化身。作为当代混乱现场中，“一个人想要站稳脚跟所能依靠的”唯一前提，“知识人格”却以“伪哲学家”的想象出现：不是为生活提供终极解释，而是致力于揭示生活“自相矛盾、浑浊的、尴尬的生存状态”。因此，他的语言虽然疯癫，语调仍然庄严。全诗的结尾意味深长：“寒冷低估了我们的耐力。”换言之，在箴言体的知识形式中，一切都变得易于忍受了。

从柯勒律治的浪漫理论到20世纪的“新批评”，都认为诗歌是一种“有机性”的想象，无论有多少“复义”和“反讽”，目的都在于增加作品的丰富性，形成一种独立的、完整的有机世界。在价值紊乱的现代社会，这样一种想象恰恰能起到一种心理学层面的“整合”作用，能将矛盾的、错综的经验包容在“意识最大化”的有机状态中。从这个角度审视《致敬》中语言的混杂性，可以看出其中的心理学性质。有论者已指出，对《致敬》这样一首“偏离”的诗歌，作主题式的索解是不恰当的，更应将其看成是一次淤积的情绪、词语的释放。[1]“释放”意味着泥沙俱下的词语、经验，但当箴言语体遏制住释放，形式的不连续性在更高意义上就服务于作品有机性的完成：将历史的压力、社会性的困惑转变为风格之间的张力，而最终化解、释放于箴言语体空洞的回声里。这意味着讨论命运、黑暗、悖论的《致敬》，不只是一首有关诗歌的“元诗”，它的写作本身就是一种身份矛盾、社会压力的象征性解决。在这种意义上，它甚至还是政治性的。

① 胡续冬的发言，见洪子诚主编：《在北大课堂读诗》，长江文艺出版社 2002 年版，第 230 页。

第十一章 “历史想象力”如何可能：几部长诗的阅读札记

在《先锋诗歌20年：想象力方式的转换》一文中，批评家陈超提出可从想象力“范式”转换的角度，考察近二十年来中国当代先锋诗歌的内在线索。他首先辨析了20世纪80年代新生代诗歌的两种基本想象力范式——“日常生命经验型”和“灵魂超越型”，继而重点论述了90年代之后出现的一种综合性、个人化“历史想象力”的价值。所谓个人化的“历史想象力”，简单地说，具有“异质混成”的性质，“是指诗人从个体主体性出发，以独立的精神姿态和话语方式，去处理我们的生存、历史和个体生命中的问题”。在修辞的层面，它有多种表现，如扩大文体的包容性，能强有力地处置各类“非诗”经验，由抒情转入深层的叙述，怀疑、反讽、对话因素的普遍渗入，以及不同语言类型的杂糅与扭结等。由此出发，先锋诗歌得以在文学话语与历史话语、个人化的形式探险与宏阔的人文关怀之间，建立起了一种彼此激活的能动关系。当然，陈超没有忘记勾勒20世纪90年代末至今诗歌想象力的种种新变，但这不影响如下的判断：“我对未来先锋诗歌走向的瞻望，也不会离开以上的历史想象力的向度。”①

可以说，个人化“历史想象力”的提出具有盖棺定论的性质，意图超越诗人群落的分化及流行的诗学标签，拨开纷乱的表象，对先锋

① 陈超：《先锋诗歌20年：想象力方式的转换》，《燕山大学学报》2009年第4期；另可参见陈超：《重铸诗歌的“历史想象力”》，《文艺研究》2006年第3期。

诗歌进行一次综合性的价值指认。这种指认不仅是历史的总结，也可看作是一种历史的建构、一种主动的价值期待，背后蕴涵了一代人特有的精神立场，即：在所谓“后现代”多元、相对的氛围中，人文知识分子固有的批判责任和精神品质如果想继续保有活力，必须与一种开放的、容留的、论辩的活泼心智相结合，才能获得具体的历史现实感。在市场化时代，这似乎又是边缘化的诗人群体唯一可能的选择了。这一指认包含了吁求与批判的曲折含义，在历史及价值的层面，都具有相当的涵盖力、说服力，但沿着这条富于启发性的线索，或许还可以进一步追问的是：在近二十年的思想及文学的谱系中，上述人文立场存在的前提和条件是什么？在当下情境中，这种立场在自我说明之外，是否还具有充沛的活力？同样，为它所哺育的个人化“历史想象力”是否自明？为了回应新的思想及生存问题，“历史想象力”是否存在内在的限制，又该怎样突破限制？这一突破又将伴随怎样的困境？

这一系列追问并非出于“为赋新词”的批评强迫症，因为在某种意义上，部分当代诗人颇具抱负的写作，已将这些问题推至前台。尤其是近年来，一些体制庞大的长诗、组诗相继出现，暗示了当代诗歌内部能量在重新聚合，或许会将新的前景、新的问题挤压出地平线。这些大体量的写作，一方面延续了“历史想象力”的动能，保持并拓展了个人与历史之间异质混成的开放；另一方面，诗人也试图进入历史内部，通过重构诗歌的位置和形式来获得某种总体性的驾驭、洞穿能力。换言之，“历史”二字不仅是想象力的一种修饰或限定，同时也是一个大写的“宾词”，也是想象力必须与之遭遇、缠斗的对象。“稗史”的视角、个人化的诗艺、人文主义立场与历史这个庞然大物之间的紧张，乃至“历史想象力”本身的伦理暧昧性，在缠斗中也得到了更为戏剧化的展现。本书尝试以诗人柏桦的《水绘仙侣——1642—1651：冒辟疆与董小宛》、“史记”系列，西川的《万寿》、萧开愚的《内地研究》、欧阳江河的《凤凰》等作品为个案，在简要评述的基础上，探究一下"历史想象力"在当下遭遇的顿挫及展示的可能。

一、柏桦的《水绘仙侣》与"史记"系列

2007年，诗人柏桦复出诗坛，先后抛出两部大作品：《水绘仙侣——1642—1651：冒辟疆与董小宛》与"史记"系列（包括完成的《史记：1950—1976》《史记：1906—1948》《史记：晚清至民国》以及计划中的"从改革开放到现在"）。前者以明清易代之际的冒辟疆与董小宛为题，着力刻画他们婚后在"水绘园"中的红尘生活，从"家居"写到"食""茶""香"，写到"水绘雅集"，乃至离乱与疾病、死亡与宗教，似乎要为乱世之中的文人发明一部"思想与生活的总志"；后者则更为雄心勃勃，从晚清贯穿当代，要揭开时代总体性的帘幕，暴露出各色人物及日常琐事的荒诞，有评论者就用"小人物的喜剧"来概括"史记"系列的全体[①]。

尝试以诗著史，两部作品分享了同样的抱负，在写作方式上，也都具有类似"准学术"的性质：不仅材料和灵感来自相关文献、学术及报刊的研读[②]，大量注释文本肆无忌惮的穿插，也带来了一种诗歌、笔记、笺注充分互动的文体效果。以《水绘仙侣——1642—1651：冒

---

① 杨小滨、法镭：《毛世纪的"史记"：作为史籍的诗辑》，载臧棣、萧开愚、张曙光主编：《中国诗歌评论——诗在上游》，上海文艺出版社2013年版，第12—17页。

② 柏桦自言，《水绘仙侣》的引文"皆见冒辟疆著作《影梅庵忆语》、《梦记》"。另外，台湾历史学家李孝悌的著作《恋恋红尘——中国的城市、欲望和生活》一书中的两篇文章对此诗颇有贡献（柏桦：《水绘仙侣——1642—1651：冒辟疆与董小宛》，东方出版社2008年版，第11页）。《史记：1950—1976》的写作，也是因为读旧报纸。柏桦仔细查阅20世纪50至70年代的一批旧报纸，从中搜罗条目，加工编排，"为了给历史学家和文体学家呈现一个别样的毛泽东文体（或共产主义话语）之文本"（李万峰：《柏桦访谈：人生得放下，得释然》，《上层》2010年第5期）。

辟疆与董小宛》为例，全诗不足两百行，而99个注释的字数就多达十万。而注释的功能也不限于词句、典故的解释，在更多情况下，柏桦挥霍了“文抄公”的能力，顺手拈来，拉杂敷衍，将各种相关及不相关的史料、诗文、故事、评论进行编辑、剪贴，合成恣肆汪洋的一片。诗文本与注释文本既相互配合，又可彼此“引爆”，成为独立的阅读空间。而在“史记”的写作中，“准学术”态度进一步落实为考据式的转述，柏桦声称自己的作用，尽量像T. S. 艾略特所说的，像一个催化剂白金丝那样，“只是促使各种材料变成诗”，保持自身的中性，并不介入其中：

> 我必须以一种“毫不动心”的姿势进行写作，我知道，我需要经手处理的只是成千上万的材料（当然也可以说是扣子），如麻雀、苍蝇、猪儿、钢铁、水稻、酱油、粪肥……这些超现实中的现实有它们各自精确的历史地位。在此，我的任务就是让它们各就各位，并提请读者注意它们那恰到好处的位置。[①]

冷静、克制的“零度风格”，的确是“史记”留给读者的突出印象；但“毫不动心”的转述姿势，其实接近于一种佯装，因为片段的选择、编辑、加工本身正是一种介入方式，仅举一首较短的《语文考试题》，佯装的效果不言自明：

> 1975年，上海育才路小学学生
>
> 为自己的语文考试出了一个命题：为什么说西郊公园展出我国自己捕的大象，
>
> 是对林彪、孔老二的有力批判？

① 柏桦：《后记》，载《史记：1950—1976》，（台北）秀威资讯科技股份有限公司2013年版，第268页。

> 教师一听觉得很好，就组织学生讨论。[①]

如果说90年代诗歌的“历史想象力”主要体现为语言的包容与伸缩，那么柏桦的“诗史”写作，在题材、体式、语言、主体位置等方面，无疑向前跨越了很大一步。历史学家李孝悌就感叹，自己以前对“毛时代”也有相当阅读，但作为专业研究者，未想“事隔多年之后，再读到柏桦兄这本《史记：1950—1976》，竟然读出更多历史的纵深”[②]。篇幅所限，关于两部作品的文本成就，这里不能援引更多诗例做具体的展开，但有一点值得注意：自《水绘仙侣——1642—1651：冒辟疆与董小宛》问世后，周边的批评家似乎就热衷于在后现代“历史书写”的脉络中为柏桦的尝试量身定位。江弱水就这样写道：

> 这正是后现代主义发散式的“稗史”（Les Petites histories）写作。其体制本身就是一个隐喻，暗含了作者对理性整合的现代秩序的反叛。

区别于一脸肃穆的宏大“正史”，柏桦的“稗史”写作不仅新鲜可人，更重要的是，其中还包含了这样的意涵：“柏桦用这样的抗拒一体化的尝试，把他反宏大叙事的‘养小’型思维发挥到极致”[③]。“养小”一语，出自孟子：“饮食之人，则人贱之矣！以其养小以失大也。”（《孟子·告子上》）孟子还说过“天将降大任于斯人”，一贯倡导“养大”，反对“养小”。在《水绘仙侣——1642—1651：冒辟疆与董小宛》注释41中，柏桦对于中国人的“养小”传统，也有相当

① 柏桦：《史记：1950—1976》，（台北）秀威资讯科技股份有限公司2013年版，第247页。

② 李孝悌：《别样的“史记”，另一种新视野》，载《史记：1950—1976》，（台北）秀威资讯科技股份有限公司2013年版，第4页。

③ 江弱水：《文字的银器，思想的黄金周》，《水绘仙侣——1642—1651：冒辟疆与董小宛》“序”，东方出版社2008年版，第8页。

详尽的阐发①。“养大”与“养小”的对照，连缀了文与野、雅与俗、正史与稗史的分别，似乎可以完全容纳于中心破除、系统解纽的后现代历史观。柏桦的不少评论者最后也都落脚于此，或强调诗人出色地表现了“现代性宏伟意义下的创伤性快感”以及这种快感的撒播，或认为历史的呈现并无“真实”可言，不过是一场话语的狂欢。②

柏桦的诗以浓郁的文人感性著称，自有其一贯的风水气脉，其实本无需新潮理论的印证，但有意味的是，对于上述后现代评论，他不只坦然收纳，而且相当程度上也在写作中回应。《水绘仙侣——1642—1651：冒辟疆与董小宛》的写作直接受到李孝悌的两篇文章《冒辟疆与水绘园中的遗民世界》与《儒生冒襄的宗教生活》的启发，而作为明清文化史专家，李孝悌的学术颇多北美“新文化史”的色彩，他对中国明清及近代城市生活、欲望的研究，特别包含了对传统“逸乐”这一价值的褒扬：

> 研究者如果囿于传统学术的成见或自身的新年，不愿意在内圣外王、经世济民或感时忧国等大论述之外，正视逸乐作为一种文化、社会现象及切入史料的分析概念的重要性，那么我们对整个明清历史或传统中国文化的理解势必残缺不全。③

“逸乐”代表了中国历史及文化的一个重要面向，而“内圣外王”“经世济民”“感时忧国”三个大叙述，也从古代到现代，凸显了与“逸乐”构成论辩的另一面。显然，某种后现代式的文化政治，也

① 柏桦：《水绘仙侣——1642—1651：冒辟疆与董小宛》，东方出版社 2008 年版，第 94—95 页。

② 见杨小滨的《毛世纪的“史记”：作为史籍的诗辑》、朱霄华的《历史话语的诗体转述与考据癖——对柏桦〈史记：1950—1976〉的解读》，载柏桦：《史记：1950—1976》，（台北）秀威资讯科技股份有限公司 2013 年版，第 12、261 页。

③ 李孝悌：《明清文化史研究的一些新课题（代序）》，载《恋恋红尘：中国的城市、欲望和生活》，上海人民出版社 2007 年版，第 8 页。

暗中支配了“逸乐”的史观。类似的阐述，从学术挪移到文学，从李孝悌挪移到柏桦，其实都大致适用，在某种意义上，《水绘仙侣——1642—1651：冒辟疆与董小宛》正仿佛“逸乐”价值的一个长长的、用诗歌写成的笺注，“稗史”与“逸乐”的结合，也可能同样影响了“史记”内在的视野和结构①。

“后现代”出于对“现代”的反思，无疑自有深刻、复杂之处。由于允诺了某种解放，由于允诺要释放出“被压抑”了的某元，在辗转流布的山寨转述中，却极易陷入一系列雄赳赳的二元，我们也习惯了大小学者不断对着“载道”“启蒙”“左翼”“革命”乃至“现代”发出“被压抑后”的创伤性呐喊。某种新的“正确性”，也已在对“政治正确”的反动中汩汩涌现，对思想、学术乃至文学的不良影响，也早已显露。在柏桦“诗史”的尝试中，当囫囵的“历史想象力”明确落实为一种“稗史”想象力，在欢呼发散式敞开的同时，上述后现代史观的暗中掣肘，也有必要注意。《水绘仙侣——1642—1651：冒辟疆与董小宛》之中，对日常起居、男女清欢的刻绘，突然插入了“避乱与侍疾”一段，结构上的失衡或许就暗示了“稗史”想象力面对严峻时的慌乱。而“史记”中的一幅幅“行乐图小照”的确令人拍案，但如果串联起来，荒诞琐屑的喜剧感似乎又伴随了些许无常又庸常的单调之感，读者不禁会疑问：“这些依赖于大同小异的各个历史细节所精确地转述的诗歌叙事，其本身很难获得诗意的文本性自足与满溢。”② 更进一步说，诗人和批评家都摆脱了对历史“真相”的焦虑，主动放下了历史理解的框架，专注于词语的狂欢；但另一方面，“稗史”的想象力，又预设了日常细节的鲜活、保真，可以留住

① 一位年轻的评论者就指出：《史记》的写作，“实际上是以另一种方式延续了《水绘仙侣》中的‘逸乐’思想”（李春：《历史魅影中的“逸乐”：关于柏桦“史记”的批评及其文体政治学》，见 2012 年 10 月“诗歌批评与细读学术研讨会”论文集，第 263—272 页）。

② 朱霄华：《历史话语的诗体转述与考据癖——对柏桦〈史记：1950—1976〉的解读》，载聂广友主编：《新诗》，上海文艺出版社 2011 年版。

人性的本然。虚无于“养大”之虚，却崇信于“养小”之真，这本身就是一个矛盾，本身就很不“后现代”。

事实上，“养大”与“养小”、正史与稗史、宏大叙述与日常琐事一类对峙，都有成立的道理和隐衷，作为一种“显影液”，也可有效呈现历史的妩媚与晦暗。关键是，过度依赖这种“显影”机制，历史影像也会因缺乏整体与细部的辩证而显得色调稍稍单一、线条略略呆板。在这种情况下，专业读者意外读到的“历史纵深感”，在多大程度上只是一种陌生化之后的“创伤性快感”，是颇值得讨论的。虽然，由于各类“熟悉、日常和平淡无奇”事物的变形，类似“快感”仍会沿着词语的网罗自由散播、逃逸，但作为消费时代的读者，我们对舌尖上、心尖上诸般后现代“快感”其实已几近麻木，有理由期待更多，期待某种更为浑厚的、真正纵深的历史经验。

二、西川的《万寿》

《水绘仙侣——1642—1651：冒辟疆与董小宛》的扉页上写着“谨以此书献给江南”，柏桦的“逸乐”书写，也表达了对绮丽、阴柔之江南传统的偏爱。与之相较，西川则是一个典型的北方诗人，泥沙俱下，朴而不文。自20世纪90年代初的《致敬》开始，在近二十年的写作中，他发展出一种松散的、具有强大吞噬能力的诗体，在铺排、杂陈和无序中，能蝙蝠吸血一般吸纳各种芜杂的经验、知识、话语，从而对应于当代精神与社会的普遍紊乱。由是，西川的写作也一直被当作个人化“历史想象力”的代表。据我个人的揣测，在“历史想象力”方面，西川如此孜孜不倦，除了要表达跌跌撞撞的混乱“现实感”，还与他对现代诗歌文化位置、形态的构想相关。

多年来，西川推重“知识人格”的建立，强调诗人“伪哲学”的重要性，在一定程度上是出于对诗歌界整体的智力水准的担忧。他希望先锋诗歌能更多褪去"文学嫩仔"的矫揉与躁进，多一些成人的开阔、成熟与睿智之感，从一种单纯的审美成长为一种茁壮的文明方式。在最近出版的论文集《大河拐大弯：一种探求可能性的诗歌思想》中，西川也集中探讨一种"诗歌思想"的可能，这种思想"建立在观察、体验和想象之上，它包容矛盾、悖论、裂罅、冲突、纠缠于妥协"[①]。虽然他的某些表述大大咧咧、开合自如，细节上并不严谨，容易招致非议，但这种态度一以贯之，也有其自身的来龙去脉。

在《大河拐大弯：一种探求可能性的诗歌思想》这本书中，《传统在此时此地》是非常重要的一篇论文，可以读作西川近年来"诗歌思想"的又一次总结。此文涉及的话题范围相当广泛，包括古典文化的断裂与重拾，"晚世风格"或"晚世情怀"的评价，"新清史"研究提供的边疆、民族视野，20世纪革命历史的巨大影响，以及对唐代思想品质的看法。跳荡、拉杂的谈论，最终回到了"历史想象力"这一命题，即："传统可以帮助我们再一次想象这个世界和我们的生活"。[②] 表面看，这个说法还是有些笼统的，但在西川这里，传统带来的"历史想象力"并非是无条件的，而应该从"真问题"出发，立足于"此时此地"的情境，他特别强调了清代以来一系列更为切近的"现代性"经验，更为内在也更为紧迫地支配了我们当下的生活和困境。这种明确的历史意识，相比于以往一般性的谈论，显然已不在同一层面。

在文章中，西川表露了他对清代中晚期以后中国卷入"现代"这段"大河拐大弯"历史的兴趣，而从2008年起陆续写出的长诗《万寿》，刚好与此构成了呼应，因为它明确以晚清到现代的人物、风

---

① 西川：《大河拐大弯：一种探求可能性的诗歌思想》，北京大学出版社2012年版，"序"第3页。

② 西川：《传统在此诗此刻》，载《大河拐大弯：一种探求可能性的诗歌思想》，北京大学出版社2012年版，第26页。

俗、事件为对象（“万寿”一题，就暗指甲午年慈禧太后的“六旬万寿庆典”）。具体来说，这部大诗以“历史札记”的方式开展，像敞开的万花筒，容纳了太多的内容，诸如戏园子代表的政治传统，作为一种文化现象的“砍头”，黄色读物与文明的多面性，天象中的历史变迁，传教士与中西交流关系，印度与鸦片贸易，洪秀全和义和团，夫妻关系与宗教、时间体验，“土产”的资本主义的萌芽及夭折，后来的革命与政变……康有为、郑孝胥、庄士敦、利玛窦、康熙、艾儒略、洪秀全、萧朝贵、赛金花、裕隆与慈禧、辜鸿铭乃至当代小说家莫言，众多人物也在诗中轮番登台。虽然西川没有刻意区别宏大与琐屑、大人物与小人物，但与柏桦的“史记”相仿，《万寿》还是不乏“稗史”写作的特点：

戏园子里外的游手好闲之徒招不得。
喝茶的，嗑瓜子的，较好的。
沉默不语的民间社会。
……
这黑道的必经之路：戏园子。
黑道的戏园子传统与白道的戏园子传统
其实没什么两样。人多人少的问题。

弹古琴高山流水可以正心诚意不错。
弹三弦的不懂正心诚意就相信了阶级斗争。
既不会正心诚意也不懂阶级斗争的读黄色小说熬夜到天明。①

三行一节的诗体如同一段随手写下的“札记”，这无疑是“稗史”的发散式表现，但更具支配性的是“民间社会”的沉默和幽暗，时刻

① 西川：《万寿》，《今天》2012 年春季号“飘风特辑”，以下所引诗句也出自该诗。

构成了“大历史”的内在反动，黑道与白道两种传统的对立、两种文明的对立、阶级斗争或孔孟之道与黄色小说的对立，作为一种想象力的结构，在整首诗中也若隐若现。在一篇匆忙写就的短文中，笔者曾指出：《万寿》的风格松弛、宏大，但仔细阅读也会发觉一丝拘谨之感，诗人纵横的能力不仅被“箴言”的语风压制，某些常识化的认识痂壳尚未被完全粉碎[①]。诚然，如此规模的历史写作，如何不被庞杂的素材所困，保持一种穿梭、通脱的能力，确实是一个难题。然而，这里提及的“拘谨感”，不仅是一个修辞问题，同时也涉及“稗史”想象力本身的限度。

西川写作的优势之一就在于他颠三倒四、东拉西扯的语言能力，在矛盾修辞的充沛释放中，现实的尴尬、悖谬及荒唐往往能被准确把握，他所谓“诗歌思想”的直觉力量也由此表现出来。在《万寿》中，西川虽然沾染了一点“文抄公”作风，也大段引述一手或二手的文献，但总体上还是保持主动介入，维持了一种激越的评书、讲史风格：“什么人的疯话”“不读就来不及了”“靠”“就这样了”“老一套”“他们也配！”……这些粗口的旁白，都暴露了北京侃爷的底色。然而，在某些段落中，西川似乎不满足于“稗史”的直觉，也想抽身而出，想以“箴言”的力量，获取纵深的历史洞察：

> 康有为作《大同书》，娶小老婆，
> 泛舟西湖复活了苏东坡泛舟西湖的情景。
> 文明的两面：大老婆和小老婆，犹如孔孟之道和黄色小说。

这也是气象很大的一节，关照了文化的整体，但有关“文明的两面”之总结，似乎有些匆促了，落入了上面提到的若隐若现的二元结构。

简言之，如果说诗人强大的直觉能力，在处理历史矛盾修辞时

---

① 姜涛：《诗歌想象力与历史想象力》，《读书》2012 年第 11 期。

驾轻就熟，但当对历史内在奥秘有所总结的时候，“稗史想象力”便不敷使用了。有关大传统与小传统、文明之两面的划分，作为一种文化史观无可厚非，但当这种说法自洽为常识，它对历史的说明能力也会大打折扣。还好，诗人毕竟不是思想、历史学者，依照审美主义的正确原理，立足于“观察、体验和想象”之上的“诗歌思想”，也无须承担历史反省、梳理之烦琐责任①。然而，如果不满足于“稗史”片段的自由把玩，培植更为扩大的“历史想象力”，那么在诗人的强大直觉之外，想象力内部的认识骨干也需进一步挺拔、粗壮。

在20世纪中国，关注野史、笔记的作者不在少数，周氏兄弟就是其中代表。同样是阅读明季的野史，鲁迅的感受则是“有些事情，真也不像人世，要令人毛骨悚然，心里受伤，永不痊愈的”②。此外，他们读史，既要读《嘉定屠城记》《扬州十日记》《蜀碧》《蜀龟鉴》《安龙逸史》一类笔记，更要读“二十四史”的堂皇大观；而读史的目的，不只是要看透历史的混乱和虚无，也意在考察民族精神深处的“奴性”与“蛮性”的形成——“现代中国上下的言行，都一行行地写在二十四史的鬼账簿上面”③。类似的阅读可能缺少播撒的“快感”，却包含了为专业作者所渴望的那种“历史纵深”。

---

① 在《中年自述：愤怒的理由》中，西川谈到自己曾想撰写《六朝以前中国人的想象力》一书，并阅读了六朝及六朝以前的全部笔记文，但终究发现只是堆砌了一些材料，尚缺处理这些材料的理论和方法，而现有的理论和方法又不令人满意，“工作量太大了——除非我是诗歌学者，心无杂念，杜绝旁迁他骛，可我偏偏是个诗人”（西川：《大河拐大弯：一种探求可能性的诗歌思想》，北京大学出版社2002年版，第302页）。这种坦诚让人尊敬，类似的难题在诗歌写作中其实也会不同程度地存在。

② 鲁迅：《病后杂谈》，载《鲁迅全集》第6卷，人民文学出版社1981年版，第167页。

③ 周作人：《伟大的捕风》，载《周作人散文全集》第5卷，广西师范大学出版社2009年版，第567页。

三、萧开愚的《内地研究》

扩展来看，“稗史”想象力之所以支配了当下历史题材的诗歌写作，自然源于整体性、客观性历史叙述的瓦解，诗人在分享某些“后现代”学术视野的同时，也分享了类似的学术困境。除此之外，“稗史”的吸引力，或许也拜二十年来诗歌群体自动“稍息一边”的文化位置所赐：“稍息”造就了“边缘”，“边缘”构成一种限制，但同时也构成了特定美学享乐主义、犬儒主义之前提——既然诗歌的想象力无法承担严肃的伦理责任，那么在见证、反讽、观察的位置上，想象力自然可以“逸乐”“自由”为名，使一切轻逸化为风格，让历史在碎片中有趣，这已是当代诗歌美学正确性的一部分。在这样的氛围中，诗人萧开愚却宣称“我写诗以主流自任”，显示了耐人寻味的独特性：

> 我很少单独考虑诗歌方面的事情，但其他方面的考虑最终还是渗透到我写的诗歌里面。不一定从题材和论辩的途径，主要从语言秩序含有的伦理关系暴露我的有所判断以及忐忑不安。我一直设法避免诗歌和文学占据我的全部视野，不是说我以为诗歌以外的内容紧要而值得用功，而是我涉足的诗歌以残缺牵连其他。①

“写诗以主流自任”一说容易引起误会，以为诗人要不识时务地继承“载道”“宣传”的衣钵。实际不然，“主流”是针对诸多自觉“稍息一边”、在边缘自娱的态度而言，萧开愚试图恢复的是传统写作的广泛联动性，是那种“斡旋实效”之中与“其他方面”打成一片

---

① 萧开愚：《回避》，载《此时此地》，河南大学出版社2008年版，第383页。

的能力。在古典诗学"第一义"的层面，他看重新诗"重建人和世界关系"的政治性，但此"政治性"非关以选举为代表的民主制度，也与嘎嘎喧嚣的阶级、底层话语关系不大，而更多地诉诸语言秩序内在的调整，由此牵动"心性、人际、社会与国际和自然等内外互助的议题"①。一般读者往往惊讶于萧开愚在形式上的奇崛实验，但对于语言背后的伦理、政治思考，似乎还来不及辨识、体认。诗人不会等待知音的批量涌现，他历时多年完成的长诗《内地研究》，又一次提供了一个难以被批评消化的样本，也给了当代诗的"历史想象力"一种沉郁顿挫的"在地"形式②。

长诗《内地研究》由五个部分构成，每个部分都可独立阅读又彼此关联，按照诗人自己的解释，还潜在对应于"五行"结构。"内地"，意指以河南为中心并蔓延至陕西、山西二省的中原地带，全诗开篇就写道：

> 在河南的地壤中埋伏着一台吸尘器
> 偏南朝代的屈尊台阁和含悲出没，概被吸收。
> 　　疑点尤是漏洞，将阿谀自觉的幽空探测，漩涡到折光不到的蛇管尽头的纸袋。

河南这片土地传统深厚，山川草木都是典故，也因文化早熟而逐渐衰败。地下藏着数不清的资源、文物，似乎能将历史的烟尘尽数吸纳；地上人口稠密，乱象丛生。与作为某种传统符号的江南相比，中原与传统的纠葛必然更为错综、幽暗，以致"漩涡到折光不到的蛇管尽头"。萧开愚的这首长诗，便以一种类似地质勘探、田野考察的方

① 萧开愚：《我看"新诗的传统"》，载《此时此地》，河南大学出版社2008年版，第391页。

② 《内地研究》目前尚未公开发表，只是作为诗人蒋浩主编的《新诗》专辑于2012年推出，并以打印稿的方式在一定范围内传看。

式，用错落的、锋利的长短句，劈开地上地下的重重痂壳，分别从地质土壤、文化传统、农村状况、司法监狱、地方财政、环保产业、精神处境等诸多方面，如泼墨般自由书写，总括“内地”的历史现实，辨析当代中国人的知识与心灵。

> 环保业抵制节制，如同洛学南迁而关学不北盛，五百强把总部、帐篷和汽水搬来，不由你不滚屁，关学必须关张。
> 不像休耕的土地在休闲中开春，迷糊而苏醒，
> 不像慢悠悠在城郊转圈，累了回家砸东西。

在语言上，诗人创造了一种文白夹杂、骈散交替的特殊语体，它的伸缩性、扩展力极强，能波澜运势，将描写、考辨、讽刺、质询、想象，贯通于盘旋的语言气脉之中。譬如上引的一段，“南迁”与“北盛”、“关学”与“关张”、“休耕”与“休闲”等一系列谐音与反义的流畅滑动，当然符合自由衍变的游戏诗学，但传达给读者的绝非如此轻薄的快感。在自然与历史的宏大现场与慢悠悠的个体剪影的交叠中，地方传统的溃败、全球化的覆盖、荒凉的农业现实以及集体性的神经官能症，如此密集地放送、传递，让人不得不佩服其中灵活的诗艺。值得提出的是，与柏桦、西川的写作类似，《内地研究》也包含了与当下学术、思想对话的努力，并有意加入相关的讨论，但作者没太在乎现成的认识格式，反而对新兴的“左”“右”思潮都有一定的鞭挞：

> 两条路线并行，间种着，比拼着，
> 有时交叉，发发嗲，有时抱在一起忘记出丑。
> 两边同步改制，从窥到卖，牺牲的不是别人，
> 对手从他自己身上揪出蛇蝎，泡酒自饮，新我不已。

由于文本自身的幽深与阔大，要完整评价《内地研究》需要更绵

密、深透的阅读，批评者自身的知识和问题“武库”大概也得更新。但哪怕只是粗浅的浏览，读者也能强烈感到，被诗人豢养的“历史想象力”如何一改凌空的惯习，转而沉落平原，盘旋着深入“魅影啁啾”的地层，并穿过社会政经的重重帷幄，斗胆与真问题对撞，而问题之逼真、具象，乃至中央与地方的分税，乃至转基因学者的功过评价。

按照现代文艺的传统，诗歌只是一种“伪陈述”，与“求真”无涉，它更多应该提供一种心理的、情感的、快感的模式，而不具体涉及认识上的真伪、高下。艾略特就认为，诗人对思想体系的运用，具有半真半假的性质，即便但丁、莎士比亚，也不是依据像样的哲学写作，只不过他们的情感和一种理论碰巧融合罢了。在思想破碎的时代，像邓恩一类的玄学诗人，更多地像一只喜鹊那样，“随意拣起那些把亮光闪进他眼里的各种观念的残片，嵌入自己的诗篇中罢了”[①]。为了抗拒外行的思想干预、抗拒现代的“专业化”挤压，这样的表述捍卫了诗人高亢的自主性，但诗歌行当内部的从业者，也不必为此就故步自封，自动切除思想内部严肃的认识器官。按照萧开愚的说法，诗歌以外的东西也值得用功。“历史想象力”不单是一种高级的心智游戏能力，更是一种综合性的判断能力，或许只有回到现实的腹地，在对丛簇问题的广泛研究中，诗人“想象力”才能获得“在地”的洞察以及伦理政治的实感。

四、欧阳江河的《凤凰》

上述三位诗人，对待历史、现实的态度不同，却都采用了一种开放的模式，无意给出一个总体性的思想造型，当代体量较大的诗

① [英] 艾略特：《莎士比亚和塞内加的斯多葛主义》，载《传统与个人才能——艾略特文集·论文》，卞之琳译，上海译文出版社 2012 年版，第 171 页。

作，也大多偏爱此类并置、杂陈、不受目的论支配的展开结构。受艺术家徐冰 2010 年展出的大型装置《凤凰》启发，欧阳江河的同名长诗《凤凰》却体现了另外一种努力，一种要为经验总体赋形的努力："得给消费时代的 CBD 景观 / 搭建一个古瓮般的思想废墟。"[①] 这两行诗的意图显豁又张扬，大概可读作《凤凰》的中心思想：

给从未起飞的飞翔
搭一片天外天，
在天地之间，搭一个工作的脚手架。
神的工作与人类相同，
都是在荒凉的地方种一些树……

欧阳江河的写作以"左右互搏"的风格著称，《凤凰》的写作不出意外地延续了这种手法，依然用诡辩、悖论的语言，强有力地搅拌政治、历史、社会、金融、地产，但这首诗最突出的抱负却表现在上面这个开头中：一开始，就凌空竖起一个超验框架，一个可供想象力飞腾的"脚手架"。在后面的诗行中，飞翔、思想、写诗与地产商拆房子、盖房子的相关性也不断被提及，人的欲望、人的劳动是和在"神的工作"的类比中展开的。这是全诗的一个大前提，为《凤凰》带来了一种当代诗少有的崇高风格，也催生了全诗向上飞升的整体势能。

当然，这种"崇高"具有一定的怀旧性，因为诗人心知肚明，"神"早已死掉，天外也早已无天，在后现代的城市、知识景观中，人与神的古典象征结构，正如那种叫作凤凰的现实："它的真身越是真的，越像一个造假。"所以，诗人的征用或许是一种自觉的"冒

① 欧阳江河：《凤凰》，《今天》2012 年春季号"飘风特辑"。以下所引诗句均出自该诗。

用”，他为时代经验赋得的总体性——“古瓮”，也只能以一堆词语“废墟”的形式呈现。在这一点上，欧阳江河很是明智。即便如此，天地之间高高耸起的“工作脚手架”毕竟带来一种形式上“总体性”的可能，欧阳江河也出色地将其把握，在空间和时间两个维度上，展开大规模的词语施工。

在空间上，由人与神、人与鸟、飞与不飞的垂直紧张出发，诗人熟练地引申出上与下、轻与重、大与小、空与实、凝定与分散、整体与部分、历史与当下、望京与北京等一系列可以自由把玩的二元。在这些二元关系的牵引下，诗中写到的一切似乎都“铁了心”要飞，包括拆迁的空地、从叛逆转为顺民的青年、夜路上瞌睡的民工、几个乡下人、几个城管……都盘旋着，被吸附到巨大的脚手架上。诗人声称要处理的消费时代，也由此得到了百科全书式的展现。到了全诗的后半段，欧阳江河又逆转视角，以时间为轴，谈论起凤凰的“前世今生”，从庄子、李贺、贾谊、李白、韩愈，一路写到郭沫若、艾青、凤凰牌自行车，纵横古今，梳理了“凤凰”在传统文化、革命理想、家国想象、日常生活中的不断变形，为它塑造出一个肉感的世俗真身。最终，空间和时间的两股力量汇合在一起，在长诗尾部喷泉一样涌出，令人惊叹地以一场宏大的视觉盛宴作结：

> 水滴，焰火，上百万颗钻石，
> 以及成千吨的自由落体，
> 以及垃圾的天女散花，
> 将落未落时，突然被什么给镇住了，
> 在天空中
> 凝结成一个全体。

作为一大堆飞起的“垃圾”、一座内部镂空的“废墟”，这个瞬间凝定的全体，其实也可瞬间撤销、解体，回到“空”中，对时代精神内部空虚的悲剧性洞察，也就包含在凝定与溃散的辩证中。然而，这座“废墟”并没有在本雅明的意义上呈现于严峻的末世论视野、散发出死亡的寓言气味，反倒活色生香地怒放着，如天空大朵绽开的焰火——绚烂后立即消散。换言之，是一种失败感转瞬化为崇高的审美胜景。欧阳江河的悲剧性洞察，由是包含了享乐的气质。

徐冰的同名艺术品让财富中心与建筑垃圾并置，依靠环境与行为的错位，“将资本和劳动在当代条件下的关系以一种反讽的方式呈现出来”①。同样，《凤凰》中“历史想象力”所表现的总体性特征，也可置于它与消费时代资本逻辑的关联中去考察。在全诗的第四节，曾出现一群神秘莫测的地产商形象，他们远离大众，高高地站在了星空深处，把星星：

> 像烟头一样掐灭。他们用吸星大法
> 把地火点燃的烟花盛世
> 吸进肺腑，然后，优雅地吐出印花税。

地产商吸尽“地火”与血汗，建立起资本高耸的、“易碎的天体”。事实上，这种高超、漂亮的“吸星大法”同样也为诗人所用。熟悉欧阳江河作品的读者都知道，在各种矛盾、对立之间自由把玩的“诡辩术”，似乎是他的一项个人的诗歌专利。在这样的技术中，词的能指和所指被随意剥离，经验的稳定结构也被尽情拆卸，然后通过出奇制胜的再组装，不断衍生出新的感性。这和地产商对空间的不断拆除、重建与金融资本的流动和再生产，在逻辑上其实并无根本的不同：“为词造一座银行吧，/并且，批准事物的梦幻性透支。”《凤凰》的写作与它试图凌驾的当代经济、消费现场，有着惊人的同构性，时刻洋溢着政治经济学、符号经济学的想象力。

---

① 汪晖：《凤凰如何涅槃——关于徐冰的〈凤凰〉》，《天涯》2012年第1期。

依据新潮理论的表述，金融资本正是通过将一切坚固的、在地的事物摧毁，兑换成可以交换的符号，并透支时间，将未来打包贩卖，以营造城市与发展的“乌有之境”。所谓“乌有之境”，就是时空关系的错乱与扬弃，就是消除一切障碍又将一切组合的盛世蜃景。这是《凤凰》的主题，也可以说是“铁了心要飞”的立场：顽固地用词的轻盈取代物的沉重的立场。房地产不断透支我们的未来，词语不断透支我们的感受力和经验。而“飞”与“不飞”、“超验”与“经验”、“人工”与“真身”这一系列二元紧张，是否还具有思想的活力、能否对应于当下中国的现实，暂且不论，从某个角度看，它们恰恰是资本运动内在逻辑的一种修辞表现。

无疑，欧阳江河强大的历史想象力触及并揭示了这一装置——“词根被银根攥紧，又禅宗般松开”，但也最大限度地模拟、享用着这种装置。在这样的“吸星大法”中，“凤凰”虽浸透地火与血汗，却也“镂空”地缺乏一种在地性，因为大地上的人和物，都被迫飞了起来，纷纷扔掉了自己的暂住证、医疗卡和各种各样的问题和情感，只是成为施工的“脚手架”边应手的时代风景。生活的实感告诉我们，在当下的中国现场，许多人和物、许多经验和观念，在很大程度上其实是飞不起来的，也无法被“吸星大法”彻底吸干。这不仅是个伦理问题，也同样包含了修辞上的考量。多年前，欧阳江河曾撰文反省诗歌中的“升华”模式：“词升华为仪式，完全脱离了与特定事物的直接联系，成了可以进行无限替换的剩余能指。”[①] 为塑造高悬的“凤凰”，超验的“吸星大法”其实也具有“升华”的功能。虽然这种“升华”并不指向可公度的象征，“凤凰”也只是崩溃中的一个“反词”造型，但以总体性为名的“历史想象力”，怎么去处理那些“飞不起来”的部分，怎样转而“铁了心”不去“飞”，转而去对

① 欧阳江河：《当代诗的升华及其限度》，载陈超编：《最新先锋诗论选》，河北教育出版社 2003 年版，第 189 页。

抗以“超验”模式为包装的经验“透支”，恰恰正是诗人和艺术家要进一步考虑的课题。如果意识不到这一点，“飞”起来的历史想象力，可能突破不了华丽的“资本”逻辑，反倒在无形中再一次变成对它的深深认可和屈从。

如果将20世纪80年代的先锋诗歌设想为一个精力四射的愤怒青年，那么经过近三十年的江湖历练，这个小伙子也该进入“知天命”之年了。上面谈及的四位诗人，年龄大致都在五十岁，刚好与先锋诗歌同年，他们的写作成就也大致能显现先锋诗歌成熟的年轮。无论回到时间深处、释放出历史缤纷又暗黑的片段，还是贴近地方、幽微洞察社会人心的变迁，还是以“透支”为“升华”、为溃乱的当代精神赋予造型，四位诗人的长诗写作其实已突破了诗歌“历史想象力”的固有模式（日常社会生活及个体经验的挖掘），并全面释放了先锋诗歌近二十年积累的修辞活力。然而，同样值得注意的是，这种大体量的写作也从一个侧面暴露了个人化“历史想象力”的内在限度：在新的时代情境中，一旦触及更大的历史对象，朝向更严肃的写作前景，“历史想象力”难免会疲软为一种“稗史想象力”，或在崇高的“升华”结构中模糊了“在地感”。稍作把脉的话，或“阴虚”或“阳亢”，显然并非源于诗人个体的气魄、能力，而更多地受制于“历史想象力”的深层逻辑，受制于90年代以来支撑先锋诗歌场域的基本话语。

简单地说，90年代以来的先锋诗歌场域，除去故作放诞、撒娇卖乖的一部分，主要奠基于两种基本话语，一为捍卫想象力之自主的文学自由主义，一为强调个体良知的人文主义。这两种话语之所以强劲、持久，既源于其本身的感召力，同时也与先锋诗歌分享的历史“红利”有关。这份“红利”大概有三个部分：其一，出于对既往政治统制及专断的本质主义的反动，诗歌必然注定是一项个人化的自主创造，必然享有“治外法权”。其二，“语言转向”之后的后现代理论，一波又一波袭来，又为文学自由主义提供了语言本体论包装，既然一切都是符号关系的产物，诗歌必然也是语言对自身的礼赞，先锋诗人即便强调历史介入，也会首先声明，这只是一种“风格”的介入。其三，“后发达地区”作者基本的现实感，这并不一定来自“经世济民”“感时忧国”一类传统的教训，而几乎出于中国人固有的伦理性格和社会峻急变动中的本能直感，大多数严肃诗歌作者，其实不太能完全专注于自娱自乐的快感。

可以说，“后现代”的文艺原理和历史记忆的羞愤难当交相作用，共同塑造了先锋诗歌的“意识形态”，也推动“历史想象力”在“异质混成”中生成，但经过二十年来的滚动，两项话语仍能维持诗歌这个行当的正常运转，以及对新人的褒奖、拣选，但不一定能超越行当的阈限，鼓舞“历史想象力”重塑自身的羽翼。这不只是书写空间、对象的扩展问题，同时也是内在识见的增长问题，诚如西川所提到的，历史想象必须立足于“此时此地”的“真问题”。那“真问题”又是什么？贫富分化、社会溃败、食品安全、空气雾霾、海岛紧张？对诗人而言，这些状况并不一定就是“真问题”。“真问题”还要从历史的纵深和思想的多层次中寻来，包括鲜活伦理感受之匮乏、“左”“右”政治之僵硬，包括诸般后现代表述之“雄赳赳”气概，都是“真问题”局部的表现，诗人不求独立担当，也可放眼四外。

在那篇《万寿》短评的末尾，笔者曾提出诗歌“历史想象力”的培植，并非是诗歌自身可以解决的，需要不同领域的人文知识分子的联合，应该自觉恢复包括诗歌在内的文学写作与思想、历史写作的内在有机性。聊胜于无，这大概是一个方案，需要更广泛的读书、穷理、交谈、写作、阅历社会人事，等等。然而，除了此类缓不济急的水磨功夫，诗人的“历史想象力”首先需要自我唤醒，不仅是一味包容，颠倒于繁复的风格，首先要从各种“正确性”的格套中挣脱出来，有勇气上天入地，且有经有权。

第四编

学科史的视野

第十二章 “一二·九”“新启蒙”与王瑶先生的学术起点

追溯王瑶先生的学术道路时，他早年参加“一二·九”运动的经历是一个常被提及的话题，即：在学者王瑶之前，还有过一个革命者王瑶。而且，这两个“王瑶”并非彼此分离，对应于两段人生、两种身份，而是有着紧密的关联。①先生的同窗赵俪生，就对当年身边这位“小胡风”情有独钟，80年代读过先生几位弟子的著述后，甚至有这样的感慨：“他后来之所以能带出那么多精彩的研究生”，“其中那股‘气’，是在1934—1937年间积贮下来的”。②老同学的说法看似随意，其实暗含了一个特别的思考角度：正是“一二·九”时代的政治及文化参与，才使一个左翼学者最初的态度、视野、方法乃至主体性，得到强有力的塑造；而怎样把握“两个王瑶”之内在关系，不仅涉及理解一个学者的学术养成，也涉及对一个学科自身传统的深层挖掘、体认。

一、“一二·九”运动中的王瑶

“一二·九”运动爆发于1935年12月，以北平大中学生游行请

① 钱理群：《“挣扎”的意义——读〈王瑶全集〉》，载《王瑶和他的世界》，河北教育出版社2000年版，第318—319页。

② 赵俪生：《记王瑶与冯契》，载《赵俪生文集》第5卷，兰州大学出版社2002年版，第477页。

愿为开端，几经起伏，其历史能量的释放一直持续到1937年“七七”事变。王瑶先生1934年9月考入清华大学，1937年6月间离校返乡，大学时代恰好与“学运”同步。他所属的“清华第十级”（1934级），刚入校时也因所谓“反‘拖尸’”组织了起来，在“一二·九”运动中顺势担当了主力，姚依林、黄诚、吴承明、杨述、杨学诚等学生领袖，都涌现自这一级活跃的新生。① 那么，年轻的王瑶如何参与了这场学运呢？结合相关自述、回忆，我们大致能还原一个激进青年的忙碌身影：中学时代，他开始阅读社会科学和左翼文学书籍，“比较早地接受了一些概念式的马列主义的知识”。进入清华后，他参加外语系33级赵德尊组建的秘密组织——“左翼作家联盟”清华园小组，并以“国防文艺社”“清华文学会”的名义公开活动。当时，小组成员各自发挥所长，“王瑶喜欢搞文艺理论，爱读普列汉诺夫和卢那卡尔斯基的书，爱写书评和文学评论与论战的文章”，被同学称为“小胡风”。“一二·九”前后，他曾多次参加救亡游行，并“两系囹圄”：一次是在1935年3月，因牵扯“中国社会科学家联盟”的活动入狱；另一次则因参加1936年春的“三·三一”抬棺游行。他出狱后，1936年5月由赵德尊介绍加入中国共产党，担任《清华暑期周刊》编辑、清华文学会刊物《新地》编委及《清华周刊》第45卷主编，发表时评、文论、翻译等文章数十篇。②

① 所谓“拖尸”（toss），指的是大学中老生欺负新生的诸般“恶作剧”，如“钻狗洞”“抛举”“浇冷水”“戴绿帽子”等，这种习气来自美国大学，流行于30年代的燕大和清华。清华第十级入校（1934级）后，这一校园“传统”却遭到新生的激烈反抗，他们集体行动，散发传单，甚至准备了武器，与高年级学生对抗。同样的情况也发生在燕京大学。参见姚依林：《“一二·九”运动回忆》，载《战斗在一二·九运动的前列》，清华大学出版社1985年版，第100页；陈翰伯：《巨浪，巨浪，不断地增长——燕京大学“一二九”运动回忆片段》，载《一二九运动回忆录》第1集，人民出版社1982年版，第102页。

② 这段经历的描述参考《王瑶文集》第7卷（北岳文艺出版社1995年版）所收《自我介绍》《在思想改造运动中的自我检讨》《王瑶年谱》以及赵俪生的《篱槿堂自叙》（《赵俪生文集》第5卷，兰州大学出版社2002年版，第110—111页）。

上述政治及文化实践可谓相当丰富，其中有两点似乎可以注意：其一，虽投身学运，表现不俗，但与蒋南翔、姚依林、杨述、赵德尊等不同，王瑶并不属于运动的“领导层”，更多地是作为一名积极分子加入其中，包括1936年5月的“入党”，也并非出于组织的偏爱，而是学运处于不利形势下中共党组修正“关门”倾向、批量吸收新党员的结果。① 他日后所拟《自我介绍》也自称：“在校时诸多平平，鲜为人知”。② 其二，“鲜为人知”毕竟出于一种自谦，“诸多平平”其实不乏精彩，且伴随了一种强烈的个人选择性。1952年2月，在知识分子改造（“洗澡”）运动中，王瑶先生梳理了早年的一系列政治及文化活动，其中的一段检讨，尤其值得玩味：

> 譬如我担任过《清华周刊》总编辑，左联领导的文艺杂志《新地》的编辑，也常写时事论文或文艺论文一类文字，于是我就自以为我是一个左翼理论家，很高傲。……现在想起来，就在“一二九”学生运动的时候，我就有严重的看不起群众的毛病，当时我写了一些文章，以为这是像我这样人才能做的；而当大家到固安南下扩大宣传时，我却托词不去，认为这是一般群众的事情。③

表面看，这样的回顾处处自贬，却可能是“洗澡”运动中一种特殊的应对策略，简言之：检讨归检讨，白纸黑字、事实俱在，一个左

---

① 参见《战斗在一二九运动的前列》，清华大学出版社1985年版，第49页。王瑶的入党介绍人赵德尊也回忆：当时的支部发展很快，“新党员无论是‘民先’队员，还是共青团、‘左联’、社联同志，都由分管文委个别谈心，自愿自觉谈思想转变过程，在斗争中表现积极坚定，举行简单入党宣誓”（赵德尊：《征程鳞爪》，黑龙江人民出版社2007年版，第20页）。

② 王瑶：《自我介绍》，载《王瑶文集》第7卷，北岳文艺出版社1995年版，第99页。

③ 王瑶：《在思想改造运动中的自我检讨》，载《王瑶文集》第7卷，北岳文艺出版社1995年版。

翼知识分子形象、一个青年革命者的形象，其实得到了刻意维护。[①]依此逻辑，“高傲”“看不起群众”“托词不去”等小知识分子的劣习也可从正面解读，暗示了某种介入方式的个人色彩。

作为一场持续时间长、影响范围广的运动，“一二·九”包含多个不同的面向：除了示威游行等“高级斗争”形式外，1936年年初北平“学联”就组织了“南下扩大宣传团”，深入许多“偏僻的村镇”，进行广泛的乡村宣传；“三·三一”抬棺游行受挫之后，学生群体又转换路线，以多种“和平的、沉着的努力”来扩大基础，如在校园内发起各种座谈会、读书会、讨论会，尽量向各界人士寻求支援，慰劳二十九军，组织学生参加军事演习等。[②]这些层层开展的运动，确实会向一个积极分子、一个新进党员提出要求。王瑶“托词不去”、以为写文章“是像我这样人才能做的”、“高傲”的态度从另一个角度说明，他对学运的参与并不简单地是为时代激情推动，而是包含了明确的个人主动性、选择性。作为同学心目中的“小胡风”，他或许已意识到了自己的优势、特长所在，无论编辑刊物，还是撰写时评文论，坚持以理论批评的方式乃至学术的方式介入这场运动，恰恰是“我这样的人”应有的选择。这一选择也包含了对文化与政治有机联动的感知，换言之，对于青年王瑶而言，革命活动与学术文化从一开始就不是可以分离的领域。

当然，个人选择与“组织”要求难免有所冲突，这也为一个革命者向学者的转化埋下了伏笔。1937年“七七”事变前，王瑶向党组织请假返回山西平遥家中，由此开始了一个坎坷离乱的人生阶段。当时的山西，正是北方“抗日中心”之一，阎锡山组建“牺牲救国同

① 钱理群将这种检讨中的应对策略，命名为“‘但’书”文体：“‘但’之前，是基本事实的陈述，是实实在在的；‘但’之后，是批判与认识，却是空洞的，无法抹杀前面陈述的事实。”参见钱理群：《读王瑶的“检讨书”》，《中国现代文学研究丛刊》2014年第3期。

② 参见华道一：《“一二九”运动一年来之史的检讨》，连载于《清华周刊》第45卷第7、8期，1936年12月16、23日。

盟会”，得到了共产党人的大力支持，也吸引了一批“一二·九”青年的加入（包括赵俪生在内）。[①] 先生却在老家与组织“失联”，甚至“脱党”，其中的原委，按老同学的解释，除《清华周刊》停刊和情感受挫造成的情绪低落外，也源于“左倾关门主义残余仍很严重，组织对成员的看法有时很片面”，“为此，他很早就启程返回他的故乡——山西省平遥县道备村隐居起来了”。[②]

二、唯物辩证的批评方法

在“一二·九”时期的相关活动中，编辑《清华周刊》大概是王瑶最为重要的一项实践，以这份周刊为讨论对象，大概能更为集中地呈现青年王瑶的形象。《清华周刊》创刊于 1914 年，在 20 年的沿革、发展中，其“足迹已经踏出了清华园的门槛，社会上已经给它极大的注意和估价”[③]。30年代中期，这份老牌的综合性周刊色彩也日趋激进，发表了大量时事报道、评论，回应紧迫的华北危局。王瑶之前的总编正是“一二·九”学运领袖蒋南翔，姚依林、杨德基（杨述）、赵德尊等都担任过编辑或撰稿人。

1936 年 5 月 6 日，《清华周刊》第 44 卷第 4 期“清华论坛”上头条发表的《所谓亚洲国联》一文，署名“昭琛”，这是王瑶在周刊

---

① 据孙陶林回忆，当时北方局曾指示，需要从北平动员一批青年学生去牺盟会工作。“民先队就动员一百多人，大部分是民先队的干部。后来，这些人都成了牺盟会的骨干。”（《回忆一二九运动》，载孙思白主编：《北京大学一二九运动回忆录》，北京大学出版社 1988 年版，第 77 页）“七七”事变后，赵俪生也曾前往太原参加“牺盟”的训练班，相关经历参见《篱槿堂自叙》，载《赵俪生文集》第 5 卷，兰州大学出版社 2002 年版，第 117 页。

② 赵俪生：《宛在的音容》，载《王瑶和他的世界》，河北教育出版社 2002 年版，第 15 页。

③ 王瑶：《清华的出版事业》，原载 1936 年 9 月 6 日《清华暑期周刊》第 11 卷第 7、8 期合刊；引自《王瑶文集》第 7 卷，北岳文艺出版社 1995 年版，第 420 页。

上的首次露面。1936年5月，正是“学运”调整方向、在校园内外扩大基础的时期，王瑶也在该月为党的组织接纳，一种深入参与时代现场的可能出现在他面前。随后，一篇篇署名“昭琛”的时政评论，连续刊载于《清华周刊》《清华暑期周刊》，如《沧石铁路的建筑问题》《中央和西南》《华北的汉奸舆论》《西南事件座谈》《绥远局势严重》《西安事变》《山西当局训练民众》等。翻阅这些文章，今天的读者可能会感觉些许惊讶，当年一个学生作者竟会有如此开阔的视野和敏锐的洞察，不仅及时又广泛地关注国内外诸多重大的军政事件，如“绥远抗战”“西南事件”“两广事件”“西安事变”等，在分析中也能由点及面、纵横捭阖，提供某种透视性的认识。即如第一篇《所谓亚洲国联》，就从日本倡导组织亚洲国联的消息写起，首先分析了“欧战”之后日本崛起所要面对的国际矛盾，以及其国内“二·二六”政变以来“军事法西斯蒂”强烈的抬头，继而比较了所谓“亚洲国联”与法国倡导的“欧洲集体安全组织”的根本不同，呼吁国人打消对于“国联”的幻想，认清日本加紧侵略的现实。文章篇幅不长，却能参照国际与国内，把握历史与现实的关联，并在此基础上呼吁一种集体的政治决断。

扩展来看，这样专业化的评论风格，并非王瑶一人独有。《清华周刊》第43—45卷（“一二·九”期间出版）发表了大量时政评论，涉及政治、军事、外交、铁路、金融等多个领域，这些文字都不止于简单的报道、表态，而是更多地力求进行知识上的剖析、把握，对过于单一的救亡文字，周刊编者反倒有所拒绝，曾明确宣称：“许多救亡理论和救亡实践的文章，我们因为它太注重现实，不防意去登，许多文章意在影射别人，因为它太注重感情，也不加刊登，这便是我们的态度。”[①] 在他们

① 《编辑部的话》，《清华周刊》第44卷第7期，1936年5月27日。1936年11月，刚刚担任总编的王瑶，明确重申了这一态度：“我们知道周刊是一种学术刊物，它也是表现我们研讨成果的园地，所以我们固然绝不忽视救亡，但也绝不空谈救亡，我们相信没有和现实世界超然存在的甚么学术，惟有把学术和现实密切地连系起来才使有价值的学术，也才真正对于救亡有所补助。”（王瑶：《关于第四十五卷周刊》，《清华周刊》第45卷第1期，1936年11月1日）

看来，激进的时代姿态本身不足以推动历史，“救亡”实力的养成离不开严肃的学术努力。与此相关，《清华周刊》的另一重点，在于非常主动地介入当时文化界、思想界的变动和争论。仅就第43—45卷而言，“中国文化本位”、汉字拉丁化运动、“国防文学”、辩证唯物论的普及、叶青的哲学批判等命题，都不同程度地得到了回应，以至于“影响中国文化的走向”，也成为编者的自觉。① 在这一领域，王瑶的批评能力无疑得到了更充分的施展，尤其担任第45卷总编之后，他一边继续撰写时评、杂文，一边抛出《当前的文艺论争》《报告文学的成长》《表现在作品中的时代和艺术》《一二九与中国文化》《论作品中的真实》等重磅论文，总体观照当时文学界发生的“两个口号”“批公式主义”“反差不多”等论战，也及时把握“集体写作”“报告文学”等最新的创作现象，一个清华园中的“小胡风”，也就这样登场了。

值得注意的是，上述时政、文化讨论的指向不同，但寻求一种新的知识方式与思想方法的冲动，却被相关论者普遍分享。对于新兴社会科学、辩证法唯物论的热情介绍和言说，在周刊上也占据了相当的篇幅，某种知识前提与方法论上的断裂、重构意识不时流露。② 自20世纪20年代末开始，新兴的社会科学理论已作为一种热潮兴起，为历史困厄中一代激进青年提供了理性认识社会走向、指导具体实践的整体性框架。“一二·九”前后，正是艾思奇的《大

① 在为《清华周刊》停刊所作《为清华周刊的光荣历史敬告师长同学》中，王瑶历数了周刊的学术影响，包括“销行近万的艾思奇的《哲学讲话》，因为本刊的批评而修正后改为《大众哲学》。最近又有叶青等在本刊上探讨哲学消灭的问题”，甚至骄傲地称，“我们说一句《清华周刊》的存在是直接影响中国文化的，也不算是过分地夸大吧！”（《清华周刊》第45卷第12期，1937年1月25日。）

② 相关文章有：起于的《文艺批评是什么——李长之君〈论文艺批评家所需要之学识〉的商榷》（第43卷第2期）、斯基的《当作理论、方法及实践指导看的社会学》（第43卷第7期）、丘西的《读哲学讲话》（第44卷第1期）、实敏的《唯物论辩证法的基本法则》（第44卷第2期）、实敏的《理论与现实》（第44卷第6期）等。

众哲学》流行的时代，学运的兴起也带来了“新哲学”或马克思主义学说的进一步普及。[①] 青年王瑶就成长于这样的知识氛围中，并开始了自己的批评实践。后来，他虽自称早年接受的马列理论只是“概念式”的，但他初试锋芒的文字，恰恰显示了唯物辩证批评“非概念化”的活力。

20 世纪 30 年代中期，正值文艺界展开着“极广泛和极热烈”的论争，“这当中有两个口号的问题，联合问题，文艺批评公式主义的清算，和创作自由等等”。面对纷纭复杂的现象、交错横飞的概念与口号，如何在使用新兴理论话语的同时又保持批评的敏锐和现实感，对于一个年轻批评者而言，自然构成了挑战：

> 东鳞西爪地乱说固然不是批评，左一句高尔基右一句吉尔波丁地不顾实地情形地渊博也不能算作批评。批评主要是一个客观认识问题，对于每一个批评对象的正确把握并不是一件很容易的事。当然，这里对于一个批评家自然需要成熟的文学教养和理论经验等，但更重要的是实践过程中怎样得到的丰富认识能力。[②]

在 1936 年 10 月完成的《当前的文艺论争》中，王瑶全面梳理当时文艺界各种论争，同时也表达了对某种批评陷阱的警惕。依托正确理论、站稳先进立场，便四处出击、颐指气使，这或许是不少左翼批评家的习气。王瑶的态度与此不同，在他看来，批评不是一种简单的判断行为，而是一件极其艰难的工作，需要“正确”理论的支撑，但绝不是理论的封闭生产；一种“丰富认识能力”的获得需要

① 这方面材料很多，这里仅举一例。清华哲学系的陈其五在回忆中提到：1936 年 4 月后，“党组织了各种类型的座谈会，讨论会，也组织学习一些宣传马列主义的书籍，如普列汉诺夫的《史的一元论》、河上肇的《新经济学大纲》、李达的《社会学大纲》、艾思奇的《大众哲学》等”（《“一二九”运动的一些情况》，载《一二九运动回忆录》，人民出版社 1982 年版，第 170 页）。

② 狄恩（王瑶）：《当前的文艺论争》，《清华周刊》第 45 卷第 1 期，1936 年 11 月 1 日。

多方面的准备和修养，尤其需要在“实践过程”中把握动态的情势及总体的关联。

同月，炯之（沈从文）在《大公报》上发表著名的《作家间需要一种新运动》，指斥文坛上的“差不多”现象，一时引来左翼阵营的诸多反批评，王瑶随后发表的《表现在作品中的时代和艺术》一文，就显现了批评意识的成熟。与习见的论战文字不同，此文没有否认当时文坛上“差不多”现象的存在，对于沈从文抛出的一些文艺陈言（“我们翻开每一本古老的文学概论之类都可以看得到”），诸如文学非有“独创性不能存在”一类，也大致认可。王瑶的回应一开始就集中在方法论层面：作者虽然看到了“社会现象的一角”，“但他不会从这一角展望到全面，从这一现象透视到本质”，而是因为“心灵中所崇拜的某种超然观念”，“把这一角和周围切断了，而且把它来孤立的夸大为他这一理论体系的证明”。正是这种方法的片面、狭隘，而非具体现象的认定，才导致了相关批判的抽象、无效。[①] 这一批评角度新颖，却击中要害，点出了沈从文发言的抽象性。

反观王瑶这一时期的批评，不论纵论时事，还是细查文艺，对于实践进程中诸多现象之关联的重视，对于“一角”和“全面”间总体性透视能力的强调，在他那里被提升到原则的高度。这一原则不只内化到批评意识中，在很大程度上也作为一种思想方法，内在支撑了青年王瑶的文化及学术实践。即便谈及理想的文艺创作，他也这样写道：“当他（作家）选定一篇作品的题材时，这题材所表现的将不仅是这事实本身，而是和周围一切的社会现象联系着的”，虽然作家“不需要写每一个社会中的现象，但却不能不去了解每一个社会现象”。[②] 这段话不仅是写给作家们的，申张了现实主义的典型性观念，

① 甄奚（王瑶）：《表现在作品中的时代和艺术》，《清华周刊》第45卷第6期，1936年12月6日。

② 齐肃（王瑶）：《论作品中的真实》，《清华周刊》第45卷第9期，1936年12月30日。

其实也可看作一个有抱负的青年批评家的自勉。

在后世读者的印象中，左翼批评或许难免沾染机械唯物论、历史决定论的教条气息，但“概念化”的使用并不能掩盖其曾有的历史活力。20世纪80年代初，在现代文学学科重建的过程中，王瑶先生不断强调“必须把作品放在历史过程中来考察”、要注意“重要文学现象的上下左右的联系”等原则，这个学科凝重、浑厚的历史性品质也由此阐明。在80年代的学科规划和30年代的批评实践之间，在晚年的学术总结和早年的方法论自觉之间，显然存在着难以割断的联系。这也暗示革命年代虽已过去，但唯物辩证批评所包含的历史关联感及总体性意识，仍然可以构成学科发展生生不息的内在支援。

三、“新启蒙”的文化构想

从某个角度看，坚持以学术、思辨的方式参与“学运”、自觉运用唯物辩证的批评方法，青年王瑶“一二·九”时期的个人路径代表了“一二·九”的另一重维度：这既是一场学生运动、政治运动，推动了全国性的救亡热潮，同时也释放了知识的、思想的热情，蕴涵了一代人对新理论、新学术、新文化的渴望。可资佐证的是，围绕如何创造一种高水准的救亡文化，《清华周刊》的同仁们确实展开过持续的讨论：1936年7月的“救亡专号”就集中刊出《哲学与救亡的关系（座谈记录）》《科学和救亡运动中科学家的任务》《从现代科学的趋势说到中国现阶段的国防科学》《非常时期与国防文学（座谈记录）》等稿件[1]，力图在“救亡”的大前提下构建不同学科、领域的发展前景；在王瑶主编的第45卷上，刘清漪等则就“中国所需要的哲学”问题进行了多番辩难。所谓“承百代之流，而会乎当今之变”，摆脱模仿，

① 该“救亡专号”为第44卷第11、12期合刊，1936年7月22日。

追求独创，在哲学的普遍性中捕捉现实的特殊性，建立某种自主的现代民族文化的抱负，总体贯穿了这场讨论。[①] 对于这一命题，王瑶也有相当的关切，他在1936年年底完成的长文《一二九与中国文化》，就集中表达了一代青年的文化自觉、历史自觉。

在“一二·九”运动周年之际，《清华周刊》第45卷第7期（1936年12月16日），特意刊出了三篇大文——陈卓生的《一二九运动的意义》、华道一的《一二九运动一年来之史的检讨》、昭琛（王瑶）的《一二九与中国文化》，意在以亲历者的身份，对一年来的学运进行系统性的总结和反思，“实在是本卷周刊中内容最充实的一期”。[②] 文章从标题到内容，多少会让人联想到“五四”周年时一批“五四”健将进行的类似回顾，如罗家伦的《一年来我们学生运动底成功失败和将来应取的方针》等。[③] 具体来说，三篇文章分工不同，各有侧重：《一二九运动的意义》篇幅较短，在民族解放运动的背景中整体评价了“学运”的政治意义；华道一的长文分两期连载，着眼于运动本身的展开，详细梳理了各阶段、各环节的成果和问题；王瑶的文章则着眼于文化层面，标题本身就显示了独特的问题意识——“一二·九”不仅是一场社会政治运动，而且也带来一种新文化展开的契机：

> 一二九是学生底救亡运动，学生运动曾影响到文化上，对

---

① 包括：刘清漪的《从哲学的本质性说到现在中国所需要的哲学》（第45卷第1期，1936年11月1日）、佟贵廷的《谈现在中国所需要的哲学》（第45卷第3期，1936年11月15日）、王铭修的《再谈现在中国所需要的哲学》和山红的《理论的落后》（第45卷第5期，1936年11月29日）、刘清漪的《三谈现在中国所需要的哲学——答辩佟，王，山，三君》（第45卷第8期，1936年12月23日）。

② 《编后琐记》，《清华周刊》第45卷第7期，1936年12月16日。

③ 1920年5月4日，北京《晨报》印行“五四纪念增刊”，梁启超、蔡元培、胡适、蒋梦麟、罗家伦、顾颉刚、郭绍虞等分别撰写了文章，意在总结、反省一年来的学生运动。罗家伦的长文也发表在这一辑增刊及5月1日的《新潮》第2卷第4号上。

我们已经不是一件新奇的事情，我们已经有过五四，而且中国今日所具有的脆弱的新文化的基础，谁都知道是从五四建立起来的。

从“五四”到“一二·九”，相隔不到二十年，两场“学运”之间的历史关联自然很容易建立。但王瑶的眼光不止于此，他有着自己的着眼点，即“学运”与新文化之间某种可能的共生性。依照某种观察，以“伦理的觉悟”为最后的觉悟，以文化运动为社会运动的基础，的确是“五四”的一大历史特征；“五四”之后，正是由于思想文化运动与政治社会运动之间有机性的瓦解，才造成了“国民革命”时代的危机——文化运动的特殊性被抹杀了，致使上下失去联系，“政治运动失了巩固的基础，只使运动者知其然而不知其所以然”①。对于这一“五四”遗产的价值，王瑶似乎有着清醒的认知，所以开篇就高屋建瓴，试图重建“学运”与文化运动的关联，即便这种关联还不是自明的，需要被有洞见的批评强力揭示。这也正是《一二九与中国文化》一文尝试的工作。

以“五四”为参照，王瑶再度施展了他对复杂历史现象的驾驭能力，只不过这一次视野更宏阔，处理的问题脉络更为错综。长文首先从社会分析的角度，交代了“五四”与“一二·九”客观情势的不同，进而讨论了两个时期在文化任务、民主与科学之内涵方面的差异，构造出“一二·九”对“五四”既继承又超越的纵向关联（“价值之重估的重估”）。在此基础上，笔锋一转，横向检讨了“学运”一年来“各部门各方面”的成绩，试图将通俗救亡刊物的发达、中国语文运动的开展、“新启蒙运动”和“救亡哲学”的提出、“国防文学”的实践、“两个口号”的争论以及各种协会组织的成立等一网打尽，

① 何干之：《近代中国启蒙运动史》，上海生活书店，1937年12月；引自《何干之文集》，中国人民大学出版社1989年版，第373页。

勾勒出一幅全景式的文化图像，并有所针对地就传统文化的影响、救亡的联合战线、文化运动自身限制等问题展开论述。文章汹涌恣肆又滴水不漏，其中对于思想领域中“新启蒙运动”的引述，尤其值得注意。

所谓“新启蒙运动”，在30年代中后期曾昙花一现，代表了陈伯达、艾思奇、张申府、何干之等左翼学者在救亡情境中构建新文化的努力。从时间上看，1936年九十月间，陈伯达的《哲学的国防动员——新哲学者的自我批判和关于新启蒙运动的建议》《论新启蒙运动》[①]揭开了这场运动的序幕，他的提议引起广泛的关注及讨论，则要迟至1937年以后。王瑶的文章则发表于1936年12月，他对思想界变动的敏感，由此可见一斑。就其中有关“新启蒙”的描述来看，如“新哲学”应与现实紧密结合、对于传统思想还缺乏深刻系统的批判、重提“打倒孔家店”的口号等，他肯定参考了陈伯达的文章。[②]考虑到“新启蒙”的几位主要发言人与《清华周刊》都不乏关联，这一点倒是不难理解。艾思奇的《哲学讲话》就是因《清华周刊》的批评，第四版时改名为《大众哲学》出版[③]；张申府本来就是有影响力的清华哲学教授，在课堂上经常大放厥词，抨击时政，1936年3月还曾与王瑶囚于同一监狱[④]，其狱中所作《人生的意义》还刊登为《清华周刊》第44卷第7期头条；至于陈伯达，也在《清华周刊》上露过一面，这位理论家曾在王瑶主编的第45卷第8期发表过一篇小说《雪夜》。除此之外，《清华周刊》上对“新哲学”或救亡哲学的

① 两文分别发表于《读书生活》第4卷第9期（1936年9月10日）及《新世纪》第1卷第2期（1936年10月1日），后都收入论文集《真理的追求》（上海新知书店1937年版）。

② 参见陈伯达：《新哲学者的自己批判和关于新启蒙运动的建议》，载《真理的追求》，上海新知书店1937年版，第1—7页。

③ 《清华周刊》第44卷第1期（1936年4月12日）发表了丘西《读哲学讲话》一文，对艾思奇的著作提出了批评；1936年6月30日艾思奇在《关于〈哲学讲话〉》（四版代序）中，大段引述、回应了丘西的批评，也说明了改名《大众哲学》的理由。

④ 1980年4月30日王瑶与舒衡哲的谈话，载舒衡哲：《张申府访谈录》，李绍明译，北京图书馆出版社2001年版，第200页。

讨论，在强调知识本地化、理论与现实的结合方面，也与“新启蒙”基本同调，是同一历史情境和知识诉求的产物。

事实上，“新启蒙”的提出与“一二 · 九”，确实大有关联。1936年春，刘少奇主持中国北方局的工作，陈伯达担任宣传部长，作为领导人之一也曾活跃于“一二 · 九”的幕后。①“新启蒙”的提出，在相当程度上考虑到了当时“民族大破灭危机”的政治氛围，其中关键表述之一即对“救亡民主大联合”的强调，与刘少奇在“学运”中反对“关门主义”的指示（《肃清关门主义与冒险主义》）似乎也有潜在呼应。置身“学运”的漩涡中，王瑶对此或许心知肚明，他也有意将“新启蒙”和其他文化现象一样，纳入“一二 · 九”文化的整体框架中。但通读长文，会发现“新启蒙”并非简单包容于“一二 · 九”的文化构想中，两种论述之间其实颇多重叠、相合之处。比如，在“新启蒙运动”的倡议中，陈伯达特别强调对传统思想进行系统批判，原因在于“侵略者”“不抵抗主义者”“各种式类的汉奸”都可能以“尊孔复古”为旗号散布独断、迷信、奴化的意识。② 这种对复古思潮背后政治意图的敏感，也出现在王瑶这里，他在文中花了不少笔墨扫描当时社会“上层”与“下层”中旧文化的影响，所列举的事实大多也曾出现在陈伯达的笔下。③ 再比如，对“极广泛的文化联合阵线”的

① 高文华在《一九三五年前后北方局的情况》中谈及“一二 · 九”运动时，提到“我们北方局支持并领导了这一爱国运动，在党内是赵升阳等同志，还有柯庆施、陈伯达领导的”（《中共党史资料》1982年第一辑，中共中央党校出版社1982年版，第187页）。

② 陈伯达：《论新启蒙运动》，载《真理的追求》，上海新知书店1937年版，第10—11页。

③ 陈伯达在《论新启蒙运动》中列举的“复古”现象包括：“称伪国为‘王道’的乐土”“东京新建了孔庙”“郑孝胥关于‘夷狄之进于中国者则中国之’的解说”“恢复读经，旌表孝子，褒奖烈女”，乃至“许多光怪陆离的佛教团体”的建立、班禅与太虚受到社会欢迎等。王瑶在文中提及“礼义廉耻的新生活”“特赦施剑翘等的一大串国有德政”“友邦叫东北为‘王道乐土’”“东京也大建孔庙”“班禅可以祈祷和平”“太虚法师可以赈救灾民”等。不难看出，两人对现象的列举颇为接近。

呼吁，是王瑶长文的一个重点，而“各部门和整个文化界的联合工作”还不甚理想（“不是想去征服别人而仍然是自己关起门来，就是放弃了自己的主张去迎合别人”），还被看成是当时文化运动存在的一大问题，这显然吻合于“新启蒙”内部“统一战线”的主张。

抛开特定的态度、观点，更为重要的是，无论是“新启蒙运动”还是“一二·九文化”，都奠基于一种紧迫的、具有共识性的时代感觉，即：“必须有一新的文化运动，以作为政治的‘预见’或作它的辅助”①，由文化运动和政治运动的有机想象出发，“五四”自然成为二者共同的历史参照系②。“新启蒙运动”被陈伯达命名为“第二次的新文化运动”，它与“第一次（五四）的新文化运动”的不同，首先表现在“时代的歧异”上；其次，五四时代的哲学基础为“形式逻辑”，而支配“新启蒙运动”的则是“动的逻辑”。③艾思奇则将这个命题放在更长的时段中展开，在他所谓“民族自觉运动”第二个“自为”的阶段，辛亥革命、“五四”新文化运动与“大革命”、新启蒙运动之间的关系，显现了“否定之否定”的法则④，这与王瑶所称的“价值之重估的重估”，也大致接近。

由此说来，《一二九与中国文化》的写作，并不简单地是一次孤立的周年纪念，它超越了学院乃至“学运”的范围，突入了当时思

---

① 何干之：《近代中国启蒙运动史》，载《何干之文集》，中国人民大学出版社 1989 年版，第 401 页。

② 有关“新启蒙运动”与“五四”的历史连续性，余英时虽然有所质疑，但也承认：“明显的，被巧妙策划来相互奥援的这两场运动——‘一二·九’与新启蒙运动，在某种程度上不免让人联想到狭义的五四（1919 年学生的示威运动）与广义的五四（胡适与新潮社所谓的‘文艺复兴’）。”见余英时：《文艺复兴乎？启蒙运动乎？——一个史学家对五四运动的反思》，载《重寻胡适历程》，广西师范大学出版社 2004 年版，第 248 页。

③ 陈伯达：《论新启蒙运动》，载《真理的追求》，上海新知书店 1937 年版，第 14 页。

④ 艾思奇：《新启蒙运动和中国的自觉运动》，原载《文化粮食》第 1 卷第 1 期，1937 年 3 月 20 日；收入《艾思奇全书》第 2 卷，人民出版社 2006 年版，第 298—302 页。

想界的最前沿。青年王瑶有关“一二·九文化”的构想，在引述“新启蒙”论述的同时，也是对后者提出命题的一种强力回应；或更准确地说，是以“学生运动”为视角，在“一二·九”的框架下，重构且更充分展开了“新启蒙”的诉求。站在某种崭新的“救亡文化”起点上，以开创者自居，一代新人舍我其谁的担当意识、历史主体的意识，就洋溢在这篇万言长文之中。①

四、在“一二·九”的延长线上

全面抗战爆发之后，“新启蒙”的提倡很快落幕，并没有深化为一场真正广泛的思想运动，陈伯达、艾思奇等先后去了延安并得到了毛泽东的赏识，日后成为中共重要的理论家和发言人。王瑶提出的命题“一二·九与中国文化”，似乎也未得到必要的反响。1937 年“返乡”之后，他遭遇了一段坎坷、离乱的人生，这样才有了后来的选择——进学院、入儒林，革命者王瑶变成了学者王瑶。但这并不等于说 20 世纪 30 年代中期的文化努力没有带来任何结果。从一种新的文化构建角度看，“新启蒙”的一系列主张，如“主张文学上的‘民族形式’、主张保卫中国文化中‘最好的传统’、主张对中国哲学进行一次‘系统的批判’、主张通过在中国问题中使辩证唯物主义‘具体化’从而‘充实’辩证唯物主义”，都指向了后来“马克思主义中国化”概念的提出，并融入了延安时期毛泽东思想体系的形成中。②

① 在 1952 年的自我检讨中，王瑶谈及了《一二九与中国文化》所体现的个人抱负：我“认为‘一二九’是第二个‘五四’，是一次文化革命，还以为自己是这次文化革命中的主要人物”(《在思想改造运动中的自我检讨》，载《王瑶文集》第 7 卷，北岳文艺出版社 1995 年版，第 495 页)。

② 参见［美］雷蒙德·F. 怀利的《毛主义的崛起：毛泽东、陈伯达及其对中国理论的探索(1935—1945)》(杨悦译，中国人民大学出版社 2013 年版）第 17—45 页，即第二章“发展中国的马克思主义（1935—1937)”。

对于王瑶先生个人而言，“一二·九”时代的政治及文化参与，也未尝不可作为一种学术起点来看待。一方面，熟练使用唯物辩证的方法，在时代状况的全景把握中，在实践过程的诸多因素的关联中，去处理文艺、思想及政治问题，早年的批评实践无疑深刻影响乃至支配了他的学术道路，也为现代文学学科注入了一种浑厚的历史品质。① 另一方面，介入“国防文学”“两个口号”的争论、回应“反差不多”的指斥、重构“新启蒙”的论述、创造一种新文化的自觉，也带来了饱满的历史主体性。后来他依据“新民主主义论”的框架叙述新文学的历史，这一“理论先行”的做法，更不简单地是时代环境使然，而是包含了对这一历史框架的信任，其思想线索就包含在当年的救亡文化构想中。②1980 年，在中国现代文学研究会首届年会上，王瑶先生做了题为《关于现代文学研究工作的随想》的长篇发言，就现代文学这门“很年轻的学科”的性质、特点、方法、范围、线索、标准等问题展开了全面论述。谈及海外学术思路的影响时，先生的一段表述意味深长：

> 我们赞成展开广泛的文化学术交流……但我们必须首先立足于自己的研究。我们是中国现代社会变革和文学发展的参加者或见证人，中国现代文学是产生在中国的土壤上的，我们有责任对

① 在 1952 年的自我检讨中，王瑶谈到 40 年代立志成为古典文学研究方面“第一流的学者”时，认为：“研究好这门学问必须三方面都有基础：（一）古书的知识，包括历史和文学，（二）历史唯物论，（三）马列主义文艺理论。……我狂妄地以为这三方面我都有些基础。”（《王瑶文集》第 7 卷，北岳文艺出版社 1995 年版，第 496 页）即便是王瑶先生的中古文学史研究，诚如不少论者提出的，其学术趣味和理路，也能见出马克思主义传统的潜在影响。

② 钱理群曾指出：王瑶先生在长文《一二九与中国文化》中的看法，“与以后毛泽东的《新民主主义论》确有相通之处。王瑶先生在他写作《中国新文学史稿》时，以毛泽东的《新民主主义论》的有关论述作为全书的理论依据，应该说是有思想基础的”（钱理群：《“挣扎”的意义——读〈王瑶全集〉》，载《王瑶和他的世界》，河北教育出版社 2000 年版，第 321 页）。

之作出科学的研究和评价……[1]

这段话无疑体现了一种对于学科的主体性自信，这种自信源于这样的事实：面对20世纪中国革命带来的思想、文化巨变，作为研究者的王瑶先生们，不是局外的观审者，而是始终保持了某种内在的理解，即便在历史动荡和知识转型之后，有关“革命传统”的反省和清理同样应该包含了对研究自身主体性的重申。在这个意义上，追溯先生早年的政治参及与文化实践，其意义便不仅限于纪念、重温，而是涉及现代文学学科传统的体认与转化的问题。当然，在20世纪思想史、文化史上，如何评价、定位王瑶先生所提出的“一二·九”时代的文化构想，也值得进一步展开。

① 王瑶：《关于现代文学研究工作的随想》，载《中国现代文学史论集》，北京大学出版社1998年版，第294页。

第十三章　现代文学研究方法论四则

一、“重新研究”的方法和意义——读《革命的张力》

十多年前，我刚博士毕业不久，带着一个学院新人的兴奋和焦灼，正在摸索学术“志业”下一步展开的方向。那个时候，中国现代文学研究这门学科已“不再年轻”，但经历了新思潮、新方法的多番洗礼，正一片欣欣向荣，向“多元共生”的格局大尺度敞开，无论前后左右、自由扩容，还是翻转标准、释放“被压抑”之种种，对于后来者而言，仍有很大的驰骋空间。然而，一些困惑其实也在积累，特别是“多元共生”格局的生成，有赖于原有价值系统的“解纽”，伴随了这一过程，某种学科内在的紧张感、针对性似乎也在悄然流失中。在师长们的教诲下，年轻人兴冲冲“重返历史的现场”，但“重返”的结果，在呈现更丰富的细节和差异之外，却往往还是落入既有的认识格局。在这样的氛围里，读到了程凯的博士论文《国民革命与“左翼文学运动”发生的历史考察》，当时感受到的冲击力，至今还记忆犹新。

当然，讨论国民革命时期“革命文学”论争的展开，这并不是一个新鲜的话题，前人研究已相当成熟，即便于“现场”中深度耕耘，发掘更多稀见史料，仍难免受制于80—90年代文化反思形成的若干结论。但程凯跨出了极大的一步，与其说“重返”了现场，不如说“重构”了现场，将“革命文学”的起源、兴起和国民革命的总体进程关联起来，一方面勾勒出革命形势的起伏、涨落如何深刻塑造了一个时代不同文学者思想、心态、表述和抉择，另一方面更是沿着文学论争的脉络切入了现代革命政治与文化的诸多核心议题。这项研究不是简单地在文学研究中引入了思想史、政治史的维度，而是更进一步在“文学与政治的交错”中构造出了一种全新的内在分析视野，相对于具体的结论，其隐含的方法论意义或许更值得认真对待。

当年的论文已具相当的开创性，没想到它后来一直还在成长，不断卷入新的话题，培植更纵深的论述骨干。2014 年春，拿到了厚厚的一本《革命的张力》，据后记交代，新增与改写的部分，占到了全书的三分之二，那个长长的副标题“‘大革命’前后新文学知识分子的历史处境与思想探求（1924—1930）”，说明了论述范围的拓展：向前延伸至“五四”新文化运动危机的显露，向后至左翼文学稳定形态的生成；在空间上，也移步换景，分别聚焦于北京、广州、上海、武汉，一幅宏阔又错综的历史长卷由此被徐徐地展开。看得出，在不同章节的转换处，作者有意造成了一些时间、空间、人事上的衔接感，以形成叙述的连贯，但这并没有带来一种从容的“讲故事”风格（在当代读者中，这种风格总是被普遍期待的）。他的意图显然不是要将这段历史放入某种绵密又妥帖的逻辑中，以消除其内部的分歧、冲突，而恰恰是在每一个环节上都不轻松带过，作顺畅的、自洽的理解，始终保持了一种具有压迫性的思辨强度，通过不断构造问题的方式来获取对历史脉络的洞察。即如全书“导言”部分，就借讨论朱自清 1928 年的著名自剖《哪里走》，在“五四时代”与“革命时代”的关系这一主脉问题上，引申出一连串峻急的追问：“如何理解 20 年代中期兴起的新型革命政治的内在历史源头，尤其是它与五四新文化运动的关系如何定位？”在革命政治的决定作用之外，“左翼文学”以及“革命文学”自身展开的脉络为何？“它从其他文学形态中分离、生长出来的前提是什么？它由哪些不同的文化、政治因素组合而成？它的内在结构如何把握？它的参与者的主体状态是什么，如何形成，又遭遇什么样的困惑，怎样应对？它利用何种条件、以何种方式在政治环境中创造自己相对独立的批判性文化空间？……”

这一长串密不透风甚至气喘吁吁的追问，并非源自有关左翼文学如此这般的后设评价，而是紧紧扣住其自身分离、生长、合成的逻辑，规划了全书整体的思考框架。有意味的是，对于这本高度思辨性的著作，程凯自己的定位却很简单，即所谓新文学史主脉论题的“重新研究”。2014 年年底，以《革命的张力》出版为契机在中国社科院文学所召开的小型研讨会，也是以“新文学的‘重新研究’”为中心议题。那么，该怎么理解“重新研究”这简单的四个字？依照“后记”中的描述，如果它是指“将一些从革命史中分离出来的新文学问题重新结合革命史的视域加以考察”的方法，那么这一方法是否具有普遍意义，将“分离”的部分“结合”或“放回”总体性的历史视域，步骤又有哪些？在近三十年学科范式的转移、迁变中，“重新研究”与“重写文学史”、“再解读”、“重返现场”等，又构成何种关联？读罢全书，这些问题或许都值得考虑。

毋庸多言，无论是“重写”“再读”还是“重返”，此前学科方法、视角的一系列新变，都意在撬动甚或颠覆先在的历史叙述，“重新研究”无疑也延续了这一学科创新的动能，对以往论述框架的不断清理、检讨，也贯穿了全书的写作。然而，正如他十年前的博士论文已隐约显露的那样，这项研究还包含了逆向反省的意图。简言之，中国现代文学作为一门曾经的“显学”，曾是革命史教育的一部分，后又因寄托了文学现代化的理念而成为 80 年代新启蒙思潮的策源地。现如今，随着一系列“重写”“再读”“重返”，文学史写作早已从固化的革命史或现代性逻辑中游离出来，“现代”作为一种时间维度的作用愈发凸显，打通新旧、跨越文史，现代文学研究越来越向一门综合的历史文化学科、一种百科全书式的“大文学史”转换。然而，历史写作的目的，除去“了解的兴趣”与创新的冲动，在根本上仍会涉及怎样从历史中提问、获取认识性价值的问题。现代文学学科的不断扩容，在释放诸可能性的同时，也可能带来某种“稀释”的效果，导致新文学与现代历史尤其是革命史内在紧张的消解，甚至导致提问能力的普遍弱化。如果在这一趋势中“逆向”而动，那么首先意味着要挣脱惯性，不是简单地用现象和差异瓦解“主流”，或依靠过去结论的“反题”来推进认识，而是恢复一种学科总体又内在的视野，重新在20世纪革命实践的内部理解新文学的历史。不能忽略的一点是，将新文学重新“结合”或“放回”，并非是指跨越文学史和革命史的学科边际，将两种不同的视域拼接、互嵌，因为无论是文学史还是革命史，本身都不应是固化的板块，“结合”过程其实是板块粉碎的过程，让文学史研究和政治史研究在破除各自固化认识的前提下“相互激荡起来”。为此，“结合”或“放回”不得不采用历史与理论的“深描”方法。

所谓“深描”，自然是一个借用的说法。在人类学研究的领域，由于人类行为发生在复杂的交互网络中，研究者不能外在、抽象地考察，必须深入特定群落生活世界的“稠密”之处，把握各种关系，进行有想象力的解读。事实上，文学史、革命史之间动态的、立体性的关系，同样聚合于这种“稠密”之中。对于《革命的张力》基本的论述方式，相信读者也不难体会：一方面，贴近特定的个体的言论、实践、主体状态，以沈雁冰、郭沫若、郁达夫、鲁迅等为线索，深入一组组文化实践与政治实践“动态关系”中，并在“裂缝和‘症候’中体察其心态、立场和思路”；另一方面，如何处理“决定”与“非决定性”因素之间的关系、结构、布局，更是“深描”成功的关键。面对“五四”落潮、“五卅”运动、“三一八”惨案、“大革命”失败等一系列枢纽性时刻，作者的方式似乎是：尽可能占有更多材料，从政治史、思想史、文学史等多种维度，考察各方回应及革命政党的策略调整，由此把握特定时刻、事件及个体选择背后的总体的“问题结构”。

比如，论及1925—1926年北京新文化言论界的顿挫，“三一八”

被看作一个时代终结的标志，五四时代的方式难以为继，《语丝》《现代评论》《猛进》等知识群体希望延续“思想革命”方案的同时，也不得不面对集团化、政党化的现实，探索不同的言论可能。在这一“问题结构”中，《现代评论》与《语丝》之争的老话题，不仅可以提升至另一个层面来讨论，这一“顿挫”时刻所凝聚的历史动力，也获得了纵深的理解。同样，有关“革命文学”论争的探讨，由于跳出“后设”的党派结构或鲁迅立场，着眼于大革命失败后激进青年的处境和选择，这一探讨不再纠结革命与文学的关系，而触及论争背后的集体诉求：在革命实践受挫之际，陷入迷惘的革命青年希图以“理论斗争”的方式，重新寻找、确立方向和自身的主体。

在总体的历史或理论视域中讨论文学的文本或现象，对于今天的研究者而言，这一点无须强调更多。深感学科优势不再，大家早已纷纷死磕社会研究、文化理论，以求能高屋建瓴、纵横跨界。可以探讨的是，总体视域的形成可以出自宏大理论、方法的精巧叠架，但在涵盖一切、表征一切的同时，却不一定遭遇“稠密”之中的真问题，不一定带来真正有效的洞察。这一提醒属于老生常谈，却有不断自我敲打的必要。20 世纪 80 年代初，在现代文学学科重建过程中，王瑶先生曾多次强调研究要注意“上下左右的联系”。这所谓“上下左右”，不单指向文学主题、风格、现象背后的联系，同时也指向了学科自身固有的总体视域，即新文学的实践从来不是孤立展开的，而应作为现代中国民主革命实践的一部分去看待。或许在王瑶先生看来，现代文学学科的当代“转型”，需要纳入新角度、新方法，但这一“传统”视域仍不可或缺。换言之，注意“上下左右的联系”，也就是指一种内部思考的方式，指在历史实践进程中分清主次矛盾、辨析各种“问题结构”的眼光和能力。因而，主动回到 20 世纪的革命史“视域”中去提问，“重新研究”无形中暗含了对学科固有传统的重申。

借助全局与细部之间的伸缩、收放，“深描”的技术能够将特定时刻的“问题结构”呈现出来，下一步需要考虑的，则是怎样提取原理性的思考，以形成对历史纵深走向的认识。以第六章《当还是不当“留声机”与革命思想的更生》为例，程凯选取了一个特别的细部——郭沫若与李初梨之间有关“留声机器”的争论，围绕这个特殊比喻的使用，顺藤摸瓜，“不厌其烦”地钩沉出二人主张背后的理论资源、思想逻辑，使这一看似不甚紧要的“留声机器”之争显示出重大的理论意义：在大革命挫败的现实挤压下，革命者道路的选择如何从单纯的政治认同转向内在的意识斗争，李初梨等人的论述“相当程度上回应了当时中国革命理论和实践上的某种缺失”。可以想象的是，如后续讨论只满足于双方观点的概括、比较，那么这一原理性思考的契机就很容易被滑过。但原理性的讨论并不止于原理的提出，“原理”本身又必须不断在现实情境中加以检验。李初梨等后期创造社成员“不当一个留声机器”的主张，包含了无产阶级意识内在获取的自觉，这一方式的可能性却没有被高估，程凯随即指出了困境：如果失去了思想与现实之间的机能性往返，“意识斗争”仍难免落入某种“突变”模式，落入某种自以为“正确”的状态。另外，在具体实践的层面，“意识斗争”也不得不与现实的政党政治遭遇，内在的主体能动性能否保持也成为疑问。由此，革命实践与革命内在主体确立的关系这一原理性命题的紧张性、艰巨性被凸显出来，而对于该命题的呼应、重述，也持续回荡于后来的革命文艺或政治言论中。

总之，在延展又辩难的论述中，过去板结的历史叙述不仅被打碎，新的“硬化”仿佛也得到了自觉抵制，“重新研究”由是呈现为一个打破封闭、聚拢问题又“荡开来”的过程，原理性的命题被不断提出，又在历史的延宕中不断被扩展、深化。有的时候，“荡开来”的效果不一定完全来自辩证的“深描”技术，依靠强大的思辨性“翻转”也能打开豁然开朗的认识层面。第七章论及鲁迅特殊的发言位置时，下面这段话已说出了这一可能：

在各种“正确”立场下映照的是鲁迅的“不正确”，但他恰

> 恰要面对各种“正确”翻转自己的“不正确”，使之成为各种“正确”理念不能容纳、不能消化但又必须面对的真实——对革命者而言是现实的落后，对普遍主义者而言是真实的不平等，对文学信仰者而言是文字与现实的不对等。他使得自己的“不正确”成为一个测量器，用来检验“正确”立场的纯度、偏差度。

如果说鲁迅将自己的“不正确”“翻转”为具有战斗性的现实感，上述文字也试图将鲁迅的立场“翻转”为一种思想方法：在问题丛簇的地带，跳出原有的论述框架，在另一个层次上敞开新的问题空间。这样一来，那些长长的看似缠绕的句子，也并非服务于繁复的理论风格，它们更像是一柄柄长斧，目的在于“以‘硬’的方式”破除文学与革命之间种种“‘顺’的关系”，劈开认识的痂壳，将完整的历史感觉和理论可能搭救出来。

概括来说，在“重新研究”的努力下，自“五四”新文化运动至30年代左翼文学形态的确立，一种动态的历史认知模式被提出，即“革命政治与革命文化的分离与再结合”：“五四”新文化运动承诺了一种以思想文化方式建立新政治的图式，其前提是文化与政治的乌托邦式有机想象，而在“五四”之后的现实语境中，这一想象不断遭遇分化、瓦解，新文化运动本身也有可能陷入自我合理化的陷阱之中，20年代中期大批文化青年变身为政治青年的现象，在某种意义上正是这种危机所致。在文化与政治分化的危机中，讨论“五四”之后新文化运动的走向，这一判断可能并不过于新异，近三十年来，有关“五四”新文化“危机”的检讨林林总总，早已蔚然大观。重要的是在这里，“危机”不完全是负面的，它恰恰具有了一种生产性，“五四”之后“国民革命”的兴起，除了外力的介入，新文化运动自身的危机也起到了助推作用，但“革命政治”与“新文化”之间不是简单的替代关系，因为前者同样需要从后者中汲取滋养，“在一个批判性的文化空间中再造对革命主体、革命理论的同一性想象”。与之相关，

1927年"大革命"挫败后，革命政治与革命文化的脱节一度造成激进青年遭遇了新的困境，而左翼文学形态的生成在一定程度上又体现了上述困境的克服，体现了对文化与政治各自限制的扬弃。

可以说，在文化与政治"互为限度、同时互为条件"的动态关联中，对于"危机"的不断回应，构成了"五四"之后革命文化实践的根本动力之一，全书"结语"部分甚至纳入了40年代毛泽东在《新民主主义论》中有关"革命文化"论述，20世纪上半叶新文化与新政治相互激变的历史这样就有了一种贯穿性的理解，新青年的召唤与重塑、"思想革命"方案的可能性、知识分子的道路选择、小资产阶级的位置与出路等多方面议题，都可围绕这一"主脉"来把握。有意味的是，"革命政治与革命文化的分离与再结合"，既是作者着力开掘的问题主脉，同时也内化"重新研究"的基本视野、方法，将"新文学问题放回革命史视域"本身意味着重建一种"文化与政治的交错"的视野，而前人丰富的革命文化实践本身就是方法论和思想活力的源泉。这种"问题"与"方法"的同构，说明"重新研究"的意义，不止于现代文学学科的重构，还连缀了对20世纪革命之历史遗产的迫切发明与回应。在这方面，以鲁迅为代表的左翼文化运动在现实政治内部打造、争取独立的"文化斗争的空间"这一历史经验有着相当的示范价值，启发当下的研究者"从中汲取原理性的元素作为塑造我们这个时代文化政治的基础"。在全书的结尾，程凯其实已亮出了底牌。

常听到一种善意的批评：与师长辈相比，年轻一代研究者大多是典型的学院派，沿了既定轨道，从本科到博士，一路"串糖葫芦"似地读下来，由于缺乏历史参与的经验，与研究对象之间往往只有知识性的联系，即便在价值上有所申张，也往往来自合理化的学科框架，缺乏大气淋漓的原创性。世易时移，虽说前辈经验不一定就是后辈的标杆，但如何在精耕细作、空间拓殖的基础上更进一步培植研究的内在主体性，对于"年轻人"而言的确意义重大，关系到以学术为进路的思想方式的可能性。事实上，有无历史参与的经验只是一方面，更内在的限制或许是，年轻一代成长于“后革命”的氛围之中，学术与政治的分化以及各种专业、趣味分化所形成的认识装置，其实潜在影响了思考方式、感受方式的形成。如果说20年代后期激进青年在文学领域掀起的理论斗争包含了一种革命主体想象性再造的诉求，那么在“重新研究”中，我们或许能读到类似的努力，一种改造思想方法、重建研究者主体位置的努力，即：破除那些看似“正确”又顺畅的认识框架，在卷入历史的过程中把握内在的问题视野，通过与对象的纠缠、苦斗来耐心争取一种充满现实感的思考路径，从而将学院化的知识生产转化成一种有效的认识实践。用作者自己的话来说，这一系列尝试“看似抽象，实则切身切己”。

二、“大文学史”与历史分析视野的内在化

由钱理群、吴福辉、陈子善主编的《中国现代文学编年史——以文学广告为中心》近日出版。这套文学史煌煌三大卷，在叙述的体例、风格、方法上都具有相当的实验性、突破性，特别是选取“文学广告”为切入点，在文学生产与流通的过程中，纵横展开现代文学与时代政治、经济、思想、文化、教育、学术的多重关联，充分体现了近三十年来中国现代文学学科转型带来的变化及活力，也将一种“大文学史”的学术构想落到了实处。因而，这部厚重之作的价值，不只体现在对一般文学史叙述的补充和丰富上，在现代文学学科演进的脉络中，它更是具有某种总结和开启的意味，对于这个学科前景、方法的进一步思考也可由此引申出来。

从某个角度看，自20世纪80年代开始，中国现代文学学科的重建与转型一直伴随了研究价值前提的“相对化”过程，无论是从“革命”到“现代”，还是从“现代”到反思“现代”，乃至到释放种种被压抑的“现代”，一种开放的、多元的文学史观似乎已成为当下

“学术正确性”不可或缺的部分。现代文学学科空间的不断扩张，当然发生在这一过程中，打通新旧、雅俗兼容，将更多的文学形态和现象纳入视野中，也是一般通行的文学史模式。换言之，“现代文学”之“现代”，越来越趋近于一种历史概念、时间概念，而非一种排斥性的价值概念。另外，整个学科的扩容，还包含了两个重要的方法论支撑：其一，返回历史“现场”，通过史料的发掘、清理，呈现过程的复杂性和丰富性；其二，打通学科边界，将现代文学放置在与社会思想、文化、制度更广阔的关联中去考察。在某种意义上，所谓“大文学史”之错综、广阔视野的形成，离不开上述“返回”与“打通”这两翼的交相鼓动。

或许可以说，开放、多元的文学史观，“返回”“打通”的自觉努力，代表了现代文学学科的成熟，也构成了一种基本的、浑厚的学术氛围，而年轻一代的研究者大多在这种氛围中开始自己的学术工作，并深深地受到了滋养。一个可以观察的现象是，“年轻人”在选题上往往很是精巧，非常重视方法论和操作性，对于历史的耕耘也会尽量细腻、深透，这大概是一个值得嘉许的倾向。但无论怎样开疆扩土、精耕细作，年轻一代似乎普遍缺少前辈学者元气淋漓的学术气象，也缺乏突破既有框架提出新问题的动力。这当然与不同的时代处境、历史经验和个体性情有关，简单、抽象的“代际”比较并无多大意义，不过由学科成熟所带来的专业稳定以及这种稳定背后实际的松懈、封闭，其实仍然值得注意。如果只是在既有的学科框架下安全工作，缺乏一种内在紧张感，那么年轻一代即使能不断拿出“水平线上”的成果，但能否在研究中走得更为深远，现代文学学科是否也会在持续扩容中自我稀释从而模糊了面对时代及历史命题时的主体性，也是应该可以关注的问题。

所谓内在“紧张感”，一般说来，或许与经常被提到的“现实关怀”“问题意识”一类有关，但在根本上，还应来自对学科前提的不断反省，来自对研究方法可能的物化、自我体制化倾向的警惕。比如，上面提到，不从特定的价值立场出发，敞开文学史研究的空间，是一种被普遍认可的态度，但这并不意味着“大文学史”就是一个无所不包的大“箩筐”，历史叙述仍要考虑历史的整体性和纵深感。同样，价值的多元、开放也不等同于某种合理化的犬儒主义态度，在特定的语境中，价值的开放恰恰可能意味着要在相对的视野中持续保持价值的思考、质询乃至论辩。这多少有点类似韦伯式的逻辑：在一个“诸神冲突”的时代，以学术为志业的工作，在提供清明理性认识的同时，还要提供一种价值选择和责任伦理的担当感。特别是在新文学作为一种文化实践整体衰落的语境中，现代文学研究的活力，在很大程度上还是要看“以此为业”的研究者有无对这段历史进行再问题化的能力和意愿。

再有，无论强调“返回”现场，还是有意“打通”边界，“大文学史”构想的提出与实施，说明现代文学研究已打破原有的学科轨范，转变为一门综合性的历史文化学科，其历史性品质得到了空前提升。然而，对于历史客观性、规律性的自明性理解，还在多大程度上制约着研究的展开，某种流行的去除中心、将一切还原为叙述的后现代史观，又在多大程度上与经验主义、实证主义态度互为表里、习焉不察，都是可以讨论的。在这个意义上，怎么理解“返回”“打通”一类方法，对于探讨现代文学研究的前景，事实上可能颇为关键。如果“现场”仅仅指向某种抽象、静态的历史客观，“返回”也只是为了释放丰富性和差异性，为既定的文学史图像增添更多的细节或“花边”，那么研究的历史性恰恰有可能被抹杀。能否回到一种动态的具体情境中而非从后设的认识出发，去把握事件、人物、观念的生成逻辑，去锻造一种在情境中提出问题的能力，或许更是“返回”的本意所在。与此相关，打通学科界限努力，也并不必然表现为平面式的拓展，将社会、政治、教育、城市等关联领域，再度实体化为知识生产的对象，开启一轮又一轮新的学术殖民。如何在扩张与联动、返回与打通的辩证中，将外部的关联性视野进一步内在化，构建一种既保持整体又执着于内在具体性的分析视野，是一种更值得期待的方向。

当然，上面的表述可能太过空泛，下面不妨举个例子简单说明。翻开《中国现代文学编年史——以文学广告为中心》，读者会看到全书的第一个条目为"陈独秀开启历史新一页：《青年杂志》创刊"，这部文学史的叙述也由此从1915年9月开始。任何文学史写作都会涉及起点的问题，将中国现代文学的起点设为1915年《青年杂志》创刊，应该不会有太大的争议性，其他的起点设置，如从1917年1月胡适《文学改良刍议》的发表写起或从晚清的文学改良运动写起，也都有相应的历史合理性。但问题在于，从哪里写起，不只是确立一个线性的时间起点，同时也可能包含了对新文学的内在性格以及发生现场的特定理解。1915年9月陈独秀主编的《青年杂志》在上海出版，以具体的刊物为标志，确实可以将起点客观地"锁定"，但这个条目并不止于实证性的交代，而是进一步介绍了1915年前后的社会思潮，探讨了一系列民国政治实践挫败如何导致了思想革命的兴起，陈独秀又是如何敏锐地抓住了历史的契机。这样一种外部情境的说明，虽然只是常识性的，但一下子抓住了新文学发生的历史现场感，因为从政治挫败转向思想革命、伦理革命，其中包含了一种重要的断裂和觉悟。简言之，新文学乃至新文化运动的发生，一方面呈现于晚清以来大的思想、文学转变进程中，但同时又是1916年前后"共和"政治危机的产物（周氏兄弟加入《新青年》群体，也与张勋复辟后的感受有关），在一种政治文化的危机与回应中考察新文学的兴起，这个"起点"叙述本身就暗示了一种特别的文学史眼光，将一个看似外部的历史视野，转化为一个内在的、具有理论生产性和紧张感的纵深视野，而在"没有××何来××"之类的逻辑中，这样一种历史现场感、紧张感，则往往会淹没于对源流、演进之线性链条看似细致的辨析中。

三、在四五十年代革命的视野中看当下文学的感受结构[①]

讨论四五十年代中国革命的经验，自然会涉及怎样理解这场革命的“成功”问题。“成功”，首先表现为一个新中国的成立，表现为近代以来中国社会面对的多方面挑战得到了有效回应，如政权的统一、国家与地方关系的重建、基层社会的组织、群众的动员与政治参与。依照孔飞力的说法，这些挑战、这些老问题，构成了一个现代国家必须面对的“根本性议程”。然而，用既定的政治学、社会学的框架，去把握这场革命触及的诸多深广层面，或许会因过于明快而显得有些外在。四五十年代革命的意义其实还表现在：它不仅成功回应了所谓“根本性议程”，同时也更新、翻转了对相关议程的理解，将其落实在更为错综内在的社会肌理中，落实在“新与旧、公与私、理与时、情与势”等一系列张力性关系的重构中。我想这也是“当代史读书会”朋友们几年来工作的重点，即绕开那些既成的、固化的历史叙述，从内在的视野出发，去讨论革命如何作用于情感、文化、心理、社会组织、社会肌理的层面，讨论历史的势能如何转化成一种饱满、贯通的主体状态。这其中，包含了比所谓“根本性议程”更为根本的一些问题脉络，而其中的张力性结构，并非可以一次性化解，需要持续不断的遭遇，特别是个体以及群体的伦理感觉与社会结构、制度安排之间相互支持、激发的能动关系。而在某种意义上，今天的问题处境，也并不外在于这样的问题脉络。

说到今天的问题处境，这当然是一个过于宏大、复杂的话题，除了经济、政治、社会领域“病药相发”的现象，伦理感觉与社会制度安排之间关系的分裂，普通民众包括知识分子某种程度上精神状态的

① 本节为 2016 年 4 月北京“当代史读书会”主办的“新与旧 · 公与私 · 理与时 · 情与势——再论建国初期历史实践的社会、思想、文化、生活意涵”研讨会“圆桌讨论”上的发言。

僵硬、活力的枯竭，也都不容忽视。我们可以将这些身心失调一定程度上归因于改革开放三十多年来的历史"副作用"——市场导向、科层体制、原子式的个人主义等，但从更为纵深的历史脉络看，也与革命展开中人、组织与国家之间能动关系的硬化以及流失，或者说与革命诉诸的"新人"政治本身的结构性不足内在相关。在这个意义上，不断回到具体的状况之中，在看似次要实则关键的环节上，把握生成中的活力与危机，打开经验内部的层次，才能保证中国革命的经验不被固化、抽象化，也能帮助我们认识今天，想象一个新的出发点。这样说还是比较空泛，下文以我相对熟悉的文学领域的问题，再做一点展开。

表面看，读书会朋友们的工作已从文学突入甚至包围了历史，但实际上，向外的突击也伴随了不断的返回。这不仅是指每一次的读书会上都不乏文学方面的论文，更重要的是，返回的过程也是修正的过程，因为回到的"文学"，已不是原来那个"文学"了，对"文学"的理解全然更新了。像有关延安及解放区文学的研究，这些年已逐渐成为一门显学，文学实践与革命工作之间的关系，也得到了比较集中的讨论，一些大致稳定的结论也早已形成。但每次阅读读书会朋友的文章，还总是能带来新的启发，这不是说由于更多引入社会史的视野，这些文章呈现了历史的"毛细血管"、增进了对过程之复杂错综的认识，而是说文学实践与革命实践的关系，不再依照惯性的结论，表现为前者去服务、推动、表现后者，文学本身就被理解为一种进入社会肌理、回应各种复杂状况并保持一种理论紧张的内在实践。无论是赵树理、柳青这样的小说写作，还是木刻版画的实践，还有乡村的戏剧活动，都是在卷入实际的战斗和社会改造进程、在与普通民众生活世界的细密触碰中，才获得活力、重塑了自身的形式，创造出新的政治空间。

像程凯提到在柳青那里，文学写作和实践工作不仅相互配合，而且都与一种总体性的认识视野相关：不断进入基础性的经验，与具体性的状况厮磨，并不断将其原理化，不断去争取内在的总体性。在这个意义上，文学便不止于一种经验性、感性的方式，它同时也和革命共享同一种认识的、理论的高度。实际上，当文学不再是原来那个文学，政治很可能也不再是原来那个政治，革命工作的意涵也会随之更新，被提升到新的层面。换句话说，无论文学还是政治，都不是立足于其固有的“本性”，而是被放置于一种总体的动态进程和关系中去把握。我想，这是20世纪中国文学经验中特别激进、特别有强度和创造性的一部分，怎样将这份经验打捞出来并将其整理、说明，从中提炼出原理性的思考，这对于今天构建一种新的文学理解、包括一种具有可能性的思想方法和感受结构，可能都会特别有帮助。

在今天的文学写作、批评和研究中，我们可以注意到，一方面是立场和观念越来越繁多，方法和理论也越来越精良，令人眼花缭乱；但另一方面，不同的观念、方法背后，作为支撑的文学理解、社会感觉，似乎又相当的单一、稀薄。有时论辩双方的观点可能是对立的，但背后那个感受结构却又是同质化的、自明性的。这无疑大大限制了文学思考、写作在当下的可能性，削弱了其在高度活跃的动态现实面前的回应能力。比如，21世纪以来，文学的批判、代言、介入作用，相较以往得到了比较多的强调，从左翼到延安再到社会主义时代的文学传统也不断被援引。这种潮流不只出现在学院之中，也一定程度上呼应了文学风气的转变，像“底层文学”“草根文学”的提倡、“工人诗歌”的整理和讨论，以及有朋友提到的在一些群体性、社区性活动中自发产生的文化实践，这些正在兴起的态势，非常活跃，处于流动暧昧的状态中，也带来了有价值的认识契机。但如果没有重构文学理解背后的感受结构，这些契机很容易被错过，重新又被回收于原有的认识装置中。

事实上，目前的讨论和回应，在整体上并不令人满意。比如，仅仅将文学看成表达、记录社会意识和情绪的载体，或强调文学的批判性价值，甚至试图以文学的方式介入公共议题，但如果没有对社会肌理和复杂状况的把握，没有进一步考虑在认知的、情感的状况中去重新组织、构想实践，相关的论述和行动，即便充满激情、学理贯通，仍不免流于对频发的社会状况、事件的被动跟随乃至某种立场、姿态的空泛重申。再比如，在一种常见的当代观念中，文学经验应该与某种身体性的领域相关，从而区别于理论的、知识的、伦理的、政治的方式，更为直观地把握内在真实、更丰富的真实。这种常识性的认识并非错误，但文学的身体性、直观性如果被抽象化，缺乏一种对总体性的内在争取，缺乏一种在动态历史结构中形成的判断力、感受力，文学的“真实”及其承诺的批判性，也是要打上问号的。

简单地说，当代的文学实践往往依托于看似自明的感受结构，这导致了对文学实践之整体性、创造性的缩减。而且，缩减有时恰恰在于对革命时代文学传统的援引，援引的效果恰恰在于进一步固化原来的感受结构，这也是中国革命被抽象化之后的一种结果。还是刚才强调的，怎样挖掘四五十年代革命的经验，讲好这个故事，将其问题化、原理化，会为重建今天的文学理解提供一份相当珍贵的资源。但这并不等于说，可以将从历史实践中总结出的方法、策略直接对接今天的问题，将赵树理、柳青的写作和实践方式直接挪用。在网络与资讯发达的时代，各种新的社会状况、新的感受模式在动态生成，要把握到有价值的契机，成功翻转出新的实践方式，其实需要像当年的柳青那样，有一种特别开放的、有理论自觉的、有准备的主体状态。这也意味着四五十年代革命与今天处境的关联，同时需要在一个研究者、实践者主体内部去建立。如果在这些环节上有所突破，重铸的文学理解和感受结构，反过来也会帮助我们更好地认识20世纪文学的历史经验，比如从赵树理、柳青的视角，去审视沈从文这样在四五十年代革命中游离的甚至是失败的个案。在战争与建国的历史进程中，沈从文等人的写作和思考，表面上与“革命”保持一种距离，但也不断调整自己的文学方式，比如尝试在牧歌谐趣的风景画、地方风俗志的书写中去内在包容历史变迁的视野，希望综合“有情”与“事功”，构想一种全新的社会关系、人我关系。这样特殊的主体状态，有特定的个人脉络，但也是发生于四五十年代中国革命“波澜壮阔又关合奇巧”的进程当中，背后也有一个总体性的历史感觉作为支撑。如果将沈从文、柳青、赵树理这样不同的个案勾连起来，能否从文学的角度，建立起有关四五十年代革命更完整的理解，这是我目前开始关注的问题。

四、文学的内外：有别于“方法”

任何观念、说法的提出，在表面的意义之外，或隐或显总会包含着特定的诉求、立场或历史隐衷。“形式分析与社会学批评”话题的凸显，无疑也与这样一种困境意识相关：在一个文学的可能性变得暧昧、可疑的时代，倡导者痛切地感受到文学批判、介入功能的丧失，而相关的研究、批评在满足知识生产的需求之外，又对这一现状无力回应。或许可以说，这样的感受并无新意，或许也是老生常谈，但在它的背后，一种方法论上的焦虑也被暗示出来：在造成“困境”的诸多因素中，某种“方法”的封闭与单一难辞其咎。80 年代以来，出于对庸俗社会学批评的反拨，当代的文学言说沉溺于“内部”的审美探讨，一误再误，使得“内部”与“外部”脱节，有效介入历史的“方法”因而失之阙如。在这个意义上，要化解上述焦虑，如何寻求一种有效的研究方法，似乎成了问题的关键。然而，我们也许还可追问：我们缺少的果真只有方法吗？找到了有效的“方法”，就能一揽子解决言说的困境吗？这样的提问，可能无法有确定的答案，但对“焦虑”本身，似乎也可进行历史化的观照。

从某个角度看，所谓“内外”有别之观念的确立，得益于韦勒克、沃伦的《文学理论》一书的广泛阅读，“内部研究”与“外部研究”二元区分，也成为 80 年代以来文学研究、批评的基本框架。为了反抗外部干预，必须要在文学的内部建立起自身的尺度，文学研究学科性质的转移也奠基于此。80年代末“重写文学史”的冲动，归结到一点，也就是要用内部的标准替代外部的政治标准，重建一种相对独立的、审美的文学史。但事实上，内部与外部的区分，可能更多地体现了一种价值上的呼吁，服务于一种话语的论辩性。即便是《文学理论》一书，在强调“内部研究”优先地位的同时，也为“外部研究”的讨论留下了足够的篇幅。在80年代中国的特定语境中，对“内部”的强调，也更多地具有意识形态的策略性，对“审美”的鼓吹，从另一个角度看本身就是一种政治诉求的显现。在具体的研究中，所谓的“内部”其实并没有特别刻意地落实，由内而外、内外交错的现象，反倒常常发生。当然，“审美”在那时还有些许抽象，除了挪用感性、体验、抒情等空泛的概念外，我们的批评还没有更新的理论武器。但这还不仅是“方法”欠缺的问题，也与20世纪中国文学的特殊历史实践相关，在叙事学的、语言学的诸多方法开始渗透之际，有论者就担心“严重缺乏形式自觉、其审美价值常令人怀疑的新文学”能否承受这样的分析①。方法与对象的适应性只是“忧虑”的表面，一种内在的限度意识，也由此表露：相对于作为技术、规范和流程的“方法”，一种关乎自身特殊历史、特殊问题展开的处境感，或许更为重要。

进入90年代，“重写”的热情已经褪去，但“重写”本身的逻辑，在一定意义上已经顺利地融进知识生产、再生产链条中。内部的审美研究，应当说有了大幅度的拓展，过去单纯依靠印象、感悟的“才子型”研究，已被愈来愈多的理论储备和方法自觉取代，对叙事风格、文体追求和语言特点等问题的讨论日趋集中。沈从文、萧红、张爱玲等审美价值较高的作家，以及诗化小说、现代主义诗歌等实验性的文学倾向，也在研究中逐步被经典化。但如果考虑到反思现代性、文

① 赵园：《也说“重写”》，《上海文论》1989年第6期。

化研究等潮流的兴起，会发现有关“外部”的讨论，或许来势更为强劲。在思想史、文化史的视野之外，有关文学与出版、传媒、教育、城市关系的讨论，也逐渐成为“显学”，而对文学史叙述、观念建构以及文本内部文化、历史、意识形态因素的讨论，也打开了新的问题空间。换言之，在沟通文学的内部与外部方面，事实上缺少的并不是方法，在诸多叙事的、语言的形式分析被匆忙操练之后，研究者也囫囵吞枣掌握了其他的技能，譬如，将作品当作一个冲突的“力场”，在语言、形式的裂隙中挖掘美学、历史、政治之间复杂对话的“再解读”方法，就风靡一时，带来了崭新的活力。然而，在最初的兴奋消失之后，为什么我们仍会有这样的印象：那些打通了内部与外部的批评，在写得漂亮、缜密、充满洞见的同时，仍缺乏某种内在的穿透力，或者说并没有真正推进对历史、现实的认识，有时候甚至成为一场比文学更有魅力的符号游戏。对文学内部矛盾、张力、被压抑因素的揭示，的确消解了文本的自足性幻觉，但我们的收获，也不过是在批评中重述了文学的无奈，困境只能被“想象地解决”。相对于80年代对“文学性”的单纯向往，我们似乎对“文学”“审美”的历史构造有了更清晰的觉悟，但在消解与还原的同时，我们似乎也缺乏了那种粗糙的历史建构力。当悬置价值判断、强调多元呈现成为一种普遍接受的学术伦理，那么是否也应考虑，历史的重建难道仅是“各种复杂、矛盾因素的陈列”？（洪子诚：《〈中国现代文学三十年〉的“现代文学”》）这样的追问也涉及研究、批评本身“位置”的检讨。在一个知识全球化与分工日趋细密的时代，挑战既定话语秩序的批评工作，又是如何在貌似批判的同时，又不断默认、复制了现存的知识体制。这些零散的印象和提问并不一定可靠，但至少表明“困境”的产生并不简单地是一个“方法”的问题，在某种意义上，它是社会、文化结构整体性症候的显现。

当然，这并不等于说“形式分析与社会学批评”是一个伪命题，承认文学言说的限度和边界，也并不意味着放弃对其前景的探询，但在“方法”的尝试以外，批评自身的重构也相当关键。当文学被区分为“内部”与“外部”，一种虚设的“本体”也随之生成。当我们一再强调内外的沟通，一再呼唤介入的意识，我们又在多大程度上挣脱了原有的概念、框架，是值得疑问的。近年来有关“文学性”的反思，已祛除了本质主义的文学假定，但与其放弃“文学性”的尺度，不如更新一种理解，不是将其当作孤立于外部历史的本体，而是看作一个在社会、文化、经验之间流动的“位置”，不断卷入又不断疏离。在这个意义上，它的内部就是它的外部。与观念的重构相伴随的，还有知识视野的重构和历史意识的强化。这意味着，不是找到了一种方法，批评者就可以跳出文学的拘囿，放心地谈论它的社会功能、意识形态内涵，问题在于研究者对历史、社会、政治，除了抽象的了解之外，又有多少深入的认识，对当下的生存处境又有多少真实的把握。再有，当历史都被看待为一种叙事，从想象、符号的层面切入无疑是文学批评的最擅长的方式，然而，这样的讨论如果不与物质的、制度的、“生活世界”的复杂层次相结合，其有效性仍会大打折扣。这要求一种整体性的视野，而不仅仅是在符号的、想象的层面看待一切，如何在文学与其他知识、问题领域之间形成思维的“短路”，决定了“重构”内外关系的可能方向。当然，这还是一个假定的出发点，比起某些“方法”的发明和挪用，也需要更耐心、更艰难的准备，但在这一过程中，旋转的话语、符号却有可能缓慢下来，摩擦现实的问题和处境。

第十四章 “重写文学史”与90年代文学研究的进展

一、作为事件的“重写文学史”

“重写文学史”这一提法，出自《上海文论》1988年开设的同名专栏，在“开栏”宣言中，主持人陈思和、王晓明开宗明义地提出，开设这个专栏，是为了“冲击那些似乎已成定论的文学史结论”，目的在于探讨文学史研究多元化的可能。[①] 从1988年到1989年，“重写文学史”专栏总共推出9期，发表了16篇“重写”性论文及相关笔谈，对现当代文学史上一系列经典性作家、作品、理论思潮，如柳青的《创业史》，茅盾的《子夜》，赵树理方向，丁玲的小说，别、车、杜的现实主义理论等，进行了重新解读。专栏的开设引起广泛的反响，流风所及，类似“重写”性的文章，也出现在其他一些刊物上。[②] 表面上看，“重写”涉及的是个别作家、作品的评价，但它内在的挑衅性却表现在对既定的文学史秩序的冲击上。如后来一位“重写”的反击者所指出的：在“重写”浪潮中，许多批评者“不约而同

---

① 陈思和、王晓明：《主持人的话》，《上海文论》1988年第4期。

② 较有代表性的有郑波光的《接受美学与“赵树理方向”》（《批评家》1989年第3期）、胡明的《“五四”文化精神的迷失与复归》（《文艺争鸣》1989年第4期）、应雄的《二元理论，双重遗产：何其芳现象》（《文学评论》1988年第6期）、夏中义的《历史无可避讳》（《文学评论》1989年第4期）。

抓住‘赵树理方向’作文章，在理论上上挂毛泽东的《讲话》和文艺的工农兵方向，在创作实践上又旁及解放区和建国后十七年文学的发展，这种贬低和否定并不是一个孤立的方向”[①]。毋庸讳言，这样的指摘也暗示了“重写”的另一重意蕴：对文学史秩序的冲击，最终也会触及这一“秩序”背后的意识形态掌控。

作为80年代后期文学研究乃至思想文化界的一个重要“事件”，“重写文学史”的浪潮虽然只是热闹一时，但也可以看作是80年代一场广泛思想、文化“重写”的结果：从最初对一批遭受不公正对待的作家的“平反式”重评，到以文学现代化为核心的新的文学史观的提出，现代文学研究学科性质的转移过程，一直伴随着对所谓“教科书”式文学史的不满，“重写”的工作其实早已开始。对于这一点，“专栏”主持人有充分的自觉：“我们现在提出‘重写文学史’实际上正是在文学史研究的性质发生改变的时期，是现代文学史作为一门独立的学科逐步走向成熟的时期。”[②]王晓明更是明确地将“重写”潮流的源头，上溯到1985年在北京万寿寺召开的中国现代文学创新座谈会，正是在那次会议上，“陈平原第一次宣读了他和钱理群、黄子平酝酿已久的关于‘二十世纪中国文学’的基本设想”，“重写”不过是将三年前“郑重拉开的序幕”再一次拉开。[③]在这一追溯中，不难体味出倡导者的用心：“重写文学史”的提出，似乎有意要与“20世纪中国文学”的概念形成呼应，京、沪两地抛出的说法不一，但都强烈地表达了对一种新的研究范式的建构冲动。

虽然有上述历史联系，但与此前的一些方案相比，“重写”仍显示出某种独特的气质，这主要表现在一种激烈的论辩色彩和颠覆性上。其实，在整个80年代文学研究的转型中，当文学现代化的标

① 罗守让：《文学史能这样重写吗？——也谈对赵树理的再认识》，《文艺报》1990年5月26日。

② 陈思和、王晓明：《关于“重写文学史”专栏的对话》，《上海文论》1989年第6期。

③ 陈思和、王晓明：《主持人的话》，《上海文论》1988年第6期。

准逐渐替代了社会主义的乃至新民主主义的政治标准，一种论辩性就潜在发生了。最初，这种论辩性或许还“遮遮掩掩”隐含在“还历史本来面目”的呼吁中，在“重写文学史”的浪潮中，它却被明确地甚至是戏剧化地表露出来。从对象上看，“重写”的矛头直接指向了左翼文学、解放区文学以及1949年之后的“十七年”文学，对以往文学史上所谓“主流”的颠覆意图不言自明。为了实现这一意图，虽然主持人也多次强调“多元化”与“研究的态度”，但为了打破“庸俗社会学和狭隘的而非广义的政治标准”，以“一元”对抗“另一元”是大多数文章使用的策略。① 譬如，在有关“赵树理方向”再认识的讨论中，论者通过重审“问题小说论”，目的在于对“文学为政治服务”这一原则的批判。在另一篇文章中，胡风与“左联”的分歧，也被表述为现实主义理论两个不同起点之间的冲突：一个是从政治原则出发，一个是从人的因素出发。与此类似，论者在论及杨沫对《青春之歌》的修改时指出，为了“适应当时流行的政治观念”，作家放弃了使作品有可能更为优秀的有利因素。② 毋庸赘言，政治与审美的二元对立，构成了“重写”得以展开的基本前提。在这一对立结构中，作家的主观感性、生活体验往往被当作是“审美”的标志，以抗衡外在社会、政治理念的粗暴干预。茅盾的《子夜》之所以被看成是“一份高级的社会文件”，原因在于其对正确观念的过度强调，因而缺乏作家的“主体性”，混淆了“现实世界”与“艺术世界”的差异。对丁玲小说创作的反思，也集中于她如何为了一种“期待和理想”，而违背了自己的创作个

① 陈思和明确提出，本栏反思的对象是“那种仅仅以庸俗社会学和狭隘的而非广义的政治标准来衡量一切文学现象，并以此来代替或排斥艺术审美评价的史论观”（陈思和、王晓明：《主持人的话》，《上海文论》1989年第5期）。

② 参见《上海文论》的文章：戴光中的《关于“赵树理方向”的再认识》（1988年第4期）、陈思和的《胡风文学理论的遗产》（1988年第6期）、杨朴的《桃花谢了春红，太匆匆——由〈青春之歌〉再评价看革命历史题材创作的局限》（1989年第2期）。

性。① 从政治与审美的对峙中，引出的是理性与感性、观念与体验、功利与艺术等一系列区分，80 年代一整套有关文学主体性、现代性的想象也得到了再度重申。如果单从理论上辨析，这一系列的二元划分无疑都是颇成问题的：为了反拨过去的“政治标准”，“审美”就被颁布为另一个大写的标准，这种对抗性的思路决定了“审美”本身的抽象化，其与政治、历史、社会之间的复杂关联自然被简化或忽略了。事实上，在 80 年代特定的语境中，“审美”的鼓吹本身就具有相当的政治性，在高昂的文学现代化想象中，相关的当事者似乎还无暇（或无力）对“重写”的前提进行清理。

“重写”对历史的粗率、简化处理，自然招来不少指摘，但其带来的冲击性价值，似乎更值得关注。通过蓄意的颠覆策略，“重写”不仅打破了文学史的固化图景，带来新的研究可能性，在激进的对一元化“公论”的冲击中，文学史这一“神话”本身的内在历史机制也被暴露出来。在检讨现代文学史的学科性质时，陈思和就谈到了这一点：

> 首先它是建国初期整个意识形态的一个组成部分，当时的情况是这样：一个新的国家刚刚诞生，上层建筑及其意识形态都在为巩固政权而展开工作，政治、教育、历史、哲学、法律、文学等社会科学领域都参与了这项工作，即通过各种途径向人们描绘中国革命是怎么走向胜利的，人民共和国是经过了怎样艰苦的斗争建立起来的。现代文学史从这个意义上讲具有教科书的性质，是有鲜明的目的与严格的内容规定的。

这样的描述，不只说明以往文学史的“教科书”性质，同时也澄

① 参见《上海文论》的文章：蓝棣之的《一份高级形式的社会文件》（1989 年第 3 期）、许循华的《对中国现当代长篇小说的一个形式考察》（1989 年第 3 期）、王雪瑛的《论丁玲的小说创作》（1988 年第 5 期）。

清了其制度性特征与意识形态功能，或者可以说，文学史本身被历史化了。质疑“教科书”性质的同时，这一学科的另一重性质也被着重强调：“那就是学术性，或者说是把现代文学作为一门独立的科学，去寻求现代中国人的审美经验是如何形成的，总结白话文学七十年来在创作上的成功经验与不足。”两种学科性质的区分，最后转化为一种取代关系，这就是改变现代文学的研究前提，“使之从从属于整个革命史传统教育的状态下摆脱出来，成为一门独立的、审美的文学史学科”①。这段论述，可以说概括了“重写文学史”的历史意图，而“重写”本身的局限也恰恰包含其中。

首先需要追问的是，当文学史学科从所谓“革命史传统教育”落回“独立的、审美的”研究，一种单纯的“审美”视角，是否足以说明20世纪中国文学的历史实践（尤其是从左翼文学到“十七年”文学的实践），是否能完全容纳这一实践过程中呈现出的美学及社会可能？“审美”观照本身的封闭性与对象本身的复杂性之间的矛盾，就存在于这一新的文学史观的内部。从某个角度看，对文学史“教科书”性质的检讨，得益于一种历史化的学科眼光，但在新的文学史框架的形成中，这样一种历史化的眼光恰恰失落了，在“学术”“独立”“科学”等字眼中，不难看出一种本质化的理解倾向，诚如后来的一篇“回击”文章所辨析的那样，独立的、审美的“科学”观点“同样有可能陷进‘非科学的思维定势’”②。在颠覆既有文学史框架的同时，却没有对自身的框架进行“历史化”，一种内在暧昧性就这样微妙地交织在“重写”的理路中。在这个意义上，“重写”专栏结束时赵园写下的一段话值得引述：“我只是在对自己所属‘一代’的省察中，一再想到那些预先决定了‘重写’的格局、规模，所能达到的边线的东西。”她所忧虑的是，“‘重写’仍流于经验性的否

① 陈思和：《关于“重写文学史”》，《文学评论家》1989年第2期。

② 陈安湖、唐世春：《“审美文学史”辨析》，《华中师范大学学报》（哲学社会科学版）1991年第2期。

定而终无真正坚实的建设，再度发现否定者仍在被其‘否定’的那个视野中"[①]。

在80年代现代文学研究的学科性质转移中，"重写文学史"的浪潮应当说具有某种总结性，它不仅以论辩的方式释放了一种"独立的、审美的"文学史想象激活的历史势能，而且也将其内在的限度展现出来。作为一个浪潮，"重写文学史"很快落下帷幕。如果将它理解为一种对文学史内在机制的不断检讨以及对新的文学史可能性不断向往的冲动，那么它在一定程度上延续了下来，并在90年代仍潜在推动着研究的展开。其实，在"重写"的过程中，一些文章已溢出了"政治/审美"的论辩性结构，为90年代研究的新变埋下了伏笔。[②]这意味着某种开启性的功能，其实也包含在"重写"的暧昧之中。

二、"重写"的延伸与展开

进入90年代，中国的社会、文化氛围都发生了整体性的改变，面对新的历史场景，人文知识分子也纷纷调整自己的角色以及学术工作的定位，新保守主义、新儒学等思潮的兴起，也冲击着80年代激进的、单一的现代化想象。这些变化无疑深刻影响了文学研究的进一步展开。90年代初，《学人》杂志的创刊以及"学术史"研究的出台，就是一个标志性的事件。一方面，针对80年代"学风的空疏"，对自我约束的学术规范的强调[③]，意味着学术研究日趋稳健、沉实的专业化趋向；另一方面，八九十年代之交社会变化中浮现的反思意识，

① 赵园：《也说"重写"》，《上海文论》1989年第6期。

② 譬如，范伯群针对"鸳鸯蝴蝶派"历史评价的反思，已涉及通俗文学与报章杂志、都市现代化的关系，以及现代文学的娱乐性、商品性问题。参见范伯群：《对鸳鸯蝴蝶——〈礼拜六〉派评价之反思》，《上海文论》1989年第1期。

③ 陈平原：《学术史研究随想》，载《学人》第1辑，江苏文艺出版社1991年版。

也奠定了90年代学术思想的基调，如汪晖所言及的，“《学人》的内容远不是学术史研究，更为重要的是对整个近代历史的重新研究和思考”①。实际上，现当代文学研究领域体现了学术新变的一些思路，与“重写文学史”有相当的渊源。在“重写”专栏结束的对话中，主持人陈思和、王晓明曾颇为自信地提出，“专栏的结束意味着‘重写文学史’的工作将在学术领域里更为深入和细致地展开”②。这种“期待”在两位主持人身上在一定程度上得到了“实现”，他们在90年代的研究思路仍体现出鲜明的“重写”特征。像王晓明的《一份杂志和一个“社团”——重评“五四”文学传统》从文学的社会机制层面，检讨了“五四”的内在局限。有意味的是，这篇在90年代影响广泛的文章，在开篇便以对“重写文学史”讨论的追溯为起点。陈思和在“新文学的整体观”之后，提出“庙堂”“广场”“民间”的概念，目的也在于为重构20世纪文学、精神史寻找新的叙述框架。③但不难发现，“重写”过程中确立的政治与审美的对立以及以后者为尺度建构的文学史观，已发生了某种松动，或者说研究者已转移了焦点，有论者指出了这一点：“近年来在海内外学者中一直在继续，只是在大陆不再打‘重写’的旗帜而已。但无论在国内外重写的对象，大都从体制化文学史转向知识分子自身的‘迷误史’”。而他提到的具体个案，恰恰就是王晓明的《一份杂志和一个社团》以及陈思和的《民间的沉浮》两文。④

“重写”包含的激烈的论辩性在90年代被一种更为复杂的反省意识替代，这无疑折射了整个社会、文化思潮的变化。当“重写文学

① 汪晖：《传统、现代性及其他——答韩国〈历史研究〉杂志特约记者赵京兰博士问》，载《死火重温》，人民文学出版社2000年版，第388页。

② 陈思和、王晓明：《关于“重写文学史”专栏的对话》，《上海文论》1989年第6期。

③ 王晓明：《一份杂志和一个“社团”——重评“五四”文学传统》，载《刺丛里的求索》，上海远东出版社1995年版；陈思和：《民间的沉浮：从抗战到文革文学史的一个解释》，载《鸡鸣风雨》，学林出版社1994年版。

④ 赵毅衡：《“后学”，新保守主义与文化批判》，《花城》1995年第5期。

史”所设定的对立面——以政治标准为尺度的文学史观——在某种意义上已经消解，同样不能忽略的是，以“审美”“现代化”为中心的文学史视角，随着“20世纪中国文学”研究范式的广泛普及，也脱离了一种简单的论辩结构，逐步经典化、常规化，渐渐融入学院化的知识生产当中。有关文学的审美风格、语言形式以及实验性探索的研究，在90年代研究的整体格局中占据了显著位置。其中，有对散文史上“闲话”与“独语”两种风格的历史把握①，有对新诗史上“现代主义诗潮”细致深入的历史描述②，还有对诗化小说以及40年代小说写作多种可能性的重新挖掘③，以及现代文学史上唯美主义倾向的梳理等成果④。在“重写文学史”浪潮中，有学者认为“重写”太集中于作家作品的评论，还未落实在文学史编写的环节中。⑤这种期待在90年代似乎已逐步变为现实，“20世纪中国文学”这一文学史框架的广泛使用就是证明。在90年代初推出的一套《二十世纪中国文学丛书》的序言中，编者就称：“以一百年的文学为单位对文学的总体观照的方式自然地扬弃了非文学的干扰，从而有可能对文学进行独立的和自由的考察。”⑥这表明当年依靠“重写”建立的文学史观念，已经成为文学史写作的基本前提。从“20世纪”或“百年”这一视角出发，整体性的研究进展集中体现在一系列大型丛书的出版上：除上面提到的一套丛书外，从区域文化的角度对新文学的流派、作家群落进行整体研究的，有湖南教育出版社1995年出版的“二十世纪

① 余凌：《论中国现代散文的“闲话”与“独语”》，《文学评论》1992年第1期。

② 孙玉石：《中国现代主义诗潮诗论》，北京大学出版社1999年版。

③ 在这方面，代表性成果有钱理群主持的40年代小说研究：《对话与漫游——四十年代小说研读》（上海文艺出版社1999年版）以及“诗化小说研究书系”（广西教育出版社2003年版）。

④ 解志熙：《美的偏至》，上海文艺出版社1997年版。

⑤ 王富仁：《关于“重写文学史”的几点随想》，《上海文论》1989年第6期。

⑥ 谢冕：《世纪末：中国知识分子的思索——〈二十世纪中国文学丛书〉总序》，载钱理群：《丰富的痛苦——“堂吉诃德”与“哈姆雷特”的东移》，时代文艺出版社1993年版。

中国文学与区域文化丛书”；从中外文学、文化思潮角度展开的研究，有安徽教育出版社 2000 年出版的“20 世纪中国文学研究丛书”；尝试文学史写作崭新体例的，有山东教育出版社 1998 年出版的“百年中国文学总系”。其他同类成果还有很多，这里不再一一列举。①

上述实例表明，80 年代以来重建的学科范型确实“已不再年轻，走向成熟”。当研究的空间不断拓展、思路不断细化，“拾遗补缺”式的研究也使更多的作家作品为人所认识，一些学者已开始强调“经典化”的重要性，认为文学史“不应越讲越厚，而应越讲越薄，越讲越精，经典化是必然的”②。“经典化”意味着要依据某种标准进行筛选、整理、去芜存精，这是学科“成熟”之后必然的要求，即对“从文学观念、思维方式、情感形式、精神内涵，到文学审美、形式，特别是文学语言，都有异于传统而显出一种‘现代性’”的传统进行系统总结的要求③。由谢冕、钱理群主编的《百年中国文学经典》(北京大学出版社 1996 年版)，谢冕、孟繁华主编的《中国百年文学经典》(海天出版社 1996 年版)，王一川、张同道主编的《二十世纪中国文学大师文库》(海南出版社 1994 年版) 等丛书的相继推出，可以看作是“经典化”努力的一种体现。在这一过程中，有关何谓经典、谁的经典、经典标准的冲突等问题的讨论，也随之浮出了水面。

---

① 还可举出的有陈鸣树主编的《二十世纪中国文学大典》(上海教育出版社 1994 年版)，黄曼君主编的《中国近百年文学理论批评史》(湖北教育出版社 1996 年版)，易新鼎主编的《二十世纪中国小说发展史》(首都师范大学出版社 1997 年版)，孔范今、黄修己各自主编的《二十世纪中国文学史》(山东文艺出版社 1997 年版，中山大学出版社 1998 年版)，王晓明等编选的《二十世纪中国文学史论》(东方出版中心 1997 年版) 等。

② 温儒敏:《关于“经典化”与“学院化”》，《文艺研究》1999 年第 1 期。在钱理群的个人研究规划中，也包括“作家作品的历史筛选，对经典之作有重点、选择的精读与研究”这样自觉的“经典化”努力。参见钱理群:《我的中国现代文学研究大纲》，《中国现代文学研究丛刊》1997 年 1 月。

③ 钱理群:《〈百年中国文学经典〉序》，载谢冕、钱理群主编:《百年中国文学经典》，北京大学出版社 1996 年版。

"经典"意味着一种相对稳定的价值秩序乃至权力关系，但在社会思潮、历史语境发生变动的时期，"经典"的标准本身也在改写之中。谈及中国现代经典的问题，佛克马、蚁布思就指出，有关"经典"问题的讨论往往与1919、1949、1966、1978这些特殊的年份相关①，在这些年份，历史的剧烈变动、转折，无疑会使原有的经典秩序发生动摇。80年代以来，类似的"经典"重构其实一直在进行。夏志清的《中国现代小说史》使得沈从文、张爱玲等在鲁、郭、茅、巴、老、曹之外，渐渐成为热点，而在"重写文学史"过程中，对《子夜》等经典之作的重评也具有相当的颠覆性。这种变化直接反映于研究趣味的转移上，据樊骏统计，在《中国现代文学研究丛刊》上以1989年为界，前10年研究鲁、郭、茅、巴、老、曹的文章占据作家作品研究的半数以上，近10年间则缩减为1/4；张爱玲、沈从文、萧红、林语堂，徐訏、冯至、穆旦的文章明显增多，有关闻一多、赵树理、夏衍等人的文章显著减少。② 较之以往强调作品中的进步、革命等宏大主题，90年代的文学研究者更青睐那些体现日常生活情调或对现代性的宏大叙事构成对话关系的作品，同时对具有市民情调的消费性文学也给予了充分认可，原本作为主流的左翼文学则无形中受到了挤压，这可以看作是"重写文学史"历史逻辑的延续。在上面提到《二十世纪中国文学大师书库》中，小说卷大师"排行榜"上茅盾的落选与金庸的入选，就沸沸扬扬引起了一场争论。茅盾落选的原因是：作为小说家，他的作品"总的说往往主题先行，理念大于形象，小说味不够"，这几乎是"重写文学史"时期一些结论的重复。③"经典"的变化及引发的争议，不仅起因于学科内部研究重点、尺度的转

---

① ［荷兰］佛克马、蚁布思：《文学研究与文化参与》，俞国强译，北京大学出版社1996年版，第37页。

② 樊骏：《〈丛刊〉：又一个十年（1989—1999）——兼及现代文学学科在此期间的若干变化（上）》，《中国现代文学研究丛刊》2000年第2期。

③ 王一川：《小说中国》（序），见《二十世纪中国文学大师文库 · 小说卷》，海南出版社1994年版，第3页。

移，也与90年代兴起的大众文化、消费文化的冲击有关，而且从文学研究扩张到大众传媒中。无论是大师座次的重排，还是为20世纪文学写下“悼词”、对鲁迅地位的挑战，“经典”颠覆与重置的潮流已成为世纪末的一道重要的文化风景。[①]

面对上述现象，相关的讨论也在展开。有学者就提出“经典的流动”的说法，力图为经典秩序的当代重构寻找理论依据。[②] 然而，需要考虑的是，如何在打破本质观念、承认20世纪文学评价“无固定标准”的同时，又不陷入历史相对主义的误区？用当代的视角、观念去衡量历史的冲动，又该怎样与原初历史语境的限定相协调？在“重写文学史”浪潮中，“历史主义”与“当代性”的紧张就曾是一个突出的主题[③]，为了在理论上化解这一“结构性”的紧张，“文学史的经典”与“文学的经典”的区分，应该是一条可行的思路。同样值得考虑的思路是将这一问题充分历史化，反思标准、经典的转移背后不同的历史前提和意识形态机制，由此或许能挣脱非此即彼的“翻烙饼”逻辑。针对更多体现所谓独立审美追求的作家作品受到广泛关注，而强力回应历史、政治命题不断摩擦的写作却无形中受到贬抑的现象，有学者就提出质疑：“结果真是‘文学性’的胜利吗？实际上，在中国现代文学研究中，‘优美’的传统得到了过剩的研究，而‘力

① 葛红兵：《为二十世纪中国文学写一份悼词》，《芙蓉》1999年第6期；王朔《我看鲁迅》，《收获》2000年第2期；陈溯渝：《由〈收获〉风波引发的思考——谈谈当前鲁迅研究的热点问题》，《鲁迅研究月刊》2001年第1期；高旭东编：《世纪末的鲁迅论争》，东方出版社2001年版。

② 在2000年5月举行的中国现代文学研究会第八届理事会第二次会议上，“新文学的评价标准”成为主要议题，参见秦弓：《中国现代文学研究会第八届理事会第二次会议纪要》，《中国现代文学研究丛刊》2000年第4期。“经典的流动”的说法，出自朱栋霖：《经典的流动》，《中国现代文学研究丛刊》2000年第4期。

③ 在“重写”的讨论当中，一个较为集中的意见是：“重写文学史”过多地强调了“当代性”，而缺少“历史主义的意识”，更多地用“今天的认识水平”去评价作家作品，而脱离了原来的历史环境。针对这样的批评，“专栏”主持人也予以回应，阐发了“历史主义”与“当代性”的辩证关系。参见陈思和、王晓明：《关于“重写文学史”专栏的对话》，《上海文论》1989年第6期。

美’的传统却被忽视了。”①从这样的质疑出发，重要的不是在所谓的文学与政治、“优美”与“力美”之间再一次作价值上的选择，而是将对“文学”以及“文学性”的追问推向了前台。

近年来，伴随着对80年代“纯文学”话语以及文学性标准的检讨，有关“左翼”文学的重新评价，就是当下一个新的研究“热点”。②左翼文学的历史合理性，其与“五四”的承接与断裂，其复杂的历史形态及当代价值等问题，都不同程度地得到了讨论。对左翼文学资源的重提，与对一定时期内研究不平衡状态的反拨有关，也贯穿着全球化、市场化时代研究者对文学批判价值的重视，在80—90年代文学研究的演变脉络中，也凸显了某种与“重写文学史”进行对话乃至超越的努力。

三、“反思现代性”的讨论

在某种意义上，90年代围绕“经典”展开的争议，既显示了研究内在的活力，也表明当“20世纪中国文学”的研究范型被广泛接受，内在的冲突、危机也随之发生，统一的文学史观念及评价体系并未如期地建立。1989年汪晖在《文学评论》发表的长文《预言与危机——中国现代历史中的“五四”启蒙运动》，从“态度的同一性”角度，讨论了五四运动崩溃的内在原因（不是基于理性的方法和目标而构成的思想运动），关注“五四”启蒙运动与它的“方式”之间的

① 王富仁：《当前中国现代文学研究中的若干问题》，《中国现代文学研究丛刊》1996年第2期。

② 参见《中国现代文学研究丛刊》2002年第1期上的一组“左翼文学与现代中国”笔谈，包括旷新年的《断岩深处的历史》、冯奇的《左翼文学论的性质和功能》、孟繁华的《左翼文学与当下中国文学》、王富仁的《关于左翼文学的几个问题》，萨支山的《“革命文学”论争中的文学史叙事》、李今的《苏共文艺政策、理论的译介及其对中国左翼文学运动的影响》。

关系。[1] 这样一种“包含了自我质疑的含义”的思考，已经暗示出90年代研究的另一个向度。

作为一个奠基性“神话”，“五四”一直是现代文学得以确立自身的历史支撑点，80年代思想界的“解放”，也一度被叙述为对“五四”的复归。但在80年代末90年代初，随着一些海外学人的研究思路渗透到国内，对“五四”新文化运动的批评性反思，一时间蔚然成风，无论是“全盘反传统”的指责，还是对从“五四”到“文化大革命”的激进主义思潮的检讨，都可以看作是这一整体性思潮的显现。在文学研究领域，类似的反思也开始出现，如有关“学衡派”的重新评价，以及对“五四”白话文与新诗运动的批判等。针对这样的浪潮，相关的研究者也积极回应，或撰写论文，或组织笔谈，呼唤一种历史的态度，回到“五四”的现场，揭示其历史复杂性。[2] 与这一挑战相关，真正与“20世纪中国文学”之研究形成深刻对话并不断释放出新的问题视野的，应该是90年代中后期兴起的“反思现代性”的讨论。

作为一个话题，“反思现代性”的讨论，与后现代、后殖民批评在中国的登陆有关。在一个新的历史时期，对西方的“现代性”的重估以及相应的所谓“中华性”的提出，似乎是讨论的最初契机。然而，由于简单地强调现代/后现代的断裂，又对现代性与中国历史的复杂关联缺乏细致的知识清理，这样的“重估”可能并没有真正挣脱单一的现代性逻辑。事实上，“反思现代性”讨论的深入，并不表现为简单的颠覆或解构，而是将“现代性”当作一整套建构机制，考察它在中国历史中展开的复杂历程。在这方面，汪晖的《韦伯与中国的现代性问题》一文虽然已跳出文学研究的领域，但在某种意义上可以看作90年代文学研究范式转移的重要表征。[3] 在这篇长文中，作

① 汪晖：《〈无地彷徨〉自序》，载《无地彷徨——“五四”及其回声》，浙江文艺出版社1994年版，第16页。

② 严家炎：《不怕颠覆，只怕误读》，《中国现代文学研究丛刊》1997年第1期。

③ 汪晖：《韦伯与中国的现代性问题》，《学人》第6辑，1994年9月。

者不仅借用西方诸多知识资源，细致梳理了有关“现代性”的理论表述，更为重要的是，通过对韦伯宗教社会学的研究，在质疑“现代性”的普遍性叙事的同时，也从“文化间性”的角度，提出了中国现代性的特殊性问题，这样一种思路为重新解读中国现代历史乃至重新描绘中国历史图景提供了某种可能。这种思考角度、前提的变化，很快也波及文学研究领域。1996 年《中国现代文学研究丛刊》第一期，发表的一组汪晖、吴晓东、旷新年关于“现代性”的笔谈，就表明了研究界对这一思路的自觉推进。

“现代性反思”的展开，在文学研究中的主要表现在对 80 年代确立的单一、同质的文学现代化尺度的重新审视上，钱理群那一段被广为引用的文字，就传达了普遍的心态：“现实生活的无情事实粉碎了 80 年代关于现代化、关于西方现代化模式的种种神话。与此相联系的是‘西方中心论’的破产。这都迫使我们回过头来，正视‘现代化’的后果，并从根本上进行追问：什么是现代性？”落实到专业领域，就是“如何理解‘现代文学’这一概念中的‘现代’两个字？”① 对“现代”的追问意味着一种新的态度，意味着不再将“现代”当作自明性的研究前提，而是“必须将‘现代’本身作为一种意识形态和典范来看待，而不是奉为先验的价值”②。从这一点出发，文学之“现代”得以成立的前提就相继得到检讨。比如，从现代性的角度看，“五四”新文学的发生，正是在一种线性的时间观念的作用下，通过传统与现代、文言与白话、精英与通俗等一系列对立而建立起自身的合法性和“现代”品质，而西方文学观念以及文类体系的移入以及对启蒙立场、审美独立的强调，也强化了这一品质的纯粹。如果说 80 年代“20 世纪中国文学”“重写文学史”的提出，是在新的历史语境中重申了这一乐观、高调的现代性立场。那么，90 年代的反思现代

---

① 钱理群：《矛盾与困惑中的写作》，《文学评论》1999 年第 1 期。

② 旷新年：《现代文学发生中的现代性问题》，《中国现代文学研究丛刊》1996 年第 1 期。

性讨论，更多地集中于对现代性“宏大叙事”中压抑、排斥机制的检讨，以及其内部矛盾、冲突的释放上。上文提及的汪晖的《预言与危机》与王晓明的《一份杂志和一个社团》，都从不同的层面触及了这个问题。作为现代性开端的“五四”传统的内在统一性被瓦解，其确立的文学机制中的负面效应也得到了揭示。

这一变化带来诸多方面的影响，表现之一是20世纪文学的历史可能性被更多地呈现出来。众所周知，“现代”到底是一个纯粹的时间概念，还是包含着特定的价值预设，曾在文学史编撰中引起过相关的争论。在80年代的文学现代化想象中，如果说“20世纪中国文学”概念所设定的四方面内容（“世界文学”总体视野、改造民族灵魂的启蒙立场、以“悲凉”为核心的美感特征、语言及思维的现代化）体现了一种鲜明的现代性尺度，那么用这种单一的尺度去衡量20世纪中国文学的展开，是颇成问题的。不仅许多“非现代”的文学实践，如旧体诗词、通俗文学，要被排除在外，而且像“十七年”文学、“文化大革命”文学这样特定时期的文学样态，也无法得到有效的说明。当单一“现代性”尺度的局限性被一一揭示，将“现代”称为一个“价值无涉”的中性时间概念，由是成为还原文学史多元景观的一种常见策略。① 这样的结果，当然是“现代”的不断扩容，包括对鸳鸯蝴蝶派文学、海派小说以及武侠小说等通俗文学类型的重视，雅俗互动的文学史框架的引入，革命大众文学中“反现代的先锋”的命名，以及所谓被“五四”新文学压抑的晚清“众声喧哗”之现代性的挖掘等。一位研究者通过梳理近年“现代性”研究的成果，就指出有关“现代”文学的研究“正朝纯粹的时间框架进展”，“而其内容将由每一个体验深刻、眼光独到的解释主体”。②

影响的另一种表现，体现在对现代性本身包含的复杂、悖论、差

① 吴晓东：《建立多元化的文学史观》，《中国现代文学研究丛刊》1996年第1期。

② 王攸欣：《1998—1999年中国现代文学研究述评》，《中国现代文学研究丛刊》2000年第1期。

异因素的重视上，作家的审美体验、写作实践与“现代”的整体性规划之间的张力成为研究的焦点。依照两种现代性的区分（世俗现代性与审美现代性），那些能够突破线性进化论、启蒙意识、现实主义等现代性叙事，呈现出某种“反抗”性质的文学向度，受到了更多的青睐。章太炎、鲁迅等人身上体现出的危机意识和对诸多“现代”意识形态的批判，在这方面堪称典范。对沈从文、张爱玲、萧红等热点作家的研究也一定程度上转移了重点，聚焦于作家写作对普遍“现代性”的突破或改写。余凌的《中国现代文学中的审美主义与现代性问题》一文就有相当的代表性，论文通过考察若干作家的写作个案，进行了这样的概括：如果将现代性当作一种“普遍主义的知识体系”，本身具有强大的整合力量，那么“文学”则是唯一能逃逸出整合的领域，呈现出丰富的生存情境。在这个意义上，沈从文的《新与旧》消解了整一性的现代“进步”图景，张爱玲的小说展现了一个“没有完成”的“现代”给中国日常生活带来的参差形态，中国现代小说中常流露的挽歌情绪也交织了现代性的焦虑。[①] 同样是关注“审美”的领域，这样的考察角度、问题意识，显然与“重写文学史”的思路迥然不同。

当现代性反思打破了一元化的文学史观，完整的现代性图景破碎成差异、矛盾和多种向度的并置。然而，“现代”的不断扩容，是否也意味着研究的价值前提的缺失？与此相关的是，现代文学研究学科自身的合法性与边界，是否也会随之被动摇？在消费文化逐渐高涨的语境中，对通俗文化、市民情调、日常生活的重视，其内在的意识形态性质，是否得到了必要的反省？再有，现代性反思中引申出的一系列命题，如“民族国家”“两种现代性”“被压抑的现代性”等，在不断重述中是否会变为新一轮的知识规划？或者说，多元的现代

① 余凌：《中国现代文学中的审美主义与现代性问题——以〈批评空间的开创〉为中心》，《中国现代文学研究丛刊》1999 年第 1 期。

性论述是否也会成为模式化的一元，同样简化了历史的复杂性和特殊性？①

上述困惑和矛盾，突出表现在《中国现代文学三十年》一书的修订之中。由钱理群、吴福辉、温儒敏、王超冰合著的《中国现代文学三十年》（上海文艺出版社 1987 年版）作为一部影响广泛的文学史教材，在某种意义上体现了 80 年代现代文学研究的整体进展，书前的长篇“绪论”所解说的正是“20 世纪中国文学”的概念。因为被国家教委指定为重点教材，经过一年的重新修订，该书的修订版于 1998 年由北京大学出版社出版。与初版相比，修订版“主要是吸收了 1987 年以后近十年的研究，以及我们自己研究的新的心得”，在各章内容上有了很大的变化，章节与结构上也有了一定调整，如作家专章中增添了沈从文、通俗小说的发展独立分章叙述、40 年代文学不再分为三大版块等。虽然著者对这些变化做了低调的处理，在体现学科最新发展的同时，也强调教科书的稳定性和可接受性。②但在一种反思现代性的语境中，修订中的“变化”还是引起了关注和讨论，“一种叙述上的暧昧、一种犹豫不决”的性质也被评论者指出。这种暧昧性、犹豫不决性，一方面表现在该书对“现代”内涵的界定上。在该书前言中，“现代”被论述为一个时间概念，它内在的价值预设却同时被强调：“所谓‘现代文学’，即是‘用现代文学语言与文学形式，表达现代中国人的思想、感情、心理的文学’。”这就形成了一种潜在的矛盾。与此相关的是全书最引人瞩目的改动——分出三章来论述通俗小说的发展，有关“现代”的标准似乎已经放宽。但也有论者指出，将通俗文学纳入现代文学史框架，其实仍是依据新文学的现代性标准，而“使通俗小说成其为通俗小说的独有的自律性机制”则

① 李怡的《“重估现代性”思潮与中国现代文学传统的再认识》（《文学评论》2002 年第 4 期）一文，就对近年来“相关的‘现代性批评’往往牺牲和忽略了文学史发展的诸多细节”提出了批评。

② 钱理群：《中国现代文学三十年》（修订本），北京大学出版社 1998 年版，“后记”。

有可能被忽略。上述问题表明，在“现代性”被理解为一个包容异质因素的概念，当更多的被政治意识形态以及“五四”的精英主义压抑的“现代性”被释放出来，对学科成立之价值前提的辨认仍是无法回避的，如洪子诚指出的：“‘历史’的重建并非是各种复杂、矛盾因素的陈列，在这一‘重建’中，如何确立‘选择’有‘评价’”的位置，来显现叙述者在受意识到历史的拘囿和束缚时对于可能性的思考和争取？”①

四、新的“批评空间的开创”

现代性讨论，带来了一元文学史观的瓦解，但它更为重要的价值，还是表现在对新的研究空间的释放上。90 年代后期，王晓明主编的《二十世纪中国文学史论》，其“3+1”的编选方式，恰恰体现了这一点。其中的前三卷，可以看作是“20 世纪中国文学”研究思路的一次成果展示，而体现“现代性”研究新变的一卷，就别有意味地命名为“批评空间的开创”。其实，研究范围、空间的拓展要求，从 80 年代开始，就一直支配着现当代文学研究的展开：突破内部与外部的区分，不断引入文化、思想、学术史的视角，一直是现代文学研究的基本特色；应和“20 世纪中国文学”的提法，拆除设置在近代、现代、当代的学科界限，更是一种不断强劲的呼声。90 年代以后，随着“现代性”讨论的深入，学科边际的打破与重新整合，也成为一个重要的趋势。

究其原因，中国文学的“现代性”问题不单纯是一个美学的问

① 以上观点见《文学评论》1999 年第 1 期发表的《现代文学的观念与叙述——〈中国现代文学三十年〉笔谈》，包括旷新年的《犹豫不决的文学史》、吴晓东的《文学史叙事的内在理念》、洪子诚的《〈中国现代文学三十年〉的“现代文学”》三篇文章。

题，而是涉及社会、文化现代转化的整个过程，要说明这一“现代性”的历史发生，与“文学”相关的诸多社会实践都应纳入考察的范围。王晓明的《一份杂志和一个“社团”——重评五四文学传统》已提出“今天重读二十世纪中国文学的历史，就特别要注意那些文本以外的现象”，并率先将目光投向了文学的组织、生产和传播。这样的工作在90年代初，不仅别有新意，也预示了一个极大的有待展开的研究空间。正如汪晖指出的：“如果我们不只是把文学的现代性问题仅仅视为文学叙事的技巧，而且把这种现代性问题视为整个现代社会和文化变迁的一个组成部分，那么中国文学的现代性问题就是一个极具潜力的研究课题。”他“散乱地提出”的一些课题，包括新文学如何重构了历史叙事、现代语言的“理性化”与“科学化”变革、语言变革与民族国家的关系、文学对现代性的复杂态度、文学变迁背后的非文学因素等，就呈现了文学现代性问题的诸多方面。[①] 谈及现代性的反思，钱理群也曾提出，除了一系列前提外，追问的范围应包括文学与现代国家、政党政治、现代出版、教育、学术的广泛联系，中外文学的关系，20世纪文学发展总格局中不同组成部分的关系，以及城市与乡村、内地与沿海之间的不平衡在文学上的表现，反思现代化的作家作品的评价等众多问题。[②] 由此看来，“现代性”反思，其实具有相当的延展性、扩张性，具有空前的研究潜力。从具体的历史情境出发，从文学与社会的多种联系中重述文学的历史，是“现代性”讨论更为深层的逻辑。

首先，从知识、话语的历史建构角度，探讨某些现代基本观念的发生与确立，是此类研究的一个重点。在这方面，汪晖对“个人”“科学”等一系列观念的检讨，启动了一项现代思想史研究的宏大工程；刘禾有关“国民性”话语的历史检讨，因为触及鲁迅的评价问题，曾

① 汪晖：《我们如何成为“现代的”?》，《中国现代文学研究丛刊》1996年第1期。

② 钱理群：《矛盾与困惑中的写作》，《文学评论》1999年第1期。

引发争议，但“跨语际实践”视角的引入，无疑有助于还原“国民性”这一现代话语得以形成的历史轨迹；另外，戴燕有关“文学史”制度的考察，罗岗、旷新年等对现代“文学”观念发生机制的讨论，也是值得注意的研究。其次，当“文本以外的现象”被普遍关注，文学的生产、传播以及相关的批评实践，是90年代以来另一个研究的侧重点。像钱理群从文学生产体制层面着手对“社会主义现实主义”模式的讨论，刘禾有关文学批评对现代文学“民族国家”性质建构的考察，都显示了这一向度上研究的活力；洪子诚更是将文学制度、规范、作家状况等外部环节，转化为文学史研究的框架，创造性地完成了当代文学“一体化”进程描述。① 当然，在这方面，90年代以来成果最为丰硕的，要算现代文学与出版发行、媒体传播、稿费制度之关系的研究。80年代，陈平原对晚清小说的研究已开启了这一项研究的先河，而90年代较有代表性的成果可列举如下：刘纳的《创造社与泰东图书局》，栾梅健的《稿费制度的确立与职业作家的出现》，吴福辉的《作为文学（商品）生产的海派期刊》，旷新年的《1928年的文学生产》，王中忱的《五四新文化运动时期的商务印书馆》《新式印刷、租界、都市与近代出版资本的形成》等。②

除上述趋向以外，90年代释放出的研究空间还有多种表现：在文学与教育之关系的研究方面，钱理群主持的“20世纪中国文学与大学文化”研究，推出了由广西师范大学出版社出版的王培元的《抗战

① 孔庆东：《从〈雷雨〉演出史看〈雷雨〉》，《文学评论》1991年第1期；钱理群《“新的小说的诞生”》，《文艺理论研究》1997年第1期。

② 刘纳：《创造社与泰东图书局》，广西教育出版社1999年版；栾梅健：《稿费制度的确立与职业作家的出现》，《中国现代文学研究丛刊》1993年第2期；吴福辉：《作为文学（商品）生产的海派期刊》，《中国现代文学研究丛刊》1994年第1期；旷新年：《1928年的文学生产》，载《1928：文学革命》，山东教育出版社1998年版；王中忱：《五四新文化运动时期的商务印书馆》《新式印刷、租界、都市与近代出版资本的形成》，《中国现代文学研究丛刊》1999年第1、3期。

时期的延安鲁艺》(1999 年)、黄延复的《二三十年代清华校园文化》(2000 年)、姚丹的《西南联大历史情境中的文学活动》(2000 年)三种。在文学与现代城市的研究方面，继“上海”之都市现代性成为文学研究的热点之后，有关“北京”的相关讨论也在启动。① 其他如现代文学与地域文化、宗教文化、政治文化的历史关联，也不同程度地得到了讨论。

不难看出，在空间的扩张中，文学研究的范式、方法乃至学科的性质也在暗中转变，文学社会学、文化研究思路的大面积介入，当然也会造成研究本体的模糊。譬如，针对研究不断“越界”带来的诸多问题，有论者也强调文学研究的本位意识，以及在一个全面物化时代“审美”的重要。② 这一质疑不仅提醒研究者“文学”感受、审美经验的不可替代性，也说明当单一的“文学性”想象遭到全面质疑，在文化、社会、历史重重纠葛中，如何重新构建“文学”的历史可能性，其实是学科面对的一种挑战。同时，90 年代研究的诸多新变，无疑与海外研究思路不断涌入有关，在知识全球化的浪潮中，“理论的旅行”带来了新的研究视野，但在相应的转化、应对中，如何挣脱知识生产、再生产的链条，从真实的现实处境和深入的历史探究中，提出自己的问题，也已是当下亟须关注的问题。

从学科史的角度看，现代文学及其研究的兴起，不单纯是一项与文学相关的历史实践，它同时也是 20 世纪复杂的政治、文化方案的一部分，如一位论者所提出的：现代文学学科具有某种“元话语”的性质，在社会历史的变迁中，是一种“能用来进行再度阐释和可以不断借用的理论资源”。③ 由这种性质使然，它在追求一种稳定的历

① 2003 年 10 月在北京大学召开了“北京：都市想象与文化记忆”学术研讨会。

② 温儒敏：《思想史取替文学史？——关于现代文学传统研究的二三随想》，载《文学课堂：温儒敏文学史论集》，吉林人民出版社 2002 年版。

③ 旷新年：《现代文学发生中的现代性问题》，《中国现代文学研究丛刊》1996 年第 1 期。

史学科品质的同时，势必会通过自身的"重写"一次次回应社会思潮的变迁。因而，一种危机与"当代性"意识，也始终会伴随着它的展开。在一个"犹豫不决"的暧昧时期，这样一种结构性的紧张，或许仍是现代文学研究进一步展开的前提。

后 记

能够加入《奔流·中国现代文学研究丛书》的阵列，首先要感谢振勇、庆澍二兄的邀约。这套丛书收录的主要是一些“70后”同行的著作。1970年前后出生的这一代，虽然有的已近知天命之年，在各自路径上也有沉潜多年的努力，但在学院中似乎还可勉强自视为“年轻人”，学术道路也尚在展开中，丛书的出版更多地意味着人在中途的一次自我回望和检视。

我大学时代读的是理工科，最初的志向自然不是学术，而在创作。主要是写诗，顺带不妨做些当代诗的批评，目的也在于自我教育，澄清写作中遭遇的困惑。后来误打误撞，跨入了现代文学研究这个行当，也是从诗歌这里起步的。当年博士论文开题的时候，曾设想宏伟，将20世纪新诗作为一种特殊的“知识体系”，在现代文化与社会的转型背景中勾勒其生成的轨迹。这一构想显然大而无当，凭我当时的学力，绝无实现的可能。多亏了几位老师在现场狠敲猛打，才得以丢掉幻想、及时止损，最终只选了几种早期的新诗集为对象，部分落实对“新诗的发生”这一命题的思考。

大概也是因为选题的切口实在过于窄小，才不得不四处爬摸，转换框架，在新诗观念的讨论之外，又关注起传播、接受以及新诗“场域”、读者群的生成。本来想尽情释放一下理论思辨的激情，结果却做了一篇偏重史料的论文，而借由史料的细致辨析，在特定的社会文化状况和结构中探讨新文学的功能、位置，这种方式似乎也成了某种“惯习”延续了下来。后来，无论是在“五四”之后的社会思潮中考察“新文学”与“新青年”的互动关联，还是近年来尝试在“战时中国”的框架下对40年代文学的重新研读，都能见出当年一点方法上的尝试所暗中奠定下的大致方向。

20世纪90年代后期，用樊骏先生的话来说，正是现代文学研究“不再年轻、已走向成熟”的时期。一方面，是研究空间的不断拓展，打通新旧、雅俗并置、文史互通；另一方面，是“再解读”“现代性”“反思现代性”思潮的不断登陆抢滩。在这样的氛围中，师长们非常强调“返回历史现场”的重要，也意在有所矫正，在接纳学科扩容活力的同时，尽量保持现代文学研究相对浑厚、凝重的历史品质。在学生一代这里，如若对师长们的用心体会不深、照葫芦画瓢，返回“现场”很容易被简化为一种操作技术，通过原始材料的发掘构造历史的多样性、丰富性，也成了学界一时的风尚所在。由是，整日泡在旧期刊室里，你研究一份杂志，我来考察几份副刊，你梳理一个社团的组织、人事，我来谈谈文学的生产与消费，似乎都成了“现场”重建的规定动作。

然而，这样的规定动作重复了多次，也会有所警觉，意识到细节重建的技术再高超，返回的“现场”也可能只是一个被“规定”了的现场，并不能与我们的认知发生内在的深层扰动。在所谓“短的20世纪”，新文学本身就是社会变革、文化重建的一种重要实践，在历史进程的上下左右关系中把握文学现象，本身就是现代文学学科的固有传统。在当下的思想情境中，如何激活这种传统，如何破除那些本质化的文学、审美、现代、反现代想象，在历史内部重新检讨、整理20世纪的文学经验，或许是这个“成熟”学科还得以保持活力的关键。在这个意义上，重返“现场”，也就是重返当年“奔流”之中的难题和错综处境。

这一点点的觉悟，自然也得益于周边师友的启发，也连缀了重构一种综合的研究视野的愿望。即如多年前着手的20世纪20年代“文学青年”的研究，就沿了问题自身的脉络，渐次关注到城市空间、社会流动、代际分化、文学生态以及“五四”新文化运动的走向、政党政治的兴起等多重面向。似乎只有在一种扩张又内卷的错综视野中，才能形成一种透视感，带来一种历史“深描”的可能。“深描”一语，借自其他学科，按照自己在一篇文章中的说法：

> 所谓“深描”，是人类学、社会学研究的一个概念。由于人类行为发生在复杂的交互网络中，研究者不能外在、抽象地考察，必须深入特定群落生活世界的“稠密”之处，把握各种关系，进行有想象力的深度描绘、解读。

深入历史的“稠密”之中，弄不好还是会沉溺于细节之中，甚至落入“以诗证史”的套路里，有关现当代文学“史学化”带来的限度，已有学者提醒。确实，研究视野的重构，不是简单地将文学解读嵌入其他学科的认知格式中，在一般性的强调文史互动之外，怎么在错综的视野中获取一种结构性的眼光，如何在特定的时代难题和社会肌理中去把握文学实践的可能和限度，都考验着一个研究者的耐心与专注力。这些话在其他场合反复说过，说多了也就成了一种“碎碎念”。简言之，前面十多年来的工作，大致努力在这个方向上，包括不时兼顾的当代诗歌批评，也试图小大由之，从形式分析中把握诗人想象力对历史压力的化解、回应。

本书的写作，大部分完成于博士毕业之后，也多以单篇论文的形式发表过。其中只有《冯至、穆旦 40 年代诗歌写作的人称》一章，是在硕士阶段习作的基础上修订、补充而成的，现在读来，此章方法莽撞、语言缠夹，观点也有问题，但由形式分析导向诗人时代位置的质询，似乎也预示了后来的研究取径。想了想，还是不嫌丢人放入本书中，权且作为一个个人成长的模糊标识。

责任编辑：陈晓燕
封面设计：九五书装

图书在版编目（CIP）数据

历史"深描"中的观念与诗 / 姜涛 著 . — 北京：人民出版社，2020.9
（2022.1 重印）
（奔流 · 中国现代文学研究丛书 / 贾振勇主编）
ISBN 978 – 7 – 01 – 021649 – 2

I. ①历… II. ①姜… III. ①诗歌研究 – 中国 – 现代 ②诗歌研究 – 中国 – 当代 IV. ① I207.22

中国版本图书馆 CIP 数据核字（2020）第 000293 号

历史"深描"中的观念与诗

LISHI "SHENMIAO" ZHONG DE GUANNIAN YU SHI

姜 涛 著

人民出版社 出版发行
（100706 北京市东城区隆福寺街 99 号）

中煤（北京）印务有限公司印刷 新华书店经销

2020 年 9 月第 1 版 2022 年 1 月北京第 2 次印刷
开本：710 毫米 ×1000 毫米 1/16 印张：19.75
字数：276 千字

ISBN 978 – 7 – 01 – 021649 – 2 定价：56.00 元

邮购地址 100706 北京市东城区隆福寺街 99 号
人民东方图书销售中心 电话（010）65250042 65289539